BASTEI
LÜBBE
TASCHENBUCH

Weitere Titel der Autorin

Ein Tag für immer

Über die Autorin

Lorraine Fouchet, geboren 1956, ist Ärztin und erfüllte mit dieser Berufswahl den Traum ihres Vaters, der starb, als sie siebzehn war. Längst hat sie sich auch ihren eigenen Traum erfüllt und schreibt seit 1977 mit internationalem Erfolg Romane. Fouchet lebt in der Nähe von Paris und auf der bretonischen Insel Groix.

Ch

LORRAINE FOUCHET

Die Glücksagentur

ROMAN

Aus dem Französischen
von Alix und Christiane Landgrebe

BASTEI
LÜBBE
TASCHENBUCH

BASTEI LÜBBE TASCHENBUCH
Band 17761

Dieser Titel ist auch als E-Book erschienen

MIX
Papier aus verantwortungsvollen Quellen
FSC www.fsc.org
FSC® C083411

Vollständige Taschenbuchausgabe
der bei BLT in der Verlagsgruppe Lübbe unter dem Titel
»Hundert Möglichkeiten, sein Leben zu ändern«
erschienenen Taschenbuchausgabe

Überarbeitete Neuausgabe

Titel der französischen Originalausgabe: »L'agence«

Für die deutschsprachige Ausgabe:

Einband- / Umschlagmotiv: © shutterstock / Volha Stasevich; aoya; Good Mood; Minoli; MarinaDa; vicspacewalker; Rostislav Glinsky; Ms Moloko; Joy Brown; Herbert Kratky; Gabriele Maltinti
Umschlaggestaltung: Manuela Städele
Satz: Dörlemann Satz, Lemförde
Gesetzt aus der Bembo
Druck und Verarbeitung: CPI books GmbH, Leck – Germany
ISBN 978-3-404-17761-5

5 4 3 2 1

Sie finden uns im Internet unter www.luebbe.de
Bitte beachten Sie auch: www.lesejury.de

1

Ohne anzuklopfen, betrat Juliette das Büro ihres Chefredakteurs Loic. Sie mochte den großen Raum und die Regale aus hellem Holz mit den vielen Büchern ringsum. Das Parkett roch angenehm nach Wachs. Der Schreibtisch war mit zahllosen Papieren, Notizen und Artikeln bedeckt. Der durchsichtige Laptop hob sich deutlich von dem harmonischen Ensemble aus Holz, Leder und Papier ab. Zwei Ledersessel standen zu beiden Seiten des niedrigen Sofatischs.

Loic, ein freundlicher Mann mit kahlem Kopf, sah auf die Uhr: Es war genau zwölf.

»Zwei Jahre bist du jetzt meine rechte Hand, und du bist nach wie vor pünktlich, auch wenn wir mit der Redaktionskonferenz immer zu spät beginnen«, bemerkte er amüsiert.

Juliette lächelte ihm zu.

»Ich lasse die Leute nicht gerne warten. Ist das ein Verbrechen?«

»Soweit ich weiß, nicht«, sagte Loic. »Genauigkeit ist eine verbreitete Gewohnheit. Bei manchen wird sie schon zur Besessenheit.«

»Und du findest, bei mir ist das so?«

»Ja, du könntest für die nächste Ausgabe ein Dossier zu dem Thema vorbereiten. Käme bestimmt gut an.«

»Da kann ich mir Spannenderes vorstellen«, meinte sie. »Wie geht es deinem alten Hund?«

»Er ist in bester Form.«

Wie jede Woche setzte sie sich genüsslich in einen Sessel, um die neuesten Zeitungen durchzublättern, die sich auf dem niedrigen Tisch stapelten. Die beiden sahen sich freundlich an. Die Minuten vor der Redaktionskonferenz waren immer ein schöner Moment. Sie verband eine tiefe Freundschaft, Respekt und Vertrauen. Loic war ein Junggeselle um die sechzig. Er mochte Juliettes Intelligenz und ihren Humor. Ihm gefiel, dass sie nie den Überblick verlor, ein Gespür für Texte hatte, er mochte ihre Begeisterungsfähigkeit und ihr Aussehen. Er wunderte sich immer wieder darüber, dass er sich einer viel jüngeren Frau, die so ganz anders war als er, so verbunden fühlte. Sie gefiel ihm, das war offensichtlich. Aber ihr tiefes Einvernehmen schloss jedes andere Verhältnis aus. Sie war für ihn die Frau und zugleich die Tochter, die er niemals haben würde. Dass er für sie ein Ersatzvater war, hatte sie ihm nicht verraten.

Juliette Forestier hatte beim Radio angefangen, wo sie für Sendungen über Alltag und Haushalt zuständig gewesen war. Sie hatte sich weiterentwickelt und arbeitete nun bei der Frauenzeitschrift. Sie hörte lieber zu, als selbst zu reden, doch wenn sie ihre Meinung äußerte, dann war Loic stets von neuem erstaunt über ihr Fingerspitzengefühl. Sie wusste so gut wie immer, was zu tun, zu sagen und zu entscheiden war; nur bei ihren Händen nicht. Sie steckte sie in die Tasche oder verschränkte die Arme, weil sie es nicht lassen konnte, an den Nägeln zu kauen.

Bald würde sie dreißig sein. Sie war blond, schlank, charmant, hatte einen tänzelnden und leichten Gang, einen breiten Mund und ständig zerzauste Haare. Am liebsten trug sie Leinenkleidung, Mokassins, meistens in kämpferischem Rot. Ihre schwarzen Augen hatten kleine Goldsprenkel, und Loic hätte sie sich gerne mit einer Lupe angesehen. Wenn er sie hätte beschreiben sollen, hätte er geschworen, dass ihre Augen leuchteten. Heute sahen sie besorgt aus.

»Hast du ein Problem?«, fragte er. Sie nickte.

»Ich war gestern mit Aurélien beim Diabetesspezialisten. Er wird sich sein Leben lang drei Mal am Tag Insulin spritzen und streng Diät halten müssen.«

Seit die Krankheit diagnostiziert worden war, war ihr Sohn bei mehr Ärzten gewesen als Juliette in ihrem ganzen Leben.

»Er ist doch erst zehn Jahre alt«, seufzte sie. »Im Moment sieht er das alles noch als ein Spiel an. Aber kannst du dir das vorstellen? Sich jeden lieben Tag irgendein Zeug spritzen zu müssen, wo immer du bist, was immer du tust?«

»Tausende von Diabetikern haben gelernt, damit zu leben.«

»Ich bin mir nicht so sicher, dass sie das so leichtnehmen.«

Verzweifelt legte sie die Zeitungen beiseite.

»Er wird immer auf die Zeit achten müssen, auf die Uhr sehen …«

»Du lebst doch auch so«, bemerkte Loic.

»Vielleicht, aber er kann sterben, wenn er es vergisst.«

Sie verzog das Gesicht, um ihre Rührung zu verbergen, und lachte bemüht.

Loic streckte die Hand nach einer Packung indischer Eukalyptuszigaretten aus.

»Wie läuft es denn gerade mit deiner kleinen Schwester?«

»So gut es geht … Aber leider nicht besonders«, sagte Juliette. »Auch wenn sie Alice heißt. Mit ihr zu leben bedeutet keine Reise ins Wunderland. Wie auch immer. Wollen wir anfangen?«

Loic zündete sich eine Zigarette an, bemühte sich, einen runden Rauchkringel zu produzieren, und sah ihm nach, als er durch den Raum flog und sich auflöste.

»Heute Morgen habe ich den Typ von der Personalabteilung getroffen«, sagte er ruhig. »Jetzt steht es fest. Im September höre ich auf.«

Juliette war verblüfft.

»Haben sie dich gefeuert?«

»Sagen wir, sie haben mir nahegelegt, vorzeitig in Rente zu gehen.«

»Das können sie doch nicht machen! Wir müssen etwas unternehmen, eine Petition schreiben.«

Loic war gerührt, doch er schüttelte den Kopf.

»Auf gar keinen Fall! Ich bekomme eine gute Abfindung, und ich habe kein Problem damit, diese Wahnsinnsarbeit anderen zu überlassen.«

»Was willst du denn machen?«

Loics Augen funkelten.

»Ich glaube, ich werde heiraten.«

»Ohne indiskret sein zu wollen: Wen willst du heiraten?«

»Dich natürlich, wenn du einverstanden bist.«

Während Juliette das Angebot lachend ausschlug, klopfte die Redaktionssekretärin vorsichtig an die Tür.

»Was gibt es?«, fragte Loic schroff.

»Die Sitzung beginnt, und alle warten nur auf Sie.«

»Das kann nicht wahr sein«, rief Loic. »Meine Mitarbeiter werfen mir vor, dass ich sie warten lasse.«

»Vielleicht ist das das Geheimnis des Glücks: Sich erlauben zu können, zu spät zu kommen«, meinte Juliette.

Die Sitzung verlief wie immer effizient. Kaum war sie vorbei, räumte Juliette rasch ihre Siebensachen zusammen.

»Ich muss meine Schwester ans andere Ende der Stadt zum Ballett bringen«, erklärte sie.

»Es ist mir ein Rätsel, wie du es schaffst, das alles hinzukriegen«, sagte Loic. »Bringst du nicht manchmal alles durcheinander?«

»Das kann ich mir nicht leisten«, sagte Juliette, »ich habe zu wenig Zeit, um Zeit zu verlieren.«

Juliette liebte die Place du Trocadéro. Dieser Ort symbolisierte ihre Vergangenheit und Gegenwart. Als echte Pariserin war sie nur drei Schritte entfernt geboren, in derselben Klinik, in der auch ihr Sohn Aurélien zur Welt gekommen war. Sie war im Schatten des Eiffelturms aufgewachsen, durch das Musée de l'Homme gelaufen wie andere Kinder durch den Zoo, und ihre ersten Macarons hatte sie im Café Carette gegessen. Als sie die Journalistenschule beendet hatte, schrieb sie ihren ersten Artikel in einem Café an der Avenue Kléber. Die Trauerfeier für ihre Eltern hatte in der Kirche Saint-Honoré-d'Eylau stattgefunden. Dabei hatte sie die Hand ihrer kleinen Schwester Alice ganz fest gehalten. Inzwischen wohnte sie etwas weiter unten in der Rue de la Tour. Und seit kurzem zierte eine riesige Narbe ihr rechtes Knie, weil sie beim Inlinern auf der Esplanade hingefallen war. Auch wenn sie ihrem Sohn das Gegenteil hatte beweisen wollen, sie war wirklich zu alt fürs Inlinern.

Nun saß sie gerade am Steuer ihres schwarzen Twingo im Stau und hörte ein Lied von Jacques Brel über die Liebe, von dem sie wie immer eine Gänsehaut bekam. *»In Liebe gefangen, ohne Kraft und ohne Schutz zum unerreichbaren Stern gelangen …«*

Juliette stellte einen anderen Sender ein. Brel machte sie melancholisch. Die klangvolle Stimme einer Unbekannten erklang im Auto.

»Man wird geboren, man stirbt, man lernt die Liebe kennen, und man entscheidet sich in einer Sekunde, sein Leben zu verändern«, behauptete die Frau schulmeisterlich.

Juliette lächelte. Dazu brauchte man wohl erst einmal eine Sekunde für sich selbst! Endlich fuhren die Autos weiter. Juliette sah nach, ob kein Polizist in der Nähe war, und nahm ihr Handy. Das Handy in der einen Hand, die andere Hand am Steuer, lavierte sie sich geschickt aus dem Stau heraus und sagte ihrer Schwester, dass sie gleich da sein würde.

Alice, fünfzehn Jahre alt, groß und schlank, mit schwarzen Haaren und blauen Augen, beobachtete die Straße. Endlich erblickte sie den Twingo.

»Wir kommen zu spät, und ich mache wieder alles falsch bei der Choreografie«, beschwerte sie sich, als sie ins Auto sprang.

»Ich wette, wir kommen pünktlich.«

»Worum wetten wir?«

»Wenn wir pünktlich sind, dann kochst du heute Abend.«

»Und wenn wir zu spät kommen, kaufst du mir dann eine Vespa?«

»Du weißt sehr gut, was ich davon halte«, antwortete Juliette.

Sie gelangte virtuos vom Westen in den Osten der Hauptstadt. Im Slalom fuhr sie zwischen den Autos und kam gerade rechtzeitig bei der Bastille an.

»Ich koche Spaghetti Carbonara«, verkündete Alice und nahm ihre Tasche aus dem Auto. »Und können wir über die Vespa noch mal sprechen?«

»Nein. Dein Leben ist mit zwei gesunden Armen, zwei Beinen und einem heilen Kopf bestimmt einfacher.«

Alice zuckte die Achseln und verschwand. Juliette wollte gerade losfahren, als die Ballettlehrerin, eine junge Frau mit einem Dutt, in einem schwarzen, enganliegenden Trikot, auf sie zukam.

»Darf ich mich kurz zu Ihnen setzen?«, fragte sie.

Juliette öffnete lächelnd die Tür.

Graziös schlüpfte die Tänzerin neben sie.

»Ich mische mich nicht gerne in das Leben anderer Leute ein, aber Ihre Schwester ist ein hübsches und begabtes Mädchen … Sie haben mir doch erzählt, dass Ihre Eltern verunglückt sind.«

Juliette sah sie überrascht an.

»Ja. Alice war damals fünf Jahre alt.«

»Ich dachte, Sie sollten es vielleicht lieber wissen. Sie hat den anderen Schülerinnen erzählt, dass Sie Ihre Eltern umgebracht haben.«

Juliette brachte vor Schreck eine ganze Weile kein Wort hervor. Ihr Atem ging schwer, und ihr Herz klopfte zum Zerspringen. Schließlich beruhigte sie sich wieder und atmete normal weiter.

»Natürlich«, fuhr die Ballettlehrerin verlegen fort, »hat sie das mehr aus Spaß gesagt … Sie wissen ja, wie Mädchen in diesem Alter sind. Ein paar haben sich unterhalten. Sie haben über ihre Eltern geredet, und eine von ihnen hat Ihre Schwester gefragt, was ihre Eltern machen. Sie hat geantwortet, dass sie tot seien. Und als die anderen wissen wollten, wie es geschehen ist, hat sie gesagt: ›Meine Schwester hat sie umgebracht.‹ Sie hat gelacht, als wäre es ein Witz. Aber es war gar nicht komisch.«

»Das ist es auch nicht.«

»Ich wusste nicht, ob ich eingreifen sollte, und dann habe ich die ganze Bande einfach auseinandergescheucht, als wäre nichts geschehen. Soll ich vielleicht mal mit ihr sprechen?«

»Das wird nichts bringen. Ich mache das schon.«

»Es ist nicht leicht, fünfzehn zu sein.«

»Ich weiß«, sagte Juliette. Sie beendete die Unterhaltung abrupt, indem sie sich vorbeugte, um die Tür aufzumachen.

Die Ballettlehrerin verstand die Botschaft und stieg mit geschmeidigen Bewegungen aus dem Twingo.

»Danke, dass Sie mir Bescheid gesagt haben«, sagte Juliette.

»Ich hoffe, Sie sind mir nicht böse.«

»Sie haben genau das Richtige getan. Ich ziehe meine Schwester und meinen Sohn auf, und wir sind eine echte Familie. Das heißt, fast … Wir üben es jeden Tag aufs Neue. Sagen Sie ihr nicht, dass Sie mit mir gesprochen haben, ja?«

»Kein Problem.«

Juliette versuchte zu lächeln, aber es gelang ihr nicht.

Die Ballettlehrerin wartete auf dem Bürgersteig, bis sie losfuhr, und sah ihr nach. Von der großen Schwester ging dieselbe Empfindlichkeit und Energie aus, die sie bei ihrer jungen Schülerin bemerkt hatte.

2

Juliette war so mitgenommen von dem Gespräch mit der Ballettlehrerin, dass sie mithilfe des Navis nach Hause fuhr. Sie konnte nicht begreifen, was im Kopf ihrer Schwester vorgegangen war. Wie konnte sie nur über so etwas scherzen? Natürlich wusste Alice, wie ihre Eltern gestorben waren. Aber als es geschehen war, hatte sie nicht mit Alice darüber sprechen können, weil sie noch zu jung gewesen war. Außerdem hatte Juliette die ganze Last der Verantwortung zu tragen. Sie musste die Erbangelegenheiten regeln, den Umzug organisieren und für den Lebensunterhalt sorgen. Außerdem war sie für die beiden Kinder verantwortlich, die sie erzog, obwohl sie selbst noch so jung war. Und so waren die Jahre vergangen. Deshalb hatte sie nie ausführlich über den Unfall gesprochen, der ihre Eltern das Leben gekostet hatte.

Hatte Alice das den anderen Schülern erzählt, um sie zu provozieren? War es Wichtigtuerei? Oder glaubte sie wirklich daran? War das der Grund, warum es Juliette trotz aller Mühe nicht gelang, sich ihre kleine Schwester zu einer echten Freundin zu machen?

Sie musste unbedingt unter vier Augen mit ihr sprechen.

Heute würde allerdings nichts daraus werden, Juliette hatte ihre beste Freundin Noémie zum Essen eingeladen.

Als sie ihren Twingo vor dem Haus parkte, sah sie Noémie Longchamp, die auch gerade angekommen war. Sie war Moderatorin bei einer Fernsehsendung, die von Woche zu Woche erfolgreicher wurde. Juliette mochte die liebenswürdige Frau trotz ihrer Launenhaftigkeit und Egozentrik sehr, aber Noémie war nicht die Richtige, um ihr das Herz auszuschütten, wenn sie nicht vorher die Situation bereinigt hätte. Sie beschloss, so zu tun, als sei nichts vorgefallen. Unter größter Anstrengung gelang es ihr, locker zu wirken.

»Und, wie geht es unserem Fernsehstar?«

»Es klappt so gut, dass ich mich nicht mehr dazu herablasse, dich anzusprechen.«

»Also muss ich mich wieder mit der *Gala* trösten, um das Neueste über dich zu erfahren«, sagte Juliette und lächelte.

Sie schlüpften in den Fahrstuhl, der sie in die fünfte Etage brachte. Juliette hatte ihre Wohnung in ein englisches Schiff verwandelt. Ein imposantes Ruder aus dem achtzehnten Jahrhundert begrüßte die Gäste am Eingang. Von dort gelangte man in ein großes Wohnzimmer mit Boden und Wänden aus hellem Teakholz, von dem aus man durch Bullaugen die drei weiteren Zimmer der Wohnung sah. Fotos von Segelbooten zierten die Wände, zwei große Sofas luden zum Ausruhen ein, ein Fernseher und eine Stereoanlage von Bang & Olufsen standen an der hinteren Wand. Ein Regal voller Bücher und Comics trennte das Wohnzimmer von der Küche.

Noémie ließ sich in das nächststehende Sofa fallen und fuhr sich mit den Händen durch das braune Haar ihrer Pagenfrisur.

»Du siehst mitgenommen aus.«

»Ich bin gerade im Dauerstress«, sagte Juliette. »Ich komme mir vor wie der Hamster im Laufrad.«

»Hast du vergessen, dass du mich zum Abendessen eingeladen hast?«

»Alice kocht Spaghetti Carbonara für uns.«

Bei der Erwähnung ihrer Schwester überkam Juliette ein leiser Schauer, doch sie gab sich Mühe, sich nichts anmerken zu lassen.

»Das kommt gar nicht infrage!«, beschwerte sich Noémie, der nichts weiter auffiel. »Und was ist mit meiner Figur? Ich weiß, du und Alice, ihr pfeift darauf, weil ihr eh dick seid wie Pfannkuchen.«

Aurélien, ein blonder schlanker Junge mit Augen so schwarz wie Juliettes Twingo, kam ins Wohnzimmer gerannt.

»Mama, hast du am Samstag Zeit?«

»Für dich immer. Warum?«

Er sah sie herausfordernd an, wie immer, wenn ihn etwas beunruhigte.

»Im Informatik-Club ist Vatertagsfeier. Kommst du mit?«

»Na klar.«

Aurélien war zufrieden, drehte sich um und steuerte auf sein Zimmer zu.

»Übrigens, Mama, auf dem Anrufbeantworter ist eine Nachricht für dich.«

Juliette ging in ihr Zimmer. Der Knopf des Anrufbeantworters blinkte. Nachdem sie darauf gedrückt hatte, lief quietschend das Band. Sie hörte eine fröhliche weibliche Stimme mit englischem Akzent.

»Hallo, bin ich richtig bei Juliette Forestier? Hier spricht Sarah Owen. Ich bin gerade in Paris und wollte fragen, ob wir uns treffen können. Ich wohne im Hotel de l'Abbaye.«

Juliettes Gesicht strahlte, während sie sich die Nummer notierte.

»Wer ist das?«, fragte Noémie.

»Meine englische Brieffreundin von früher.«

»Du hast mir nie von ihr erzählt.«

»Das letzte Mal, als wir uns gesehen haben, waren wir vierzehn. Sie war meine beste Freundin.«

»Ich dachte, ich bin deine beste Freundin«, warf Noémie ein.

»Dann beweis es mir und massier mir die Schultern«, sagte Juliette. »Ich hab vielleicht was mitgemacht heute. Da hätte ich gut drauf verzichten können. Am liebsten würde ich mich in ein Mauseloch verkriechen, bis Alice erwachsen und nach Neuseeland ausgewandert ist.«

Noémie schüttelte den Kopf.

»Du kannst keine Maus werden. Du magst doch nicht mal Käse.«

Juliette und Sarah hatten sich vor der Comédie Française verabredet. Juliette war auf die Minute pünktlich, sie trug eine weiße Hose und ein rotes Leinenhemd. Sarah, eine typische Britin mit kastanienbraunem Haar und grünen Augen, wartete auf einer Bank und trug einen beigefarbenen Hosenanzug aus einem leichten, fließenden Stoff. Sie erkannten sich von weitem. Juliette führte sie in den Garten des Palais Royal, und die Engländerin staunte, als sie die schwarz-weißen Säulen des Künstlers Daniel Buren sah.

»Was ist das denn? Ein Modell für einen Flughafen?«

»Nein, moderne Kunst.«

»Kann man sich da drauf setzen?«

»Im Park sind Stühle, die sind bequemer.«

Als sie endlich saßen, sahen sie sich zärtlich und ein wenig schüchtern an.

»Ich bin so froh, dich wiederzusehen!«, sagte Sarah. »Du hast dich ja kaum verändert, ich hätte dich, ohne zu zögern, wiedererkannt.«

»Du hast dich auch nicht verändert«, sagte Juliette und ahmte die Stimme von Julio Iglesias nach, der ein Lied mit diesem Titel sang.

»Wie geht es deiner Familie? Dein Vater, der Anwalt, hält er immer noch Gericht wie der heilige Ludwig unter seiner Eiche?«

Juliette schüttelte traurig den Kopf.

»Meine Eltern hatten einen Unfall. Sie sind tot, Sarah.«

»Oh, mein Gott!«

»In diesem Winter ist es zehn Jahre her.«

»Das tut mir so leid«, murmelte Sarah betrübt.

»Du konntest es doch nicht wissen«, sagte Juliette und stand auf. »Gehen wir ein bisschen spazieren?«

Sie gingen eine Weile schweigend nebeneinander her.

»Das letzte Mal haben wir uns im August 1988 gesehen, da waren wir vierzehn, und meine Mutter war schwanger, erinnerst du dich?«, fuhr Juliette fort. »Meine kleine Schwester Alice ist in dem Jahr im Dezember geboren, und am selben Tag ist meine Großmutter gestorben.«

»Ein Tod für ein Leben.«

»Das Schlimmste ist, dass das Ganze noch einmal geschehen ist. Als unsere Eltern 1993 verunglückt sind, war ich schwanger. Zwei Tote für ein Leben! Meine Schwester war erst fünf Jahre alt, und ich habe sie gemeinsam mit meinem Sohn aufgezogen. Jetzt ist Alice fünfzehn und Aurélien zehn. Sie verstehen sich eigentlich ganz gut, so wie Bruder und Schwester. Unsere Familie ist also nicht größer, sondern eher kleiner geworden.«

»Ich verstehe. Das war bestimmt nicht leicht.«

Juliette nahm an, dass das eher eine Feststellung als eine Frage war, und nickte.

»Hast du einen Job?«, fragte Sarah.

»Ja, ich bin stellvertretende Chefredakteurin bei einer Frauenzeitschrift. Gefällt mir ganz gut. Und du?«

»Ich lebe mit einem faszinierenden Mann zusammen. Er heißt John. Er ist Landschaftsarchitekt und eher exzentrisch. Wir haben viel gemeinsam, und besonders mögen wir unseren Golden Retriever, der Buckingham heißt.«

»Eine vornehme Art auszudrücken, dass ihr keine Kinder habt?«

»Genau. Und leider werden wir auch nie welche haben, weil John unfruchtbar ist.«

»Macht es dir etwas aus?«

»Manchmal. Aber du hast gar nichts von einem Mann erzählt. Gibt es keinen?«

»So ist es.«

»Fehlt dir nicht etwas?«

»Oft«, sagte Juliette. »Und du, hast du einen Beruf?«

»Ich war lange in der Öffentlichkeitsarbeit tätig. Aber im Moment arbeite ich gar nicht.«

Wieder herrschte eine Weile Schweigen, während sie die Neuigkeiten verarbeiteten.

Neben ihnen saßen zwei Studenten und lernten. Zwei Kinder liefen schreiend hintereinander her, eine uralte Dame ging langsam voran und wiegte mit verträumtem Blick den Kopf hin und her. Sie dachte an einen jungen Mann, der für Frankreich gefallen war und nun unter einem weißen Kreuz auf dem Soldatenfriedhof lag.

»Weißt du, ich denke oft an deine Großmutter«, sagte Sarah. »Ein bisschen bin ich heute auch ihretwegen hier.«

Juliettes Gesichtsausdruck veränderte sich.

»Ich versuche, möglichst wenig an sie und meine Eltern zu denken. Sonst wird es mir zu viel. Ich musste ohne sie weiterleben und Häuptling unseres improvisierten Stammes werden. Ich hatte keine Wahl, entweder schwimmen oder ertrinken.«

»Was willst du damit sagen?«

»Im Gers war ich die Enkelin von Clémence. Aber Clémence ist nicht mehr da. Und in Paris war ich die Tochter eines berühmten Anwalts. Aber jetzt bin ich niemandes Tochter mehr. Im Gegenteil: Ich bin zur Mutter und zur einzigen Schwester geworden! Ich kann nichts mehr für die Toten tun, Sarah. Meine Aufgabe ist es, die Lebenden zu lieben, Alice und Aurélien, und sie glücklich zu machen.«

Sarah und Juliette hatten sich während eines Schüleraustauschs kennengelernt, als sie zehn Jahre alt waren. Sie hatten vier wunderbare Sommer im Département Gers im Südwesten Frankreichs bei Juliettes Großmutter Clémence verbracht, während Juliettes Eltern in Paris blieben. Dann war die Großmutter gestorben, das Haus verkauft worden, und die beiden Freundinnen hatten die Verbindung verloren.

Im letzten Sommer im Südwesten hatten sie sich in einen schnurrbärtigen Bauern verliebt, der von morgens bis abends auf seinem Traktor saß. Damals wussten die beiden Mädchen nur theoretisch, was Liebe bedeutete, und hatten sich geschworen, dass die, die sie zuerst erlebte, der anderen ihre Erfahrung bis ins Detail erzählen sollte. »Schwör mir, dass du mich anrufst, auch wenn du in London bist und es fünf Uhr morgens ist«, hatte Juliette eindringlich gesagt. Und Sarah hatte entgegnet: »Versprich mir, dass du mich anrufst, auch wenn du in Paris bist und es nach Mitternacht ist.«

Ihre besten Erinnerungen, ihre innigsten Gefühle verdankten sie dem Gers. Der Duft der Erde, die Sonne, die einem ins Gesicht schien wie ein großer Scheinwerfer im Kino und alle Sonnenblumenfelder an Sommerabenden mit ihrem Licht überflutete. Die hügelige Landschaft der Gascogne, von der Abendsonne sanft berührt, der Humor, die Lebensfreude und die Lust am Feiern der Menschen dort hatten ihren Charakter geprägt.

»Bist du nie dorthin zurückgekehrt?«, fragte Sarah verwundert.

Juliette schüttelte den Kopf.

»Wozu denn? Ich kenne dort niemanden mehr.«

»Du kanntest …«

Juliette sah sie verständnislos an.

»Vielleicht kanntest du dort niemanden mehr, aber seit heute stimmt das nicht mehr. John und ich wohnen seit dem letzten Winter dort. Wir haben nicht weit von dem Haus deiner Großmutter ein kleines Haus gekauft. Ich bin nach Paris gekommen, um dir das zu sagen.«

Juliette zog die rechte Augenbraue hoch.

»Dieser Ort hat mich wirklich geprägt«, fuhr Sarah fort. »Letzten Sommer wollte ich, dass John ihn kennenlernt, und wir haben die Ferien in einer Wohnung auf dem Land verbracht. Er fand die Gegend wunderbar. Wir haben uns an einen Makler gewandt, und das war's.«

Juliette zog beunruhigt auch die linke Augenbraue hoch.

»Die Leute sind herzlich, und John hat einen wundervollen Garten angelegt. Wir leben in Frieden, Juliette.«

»Ich weiß nicht, was ich dazu sagen soll.«

»Sag nichts und komm uns mit deiner Schwester und deinem Sohn besuchen. John wird dir bestimmt gefallen. Und meine Gänseleberpastete auch.«

Juliette zuckte zusammen. Die Idee, die Orte ihrer Kindheit wiederzusehen, war beängstigend.

»Ich habe zu viel zu tun«, warf sie ein.

»Die Wochenenden sind dazu da, um sich auszuruhen.«

»Alice ist in einer sehr schwierigen Phase. Und seit kurzem wissen wir, dass Aurélien Diabetiker ist.«

»Dann kommt ihr mal auf andere Gedanken.«

»Es tut mir leid, Sarah, ich kann wirklich nicht.«

»Kannst du nicht … oder willst du nicht?«

Juliette wich ihr aus.

»Hast du unseren schönen Bauern mit dem Schnurrbart mal wiedergesehen?«

Sarah brach in schallendes Gelächter aus.

»Er hat sechs Kinder und schielt.«

Juliettes Augen blitzten.

»Ich muss dir etwas gestehen, Sarah. Ich weiß, wie es ist, wenn man jemanden liebt! Ich hätte dich anrufen sollen, um dir alles zu erzählen. Ich habe mein Versprechen nicht gehalten.«

»Ich weiß es auch«, sagte Sarah lächelnd. »Also sind wir quitt.«

3

Zu beiden Seiten des Wagens zogen die Felder vorbei. Juliette hatte die Thermoskanne mit Wasser gefüllt, Sandwichs zubereitet, das Geld für die Autobahnmaut abgezählt und sich die Straßenkarte angesehen. Alice und Aurélien spielten Kopf oder Zahl. Der Junge gewann und durfte vorne sitzen.

Sie hatten Paris früh am Morgen verlassen, um die siebenhundertfünfzig Kilometer möglichst ohne Stau zu bewältigen. Juliette hatte sich für die Autobahn Paris-Bordeaux entschieden, die Richtung Toulouse genommen und war in Agen abgefahren.

Je mehr Kilometer auf dem Zähler erschienen, umso mehr tat ihr der Magen weh. Es war ein immer stärker werdender und brennender Schmerz. Als sie anhielt, um an der Tankstelle bei Bordeaux zu tanken, freute sie sich über den singsanghaften südlichen Akzent des Tankwarts.

»Was sollen wir da eigentlich?«, beklagte sich Alice. Sie hasste das Land.

»Mama macht es wie bei Monopoly«, sagte Aurélien. »Sie kehrt immer auf Los zurück.«

Juliette war überrascht, sah zu ihm hin und achtete nicht mehr auf die Straße.

»He, guck doch, wo du hinfährst, sonst kommen wir nie an!«, schimpfte ihr Sohn.

»Juliette, warum hast du mir nie etwas vom Gers und deiner Freundin Sarah erzählt?«, sagte Alice vorwurfsvoll.

Juliette schluckte, atmete tief durch und antwortete ruhig:

»Ich war sicher, dass ich nie dorthin zurückkehren würde.«

»Aber hat unsere Großmutter nicht in Paris gewohnt?«

»Im Winter, aber die Sommer verbrachte sie im Süden.«

»Und wie ist es im Gers?«

»Du wirst sehen, es ist wunderbar.«

»Das will ich hoffen«, brummte Alice.

»Der d'Artagnan aus den *Drei Musketieren* ist dort geboren«, las Aurélien aus dem Reiseführer vor.

Sie fuhren durch eine herrliche Landschaft mit atemberaubend schönem Licht.

Auf den hügeligen Feldern wuchs Getreide, die Sträucher und die Wiesen leuchteten in sanftem Grün. Die Sonnenblumen- oder Rapsfelder strahlten in goldgelber Pracht. Kleine Seen, die als Wasserreservate dienten, trennten die Anbauflächen voneinander. Die Gegend war bis auf einen einsamen Bauernhof hin und wieder kaum bevölkert. Alles war von einer wunderbaren Heiterkeit und befreite Juliette ein wenig von der Last, die sie seit dem Gespräch mit der Tanzlehrerin ihrer jüngeren Schwester gegenüber quälte. Sie hatte sich entschlossen, nichts zu überstürzen und auf den richtigen Moment zu warten, um mit Alice zu sprechen. Nach zehn Jahren machten ein paar Tage keinen großen Unterschied.

»Wenn ihr aus dem Dorf kommt, fahrt ihr noch drei Kilometer weiter. An der Kreuzung biegt ihr nach links auf einen Weg ab. Dann noch zweihundert Meter geradeaus, und ihr seid da.« So hatte Sarah den Weg beschrieben.

Als der schwarze Twingo vor dem alten Bauernhof aus Sandstein hielt, sahen sie, wie ein splitternackter, großer, hagerer Mann den Rasen mähte. Er winkte zur Begrüßung, als ob nichts wäre. Alice biss sich auf die Lippen, während Juliette und Aurélien vor Lachen platzten. Sarah kam aus dem Haus, sie hatte einen grünen Pullover aus Baumwolle und eine Cargohose an.

»Darf ich euch John vorstellen«, sagte sie. »Er nutzt jede Gelegenheit, ohne Kleider herumzulaufen. Aber er hat mir versprochen, dass er sich euch zu Ehren etwas anzieht.«

Dann begleitete sie sie ins Haus, in dem Buckingham sie überschwänglich begrüßte.

John kam bald nach. Sein Oberkörper war nackt, aber er trug eine Latzhose.

»Ihr seid bestimmt hungrig, oder?«, fragte Sarah.

Das Essen war fröhlich und typisch für den Gers: selbst gemachte Leberpastete, Entenconfit und Rumgebäck, von dem Aurélien nur ein bisschen probierte. Dazu tranken die Erwachsenen einen vorzüglichen Tariquet, einen weißen, milden Côtes de Gascogne. Juliette drehte sich alles im Kopf, genau wie früher, wenn sie Fieber gehabt und ihre Großmutter sie in jede Menge Decken gewickelt hatte.

Die Sonne hatte morgens noch hell geschienen, aber jetzt war sie einem eigenartigen Wetter gewichen, das weder schön noch schlecht zu nennen war. John und Sarah bestanden darauf, dass Juliette einen Drink probierte. Er bestand aus einer Einheit Likör aus Armagnac mit bitterer Orange, sechs Einheiten perlendem Weißwein, einem Stück Eis und einer halben Scheibe Orange. Das Ergebnis war eine Tortur für den Kopf, doch es wärmte die Seele.

»Im Winter ist an jedem Wochentag Markt, auf dem man Leberpastete kaufen kann. Dort decken sich alle ein. Schon die Römer kannten Leberpastete, und in der Gascogne wird sie seit dem sechzehnten Jahrhundert hergestellt«, sagte Sarah, stolz auf ihr neu erworbenes Wissen.

Die beiden Freundinnen ließen lachend die Vergangenheit wiederaufleben. An einem bestimmten Tag war eine von ihnen in die Jauchegrube gefallen, dann hatte sich die andere in einem Schrank versteckt, dessen Schloss klemmte, und danach hatten sie zum ersten Mal einen Kuchen anbrennen lassen. Aurélien stellte fasziniert fest, dass seine Mutter auch einmal ein Kind gewesen war.

John schlug vor, alle in seinem Range Rover spazieren zu fahren.

»Gäste werden geehrt«, sagte er und wies Juliette einen Platz neben sich zu.

Die Gegend hatte sich kaum verändert, die Dörfer hatten nur ein kleines Lifting über sich ergehen lassen. Juliettes Herz schlug höher, als John vor einem lang gestreckten Bauwerk mit einem runden Taubenschlag hielt. Das Gebäude wirkte verlassen, die hellen Steine schienen im Sonnenlicht zu schlafen. Die roten Läden hätten gut etwas Farbe vertragen können. Es herrschte Stille. Das Grundstück war umzäunt und das schwarze Gitter geschlossen.

»Ich glaube, da wohnt ein kranker Mann, aber ich habe ihn noch nie gesehen«, sagte Sarah.

»War das dein Haus, Mama?«, fragte Aurélien.

Juliette nickte und zeigte auf eine Glocke an einem Baum in der Nähe des Gitters.

»Damit hat mich meine Großmutter immer zum Essen gerufen«, sagte sie aufgeregt.

Sie gingen an dem Grundstück entlang bis zu einem

Punkt, an dem die Steine heller wurden. Dort hatte jemand ein Stück Mauer ersetzt. Die Großmutter und ihre Enkel hatten ihre Handflächen in den Zement eingedrückt wie die Schauspieler in Hollywood. Juliette streckte zögernd ihre Hand aus. Ihre Handfläche war inzwischen größer als die ihrer Großmutter. Die Rosensträucher, die sich an der Fassade des Gebäudes hochgerankt hatten, gab es nur noch in der Erinnerung, aber der kleine Weihnachtsbaum, den sie gepflanzt hatte, war gewachsen und jetzt der größte im ganzen Hof. Der besondere Geruch des Hauses war auch verschwunden, ein Gemisch aus Rosen, Flieder, frischer Erde und dem Lavendel-Parfum von Clémence, der einzige Luxus, den sie sich erlaubt hatte. Allerdings erschien der Ort Juliette auch so vollkommen.

Die Geräusche hatten sich ebenfalls verändert. Man hörte nicht mehr das Schnurren der Katze mit dem irritierenden Blick. Mit ihr hatte Juliette endlos darum gekämpft, wer zuerst die Augen schließen musste. Das Klopfen der Krücke, auf die sich Clémence stützte, wenn niemand hinsah, ihre Angewohnheit, sich zu räuspern, als ob sie etwas sagen wollte, und doch bloß freundlich zu lächeln, all das gab es nicht mehr. Aber die Vögel waren geblieben, auch wenn niemand mehr für sie Fettkugeln in den Bäumen aufhängte.

»Du hast geglaubt, du würdest nie mehr wiederkommen. Na, da hast du dich aber getäuscht!«, sagte Alice.

»Alle ab ins Auto«, rief Sarah, um Juliette aus ihrer nostalgischen Stimmung zu reißen. »Ich muss euch einen besonderen Ort zeigen.«

Alle zwängten sich wieder in den Range Rover. Aurélien versetzte Alice einen Stoß mit dem Ellbogen, und sie schlug sofort zurück.

»Achtet nicht auf sie«, erklärte Juliette den Engländern. »Das machen sie ständig.«

Der Ort, den Sarah ihnen unbedingt zeigen wollte, war ein verlassenes Dorf mit zehn Häusern. Die Leute hatten im Zuge der Landflucht anderswo Arbeit gesucht. In der Küche des ehemaligen Lebensmittelgeschäfts hing noch eine Schürze, die Leute hatten ein Waschbrett in der Wäscherei, Brotkästen in der Bäckerei und einen Hackklotz in der Metzgerei zurückgelassen. Die Dächer waren abgedichtet und die Häuser geschlossen, nicht einmal ein Tier hätte eindringen können. Offene Fensterläden und unabgeschlossene Türen vermittelten den Eindruck, dass die Einwohner gerade erst fortgegangen waren.

»Buckingham hat uns hierher geführt. Wir waren spazieren, und mit einem Mal ist er wie ein Pfeil davongeschossen, und ich bin ihm hinterhergelaufen«, murmelte Sarah.

»Vielleicht roch die Metzgerei noch ein bisschen nach Fleisch«, sagte John.

»Es ist niemand mehr hier, das ist eigenartig«, fügte Alice im gleichen Ton hinzu.

»Warum flüstert ihr eigentlich alle?«, fragte Aurélien verwundert.

Plötzlich brach ein Sommergewitter aus, und sie stellten sich schnell unter dem nächsten Hausdach unter, bei einer alten Schule, in der es getrennte Eingänge für Jungen und Mädchen gab.

Alles war noch an seinem Platz, die Holzpulte mit den weißen Tintenfässern und den eingeschnitzten Initialen, die schwarzen Tafeln, die Kleiderhaken. Ein Schild mit der Aufschrift *Zu verkaufen* und der Telefonnummer eines Notars namens Fabre hing an der hinteren Wand.

Sarah erklärte Juliette, dass sie die Schule fast gekauft hätten. Aber weil John Nudist sei, hätten sie sich für ein abgelegenes Haus entschieden. Es sei allerdings ein sehr günstiges Angebot.
»Sieht aus wie das Schulmuseum von Saint-Clar. Warum kaufst du das Gebäude nicht und machst ein Ferienhaus daraus?«,

schlug sie ihrer Freundin vor. »Dann wären wir Nachbarn und könnten viele Jahre Freundschaft nachholen!«

Aurélien sah seine Mutter hoffnungsvoll an. Alice zuckte gleichgültig die Achseln. Juliette schüttelte lachend den Kopf. Sie hätte reich und verrückt sein müssen, um so eine Bruchbude zu kaufen. Jetzt war weder der richtige Augenblick dafür, noch war es der richtige Ort.

»Versprich mir, dass du auf jeden Fall drüber nachdenkst«, sagte Sarah.

Sie fuhren am nächsten Tag am frühen Nachmittag zurück. Die Autobahn war wie immer verstopft. Aurélien schlief fast während der gesamten Fahrt. Juliette freute sich darüber, weil sie endlich Gelegenheit hatte, sich in Ruhe mit ihrer Schwester zu unterhalten. Sie machte deswegen extra das Radio aus, doch Alice hatte Kopfhörer auf und hörte auf ihrem Smartphone Techno. Juliette wollte die Schwester nicht zum Reden zwingen. Der passende Moment würde schon noch kommen.

Als sie bei ihrem Haus angekommen waren, musste Juliette noch eine halbe Stunde herumkurven, bis sie einen Parkplatz fand. Aurélien ging mechanisch die Treppe hoch und ließ sich in seinem Zimmer auf sein Bett fallen, ohne sich auszuziehen. Juliette zog ihm nur die Schuhe aus und deckte ihn mit seiner gemusterten Steppdecke zu. Alice okkupierte endlos lange das Badezimmer unter dem Vorwand, dass sie sich abschminken müsse. Es war schon spät, als Juliette endlich ein entspannendes Kräuterbad nehmen konnte. Sie schloss die Augen, gemischte Gefühle überkamen sie, und sie schlief ein.

Die Kälte und ihr steifer Hals weckten sie. Das Badewasser war lau, und ihr Nacken tat weh. Sie trocknete sich ab und schlüpfte in einen weichen Bademantel. Als sie noch mal nach den schlafenden Kindern sah, lag Alice zusammengerollt da und nutzte nur ein Drittel des Betts, während Aurélien das ganze Bett einnahm, sein Kopf, seine Arme und seine Beine waren ausgestreckt, sodass er wie ein Stern mit fünf Zacken wirkte.

Juliette ging auf den Balkon und betrachtete die nächtlichen Lichter von Paris. Die Luftverschmutzung machte es unmöglich, die Sternbilder zu erkennen. Sie dachte an eine Geschichte, die ihre Großmutter ihr einmal erzählt hatte, als sie sich den Himmel im Gers angesehen hatten. »Ein Seemann sagt zu seinem Sohn: ›Sieh dir die Sterne an, mein Kleiner, sie sprechen auf der ganzen Welt dieselbe Sprache. Wenn du ihre Sprache verstehst, kannst du dich nie verirren.‹«

Hatte ihr guter Stern sie zu dem verlassenen Dorf geführt?

4

Am nächsten Morgen suchte Juliette, während Alice und Aurélien noch schliefen, im Internet nach der Telefonnummer des Notars Fabre. Der Mann hatte eine junge Stimme und sprach mit dem Akzent der Gegend; er hatte das Notariat gerade erst von seinem Vater übernommen. Juliette fragte ihn, wem das Haus von Clémence gehörte. Fabre junior erzählte ihr, dass es zuerst an einen Holländer verkauft worden und dann in andere Hände gelangt sei. Der jetzige Besitzer, Jacques Barrier, sei ein Mann in den Fünfzigern, der im Rollstuhl sitze. Er lebe wie ein Eremit und verlasse niemals das Haus, er habe nicht einmal Telefon und wolle das Haus nicht verkaufen.

Dann erkundigte Juliette sich nach weiteren Details über die alte Schule. Der Preis war tatsächlich unglaublich niedrig.

Bei der Zeitung war sie an diesem Tag ausgesprochen effektiv. Sie schrieb den Artikel eines freien Mitarbeiters um, kontrollierte den Zeilenumbruch und leitete eine Sitzung. Als sie nach Hause zurückkehrte, beglich sie offen gebliebene Rechnungen, bügelte Kleider, stopfte die Jeans von Aurélien, reparierte den Fuß von Alice' Lampe, goss die Pflanzen und wachste das Ruder. Dann öffnete sie den alten Seemannskoffer vom Trödelmarkt und nahm eine Akte heraus. Sie sah sie durch und schrieb alle Ziffern in ein blaues Spiralheft. Sie achtete darauf, Euro und Franc nicht zu verwechseln.

Es war wirklich verlockend. Sie hatte zwar nie die Absicht gehabt, ein Haus zu kaufen, doch diese alte Schule hatte sich ihr sozusagen aufgedrängt und wollte sie anscheinend nicht mehr loslassen. Juliette hatte Geld auf der Bank, und wenn sie die letzten Ersparnisse zusammenkratzte, reichte es, um das Gebäude ohne Kredit zu kaufen. Bei so einem Preis wäre es lächerlich gewesen, die Gelegenheit zu verpassen. Die Luft im Gers war gut und gesund, und genau das hatte der Arzt Aurélien empfohlen. Alice könnte die Gegend kennenlernen, in der ihre Großmutter gelebt hatte, die sie nie kennengelernt hatte. Juliette hätte dort endlich Gelegenheit, in Ruhe mit ihr zu reden und das Eis zu brechen. Sie würde Sarah und John die Schlüssel geben, die sich in ihrer Abwesenheit um alles kümmern würden. Die Kinder kannten nur Ferienklubs, und jetzt würden sie endlich Gelegenheit haben, bleibende Kindheitserinnerungen zu sammeln. Es war bestimmt verrückt, das Haus zu kaufen … Aber es war das erste Mal seit zehn Jahren, dass sie etwas Verrücktes vorhatte.

Eine Woche nach dem Besuch bei Sarah unterschrieb Juliette den Kaufvertrag für die Schule.

Es gab nur drei direkte TGV-Verbindungen zwischen Paris und Agen, morgens, am frühen Nachmittag und am Spätnachmittag. Sie hatte sich den frühen Zug ausgesucht. Auf dem Bahnhof von Montparnasse wimmelte es schon von Leuten: Studenten mit Rucksäcken, junge Erwachsene mit großen Koffern, alte Leute mit Rollkoffern und Obdachlose mit ihren Hunden. Während der Vier-Stunden-Fahrt schlief sie. Sie wollte nicht nachdenken, nicht an der Sache zweifeln und öffnete bloß das rechte Auge, als der Zug in Angouleme hielt, das linke in Bordeaux und beide Augen erst in Agen, wo Sarah auf sie wartete.

Agen lag im Département Lot-et-Garonne. Der Weg, auf dem ehemals Zinn nach Italien befördert worden war, wurde immer noch Römerstraße genannt. Sie verband Astaffort, die Stadt des Sängers Francis Cabrel, mit Lectoure im Département Gers. Sarah erzählte Juliette, dass dank des Sängers viele Vorpremieren in Astaffort stattfanden. Die Leute aus dem Gers fuhren dann zu den Vorstellungen und aßen im Restaurant *Une Auberge en Gascogne.*

Die Landschaft veränderte sich, sobald sie im Gers waren: nicht mehr nur plattes Land, Hügel erhoben sich, und das Licht veränderte seine Farbe. Sarah brachte ihre Freundin zum Notariat. Juliette wartete in einem Raum, in dem außer ihr schon zwei Herren saßen.

Baptiste Fontani, ein Mann über sechzig, zerknüllte seine Mütze und fühlte sich offensichtlich unwohl. Er war ein ehrlicher Bauer, und es passte ihm gar nicht, dass er zum Notar gehen musste, nur um irgendwelche alten Wegerechte zu regeln. Er lächelte Juliette auf ihre Begrüßung hin freundlich zu.

Sein vierunddreißigjähriger Sohn Barnabé hatte sanfte braune Augen und schon weiße Haare und nickte ihr bloß zu. Als er sie ansah, dachte er: typische Pariserin. Er fühlte sich beklommen, und dafür gab er ihr die Schuld.

Juliette konnte nicht ahnen, was in ihren Köpfen vorging. Sie fand, dass sie sich ähnlich sahen, und staunte über die Haarfarbe des Sohnes. Das Wartezimmer war gemütlich und mit modernen Bildern geschmückt. Juliette dachte an das Dossier, das sie für ihre Zeitung über Notare in der Provinz gemacht hatte. Darin hatte gestanden, dass sie mit Absicht schlecht geschnittene Anzüge trugen, dass ihre Kanzleien heruntergekommen seien und sie alte Autos fuhren, damit ihre Kunden ihnen nicht vorwarfen, sich auf ihre Kosten zu bereichern.

Das war bei Fabre junior nicht der Fall. Er trug einen gut sitzenden Anzug, eine Reverso-Uhr und hatte ein modernes Büro. Offensichtlich freute es ihn, dass Juliette sich zu dem Kauf entschlossen hatte. Mehrere Gesellschaften hatten schon versucht, das ganze Dorf zu kaufen, um daraus entweder ein Hotel oder eine Firma zu machen, aber die Gemeinde hatte sich geweigert, und die alten Häuser standen weiterhin leer. Der Notar beglückwünschte Juliette zu ihrem Kauf. Die Schule war frei, und sie konnte sofort mit der Renovierung beginnen.

Am Nachmittag fuhr sie mit dem Zug zurück und schlief wieder ein, weil sie vor Aufregung völlig erschöpft war. Als sie am Bahnhof von Montparnasse ankam, ging sie auf die Warteschlange bei den Taxis zu. Ein Mann mit dem Profil eines Raubvogels trat einer alten Frau auf den Fuß, woraufhin sie ihm einen Schlag mit dem Regenschirm versetzte. Ein junges Mädchen mit einem Baby wollte für fünf Euro in den Val-de-Marne fahren, und mehrere Fahrer wiesen sie ab. Ein junges, arriviertes Ehepaar mit zwei Vorzeigekindern ging verächtlich an ihr vorbei.

»Sie sollten den RER nehmen«, riet ihr Juliette.

Sie zog ihren Plan aus der Tasche und ging ein paar Schritte zur Seite, um ihr zu zeigen, an welcher Station sie aussteigen müsste. Als sie sich wieder an ihren Platz in der Schlange stellen wollte, wurden die Leute wütend.

»Hinten anstellen, wie alle anderen auch!«

»Ich war vor Ihnen hier, ich habe nur jemandem eine Auskunft gegeben.«

»Pech gehabt«, schimpfte eine Frau mit zusammengekniffenen Lippen.

Juliette wünschte ihr, dass sie in Hundekacke treten würde. Dann nahm sie die Metro.

Abends zum Nachtisch gab es Obstsalat, weil Aurélien keinen Kuchen essen durfte. Auf den Salat stellte Juliette ein kleines Chalet aus Plastik, das sie vom letzten Weihnachtskuchen aufbewahrt hatte.

»Gibt es was zu feiern?«, fragten die Kinder erstaunt.

»Ich habe eine Überraschung für euch.«

»Kriege ich eine Vespa?«, fragte Alice.

»Kriegen wir einen neuen Computer?«, fragte Aurélien.

Juliette schüttelte den Kopf und sah Sterne vor den Augen.

»Ich habe etwas Verrücktes gemacht«, verkündete sie. »Wir haben jetzt ein eigenes Ferienhaus. Ich habe die alte Schule in der Nähe von Sarah gekauft.«

5

Das mit Ziegeln gedeckte Gebäude aus gelbem Sandstein war in tadellosem Zustand. Der Boden aus roten Steinplatten war ausgetreten. Im Erdgeschoss lagen ein großer und zwei kleine Klassenräume, eine Küche, ein Badezimmer und das Lehrerzimmer. Der voll ausgebaute Speicher konnte leicht in zwei schöne Zimmer für Alice und Aurélien verwandelt werden, man brauchte nur mehrere große Dachluken einzubauen, damit Licht einfiel. Juliette war sicher, dass sich das problemlos machen ließe, und bat den Bürgermeister um Erlaubnis. Doch die Gemeindeverwaltung erteilte per Einschreiben eine Absage. Man gestattete ihr, das Gebäude zu renovieren, aber auf gar keinen Fall, Veränderungen vorzunehmen.

Sarah machte Juliette mit Pascal Castera bekannt, einem Einheimischen mit kurz geschorenen Haaren, der alle möglichen Berufe ausübte. Eigentlich war er Schreiner, aber zugleich auch Klempner, Elektriker und Maurer. Er war genau der Mann für ein Haus, in dem eine Frau und Kinder wohnten.

»John ist handwerklich völlig ungeschickt. Pascal hat alles bei uns gemacht«, sagte Sarah.

»Sie brauchen mir nur einen Auftrag zu geben, und schon ist es fertig«, sagte Castera lachend.

Juliette erklärte ihm genau, was er zu tun hatte, und er versprach ihr, dass er gleich am nächsten Tag beginnen würde. Sie bot ihm ein Glas Wein an, um ihre Abmachung zu besiegeln, aber er lehnte ab.

»Das hat er bei uns am Anfang auch so gemacht«, sagte Sarah, nachdem Castera gegangen war. »Er will nicht mit dir trinken, weil er dich noch nicht gut genug kennt. Hier trinkt man nur unter Freunden und wenn man sich völlig entspannen kann. So weit seid ihr noch nicht.«

Den ganzen Juli lang hielt Juliette ihr höllisches Lebenstempo durch. Dazu kamen noch die Fahrten in den Gers, um die Fortschritte von Casteras Arbeit zu begutachten. Er arbeitete effizient und mit bester Laune. Juliette hatte den Gedanken, den Speicher umzubauen, nicht aufgegeben, und sie entschloss sich, darum zu kämpfen. Castera arbeitete gerade an einem

Fensterladen, als Juliette unverrichteter Dinge vom Bürgermeisteramt kam.

»Es ist unerhört«, sagte sie niedergeschlagen. »Der Bürgermeister hat mich noch nicht einmal empfangen.«

»Er nimmt es Ihnen übel«, stellte Castera fest, als er den nächsten Fensterladen aus den Angeln hob.

»Ich kenne ihn doch nicht einmal. Was habe ich ihm denn getan?«

Castera erklärte ihr, dass der Bürgermeister die Ruinen hatte erwerben wollen, um ein einträgliches Immobiliengeschäft zu machen. Juliettes plötzliches Auftauchen und ihre Schnelligkeit beim Erwerb des Gebäudes hatten ihm einen Strich durch die Rechnung gemacht, weil die Sache nur Sinn gehabt hätte, wenn alle Häuser gekauft worden wären.

»Davon konnte ich nichts wissen. Er hätte eben schneller schießen müssen. Allerdings sollte ein Bürgermeister den Staat repräsentieren und nicht den Freibeuter spielen!«

Castera prustete vor Lachen.

»Wir sind hier auf dem Land«, sagte er. »Wir nehmen uns für alles Zeit. Wir leben heute und nicht morgen, also haben wir keine Eile. Daran müssen Sie sich gewöhnen.«

Juliette begriff und ging nicht weiter darauf ein. Es war nicht so schlimm, sie würden ohnehin nur ihre Ferien hier verbringen. Sie beschloss, das große Klassenzimmer zum Wohnzimmer zu machen, die beiden kleinen Alice und Aurélien zu geben und das Lehrerzimmer für sich zu behalten. Wenn keine Dachfenster erlaubt waren, konnte sie den Speicher später immer noch mit einer besonderen Beleuchtung ausstatten.

»Zwei Generationen Kinder haben hier lesen gelernt. Dieses Haus hat eine Seele«, sagte sie Castera.

»Ich verstehe, was Sie sagen wollen: Hier gibt es positive Schwingungen. Wie viel Uhr ist es?«

»Sechs Uhr.«

Castera warf ihr einen viel sagenden Blick zu.

»Sie möchten bestimmt nach Hause gehen«, sagte Juliette. »Es tut mir leid, ich habe gar nicht gemerkt, wie die Zeit vergangen ist.«

Castera schüttelte den Kopf.

»Euch Parisern muss man wirklich viel beibringen«, sagte er lachend. »Sechs Uhr, da ist der Aperitif dran. Wenn Leute um diese Zeit bei Ihnen vorbeikommen, dann erwarten sie, dass Sie ihnen etwas zu trinken anbieten.«

Juliette lächelte und begriff, dass sie einen großen Schritt weitergekommen war.

»Ich habe Weißwein im Kühlschrank. Ist Ihnen das recht, Monsieur Castera?«

»Sehr gut«, sagte er. »Sagen Sie doch Pascal zu mir.«

Im August konnten Juliette und die Kinder das Haus beziehen. Ihre Wohnung in Paris war untervermietet. Das erste Mal in ihrem Leben war Juliette Hausbesitzerin. Die Wände, der Garten, sogar der Blick gehörten ihr. Sie konnte pleite, krank, arbeitslos sein, das Haus konnte ihr niemand nehmen, keiner konnte sie verjagen. Dieser Gedanke gab ihr Kraft.

Pascal hatte die groben Arbeiten fertig gestellt, und jetzt wollten sie alles in Ruhe zu Ende bringen. Sie strichen mit Rollen die Wände an. Sarah unterstützte sie, indem sie ihnen prächtige Picknickkörbe brachte, und John schleppte ganze Arme voller Pflanzen an. Auch Buckingham kam mit und sabberte vor Freude die frisch gestrichenen weißen Wände voll.

Früher hatten die Häuser der Gegend blaue Läden gehabt, weil die Farbe damals mit Ammoniak gemischt wurde und Fliegen abhielt. Genauso hatte man auch Wagen und Kuhhörner angestrichen. Diesen Brauch gab es immer noch. Alice selbst übernahm die Verantwortung für die Läden und strich sie mit Lectoure-Blau an. Im 15. Jahrhundert galt das aus einer

Pflanze gewonnene okzitanische Pastell, das man Blau der Könige nannte, weil es so leuchtend und intensiv war, als das beste in Europa. Später hatten die billigeren Indigo-Pigmente das Pastell verdrängt, und erst seit 1994 wurde in Lectoure wieder reines Pigment gewonnen und für Kunst, Textilien und Dekorationszwecke zu Farbe verarbeitet.

Sarah und John, Juliette und die Kinder besuchten die verschiedensten Dorffeste. Im Sommer gab es im Gers alle möglichen Anlässe zu feiern. Es gab diverse Märkte, auf denen Produkte aus der Gegend verkauft wurden, ein Knoblauchfest in Mauvezin und Saint-Clar, die Leberpasteten-Messe in Samatan, den Markt mit nach alten Rezepten hergestellten Esswaren in Seissan, ein Melonenfest in Lectoure, musikalische Abende in Cologne, ein Himmels- und Weltraumfestival in Fleurance, ein Mittelalterfest in Sarrant und ein Jazzfestival in Marciac.

Juliette war überzeugt, dass die Gegend auch ihre kleine Schwester für sich einnehmen würde, aber noch vermisste Alice die Stadt und ihre Freundin Marion. Sobald über etwas anderes gesprochen wurde als Klamotten, Kino, Casting-Shows oder die Erhöhung des Taschengeldes, igelte sie sich ein.

Eines Abends saßen sie bei Sonnenuntergang vor dem Haus, und Alice fragte Juliette:

»Du kannst dich bestimmt noch an Mama und Papa erinnern, oder? Wenn ich an sie denke, sehe ich nur noch so etwas wie einen flimmernden Schwarz-Weiß-Film vor mir.«

»Die Gesichter und die Stimmen verschwimmen, aber die Erinnerungen bleiben wach«, sagte Juliette mit sanfter Stimme. »Wir haben über das, was vor zehn Jahren passiert ist, noch nie gesprochen.«

»Mich interessiert nicht ihr Tod, sondern ihr Leben«, unterbrach Alice sie störrisch.

»Jemand hat dir wohl gesagt, dass sie zu mir unterwegs waren …«

»Ich habe dir eine Frage gestellt, und du antwortest nicht darauf.«

Die beiden Schwestern saßen einander gegenüber, und beide wollten nichts als ihre innere Ruhe finden. Juliette wollte sich alles von der Seele reden, doch Alice wollte nichts davon wissen.

»Sie sind tot, Alice, und wir müssen damit klarkommen«, sagte Juliette.

»Und du musst mich ertragen, ich weiß«, ereiferte sich das junge Mädchen. »Du brauchst mich nicht. Du hast ja Aurélien, ich bin nur eine Last für euch.«

»Wenn du so etwas glaubst, dann bist du einfach nur eine Idiotin.«

»Das liegt in der Familie«, sagte Alice und stand auf.

Sie lief in ihr Zimmer und schloss sich ein. Juliette schüttelte entmutigt den Kopf und blickte in die Ferne, wo gerade die orangefarbene Sonne am Horizont versank.

Am Morgen nach dem Streit wachte Juliette bei Sonnenaufgang auf und hatte große Lust, alleine zum Haus von Clémence zu fahren. Sie wurde den Gedanken nicht los, nichts hielt sie mehr im Bett. Sie zog sich an, schrieb ein paar Worte an ihre Schwester und ihren Sohn, damit sie sich keine Sorgen machten, kritzelte nervös etwas auf ein weiteres weißes Blatt und legte es in einen Umschlag. Dann öffnete sie lautlos die Tür, setzte sich ans Steuer ihres Twingo und fuhr los.

Als sie etwas weiter entfernt war, drehte sie den Ton ihres Radios auf volle Lautstärke. Jean-Jacques Goldmann sang *J'irai au bout de mes rêves.* Sie beschleunigte, und das kleine schwarze Auto fuhr gehorsam schneller. Sie fand den Weg ohne Mühe wieder, genau wie ein Pianist im Dunkeln die richtigen Tasten spielt.

Als sie die Landstraße verließ und auf einen Feldweg einbog, kam ihr ein Traktor entgegen. Er fuhr in der Mitte des Wegs und nahm den gesamten Platz ein. Am Steuer saß ein alter Mann in Blaumann und Arbeitshelm. Sie wich nach rechts aus, aber der Traktor fuhr einfach weiter, ohne auf den Twingo zu achten. Sie hupte laut, auch mit der Lichthupe versuchte sie es.

Der Traktor kam näher. Juliette setzte ihr Auto möglichst nah an den Graben heran und drehte ihre Scheibe herunter.

»He, Sie! Hallo!«

Der Mann starrte weiter unbeirrt nach vorn.

»Wollen Sie mich platt fahren?«

Der Mann antwortete nicht und wich nicht einen Zentimeter zur Seite. Er hielt das große Steuerrad fest, sein gelber Hund saß neben ihm. Aus der Höhe seines Traktors überragte er sie. Das war seine Art, sich für die Landflucht zu rächen. Sein Vater hatte ehemals eine einträgliche Viehzucht besessen. Seine Familie hatte einmal Schweine, Gänse und schöne, fette Hühner, die viele Eier legten. Aber jetzt waren nur noch Touristen in grellbunter Kleidung hier, die das Land verschandelten, Schwimmbäder bauten und Grillpartys feierten.

Juliette hupte noch einmal. Sie bekam es mit der Angst zu tun. Sie war alleine auf dem Weg in ihrem kleinen Auto, dessen Karosserie dem Traktor niemals standhalten würde. Sie wollte zurückfahren, doch ihr Fuß rutschte ab und sie würgte den Motor ab. Sie überlegte, ob es nicht besser sei, aus dem Auto zu springen und sich in dem Feld in Sicherheit zu bringen, doch sie schämte sich schon allein bei dem Gedanken. Mit zusammengebissenen Lippen blieb sie, die Hände fest am Steuer, sitzen, und ihr Herz schlug heftig.

Der Mann fuhr weiter auf sie zu. Seine Hündin saß neben ihm und hielt den Kopf in den Wind.

»Oh, es ist schön ruhig hier, stimmt's, Süße?«, raunte er ihr zu. »Hörst du diese Stille?«

Er sah die Pariserin an und hatte plötzlich Mitleid mit ihr, so wie einem Kind der Schmetterling leidtut, den es für seine Sammlung mit einer Nadel aufspießt. Im letzten Moment warf er das Steuer herum. Der Traktor fuhr ein paar Zentimeter am Twingo vorbei und bespritzte ihn mit Dreck.

»Sie sind verrückt!«, schrie Juliette.

Der Mann reagierte nicht und verschwand mit seinem Traktor, während Juliette aufatmete und ihr Herz wieder zu einem normalen Rhythmus fand.

»Zu viel Inzest«, sagte sie wütend und erleichtert zugleich. »Zu viel Côte-de-Saint Mont und Côte de Gascogne. Welcher Idiot hat bloß erzählt, dass die Gascogner nett sind?«

Obwohl es noch frühmorgens war, brannte Licht hinter den roten Fensterläden von Clémence' Haus. Leise Musik war zu hören, und Juliette erkannte *Georgia on my mind.* Sie ging entschlossen vorwärts und zog an der Glocke, die sie noch aus ihrer Kindheit so gut kannte. An der Art, wie die Musik verstummte, merkte sie, dass es keine Aufnahme war, sondern dass jemand gespielt hatte. Aber niemand öffnete. Juliette nahm den Umschlag und warf ihn in den Briefkasten. Sie wartete vergebens. An einem Fenster bewegte sich der Vorhang ein wenig, als habe eine Hand oder der Wind ihn berührt.

6

Am selben Abend parkte Jeanne, eine elegante schöne Frau Mitte vierzig mit schwarzem Dutt und blauen Augen, vor dem Haus mit den roten Fensterläden. Sie öffnete das Tor, nahm die Post aus dem Briefkasten und ging mit den Einkäufen aus dem Supermarkt durch den Garten.

Außen war das Gebäude recht heruntergekommen, doch im Innern war es mit allem modernen Komfort ausgestattet. Jacques Barrier saß in seinem Rollstuhl und spielte Jazz auf einem Tenorsaxophon in einem großen Raum, dessen Wände ringsum mit Bücherregalen bestückt waren. Die gedämpfte Beleuchtung war sorgfältig ausgetüftelt worden. Der Mann verbrachte sein ganzes Leben dort. Er hatte die gleichen Augen wie die Frau.

Jeanne legte die Post auf den Tisch. Jacques öffnete den Brief und las ihn ungerührt. Juliette stellte sich ihm vor und bat ihn, das Haus ihrer Kindheit besichtigen zu dürfen.

»Hier«, sagte Jacques und hielt seiner Schwester den Brief hin.

»Von wem ist der?«, fragte Jeanne.

»Sieh selbst nach …«

Sie nahm das Blatt Papier, überflog es, zerriss es wütend und warf es mit einer heftigen Armbewegung in den Papierkorb. Ihr schönes Gesicht verzog sich vor Hass.

»Was für eine Dreistigkeit! Du antwortest ihr doch hoffentlich nicht?«

»Mal sehen«, sagte Jacques nachdenklich.

7

Am Freitag war immer Markt in der Stadt, einem ehemaligen römischen Oppidum, von dem aus man sich nähernde Feinde hatte beobachten können. Juliette und Sarah erledigten ihre Einkäufe gemeinsam, die eine mit einer rosa Strohtasche, die andere mit einem Weidenkorb.

Von einem Regal verdeckt, verfolgte Jeanne sie mit feindseligem Blick.

»Du und deine Schwester, ihr habt ein komisches Verhältnis«, bemerkte Sarah. »Hast du Lust, darüber zu reden?«

»Ehrlich gesagt, nein.«

»Darf ich dir noch eine zweite Frage stellen?«

»Du kannst es gerne versuchen.«

»Warum hast du den Leuten hier nicht erzählt, dass du die Enkelin von Clémence bist?«

»Weil sie das nicht interessiert. Sie ist 1989 gestorben, ihre Generation lebt nicht mehr, oder sie sind verblödet, und den anderen ist es egal. Ich habe keine Lust, Erinnerungen wiederzukäuen, die nur mir gehören … und dir«, fügte sie hinzu und drückte den Arm ihrer Freundin.

»Okay. Und eine dritte und letzte?«

»Leg los.«

Sarah sah ihr in die Augen:

»Wer ist der Vater von Aurélien?«

Juliette lächelte. »Du hast dir ganz schön Zeit gelassen«, sagte sie. »Es ist niemand.«

»Künstliche Befruchtung?«

»Hallodri. Ich war neunzehn und ziemlich naiv.«

Sarah lachte.

»Er hat nie über sein Leben gesprochen, ich wusste nichts über ihn«, fuhr Juliette fort. »Er wohnte in einem Dienstmädchenzimmer unterm Dach und nahm mich auf Klettertouren über die Dächer von Paris mit. Er war unwiderstehlich und lustig, aber er hat mich ständig versetzt. Ich bin für eine Reportage ans Ende der Welt gefahren, um von ihm loszukommen. Und dann habe ich gemerkt, dass ich schwanger bin.«

»Verdammt.«

»So ist es. Ich war allein und ratlos, und dann habe ich meine Eltern angerufen. Das werde ich mein Leben lang bereuen.«

Sie biss sich auf die Lippen.

»Was für eine Dummheit, Sarah! Sie wollten zu mir kommen. Mein Vater steckte tief in der Arbeit und hat seine Termine bei Gericht verschoben. Meine Mutter hat Alice, die erst fünf Jahre alt war, einer Freundin anvertraut. Sie sind aus Paris losgefahren. Aber sie sind nie bei mir angekommen.«

Ein langes Schweigen folgte auf diese Enthüllungen.

»Als ich das letzte Mal mit ihm telefoniert habe, hat Papa mir gesagt: ›Mach dir nichts draus, wir kommen, und alles wird gut.‹ Und Mama hat hinzugefügt: ›Wenn du diesen Mann liebst, dann wird es ein Kind der Liebe wie du und deine Schwester‹«, sagte Juliette mit erstickter Stimme.

Sie fasste sich wieder.

»Ich habe so einen Mist gebaut: Ein Kind ohne Vater, und meine Eltern sind meinetwegen gestorben. Alles ist meine Schuld!«

»Nein, das ist es nicht«, widersprach Sarah.

»Alice ist vom Gegenteil überzeugt. Sie hat den Mädchen aus ihrem Ballettkurs erzählt, dass ich sie umgebracht habe …«

Das Obst und Gemüse auf den Ständen strahlte in der Sonne, und die Tomaten glänzten. Das Grün des Salats leuchtete gesund, die Pampelmusen leuchteten, die Natur, die im Sommer so großzügig ist, verjagte alle Gedanken an den Tod.

»Irgendwie hat sie ja recht«, fuhr Juliette leise fort. »Wenn sie Paris nicht meinetwegen verlassen hätten, wären sie nicht gestorben.«

»Das ist absurd und lächerlich. Hast du es ihr gesagt?«

Juliette schüttelte den Kopf.

»Ich schaffe es nicht. Wir umkreisen uns wie Sumoringer vor dem Kampf. Sie weiß noch nicht einmal, dass ihre Tanzlehrerin mit mir darüber gesprochen hat.«

Sarah verzog das Gesicht.

»Ich verstehe. Und wie war das mit Aurélien? Was ist mit seinem Vater passiert, als du nach Paris zurückgekommen bist?«

»Ich habe versucht, ihn zu benachrichtigen, aber er war verschwunden. Er war umgezogen, ohne eine Adresse zu hinterlassen, hatte seine Arbeit gewechselt, und ich wusste nicht das Geringste über seine Familie. Ich habe mein Kind alleine zur Welt gebracht, ohne Mann, ohne Eltern. Ein Rekord! Das Personal war fest davon überzeugt, dass ich von zu Hause weggelaufen war. Wenn ich nicht volljährig gewesen wäre, hätten sie die Polizei verständigt.«

Juliette erstarrte, als sie an diese schreckliche Zeit dachte, als sie Leben in sich trug und ihren Eltern den Tod gebracht hatte.

»Wie bist du danach zurechtgekommen?«

»Ich bin mit dem Baby nach Hause gegangen, habe Alice abgeholt, als freie Mitarbeiterin bei der Zeitung angefangen und geschuftet. Ich bin auf Anhieb von einer egoistischen Tussi zu einer verantwortungsbewussten Familienmutter geworden.«

Sie hielten vor einem Stand, auf dem sich ein Erdbeerberg türmte. Der Verkäufer hielt ihnen eine Erdbeere zum Probieren hin. Juliette aß die Frucht mit großer Freude. Schon in drei Tagen musste sie mit den Kindern nach Paris zurückfahren, um alles für den Schulanfang fertig zu machen.

»Die Zeit ist zu schnell vergangen«, seufzte sie. »Ehrlich gesagt habe ich überhaupt keine Lust zurückzufahren.«

»Dann habe ich es also richtig gemacht, als ich dich überredet habe herzukommen«, sagte Sarah, während sie eine Melone in der Hand wog. »Eine für heute und eine für morgen, bitte.«

Der joviale Mann suchte sorgfältig aus.

»Guten Appetit!«, sagte er mit seinem südlichen Akzent. »Bei der starken Sonne sollten Sie besser einen Hut tragen. Aber wenn Ihnen schlecht werden sollte, machen Sie sich keine Sorgen, ich habe einen Erste-Hilfe-Ausweis. Wenn eine Frau sich unwohl fühlt, muss man als Erstes ihren Büstenhalter öffnen. Sie also können ganz beruhigt sein, ich bin zur Stelle!«

Die beiden Frauen lächelten.

»Ich gerate wieder in den Pariser Stress, schufte von früh bis spät und vergeude meine Zeit mit der Parkplatzsuche. Aber ich muss einfach zurück«, sagte Juliette traurig.

»Warum?«

»Du bist witzig. Um unseren Lebensunterhalt zu verdienen natürlich.«

»Es gibt auch eine andere Art zu leben.«

»Sieht so aus. In den letzten Monaten habe ich häufig den TGV hierher genommen, wie du weißt. Denn du hast mich dann ja immer in Agen abgeholt. Und bei jeder Reise haben meine Nachbarn über dasselbe debattiert. Wie kombiniert man am besten die Vorteile der Stadt mit denen des Landes? Die Schlussfolgerung war immer dieselbe: Man sucht sich sein Leben nicht aus, man muss mit dem, was man hat, zufrieden sein.«

»Nicht unbedingt«, sagte Sarah. »John und ich haben uns unser Leben ausgesucht.«

»Das stimmt, aber die Ausnahme bestätigt die Regel«, sagte Juliette.

Sie verabschiedeten sich voneinander, weil Sarah mit John

verabredet war. Juliette kaufte drei Zeitungen und blätterte im Gehen darin herum. Es gab Fotos von einem Kegelwettbewerb, der kürzlich stattgefunden hatte. Die Ergebnisse von Fußball- und Rugbyspielen wurden auch dokumentiert. Eine gascognische Komödie wurde in einer Kirche aufgeführt. Stier-Clubs hatten Versammlungen abgehalten. Für den kommenden Sonntag wurde eine Lotterie in der Mehrzweckhalle angekündigt. Die Dorffeste häuften sich. Das Glück war zum Greifen nahe.

Juliette hob den Kopf und lächelte dem Verkäufer zu, vor dessen Stand sie stehen geblieben war. Sie erkannte den jungen Mann mit den weißen Haaren, der ihr beim Notar aufgefallen war. Der Markt war voller Farben, Gerüche und Geschrei. Es wäre undankbar gewesen, traurig zu sein.

Sie richtete sich auf und sah in den Mittagshimmel. Seit dem Abend, an dem sie mit der Tanzlehrerin gesprochen hatte, träumte sie häufig von ihren Eltern oder ihrer Großmutter und wurde in eine behütete Vergangenheit zurückkatapultiert. Wenn sie aufwachte, brauchte sie einige Sekunden, um zu begreifen, dass diese Zeiten unwiederbringlich vorüber waren und dass sie den anklagenden Blick ihrer Schwester ertragen musste.

Barnabé Fontani stapelte die leeren Kisten aufeinander. Er erwiderte das Lächeln der Pariserin und erinnerte sich, dass sie beim Notar grelles Rot getragen hatte. Er hatte sein ganzes biologisches Gemüse verkauft und nur einen kleinen Sack für seinen Vater aufgehoben. Er legte ihn in seinen Lastwagen und fuhr davon. Baptiste saß vor seiner Tür, und als er seinen Sohn kommen sah, ging er ihm entgegen.

»Wie läuft das Geschäft?«

»So weit, so gut … aber von dem Guten ist wenig zu spüren«, sagte Barnabé.

Baptiste nickte unbeholfen. Er wusste nicht, wie er sich seinem Sohn gegenüber verhalten sollte, seit im letzten Winter seine Schwiegertochter Viviane gestorben war. Innerhalb eines Monats hatte ein aggressiver Krebs die junge und schöne Viviane in eine alte Frau verwandelt. »Ich sehe aus wie meine Großmutter«, sagte sie erstaunt, als sie im Spiegel ihr mageres Abbild sah. Sie war ruhig eingeschlafen, ohne dass der Arzt etwas daran hätte ändern können. Der mutige und stolze Tod der Fee Viviane hatte Barnabé das Herz zerrissen, innerhalb einer Nacht waren seine Haare schlohweiß geworden. Ohne seinen Sohn Nicolas hätte er den Verstand verloren, aber der kleine zehnjährige Junge brauchte ihn.

»Ich habe dir Zucchini mitgebracht«, sagte Barnabé zu seinem Vater. »Und jetzt muss ich zum Stadion. Ich habe Nicolas versprochen, dass ich ihm beim Rugbyspielen zusehe.«

Er richtete sich auf und blickte in die südliche Sonne. Nachts träumte er oft von Viviane und wurde so in schöne alte Zeiten zurückversetzt. Wenn er aufwachte, brauchte er eine Weile, um zu begreifen, dass sie nie wiederkommen würde und dass er trotzdem weiterleben musste.

8

In Paris fiel Nieselregen, die Autos, der Asphalt und die Brillen der Leute glänzten in der feuchten Luft. Nachdem Juliette zwanzig Minuten um das Gebäude gekreist war, in dem die

Praxis des Diabetesspezialisten lag, stellte sie schließlich ihr Auto auf einem für Lieferanten reservierten Parkplatz ab.

Der Arzt war zufrieden und beglückwünschte sie zu ihren Ferien auf dem Land. Am Ende der Untersuchung strahlte Aurélien.

»Ich darf wieder zu McDonald's, Mama!«

Juliette lächelte ihm zu.

»Nur weil dein Diabetes durch Diät und Behandlung gut eingestellt ist. Also nicht mehr als einmal im Monat, das hat der Arzt deutlich gesagt. Ist das klar?«

»In Ordnung.«

»Hast du verstanden, was er dir erklärt hat? Einen doppelten oder einfachen Hamburger ohne Bacon. Eine kleine Portion Fritten, genau so viel Kohlehydrate, wie du brauchst. Einen Salat wegen der Fasern und gegen den Hunger. Und ein Getränk ohne Zucker.«

»Kann ich schon auswendig!«

Seine Augen leuchteten.

Abends rief Noémie an und lud sich zum Abendessen ein, das sie selbst mitbringen wollte. Sie kam mit tiefgefrorenen Törtchen, die man in der Mikrowelle aufwärmen musste.

»Ich hätte uns auch etwas Einfaches kochen können«, sagte Juliette.

»So geht es doch schneller, oder?«

»Ich koche gerne. Ich füttere gerne Menschen und Tiere, das hat für mich etwas Belebendes, verstehst du?«

»Nein. Hör zu, ich muss dir den neuesten Klatsch vom Sommer erzählen. Weißt du schon, dass die Dumonts sich getrennt haben? Ich war geschockt. Er hat eine heiße Affäre mit einer Schwarzen, die ein Praktikum beim Sender gemacht hat und so alt ist wie seine Tochter. Kannst dir ja denken, worum es da geht.«

»Dabei passten sie so gut zusammen.«

»Hallo, hallo. Erde an Juliette: Schluss mit den Märchen, willkommen im wahren Leben! Außerdem habe ich erfahren, dass Loics Nachfolgerin ein Raubtier ist, das mit seinen Reißzähnen das Parkett zerkratzt.«

»Kennst du sie?«

»Nein, aber du wirst sie kennen lernen. In zwei Tagen wird sie über euch herfallen.«

Als Juliette am nächsten Morgen in die Redaktion kam, saß Loic da, die Füße auf dem Schreibtisch, und starrte an die Decke.

»Hallo, meine Süße!«

»Wie ist sie?«

Er verzog das Gesicht.

»Es heißt, dass sie ein echter Profi ist, begeisterungsfähig, positiv und dynamisch, eine tolle Frau, die unser Schiff auf neuen Kurs bringt und die jeder mag. In Wirklichkeit sieht sie aus wie eine Nutte, und sie hat vermutlich mit den richtigen Typen geschlafen, um auf meinem Posten zu landen …«

»Kommst du heute Abend zu uns zum Essen?«

Loic schüttelte den Kopf.

»Ich muss erst meine Entlassung verdauen.«

»Ich dachte, du hättest sie akzeptiert.«

»Das heißt nicht, dass ich damit zufrieden bin. Ich fahre zu meinem Bruder, ein bisschen Luft schnappen, auf die Île Tudy in der Bretagne. Während ihr hier schuftet, sehe ich mir das Meer an. Und wenn mir langweilig wird, zähle ich mein Geld.«

»Ein gutes Besäufnis ist besser als eine miese Depression«, sagte Juliette aufmunternd.

Kaum waren die neue Chefredakteurin und ihre Mitarbeiter eingezogen, wurde alles anders: die Arbeitszeiten, die Gewohnheiten, die Spielregeln und die Projekte. Die Neue hatte ihr Können schon anderswo bewiesen, ihre Ideen verdienten Respekt, weibliche Solidarität wurde großgeschrieben. Juliette beschloss, ihr fair zu begegnen, obwohl sie Loics Weggang bedauerte. Die Frau schenkte ihr ein strahlendes Lächeln. Ihre Zähne waren weiß, die Lippen mit Permanent-Make-up gefärbt, die Wangen geliftet. »Freut mich, Sie kennen zu lernen. Ich habe schon viel von Ihnen gehört«, sagte sie mit heiserer Raucherstimme zu Juliette.

Zu Loics Zeiten war das Büro in britischem Stil eingerichtet gewesen, nun war es mit Glas und Metall ausgestattet, und über das Parkett war ein weißer Teppichboden gelegt worden. Es gab keine Bücher mehr, sondern Bilder in heftigen Farben. Der Ort hatte seine Seele verloren.

»Gefällt es Ihnen?«, fragte die Neue und wies auf die Ausstattung.

»Hat sich verändert«, sagte Juliette.

Zwei Tage später begann sich das Personalkarussell zu drehen. Juliette gehörte zu den Ersten, die entlassen wurden.

Journalisten waren durch die Gewerkschaft gut geschützt und hatten ein Anrecht auf so viele Monatsgehälter wie Berufsjahre, das dreizehnte Gehalt, Prämien, Abfindungszahlungen und weitere Summen, wenn sie geschickt verhandelten. Juliette würde nicht mit leeren Händen dastehen. Sie rief Loic an, der ihr riet, sich zu betrinken oder wie er mit dem Angeln anzufangen.

»Erzähl mir nicht, dass du jetzt schon selbst dein Mittagessen fängst.«

»Nein, aber ich habe mir Stiefel, Ölzeug und eine Profimütze gekauft. Komm zu mir, auf die Île Tudy!«

Sie erinnerte ihn daran, dass in der nächsten Woche die Schule anfing.

Juliette stand zum ersten Mal in ihrem Leben ohne Arbeit da. Sie mochte ihre Wohnung sehr, aber die Miete war zu hoch, und sie wollte ihre Abfindung nicht antasten, die als Notgroschen vorgesehen war. Sie überflog die Wohnungsangebote, um etwas anderes im selben Viertel und in der Nähe von Alice' und Auréliens Schulen zu finden. Die erste Wohnung, die sie besichtigte, lag über einer Disco. Die zweite war so dreckig, dass sie ein Bad nahm, als sie nach Hause kam, und gleich ihre Kleider in die Waschmaschine steckte. Die dritte war genau das Richtige, aber der Vermieter weigerte sich, sie einer alleinstehenden Frau zu vermieten.

»Sie lernen bald einen Mann kennen, und dann ziehen Sie um. Oder alle möglichen Verehrer stehen bei Ihnen Schlange und damit auch bei mir. Ich weiß, wie das Leben ist, meine Liebe. Ich vermiete nur an Weiße ohne Kinder und Tiere.«

Juliette schimpfte gerade über Rassismus, Intoleranz und die Dummheit der Menschen, als Alice aufgeregt nach Hause kam. Ihre beste Freundin Marion war in der Metro angegriffen worden, und ein schwarzer Fahrgast war ihr zu Hilfe gekommen. Im Zug waren lauter weiße Ehepaare ohne Kinder und Tiere gewesen, und alle hatten sich weggedreht.

»Stell dir vor, der Mann, der ihr geholfen hat, hat einen Messerstich abbekommen, Juliette. Und all das für ein armseliges Smartphone. Die Metro ist viel gefährlicher als eine Vespa!«

»Wie geht es Marion? Hat sie was abgekriegt?«

»Sie hat Angst. Und was ist jetzt mit meiner Vespa?«

Juliette schüttelte den Kopf. Wenn ihre Schwester sich etwas in den Kopf gesetzt hatte, dann vergaß sie es keine Sekunde lang.

»Du weigerst dich, weil du mir nicht traust«, sagte Alice wütend.

»Dir schon, aber nicht den Autofahrern. Verzogene Karosserien, zerquetschtes Blech, das ist alles nicht so schlimm. Aber du bist aus Fleisch und Blut, und deine Knochen können brechen. Wenn du volljährig bist, kannst du machen, was du willst.«

»Darauf kannst du dich verlassen.«

Juliette wollte sie aufheitern.

»Aurélien ist nicht da, sollen wir uns Kakao machen?«

Ihre Schwester ging auf das Waffenstillstandsangebot nicht ein.

»Aus dem Nesquick-Alter bin ich raus«, brummte sie.

Der schwarze Twingo steckte schon seit einer halben Stunde auf dem Autobahnring zwischen der Porte de la Muette und der Porte de Passy im Stau. Die Autos standen eng aneinander und kamen nur im Schritttempo vorwärts. Sie machten einer Rettungsambulanz mit kreischender Sirene Platz. Die Blaulichter spiegelten sich in den Rückspiegeln und ließen mit ihrem Blau und Orange die Gesichter der Fahrer noch müder aussehen.

In dem Auto zu ihrer Linken zog ein Mann mit fahlem Gesicht an einer Zigarre. Rechts kreischte eine junge Frau mit gepiercter Augenbrauc in ihr Handy.

»Ich habe Kopfschmerzen. Dauert es noch lange?«, beschwerte sich Aurélien.

»Ist dir nicht gut?«, fragte Juliette, über seinen missmutigen Tonfall erschrocken.

»Doch. Aber ich habe Hunger und hab den Zucker in der anderen Jacke gelassen.«

»Hast du nicht genug zu Mittag gegessen?«, fragte Juliette verwundert.

»Alice hat angerufen, um mir zu sagen, dass sie bei Marion bleibt. Ich habe ferngesehen und bin dabei eingeschlafen. Als du kamst, hab ich mich nicht getraut, dir zu sagen, dass ich nichts gegessen hatte, weil wir sowieso schon zu spät dran waren …«

Juliette traute ihren Ohren nicht.

»Also, Aurélien, du weißt doch genau, dass du nie eine Mahlzeit auslassen darfst!«

»Mir ist kalt, Mama.«

Juliette machte sich Vorwürfe und war verzweifelt. Sie erkannte die typischen Symptome der Hypoglykämie. Der Blutzuckerspiegel von Aurélien sank ab. Dies konnte Unwohlsein und sogar ein Koma auslösen. Aber sie hatte nichts zu essen für ihn. Normalerweise achtete sie immer darauf, dass er Traubenzucker in der Tasche hatte. Aber weil er eigentlich mittags hätte essen sollen, hatte sie nicht daran gedacht.

»Wird sich schon legen«, beruhigte sie ihn. »Hältst du durch?«

»Ich glaube schon.«

Aurélien war blass und verschwitzt und der Krankenwagen schon weit fort. Juliette kurbelte das Fenster herunter und wandte sich an den Mann mit der Zigarre.

»Entschuldigen Sie, haben Sie vielleicht etwas Süßes dabei? Mein Sohn ist Diabetiker und ihm geht es nicht gut.«

Der Mann schüttelte den Kopf und sah sie ungerührt an. Juliette kurbelte das Fenster auf der Seite der gepiercten Frau herunter und fragte sie dasselbe.

»Ich habe nur Kaugummis ohne Zucker«, entgegnete sie. Juliette sah den zitternden Aurélien an.

»Mach dir keine Sorgen, alles wird gut«, sagte sie zu ihm.

Sie gebrauchte dieselben Worte wie damals ihr Vater. Sie ballte die Fäuste und lächelte ihrem Sohn zu, um ihn zu beruhigen, und ließ ihren Blick über die im Schritttempo fahrenden Autos schweifen. Sie war eingeklemmt, sie konnte weder vor noch zurück, es war ein regelrechter Albtraum. Plötzlich sah sie auf der Gegenspur einen Bäckerwagen.

»Aurélien, rühr dich nicht von der Stelle!«

Sie ließ ein Motorrad an sich vorbeifahren, öffnete vorsichtig die Tür und lief auf die Leitplanke zu. Die anderen

Autofahrer sahen sie verdutzt an, was für eine Wahnsinnige, die mitten auf der Stadtautobahn spazieren ging. Sie kletterte trotz der Gefahr über die Leitplanke, gelangte auf die andere Seite, schlängelte sich zwischen den Karosserien hindurch und klopfte an das Fenster. Der Fahrer des Wagens dachte, dass sie betteln wollte.

»Kann ich Ihnen etwas abkaufen?«, fragte sie nervös und zeigte ihm zugleich, dass sie Geld hatte. »Mein kleiner Sohn ist krank, es ist ein Notfall!«

Der junge Mann deutete auf den hinteren Teil seines Fahrzeugs.

»Ich habe Croissants, Brioches und Törtchen ...«

Juliette hätte ihn küssen können.

»Sie sind genial«, rief sie.

»Ich war verzweifelt«, gestand Juliette Noémie am selben Abend bei einem Glas bernsteinfarbenem Lagavulin. »Aurélien war totenblass, und wir waren in diesem Verkehrsstau gefangen. Ich konnte nichts machen, um ihm zu helfen ...«

»Ich dachte, du hättest immer Zucker bei dir?«

»In meiner Tasche, im Handschuhfach und in Auréliens Taschen. Aber er hatte die Jacke gewechselt und ich die Tasche. Und ich hatte das ganze Auto leer geräumt, als ich es zur Inspektion gebracht habe. Kurz gesagt, es ging alles daneben.«

Sie seufzte.

»Ich habe keine Arbeit und bald auch keine Wohnung mehr. Nichts läuft mehr, seit wir zurück sind. Es kommt mir vor wie ein Wink des Schicksals.«

»Mit deinem Ruf und deinen guten Beziehungen findest du schnell wieder eine Anstellung.«

Juliette sah ihr gerade ins Gesicht. Sie hatte den ganzen Tag lang an etwas gedacht, was ihr mit jeder Sekunde klarer vor Augen stand.

»Falls ich es überhaupt will«, sagte sie vorsichtig.

Noémie sah sie fragend an.

»Was willst du damit sagen?«

»Ich bin nicht sicher, ob ich Lust habe, mich gleich wieder auf etwas Festes einzulassen«, erläuterte Juliette. »Ein bisschen Ruhe und Freiheit würde uns allen dreien ganz guttun. Ich habe seit heute Morgen darüber gegrübelt.«

Sie hatte ihre finanzielle Situation mehrmals überdacht, die Frage von allen Seiten beleuchtet. Die Lösung war plötzlich von alleine gekommen.

»Unsere Eltern haben uns eine kleine Erbschaft hinterlassen, die ich nie angerührt habe. Wenn Alice volljährig ist, kann sie sich davon eine kleine Wohnung kaufen. Mein Anteil ist groß genug, um uns ein Jahr zu ernähren und alles Weitere abzuwarten.«

»Worauf willst du denn warten?«

»Ich weiß es nicht«, sagte Juliette. »Wirklich nicht. Aber jetzt haben wir dieses Haus gekauft, und ich hätte wirklich Lust, ein Sabbatjahr im Gers zu verbringen.«

»Was?«, rief Noémie. »Das soll wohl ein Witz sein?«

Juliette hatte schon erwartet, dass ihre Freundin so reagieren würde.

»Nein. Wenn ich es nicht mache, werde ich es immer bereuen. Aber wenn ich es mache, dann muss es sofort sein, bevor die Schule wieder anfängt.«

Noémie war völlig verdutzt.

»Aber, Juliette, du willst dich doch in deinem Alter nicht auf dem Land vergraben. Das ist doch absurd.«

»Du meinst, es ist wunderbar. Da gibt es keine Unsicherheit, vielleicht ab und zu eine harmlose Prügelei auf dem Dorffest. Nie wird man in irgendeiner Menge eingezwängt. Alice kriegt ihre Traumvespa. Die Ruhe des Dorfes ist ansteckend. Am Abend, bei Sonnenuntergang, hört man außer dem

Wind nur die Kühe muhen und den Lärm eines wegfahrenden Traktors. Es ist, als könne man die Ruhe anfassen …«

»Du wirst dich dort zu Tode langweilen!«

»Ganz sicher nicht.«

»Du meinst es wirklich ernst?«

Juliette nickte. Sie fühlte sich unglaublich erleichtert. Diese ungewöhnliche und unvernünftige Entscheidung verlieh ihr Flügel.

Als Alice beim Frühstück gerade Sojamilch mit Vanille in ihre Cornflakes mit roten Früchten goss, nahm Juliette feierlich ihre Swatch ab und legte sie auf den Tisch.

»Die brauche ich nicht mehr«, verkündete sie. »Jetzt sind wir frei.«

Alice und Aurélien sahen sich erschrocken an.

»Keine Sorge, ich bin nicht verrückt geworden. Aber ich habe genug davon, auf jede Sekunde zu achten. Ich habe immer nur die Minuten davonfliegen sehen, war daran gewöhnt, mein Leben nach Stunden zu zählen und alle Zeit der Zeit zu widmen. Ich möchte euch ein Abenteuer vorschlagen: Wie wäre es, wenn wir in den Gers zurückkehrten?«

»Lieber sterben!«, protestierte Alice.

»Die Straßen sind dort nicht gefährlich, du könntest eine Vespa haben.«

»Und wohin fahre ich dann damit? Da gibt es doch nichts! Und ich will Marion und meine Freunde nicht aufgeben.«

Juliette versuchte es auf andere Weise.

»Dieses Jahr war für uns besonders hart, wegen Aurélians Diabetes und weil ich gefeuert worden bin. Eine Auszeit würde uns allen guttun. Wir können doch wenigstens den Winter dort verbringen. Wenn du nach dem ersten Trimester wieder nach Paris möchtest, gehen wir zurück. Willst du mir nicht eine Chance geben?«

Alice zögerte. Juliette sah ihren Sohn an.

»Und was meinst du, Aurélien?«

»Das wäre superschön«, rief der Junge, und ein breites Lächeln erhellte sein Gesicht.

Alice runzelte die Stirn. Da bei ihnen in allen wichtigen Fragen abgestimmt wurde, war die Sache klar. Sie war allein gegen zwei und hatte schon verloren.

»Wirklich nur für das erste Trimester?«, fragte sie mit düsterer Miene. »Und es ist okay, wenn ich danach zurückwill?«

»Versprochen.«

»Und ich kriege eine Vespa?«

Juliette nickte.

Alice' Augen leuchteten, und Juliette war wieder einmal überrascht, wie ähnlich die Schwester ihrer Mutter war. Alice hatte die gleichen schwarzen Haare und blauen Augen, während Juliette das blonde Haar und die dunklen Augen ihres Vaters geerbt hatte.

»Wann fahren wir?«, fragte Aurélien aufgeregt.

Juliette lächelte.

»Sobald wir so weit sind. Es ist nicht so schlimm, wenn ihr die ersten Schultage verpasst.«

»Auf gar keinen Fall«, widersprach Alice. »Wir kennen dort niemanden, und wir müssen zur selben Zeit wie die anderen anfangen.«

»Aurélien?«

»Das finde ich auch.«

»Zwei gegen einen. Ihr habt gewonnen. Wir fahren in drei Tagen.«

Alice verbrachte ihre letzten Tage in Paris bei tausend Gesprächen mit Marion. Aurélien verabschiedete sich von seinen Freunden vom Informatik-Club. Juliette fand eine Umzugsfirma, die bereit war, die Wohnung in kürzester Zeit leer zu räumen.

Am letzten Abend, als Alice und Aurélien vor dem Fernseher saßen, sagte Juliette dem Eiffelturm auf Wiedersehen. Sie fuhr an ihrer ersten Schule in der Rue de la Tour vorbei. Sie hielt vor der russischen Kantine des Rachmaninow-Konservatoriums, wohin sie ihr Vater manchmal zum Essen mitgenommen hatte. Dann setzte sie sich im Café Carette an der Place du Trocadéro an einen Tisch und aß die Lieblingsmacarons ihrer Mutter. Als sie auf das Musée de l'Homme starrte, verlor sich ihr Blick und sie glaubte zu sehen, wie ihre Eltern die Esplanade überquerten. Ihr Vater mit seinen langen Beinen in einer Tweedjacke und mit zerzaustem Haar, ihre Mutter fröhlich und elegant in einem ihrer Frühjahrskostüme, dazu passende Handtasche und Schuhe. Sie liebten einander und waren wenigstens zusammen gestorben.

»Wir konnten uns noch nicht einmal verabschieden«, murmelte sie den Gespenstern der Vergangenheit zu. »Alice hat unrecht, oder? Ich habe euch doch nicht umgebracht.«

Die Bedienung hörte Juliette und glaubte, dass sie mit ihr sprach.

»Sie wünschen?«, fragte sie und kam auf sie zu.

Juliette sah sie verwirrt an.

»Ich möchte zahlen.«

9

Am Abend vor Schulbeginn im Gers besuchte Juliette den Schuldirektor, den Schularzt, die Krankenschwester und den Sportlehrer, um sie über Auréliens Krankheit zu informieren, damit sie wussten, was zu tun sei, wenn es Aurélien nicht gut ging.

Am nächsten Morgen fand sie ohne Probleme einen Parkplatz vor dem Gebäude. Der Direktor grüßte, die Mütter lächelten, die Sonne strahlte.

»Mach's gut«, rief sie Aurélien zu, als er sich aus dem Auto zwängte.

»Du auch, Mama.«

»Hast du dein Insulin und deinen Zucker?«

Er nickte. Für den Notfall hatte Juliette ein ganzes Paket im Handschuhfach. Sie wollte nicht noch einmal so etwas erleben wie auf der Stadtautobahn.

»Ich werde wieder dumm gucken, wenn die Lehrer mich nach dem Namen und Beruf meines Vaters fragen«, sagte Aurélien.

»Schreib einfach dasselbe wie ich: verstorben«, riet ihm Alice. »Dann werden sie nicht weiterfragen.«

Das Gymnasium von Alice lag ein paar Häuser weiter im selben Block.

»Mach's gut!«, wünschte Juliette ihrer Schwester, die einen Moment wartete, bis sie sich unter die unbekannten Schüler mischte.

»Ja, ja«, sagte Alice nachlässig und ging dann auf die große Tür zu, ohne sich umzudrehen.

Juliette sah auf ihr Handgelenk, und ihr fiel wieder ein, dass sie keine Uhr mehr hatte.

Jeanne traf mit ihrem Sohn Florian ein, einem Jungen mit struppigen Haaren. Sie sperrte die Augen weit auf, als sie Juliette sah, und wurde furchtbar wütend. Diese Pariser Schlampe war also nicht nur für die Ferien gekommen.

10

Rasend vor Wut eilte Jeanne zu Jacques, der sich gerade rasierte.

»Sie ist wieder da«, sagte sie zitternd.

Die hellen Augen ihres Bruders leuchteten in seinem von weißem Schaum bedeckten Gesicht.

»Von wem redest du?«

»Von dieser Schlampe, deren Mutter dir das Leben versaut hat.«

»Du weißt, dass ich es nicht mag, wenn du das sagst.«

»Das interessiert mich nicht, mein Lieber. Alle Mitglieder dieser Familie gehören in dieselbe Schublade.«

Vor Aufregung bekam sie kaum Luft.

Clémence, Juliettes Großmutter, hatte 1963 das Haus mit den roten Fensterläden als Zweitwohnsitz gekauft. Ihre Tochter Hélène, Juliettes Mutter, hatte dort in ihrer Jugend jeden Sommer verbracht. Jacques war ihre erste Liebe, und alle fanden, dass sie ein wunderbares Paar waren. Hélène hatte durch ihn das Gers kennen gelernt. Und er hatte durch sie den Jazz entdeckt. Sie fuhr mit ihm nach Toulouse und Montpellier zu Konzerten, und er begann Saxophon zu spielen, um ihr zu gefallen.

1967, als sie achtzehn waren, ging Jacques auf die Ingenieurschule in Montpellier, Hélène studierte in Paris Jura. Dort lernte sie einen zukünftigen Rechtsanwalt kennen, verlobte sich und heiratete ihn. Sie war nicht mehr ins Gers zurückgekehrt und hatte Jacques, den Jungen vom Land, der immer noch in sie verliebt war, völlig vergessen.

Aber er hatte sie nicht vergessen und interessierte sich weiterhin glühend für die Musik, die er durch sie kennen gelernt hatte. Deshalb hatte er den Holländern das Haus abgekauft, das sie nach Clémence' Tod erstanden hatten.

Für seine Schwester Jeanne sollte er immer der große Bruder sein, der zaubern konnte und auf Geländern und Brücken tanzte, um die Leute und das Schicksal herauszufordern. An dem Tag, an dem er erfuhr, dass Hélène ihm nie gehören würde, tanzte er heftiger und schneller als gewöhnlich. Unter der Brücke waren nackte Felsen, denn der Fluss war ausgetrocknet. Jacques stürzte in die Tiefe. Als man ihn fand, war er querschnittsgelähmt. Seine Liebe hatte ihn bewegungslos gemacht.

»Ich dachte, sie wäre wieder in Paris, aber jetzt nistet sie sich hier ein«, schimpfte Jeanne. »Ich werde ihr das Leben zur Hölle machen. Sie wird uns hier nicht lange auf die Nerven gehen!«

Jacques lenkte geschickt seinen Rollstuhl, näherte sich seiner Schwester und griff sie beim Arm.

»Au, du tust mir weh …«, jammerte sie.

»Lass sie in Ruhe, Jeanne!«

»Das kommt gar nicht infrage. Sieh dich an!«

Jacques ließ sie los, wendete mit einer leichten Bewegung seinen Rollstuhl und gelangte wieder vor das Waschbecken mit dem Spiegel. Der untere Teil seines Gesichts war mit Schaum bedeckt, und er erinnerte an einen traurigen Clown.

»Wenn man nur meinen Oberkörper sieht wie bei den Nachrichtensprechern im Fernsehen, bin ich sehr ansehnlich«, sagte er herausfordernd zu seinem Spiegelbild.

»Onkel Jacques, ich bin es, Florian!«, rief der Jugendliche mit dem Igelhaarschnitt, als er am Abend des ersten Schultags das Wohnzimmer seines Onkels betrat.

»Ich kenne dich doch, wer solltest du denn sonst sein?«, sagte Jacques, der am Fenster saß und auf den Tannenbaum im Hof starrte.

»Was siehst du da draußen?«

»Nichts.«

»Soll ich nicht das Licht anmachen?«

»Nein.«

Florian stand seinem Onkel sehr nahe. Er war ein ausgezeichneter Tenorsaxophonist und hatte seinem Neffen schon früh Sopransaxophon beigebracht. Jeden Montag spielten sie gemeinsam. Dann verwandelte sich der schüchterne Florian, ein mathematisch begabter, aber sehr verschlossener Junge, in einen selbstsicheren, lebenslustigen Jugendlichen. Sobald er das Haus seines Onkels verließ, hüllte er sich wieder in Schweigen.

»Spielen wir, oder unterhalten wir uns? Was ist los?«

Jacques antwortete nicht. Er setzte sein Saxophon an. Die munteren Klänge von Dave Brubecks *Take Five* ertönten im dunklen Zimmer. Sie standen in seltsamem Kontrast zu der Traurigkeit des Mannes, der sie spielte. »Ich hab das Stück erkannt«, sagte Florian und nahm sein Instrument aus der Hülle. »Spiel ein bisschen langsamer, ich steige schon ein!«

11

Am nächsten Freitag fuhren Juliette und Sarah wieder in die Stadt auf den Markt. In dieser kleinen Welt traf man sich schnell wieder. Juliette erkannte mehrere Mütter und sagte Pascal Castera guten Tag. Der Metzger mit dem Zwirbelschnurrbart konnte sich noch daran erinnern, dass drei Fleischesser bei der Pariserin wohnten.

»Ich habe heute sehr schöne Tournedos. Und ich habe auch einen Knochen für Ihren Hund«, verkündete er und hielt Sarah ein Paket hin.

Juliette kaufte drei Tournedos, legte das Fleisch in ihren Korb und lächelte der Bonbonverkäuferin zu.

»Für ihren süßen, kleinen, blonden Jungen«, sagte das grünhaarige Mädchen und hielt ihr ein Bonbon hin.

Juliette schüttelte belustigt den Kopf.

»Es tut mir leid, mein Sohn ist Diabetiker.«

Der grüne Haarschopf wandte sich einer anderen Kundin zu. Juliette und Sarah machten noch ein paar Einkäufe und gingen danach die Landstraße hoch. Sarah stellte Juliette ihre Freunde vor. Fabienne, die Besitzerin des Feinkostgeschäfts, den Buchhändler, der einem berühmten spanischen Schauspieler ähnlich sah. Toko war der Besitzer des Ladens für Dekobedarf, und sein Geschäft hieß genauso wie er. Sarah machte sie außerdem mit Monsieur Pabon, dem Konditor, bekannt, dessen Torten vorzüglich waren, sodann mit Damien, einem Fotografen, dem Kellermeister Gerard und Anne, der Besitzerin der Eckkneipe.

»Hast du Lust, etwas zu trinken?«, fragte Juliette.

Sie setzten sich auf die Terrasse und bestellten zwei Gläser Floc de Gascogne, der aus einem Traubent und Armagnac gewonnen wird.

»Also?«, fragte Sarah. »Ist alles in Ordnung?«

»Ja … Na ja, eigentlich nicht.«

Sarah sah sie erstaunt an.

»Erzähl mir nicht, dass dir Paris jetzt schon fehlt.«

»Darum geht es nicht. Ich habe mit neunzehn angefangen, Artikel zu schreiben, und seitdem habe ich immer gearbeitet. Jetzt komme ich mir so unnütz vor«, gestand Juliette.

Nachdem Alice und Aurélien am Tag zuvor in die Schule gegangen waren, hatte sie das Haus aufgeräumt und danach lange herumgestanden, ohne recht zu wissen, was sie mit sich anfangen sollte. Es war das erste Mal in ihrem Leben, dass sie sich nicht zu beeilen brauchte und niemand auf sie wartete. Das war berauschend. Aber sie kam nicht damit zurecht. Im August waren Ferien gewesen, und da war es gegangen. Doch nun belastete sie das Nichtstun.

»Um ehrlich zu sein, Sarah, ich glaube, ich langweile mich.«

»Und was würdest du gerne tun?«

»Das ist das Problem. Ich habe keine Ahnung.«

Sie überdachten alle Möglichkeiten. Die Lokalzeitung brauchte niemanden. Juliette hatte keine Lust, eine Ferienwohnung einzurichten oder ein Restaurant aufzumachen. Sie wollte auch keine Gänse mästen.

»Alles, was ich kann«, sagte sie lachend, »ist eine Redaktion leiten, Artikel schreiben, ein altes Haus kaufen, es einrichten, meine Schwester und meinen Sohn in der Schule anmelden und mich hier zurechtfinden. Dafür zahlt mir niemand etwas.«

Sarah nickte und fügte hinzu: »Alles, was ich kann, ist, von einem Land ins andere zu ziehen, mich dort einzuleben, John dabei zu helfen, einen Garten anzulegen, neue Freunde zu finden und meinen Hund zu erziehen. Dafür kann ich mir nichts kaufen. Das ist kein Beruf, mit dem ich mein Leben verändern könnte.«

Juliette runzelte die Stirn.

»Was ist los?«, fragte Sarah.

»Ja, ja …«

Ihre Neuronen gerieten in Bewegung, von Sarahs harmlosem Satz stimuliert.

»Was hast du da gerade gesagt?«, fragte sie.

»Dass das kein Beruf ist, um dein Leben zu verändern …«

Juliette hob die Hand, um sie zu unterbrechen. Ihr fielen die Gespräche ein, die sie im Juli auf den Fahrten zwischen Paris und dem Gers mit ihren Reisegefährten geführt hatte. Alle träumten davon, die Hauptstadt zu verlassen, aber hatten sich dagegen entschieden, weil es zu kompliziert war und sie nicht wussten, wo sie anfangen sollten.

»Was ist los?«

»Warte …«

Die Idee stand ihr immer deutlicher vor Augen.

»Du hast mich eben auf eine geniale Idee gebracht, Sarah …«

Das Beste an der Sache war, dass niemand vor ihr darauf gekommen war.

»Ich weiß jetzt, was ich machen werde«, verkündete Juliette. »Ich werde Leuten helfen, die ihr Leben umkrempeln und dadurch ihrem Glück auf die Sprünge helfen wollen.«

Es gab schon Firmen, die sich mit solchen Problemen beschäftigten, etwa wenn die Angestellten eines Unternehmens umziehen mussten, aber noch nie hatte jemand so etwas für Einzelpersonen entwickelt. Das war neues Terrain. Und große Investitionen brauchte man dafür nicht.

»Glaubst du wirklich, dass Leute dir etwas dafür zahlen, dass du ihr Leben veränderst?«, sagte Sarah lachend.

»Das glaube ich nicht nur, davon bin ich überzeugt«, antwortete Juliette. »Ich suche ihnen ein Haus, Arbeit, Freunde,

Bezugspunkte, Hobbys und Schulen für ihre Kinder. Ich helfe ihnen, ihre Träume wahr zu machen. Alles auf dieser Welt hat seinen Preis, meinst du nicht?«

Sarah zeigte auf die nahe gelegenen, leerstehenden Räume von Schusterei und Schlüsseldienst, die zu vermieten waren.

»Willst du dahin gehen und ihnen eine neue Existenz verkaufen und ihnen gleich den Schlüssel in die Hand geben? Und ihnen dann auch noch zeigen, wie sie mit dem richtigen Bein aufstehen?«, sagte sie lachend.

»Genau!«, sagte Juliette begeistert. »Du weißt gar nicht, wie richtig du liegst. Ich rufe an und frage, wie viel der Laden kostet …«

Sarah war von Natur aus skeptisch und fing laut an zu lachen. Aber Juliette nahm einen Bleistift und ein Stück Papier aus ihrer Handtasche und begann, sich Notizen zu machen.

Und allmählich begriff Sarah, dass ihre Freundin nicht ganz so verrückt war, wie sie zunächst angenommen hatte. Tatsächlich hatte es John und sie viel Mühe gekostet, sich hier zurechtzufinden, und wenn sie jemanden hätten dafür bezahlen können, dass er für sie alle praktischen Angelegenheiten regelte, wären sie begeistert gewesen.

»Deine Idee ist vielleicht doch nicht ganz so dumm …«, murmelte sie.

»Im Grunde ist es deine Idee. Und ich finde sie außergewöhnlich.«

Juliette war schon dabei, eine Strategie auszuarbeiten. Wie sollten ihre künftigen Kunden sie bezahlen, nach Leistung oder pauschal? Mit welchem Umsatz sollte sie rechnen? Schließlich hatte sie eine Redaktion geleitet, also konnte sie auch so ein Projekt auf die Beine stellen.

»Wie stellst du dir das vor?«, fragte Sarah, die bereits Feuer und Flamme war. »Willst du ein Unternehmen gründen? Einen Laden?«

»Eher eine Agentur.«

»Gut, eine Agentur. Und wie willst du sie nennen?«

Juliette zögerte.

»Ohne Sorgen umziehen? Glücklich leben?«

»Das ist vielleicht zu süßlich.«

»Agentur zweite Chance?«

»Zu negativ, das würde ja bedeuten, dass man die erste Chance nicht genutzt hat.«

Sie schwiegen und konzentrierten sich ganz auf die Suche nach einem Namen. Deshalb sahen sie John und Buckingham nicht kommen. Er stellte sich mit einem Judasbaum in der Hand vor sie hin.

»Hallo, Ladys!«

»Gut, dass du kommst«, rief Sarah. »Was haben wir gemacht, als wir England verließen?«

John sah sie verwundert an.

»Wir haben unser Leben verändert und unser Glück gefunden«, sagte er.

»Nicht schlecht.«

Juliette nickte.

»Genau darum geht es.«

»Glück ist Veränderung?«

Juliette kniff die Augen zusammen und kaute am Nagel des rechten Daumens.

»Glück durch Veränderung?«

Juliette schlug mit der Faust auf den Tisch, dass die leeren Tassen tanzten.

»Glück durch Veränderung, hervorragend, genau das ist es!«

»Aber das Ganze hat einen Haken«, warf Sarah besorgt ein. »Du wirst schnell überfordert sein!«

Juliette runzelte die Stirn, ihr Elan wurde gebremst.

»Ich verstehe nicht, warum.«

»Errätst du es nicht? Ich versuche, dich davon zu überzeugen, dass wir zu zweit sein müssen, damit es klappt ... Und ich biete dir meine Mitarbeit an!«

Juliette lächelte.

»Glaubst du im Ernst, die Leute bezahlen uns dafür, dass wir ihr Leben verändern?«, wiederholte sie und äffte ihre Freundin nach.

Sarah nickte ernsthaft.

»Allerdings, ganz sicher. Das wird ein Riesenerfolg.«

Juliette stand auf und tat so, also ob sie in der Luft mit einem Degen herumfuchtelte.

»Die Kadetten aus der Gascogne waren arm, stolz, vornehm und aßen gern. Sie galten als hochnäsig und forsch, bevor sie die Musketiere des Königs wurden. Wir werden die Kadetten der Agentur ›Glück durch Veränderung‹!«, rief sie strahlend.

Im Gebäude der Industrie- und Handelskammer herrschte ein Betrieb wie in einem Ameisenhaufen.

»Guten Tag«, sagte Juliette mit einem gewinnenden Lächeln, »wir möchten gern ein Gewerbe anmelden.«

»Welche Art von Gewerbe?«

»Ein ziemlich ungewöhnliches.«

»Welcher Sektor? Immobilien? Industrie? Landwirtschaft?«

Juliette schüttelte den Kopf.

»Wir eröffnen die Agentur ›Glück durch Veränderung‹, um Leuten dabei zu helfen, ein neues Leben anzufangen.«

Die Frau sah skeptisch drein. Juliette begriff sofort.

»Das ist keine Sekte, das ist ein neues Konzept. Makleragentur, Agentur für Stellenvermittlung, Anwaltskanzlei, Familienberatung, Architekt, Innenausstatter, Geschäftsführer, von allem ein bisschen, verstehen Sie?«

»Füllen Sie diese Formulare aus«, sagte die Frau und hielt ihnen ein paar Blatt Papier hin.

Sorgfältig machten sie sich an die Arbeit und sahen sich die

Info-Tafel an. Arbeitsessen für Unternehmer, Konferenzen mit Präsentationen verschiedener Aktivitäten. In der Gegend tat sich offensichtlich etwas.

Innerhalb weniger Tage mieteten sie den Schusterladen mit dem Schlüsseldienst und gründeten eine GmbH mit einem Kapital von 8000 Euro, deren Geschäftsziel als »Agentur für die Beratung von Privatpersonen« bezeichnet wurde. Dann schrieben sie die Satzung und ließen sich ins Handelsregister eintragen. Ihre Aktivitäten beschrieben sie so: »Glück durch Veränderung. Eine in Frankreich einzigartige persönliche Beratung. Wir begleiten Sie auf Ihrem Weg. Sie sind eine Privatperson, eine Familie, ein Unternehmer oder ein Unternehmensgründer. Sie möchten in eine andere Gegend ziehen, ein eigenes Geschäft gründen, den Beruf wechseln oder sich auf dem Land niederlassen. Von den ersten Informationen bis zur vollständigen Planung, wir vereinfachen Ihnen das Leben und stehen Ihnen bei der Durchführung Ihres Projekts bis zum Schluss zur Seite.«

Mit Auréliens Hilfe erstellten sie auch eine Website. GlückdurchVeränderung.fr. Die Startseite war bunt, spielerisch und verkündete: »Willkommen im Gers, nutzen Sie unsere Erfahrung, machen Sie Ihre Träume vom Glück wahr!«

Man konnte auf verschiedene Links klicken, die andere Türen öffneten: Karriere, Familie, Solo, Makler, Regionen, Geld, Gesundheit, Experte, Kiosk, Land, Meer, Ausland. Und zwei weitere Links erlaubten die Wahl zwischen »Sein Leben so früh wie möglich selbst wählen« und »Jenseits der fünfzig Fuß fassen«.

12

Ein Holzschild in schwarzen Lettern auf gelbem Grund schaukelte über der Tür der ehemaligen Schusterei: das Schild der ›Agentur Glück durch Veränderung‹.

»Achtung, bleiben Sie nicht darunter stehen! Ist es so gerade?«, fragte Pascal Castera.

»Ein bisschen weiter nach links«, meinte Sarah.

Der Schreiner verschob das Schild.

»Noch ein bisschen weiter nach rechts«, rief Juliette.

»Das soll einer verstehen«, murrte Pascal. »Und so?«

»Ist genau richtig.«

Er stieg vom Hocker und bewunderte sein Werk. Auf den ehemaligen Schuhregalen lagen jetzt Broschüren, Faltblätter, Akten und Informationsmaterial. Die Schlüsselmaschine, die früher auf der breiten polierten Holztheke gestanden hatte, war durch zwei bonbonfarbene, gebraucht gekaufte iMac-Computer und einen Tintenstrahldrucker ersetzt worden.

Alle hatten geholfen: Alice war künstlerisch begabt, und ihr war das Logo eingefallen, eine riesige Sonnenblume auf himmelblauem Grund. Aurélien hatte zwei Wände gelb und eine Wand blau gestrichen. Gelb stand für Hoffnung und Blau für Ruhe. John hatte Pflanzen mitgebracht und versprochen, sie auch zu pflegen.

Eine glänzend rote, neue Vespa stand auf dem Bürgersteig vor der Tür.

»Die Leute meinen wirklich, sie können sich alles erlauben«, sagte Juliette. »Alice, kannst du sie bitte umstellen?«

»Sie hat eine Wegfahrsperre, ich habe keinen Schlüssel«,

sagte Alice mürrisch und sah sehnsüchtig auf die glänzende Maschine.

Juliette steckte ihre Hand in die rechte Hosentasche und zog einen kleinen, flachen Schlüssel hervor.

»Probier es mal damit, man weiß ja nie!«

Alice streckte ungläubig die Hand aus. Mit dem Schlüssel ließ sich die Sperre öffnen.

»Wem gehört die?«, erkundigte sich das Mädchen.

Aus ihrer linken Tasche zog Juliette den Kraftfahrzeugschein. »Alice Forestier«. Sie hatte den Beweis schwarz auf weiß. Juliette holte einen Helm aus dem Versteck unter der Theke und reichte ihn ihrer jüngeren Schwester.

»Wenn ich dich ein einziges Mal ohne Helm erwische, ist es aus. Dann gibt es keine zweite Chance. Alles klar?«

Alice war überglücklich, doch weder bedankte sie sich, noch ließ sie sich ihre Freude anmerken. Scheinbar ungerührt setzte sie den roten, zum Gefährt passenden Helm auf. Juliette war zwar daran gewöhnt, aber nun war sie doch enttäuscht. Sie drehte sich zu ihrem Sohn und zeigte auf das rote Mountain-Bike, das etwas weiter weg an der Mauer lehnte.

»Für dich«, sagte sie und hielt ihm einen kleinen Schlüssel hin.

Der Junge strahlte vor Dankbarkeit, fiel ihr um den Hals und rannte zu seinem Rad. Das Holzschild mit den schwarzen Lettern auf gelbem Grund wiegte sich immer noch im leichten Wind.

Es war zehn Uhr morgens. Juliette und Sarah trafen die letzten Vorbereitungen für die Einweihung der Agentur am nächsten Morgen. Sie hatten dabei allein sein wollen, um den Ort mit ihrem Geist zu füllen und den frisch gestrichenen Wänden zu zeigen, wer hier der Chef war, in diesem Fall die Chefinnen.

Seitdem sie die Idee gehabt hatten, die Agentur aufzubauen,

hatten sie sich körperlich und geistig mächtig ins Zeug gelegt. An diesem Abend war es so weit: Die Lokomotive rollte. Auch wenn sie gewollt hätten, es gab kein Zurück mehr.

»Noch ein Schluck für den Weg?«, schlug Sarah vor und zog eine Flasche Armagnac hervor.

»Wir sollten vorsichtig sein!«, sagte Juliette und hielt ihr Glas hin.

Sie hatten zu viel getrunken, aber sie waren nur beschwipst.

»Ein bisschen verrückt sind wir schon«, sagte Juliette leise.

»Ein bisschen vollkommen verrückt«, bekräftigte Sarah.

Sie saßen im Kostüm auf dem Boden, mitten in dem von Kerzen beleuchteten Raum. Ihre Schatten tanzten an der Wand.

»Bist du gut im Schattenspiel?«, fragte Sarah. »Ich habe es gelernt, als ich in der Nähe von London im Internat war.«

Ihre Handbewegung bestätigte ihre Worte. Ein Fuchs sprang von der Seite auf die gelbe Wand und verwandelte sich bald in einen Hasen mit großen Ohren. Juliette und Sarah lachten. Sie hatten wenig Zeit gehabt, sich zu unterhalten, seit sie sich wieder begegnet waren, Juliette war zu sehr damit beschäftigt gewesen, sich einzurichten.

»Weißt du noch?«, sagte Sarah. »Ich war ein hässliches Mädchen mit Brille und Zahnklammer.«

»Du hattest wunderbare Haare und ein ansteckendes Lachen«, widersprach Juliette.

»Jetzt habe ich Kontaktlinsen und ein gekünsteltes Lächeln! Und du kaust immer noch an den Fingernägeln. Aber ich hatte vergessen, dass du Rot so gerne magst«, sagte sie und zeigte auf die knallrote Bluse ihrer Freundin.

»Nach dem Tod meiner Eltern habe ich mich blau, grau, braun angezogen, Farben so trüb wie mein Herz. Danach bin ich zu Rot übergegangen, um mir einen Stoß zu versetzen, wie bei einem Stier, vor dem man ein Tuch schwingt. Das ist ein farbiges Antidepressivum von heilender Wirkung.«

Sarah nickte und bewunderte die Energie ihrer Freundin. Als sie ins Gers gezogen war, hatte Juliette ihr Leben in die Hand genommen und war weder an der Krankheit ihres Sohnes noch am schwierigen Verhältnis zu ihrer Schwester verzweifelt.

»Deinen Vater habe ich nur ein Mal gesehen. Ich weiß noch, wie er zu uns gesagt hat: ›Das Leben ist zu kurz, um klein zu sein‹«, murmelte Sarah.

»Das habe ich nie vergessen. Sein Leben war kurz, aber ausgefüllt. Wenn wir mit unserer Agentur wirklich das Leben von anderen Menschen verändern, dann können wir stolz sein. Ich freue mich, dass wir dieses Abenteuer zusammen angehen.«

Sarah stellte das Glas hin und legte sich auf den Teppich.

»Das ist das erste Mal, dass ich mich so für etwas einsetze«, verkündete sie und sah an die Decke. »Das letzte Mal habe ich den Rückwärtsgang eingelegt, bevor es wirklich zu etwas gekommen ist.«

»Was für eine Arbeit war das?«

Sarah stützte sich auf ihren Ellbogen.

»Hausfrau. Das war vor anderthalb Jahren, am Vorabend meiner Hochzeit. Mein Kleid war schon fertig, die Torte und das Bankett bestellt. Zweihundert Gäste sollten in den Schlosspark meiner Tante in der Nähe von London kommen. Dann hat mich die Panik gepackt.«

Sie verzog das Gesicht.

»Wenn ich Französin wäre, hätte man mich wahrscheinlich zu einem Psychoanalytiker geschickt. Aber weil ich Engländerin bin, haben meine Eltern die Hochzeit abgeblasen, ihre Gefühle verborgen und sich meinetwegen geschämt.«

»Du hast deinen Bräutigam wirklich einen Tag vor der Hochzeit verlassen?«, fragte Juliette erstaunt.

Sarah nickte.

»Der Vater von Edward war der beste Freund meines Vaters.

Es war eine Zweckehe, die allen zugutekommen sollte. Das Problem war, dass ich eine Woche vorher John kennen gelernt habe. Ich wusste sofort, dass er der Mann meines Lebens ist.«

»Und deswegen bist du aus England weggegangen?«

Sarah nickte.

»Alles hat seinen Preis, Juliette. Ich habe die Hochzeitsgeschenke zurückgeschickt, meine Eltern wollten nichts mehr mit mir zu tun haben, ich habe mich in die Arme von John geworfen, und wir haben alle Brücken zu England abgebrochen. Und dann bin ich nach Paris gefahren und habe gehofft, dass wir noch etwas gemeinsam haben würden.«

Juliette zeigte auf das Holzschild, das sich im Dunkeln hin und her bewegte.

»Und deine Hoffnung hat sich erfüllt. Sarah Owen, möchten Sie Juliette Forestier in guten wie in schlechten Zeiten zur Partnerin haben?«

»Ja, das will ich«, sagte Sarah feierlich. »Und Sie, Juliette Forestier?«

»Ich bin einverstanden.«

Sie stießen an.

»Wir sollten lieber schlafen gehen«, sagte Sarah, »John hat wahrscheinlich Buckingham mit ins Bett genommen, und er schläft jetzt neben ihm. Ich muss meinen Platz zurückerobern.«

»Dieses Problem werde ich nicht haben«, sagte Juliette.

»Wie lange hat es in deinem Leben keinen Mann mehr gegeben?«

Juliette lächelte.

»Ich war mit einem Journalisten zusammen. Er hat sich gut mit Aurélien verstanden, aber Alice war scheußlich zu ihm, und das hat er nicht ertragen. Es ist schwer, mit uns dreien zurechtzukommen. Jetzt will ich mich alleine darum kümmern. Wenn die Kinder größer sind, sehen wir weiter.«

»Wenn du alt und nicht mehr sexy bist?«

Juliette zuckte die Achseln.

»Du verbietest dir, glücklich zu sein, um dich zu bestrafen?«, fragte Sarah. »Ich verstehe nicht, warum du dir von deiner Schwester das Leben vermiesen lässt.« Sie stand auf und sagte in die Dunkelheit: »Morgen beginnt, was uns vom Leben bleibt!«

»Das Leben ist zu kurz, um mies zu sein«, pflichtete Juliette ihr bei.

Die vorletzte Kerze ging aus. Sarah streckte die Arme aus, ließ sie vorsichtig kreisen, und ein wunderbarer Adler erschien auf der Wand der Agentur ›Glück durch Veränderung‹.

Zur Einweihungsparty hatten die Nachbarn, Kaufleute und wichtige Persönlichkeiten Einladungen erhalten. Aurélien mit seinen IT-Kenntnissen hatte sie erstellt.

Poupon, der Briefträger, der so genannt wurde, weil er ein rundes, rosa Gesicht mit einem naiven Lächeln hatte, stand an der Theke, die für diese Gelegenheit in ein Buffet verwandelt worden war, und hielt ein Glas Weißwein in der Hand. Er unterhielt sich mit Patrick Lestrade, Mitglied des Stadtrats und Allgemeinmediziner, über Rugby. Er war groß, in den Fünfzigern, hatte Ohren wie Kohlblätter und ein wohlwollendes Lächeln. Pascal Castera, der Schreiner mit dem kahl geschorenen Kopf, hatte seinen Sonntagsanzug an. Alice und Aurélien gingen mit Tabletts herum und boten den Gästen Salzgebäck an.

»Schöne Frauen verdienen Blumen, auch Geschäftsfrauen sind da keine Ausnahme!«

John hatte einen Smoking an und überreichte jeder der beiden Partnerinnen einen Blumenstrauß.

»Du hast wirklich einen Schatz von Ehemann«, hauchte Juliette ihrer Freundin ins Ohr.

»Hast du Grincheux eingeladen?«, fragte Sarah verwundert.

»Wen?«

Sarah zeigte auf den Bürgersteig gegenüber. Ein alter Mann in Blau und mit einer Mütze stand auf der anderen Straßenseite und musterte sie unfreundlich. Juliette erkannte den Traktorfahrer, der sie in den Sommerferien fast umgefahren hätte. Sein gelber Hund lag neben ihm.

»Wer ist das?«

»Ein ehemaliger Landwirt mit schlechtem Charakter«, erklärte Sarah. »Er ist eine Legende in der Gegend. Man erzählt sich, dass er sämtliche Nachbarn verjagt hat, indem er ihnen Jauche auf die Autos kippte. Aber meiner Meinung nach stimmt das alles nicht. Rate mal, wie er seinen Hund getauft hat: Schlampe!«

»Wenigstens ist er zu Fuß nicht gefährlich«, brummte Juliette und dachte an ihre Angst vor dem Traktor zurück.

»In der Stadt spricht man nur von Ihnen, meine Damen«, unterbrach sie ein Mann mit schmalen Lippen und einer Hahnentrittweste.

Sarah gab ihm die Hand.

»Herr Bürgermeister, darf ich Ihnen meine Partnerin Juliette Forestier vorstellen …«

»Sie ist die neue Besitzerin der Schule im alten Dorf«, sagte Pierre Bados mit einem boshaften Lächeln.

»Sie sind ein sehr beschäftigter Mann, mir ist es nicht gelungen, zu Ihnen vorzudringen«, sagte Juliette und sah ihm fest in die Augen.

Pierre Bados lächelte nicht mehr.

»Die Zukunft unserer Region macht uns große Sorgen. Sie kommen aus der Stadt und können das nicht verstehen. Ich will Ihnen nicht verheimlichen, dass mir Ihr Projekt missfällt. Schon für unsere Jugendlichen gibt es zu wenig Stellen. Ausländer sind in den Ferien willkommen, aber nicht, um sich in einem schon gesättigten Markt einzunisten.«

Unbeirrt antwortete Juliette: »Niemand hat Ihre Jugendlichen daran gehindert, dieselbe Idee zu haben wie wir. Abgesehen davon, dass wir, wenn unsere Agentur funktioniert, Leute einstellen können. Und das heißt, dass wir Arbeitsplätze schaffen …«

Pierre Bados drehte ihr unverwandt den Rücken zu.

Juliette flüsterte Sarah zu: »Hätte ich lieber schweigen sollen?«

»Du hast es genau richtig gemacht«, versicherte Sarah. »Wie deine Schwester.«

»Was ist mit meiner Schwester?«

Sarah zeigte auf die andere Straßenseite. Alice hielt Grincheux höflich ihr Tablett hin, und er bediente sich, ohne zu zögern.

»Fang, Schlampe!«, sagte er und warf seiner Hündin ein Petit four zu.

Eine Woche später warteten Juliette und Sarah immer noch auf die für die Eröffnung der Agentur nötigen Papiere.

Poupon schüttelte traurig den Kopf und hängte sich die schwere Briefträgertasche wieder über die Schulter.

»Seid ihr sicher, dass sie sie wirklich geschickt haben? Ich kenne die Gemeindeverwaltung gut, sie lügen, um die Leute loszuwerden …«

»Ich habe sie angerufen, und sie haben mir geschworen, sie hätten den Brief abgeschickt!«

»Dann sind die Papiere morgen da.«

»Hoffentlich«, seufzte Sarah.

Ohne diese Unterlagen blieb ihnen nichts anderes übrig, als zu warten und Däumchen zu drehen.

»Nutze die Zeit und geh mit Aurélien zum Arzt«, empfahl Sarah Juliette. »Bald haben wir zu viele Kunden und können uns nicht mehr von hier wegbewegen.«

Juliette hörte auf sie. Sie schob diesen Moment schon seit

ihrer Ankunft auf, um Aurélien die Bekanntschaft mit einem weiteren Arzt zu ersparen.

Aurélien lächelte, als er den Twingo am Ausgang der Schule sah, aber sein Lächeln schwand, als er auf dem Rücksitz seine Krankenakte bemerkte.

»Hat das nicht noch Zeit?«, fragte er abwehrend, als er ins Auto kletterte. »Mir geht's bestens!«

»Damit das auch so bleibt, fahren wir ja hin«, sagte Juliette.

Die Arztpraxis war in einer Geschäftsstraße. Aurélien las mit ernstem Gesicht das Schild, das an dem Zaun hing: »Er ist Allgemeinmediziner und Aku… was?«

»Die Akupunktur ist eine chinesische Medizin, bei der Nadeln an bestimmte Stellen im Körper gesteckt werden.«

»Auch bei mir?«, fragte Aurélian ängstlich.

»Nein, bei dir nicht. Der Arzt sieht sich nur deinen Krankenbericht an, liest deine Akte und setzt sich mit dem Arzt in Paris in Verbindung, einverstanden?«

»Okay.«

Die Einrichtung des Sprechzimmers überraschte ihn positiv. Es gab keine alten Zeitungen, keine Korbsofas, keine dunklen Lithografien und auch keine verblichenen Poster. Der Raum war hell und freundlich, einige rote Sessel standen auf einem blauen Teppich. Neue Comics und Krimis lagen auf einem niedrigen Tisch. Die Wände waren mit hübsch gerahmten Fotos aus der Gegend geschmückt.

Der Arzt mit den Kohlblattohren empfing sie lächelnd.

»Aurélien, ich freue mich, dich wiederzusehen.«

Der Junge sah ihn misstrauisch an.

»Stechen Sie mich mit Nadeln?«

»Weil auf Ihrem Schild steht, dass Sie Akupunkteur sind«, erklärte Juliette.

»Jetzt setzen Sie sich erst einmal beide. Aurélien, du bist hier, damit wir uns erst einmal kennen lernen und dann überlegen können, ob wir uns vertrauen. Mit anderen Worten, du musst mich als deinen Arzt aussuchen und ich dich als meinen Patienten.«

»Sie aussuchen?«, wiederholte der Junge, der glaubte, nicht richtig verstanden zu haben.

»Ganz genau. Eine ärztliche Behandlung ist nämlich nicht ohne. Du musst dir sagen: Dieser Typ, der gefällt mir, der wird mich gut behandeln. Und ich muss mir sagen: Dieser junge Patient sieht nett aus, er wird meinem Rat folgen.«

Aurélien runzelte die Stirn.

»Und wenn ich Sie nicht aussuche?«

»Dann schicke ich dich zu einem Kollegen.«

»Und wenn ich Sie aussuche und Sie mich nicht wollen?«

»Das passiert sehr selten. Darf ich mir deine Papiere ansehen?«

Aurélien nickte ernst. Der Arzt öffnete die Akte und vertiefte sich darin. Aurélien sah sich den Goldfisch an. Er schwamm in einem Glas, das am Rand des Schreibtischs stand. Nach langer Zeit hob der Arzt den Kopf.

»Er heißt Harry Potter«, sagte er und zeigte auf den Fisch. »Gut, jetzt weiß ich, was ich über dich wissen muss. Ich bin bereit, auf deine Fragen zu antworten.«

Aurélien begann: »Mögen Sie Kinder?«

»Ja«, sagte Patrick.

»Haben Sie welche?«

»Nein.«

»Gibt es hier noch andere Kinder, die Diabetes haben?«

»Nein, aber es gibt mehrere Erwachsene.«

Aurélien lächelte schüchtern.

»Ich möchte Sie aussuchen. Und Sie?«

»Ich dich auch.«

»Das ist megacool«, sagte der Junge.

Patrick sah ihn verständnislos an.

»So reden die Jugendlichen heute«, erklärte Juliette. »In Normalsprache heißt das: ›Ich freue mich, vielen Dank, Herr Doktor.‹«

13

Juliette öffnete gerade ihr Fenster, als ein kleines, neues BMW-Cabriolet ins Dorf fuhr. Noémie saß strahlend am Steuer.

»Ihr drei habt mir gefehlt, also bleibe ich übers Wochenende. Ich war so gespannt darauf, den ›Palazzo Julietta‹ kennen zu lernen. Ich habe auch was zum Naschen mitgebracht.«

Sie stieg aus ihrem Auto, verkleidet als Frau vom Lande aus einem Modemagazin. Sie trug ein kariertes Cowboy-Hemd, eine zerschlissene Jeans und Wildlederstiefel.

»Willkommen«, sagte Juliette und sah die Kinder streng an, weil sie lachten.

»Sehe ich lächerlich aus?«, sagte Noémie beleidigt und schloss ihr Auto ab.

»Aber nein, du weißt doch, wie Jugendliche sind, sie lachen wegen nichts und wieder nichts. Du kannst die Schlüssel stecken lassen, du brauchst dir keine Sorgen zu machen.«

Noémie sah sich das verschlafene Dorf an.

»Dieser Ort hat einen Wahnsinnscharme!«

»Wir fühlen uns hier auch richtig wohl«, sagte Juliette und half ihr, das Auto auszuladen.

Noémie war vor ihrer Abreise bei einem Pariser Traiteur

vorbeigefahren: Gänse- und Entenpastete, Käse und Landbrot, ein Luxuspicknick.

»Aber du hast ja nur Sachen gekauft, die hier hergestellt werden«, sagte Aurélien.

Noémie zuckte die Achseln. »Hauptsache, ihr mögt es.«

Sie bewunderte das große Zimmer. Sie hatten die breiten roten Bodensteinplatten gewachst und mehrere Pulte nebeneinander unter die Fenster gestellt. Sie bildeten einen langen Schreibtisch, der mit CDs und Büchern bedeckt war. Von den Fensterläden war noch blaue Farbe übrig geblieben, und Juliette hatte das Lehrerpodest damit angestrichen. Die schwarze Tafel diente als Pinnwand. Sie hatten die Stundenpläne der Kinder darauf geschrieben, aber auch die Einkaufsliste und anstehende Verabredungen. Der alte Ofen, den Pascal wieder in Gang gesetzt hatte, sollte das Zimmer im Winter heizen und gab ihm eine besondere Note.

Ein Bauerntisch diente zum Essen. Die Sofas luden zum Lesen oder zu Gesprächen ein. Das Ruder, die Fotos von den Segelbooten, der Fernseher und die Stereoanlage hatten auch ihren Platz gefunden.

»Sieht super aus … Und wo ist mein Zimmer?«

Juliette räusperte sich.

»Wir haben nur drei. Du kannst auf dem Speicher schlafen, wenn es dir nichts ausmacht.«

Noémie machte ein komisches Gesicht, beschwerte sich jedoch nicht. Juliette hatte strikte Prinzipien. Die Kinder waren Herren ihrer eigenen Zimmer, und niemand sollte sie vertreiben.

»Was willst du diesen Winter tragen?«, fragte Noémie. »Kommst du nach Paris, um einzukaufen?«

»Ich werde es so machen wie die Leute von hier. Ich ziehe Tierfelle an.«

Noémie riss die Augen auf. Juliette fing an zu lachen.

»Im Gers gibt es alles, was glaubst du denn? Die Leute haben dieselben Läden, sind genauso gut informiert, haben dasselbe Internet wie in der Île-de-France. Der einzige Unterschied ist, dass sie mehr Sonne und weniger nervende Dinge am Hals haben!«

»Sie glaubt, dass wir bei Hinterwäldlern gelandet sind«, flüsterte Juliette Sarah am Telefon zu, während Noémie sich die Hände wusch. »Ich würde sie dir gern vorstellen. Komm doch heute Abend mit John auf ein Glas Wein vorbei.«

»John pflegt samstags seinen Rasen, das steht fest wie das Amen in der Kirche. Aber ich komme.«

Der Tag wurde für Noémie nicht so angenehm, wie sie sich erhofft hatte. Ihr Handy funktionierte nicht richtig, und deshalb musste sie ständig ihren Anrufbeantworter abrufen, ob sie nicht zufällig das Interview des Jahrhunderts verpasste.

»Glaubst du, dass die Stars und Politiker dir gerade heute ihr Herz ausschütten wollen?«, fragte Juliette.

Noémie zuckte gekränkt die Achseln.

»Ich habe kein Erbe und keine Kinder, die sich später um mich kümmern werden. Ich muss für die Zukunft vorsorgen.«

»Ich kann mich ja um dich kümmern, wenn du in Not bist. Dann fülle ich dich mit Gänsepastete und *pousse-rapière* ab.«

»Womit?«

Juliette nahm den Likör aus dem Schrank, den sie im Schloss von Saint-Puy gekauft hatte.

Nach zwei Gläsern lächelte Noémie glücklich.

»Lust auf ein bisschen frische Luft?«, schlug Juliette vor.

»Wunderbare Idee!«

Als sie sich das Dorf ansahen, blieb Noémie mit ihrem schönen neuen Hemd an einem Nagel hängen.

»Land von Kuhbauern«, rief sie ärgerlich.

»Ich stopf es dir, es ist nur ein kleiner Riss.«

»Das Landleben war noch nie mein Steckenpferd.«

»Lass uns nach Hause gehen«, sagte Juliette. »Du kannst ein schönes warmes Bad nehmen, und dann verbringen wir einen super Abend, was meinst du?«

»Na gut«, sagte Noémie, die sich für ihr Benehmen schämte.

Sie hatten die Rechnung ohne den Wirt gemacht: Alice hatte sich die Haare gewaschen, und Aurélien hatte gebadet.

Noémie bereitete ihre Abendgarderobe vor, zog sich aus und versank in einem Bad mit Orange und Zimt. Sie las die Aufkleber auf den Flaschen von Juliette, wählte das Hopfenshampoo aus und seifte sich sorgfältig den Kopf ein. Als sie den Warmwasserhahn aufdrehte, um sich die Haare auszuspülen, lief nur kaltes Wasser aus dem Hahn.

»In diesem Haus funktioniert aber auch gar nichts!«

Sie wagte nicht, Juliette zu Hilfe zu rufen, denn sie hatte Angst, sich lächerlich zu machen: Wenn die Kinder nicht da gewesen wären, hätte Noémie ihre Freundin gebeten, ihr Wasser in einem Topf aufzuwärmen. Aber sie hatte noch mehr Angst vor Spott als vor kaltem Wasser. Zitternd spülte sie ihre Haare aus und stieg dann aus der Badewanne, wobei sie die Fliesen nass machte. Sie streckte eine Hand zum Bademantel aus, den Juliette ihr hingelegt hatte, und dann erblickte sie das Ungeheuer.

Juliette war in der Küche gerade mit der Vorbereitung des Aperitifs beschäftigt. Alice bereitete kleine Happen aus Toastbrot zu, die Aurélien mit einer Mischung aus Saint-Moret und Thunfisch in Öl beschmierte. Juliette schnitt kleine Radieschenringe zurecht, mit denen sie die Brote verzierte. Und Alice legte noch ein Estragon- oder Basilikumblatt obendrauf.

»Aaaaaaaaaaaaaah!«

Ein gellender Schrei wurde laut. Juliette lief in den Flur, riss die Tür des Badezimmers auf und sah Noémie, die nackt dastand und zitterte.

»Da, da, siehst du … sie ist riesengroß!«

Juliette folgte ihrem Finger. Eine Spinne schlief selig mitten auf dem Seidenhemdchen, das Noémie auf den Stuhl gelegt hatte.

»Du hast mir Angst eingejagt! Das ist doch nur Agrippine«, sagte Juliette gleichgültig. »Wir leben in bester Harmonie.«

Noémie sah sie entsetzt an.

»Ich habe furchtbare Angst vor Spinnen … Bitte, ich flehe dich an, zerdrück sie!«

»Das kann ich nicht. Sie hat einen Pakt mit uns geschlossen. Wir sind in ihr Gebiet eingedrungen, sie war lange vor uns da.«

»Ich habe fast einen Herzinfarkt gekriegt!«

»Dafür bist du zu jung. ›Kleine Tiere fressen keine großen‹, hat meine Großmutter immer gesagt. Diese Spinne hat dir nichts getan. Warum sollte ich sie töten? Komm, Agrippine, geh weg, du machst der Dame Angst!«

Juliette ging auf den Stuhl zu, und sofort bewegte die Spinne ihre kleinen Beine und versteckte sich unter dem Waschbecken.

»Kennst du den Comic von Bretécher? Da sieht die Spinne der Hauptperson ähnlich. Sie ist eine Freundin der Familie.«

»Es ist kein warmes Wasser mehr da«, sagte Noémie kraftlos und kleinlaut.

Juliette lächelte ihr freundschaftlich zu.

»Das Leben auf dem Land ist eine echte Herausforderung für dich. Du kannst zufrieden sein: Du hast alle Prüfungen bestanden.«

Sarah kam Punkt sieben mit einem selbst gebackenen Kuchen und einem Korb voller Blumen aus ihrem Garten. Juliette machte die Frauen miteinander bekannt, und die beiden gaben sich die Hand.

»Ich habe schon viel von dir gehört«, sagte die Engländerin und fuhr sich durch ihre rote Mähne.

»Ganz meinerseits«, erwiderte die Pariserin und fuhr sich durch ihren dunklen Pony.

Manche Abende gelingen von ganz alleine, es mangelt nie an Gesprächsstoff, und die Hausherrin braucht ihren Gesprächspartnern nur das Essen zu servieren. Andere sind steif und kommen nie in Gang. Das war jetzt der Fall.

»Ihr beide seid meine ältesten Freundinnen«, sagte Juliette verzweifelt.

»Ich kann dir nicht verzeihen, dass du Juliette überredet hast, aufs Land zu ziehen«, warf Noémie Sarah vor. »Ich verstehe nicht, was sie hier zu suchen hat.«

»Ich suche hier meine Ruhe«, sagte Juliette. »Und niemand hat mich überredet.«

Noémie wies mit einer ausholenden Geste auf das Dorf.

»Was machst du bloß hier mit deiner Spinne und deinem eiskalten Bad? Wenn du wenigstens Schafe züchten würdest … Aber nicht mal das tust du. Du kehrst aufs Land zurück, ohne das Land zu kultivieren.«

»Ich schmiede mein Glück«, sagte Juliette.

»Warst du denn in Paris so unglücklich? Du weißt nicht, wie sehr du mir fehlst. Ihr drei wart mein Familienersatz. Und Spaghetti Carbonara kocht nun auch keiner mehr für mich.«

Juliette sah sie mit Zuneigung an.

»Du fehlst mir auch.«

Noémie wandte sich Sarah zu.

»Ich bin wirklich sehr neidisch. Du brauchst nur einmal kurz aufzutauchen, und schon lässt Juliette alles liegen. Früher habe ich mich nie einsam gefühlt. Doch jetzt fühle ich mich von allen verlassen.«

Eine Stunde nach Noémies Abreise fuhr ein Lieferwagen auf den Hof. Der örtliche Blumenhändler stieg mit einem riesigen Sonnenblumenstrauß aus. Auf einer kleinen daran befestigten Karte stand: »Danke für deine Gastfreundschaft. Ein paar Blumen, damit in deinem schönen Haus die Sonne scheint.«

»Sehr genau hat Ihre Freundin nicht hingeguckt«, sagte der Blumenhändler vergnügt. »Um Ihr Haus herum stehen Sonnenblumen in rauen Mengen, man braucht sich nur zu bücken!«

14

Juliette war beunruhigt: Die Papiere, auf die sie wartete, waren immer noch nicht da. Sie rief die zuständigen Beamten an, und man versicherte ihr, dass die Post abgeschickt worden, aber vorher durchs Bürgermeisteramt gegangen war, um die notwendigen Stempel der Kommunalverwaltung zu erhalten. Juliette vermutete, dass Pierre Bados dahintersteckte. Sie ging persönlich ins Rathaus, verlangte nach einem Termin, und zu ihrer Verwunderung kam man ihrem Wunsch nach.

»Was kann ich für Sie tun?«, fragte sie der Bürgermeister.

»Jemand hält meine Papiere zurück«, sagte Juliette unwirsch.

»Es tut mir sehr leid, aber ich habe nichts damit zu tun«, sagte Bados mit falscher Freundlichkeit.

Wie durch Zufall kamen die Briefe am nächsten Morgen endlich an, und die Agentur konnte nun offiziell eröffnet werden. Es war wie beim Schulanfang mit Schulranzen, Heften, Bleistiften, Kugelschreibern und Radiergummis. Juliette trug einen ihrer grellroten Pullover, während Sarah sich für ein grünes Schottenmuster entschieden hatte. Sie losten aus, wem welcher Schreibtisch gehören sollte. Juliette erhielt den auf der rechten Seite. Sie stellte einen Holzrahmen mit einem Foto von Alice und Aurélien beim Anstreichen der Schule darauf, das John aufgenommen hatte. Sarah hatte einen Kaktus und ihren Teekessel, ihre Teekanne und zwei Tassen mitgebracht.

Jetzt brauchten die beiden Partnerinnen ihr Projekt nur noch öffentlich bei der Handelskammer vorzustellen. Sie vereinbarten einen Termin für den kommenden Donnerstag, den Tag des Jupiter.

Juliette schluckte, steckte die Hände in die Taschen ihrer roten Jacke und ballte die Fäuste. Sie konnte dort eigentlich nicht alleine hingehen. Sarah hätte gemeinsam mit ihr auf dieser verdammten Bühne stehen müssen. Doch ihre Partnerin hatte gerade angerufen, dass sie verhindert sei. Und es hätte einen schlechten Eindruck bei der Handelskammer gemacht, den Termin in letzter Minute abzusagen.

Im Konferenzsaal waren an diesem Donnerstagmorgen nur wenige Zuhörer, es war Markttag in Saint-Clar. Trotz des Rauchverbots wurde geraucht, die Leute unterhielten sich, und alle Blicke waren auf Juliette gerichtet. Sie räusperte sich und wandte sich dann an die Versammelten.

»Ich bin froh, dass ich heute Morgen hier sein kann, um Ihnen unsere Agentur vorzustellen«, behauptete sie.

Die Zuhörer waren durchweg Männer, bis auf eine ausgesprochen schöne Frau mit schwarzem Dutt und blauen Augen, die Juliette schon irgendwo einmal gesehen hatte.

»Man wird geboren, man stirbt, man lernt die Liebe kennen, und man entscheidet sich in einer Sekunde, sein Leben zu verändern«, fuhr sie fort. Sie zitierte den Satz, der zum Slogan ihrer Werbung geworden war.

Die Versammelten hörten gebannt zu, die Leute starrten sie an wie Katzen, die einer Maus auflauern, und lächelten. Juliette hatte Erfahrung mit Versammlungen und bemerkte sofort, dass es schieflief.

»Unsere Agentur spricht jeden an: junge Leute, die am Anfang ihrer beruflichen Karriere stehen, Leute im Beruf, die jenseits der fünfzig ein neues Leben anfangen möchten, kurz gesagt, alle. Alle, die so weit gehen wollen, ihre Träume zu verwirklichen. Wir bieten unseren Kunden Hilfe bei jedem Schritt an. Wir besorgen ihnen die ideale Arbeit und das ideale Haus, helfen ihnen, die Gegend und ihre verborgenen Kostbarkeiten zu entdecken, und organisieren die Veränderung ihres Lebens von A bis Z.«

Die schöne Frau neben Pierre Bados beugte sich plötzlich zur Seite und sagte ihm etwas ins Ohr. Dabei ließ sie Juliette nicht aus den Augen. Diese vertraute auf die weibliche Solidarität und wandte sich nun direkt an die Dame.

»Das Leben läuft uns davon, wir zählen die Sekunden. Wir leben in einer merkwürdigen Zeit, in der die einen zu viel und die anderen zu wenig Arbeit haben. Doch die Ersteren wagen es nicht, sich zu beschweren, weil sie das Los der anderen kennen. Dabei hat jeder Lust, einmal durchzuatmen und mehr Zeit für sich und seine Familie zu haben …«

Die Frau schüttelte den Kopf und blickte kurz an die Decke. Juliette war verunsichert.

»Wir sind Mitglieder des Employee Relocation Council mit Sitz in Washington, das sich in den USA schon bewährt hat«, fuhr sie mutig fort.

Pierre Bados unterbrach sie: »Das hört sich ja wunderbar an. Aber hier sind wir in der Gascogne! Was hat das mit uns zu tun?«

Juliette wehrte sich.

»Ich bin hier, um unser Projekt vorzustellen. Wir arbeiten hier, und unsere zukünftigen Kunden sollen in bereits ansässige Wirtschaftszweige eingebunden werden.«

»Mich interessiert allein, dass die Leute Fleisch bei mir kaufen«, sagte der Metzger und lachte jovial.

»Wollen Sie aus unserem Gers ein Lubéron für Pariser machen, die nach dem echten Leben suchen? Oder eine französische Toskana für reiche Engländer?«, rief Bados. »Wenn Sie Ihren Mann verlassen und sich bei uns niederlassen wollen, so gibt es hier viele Junggesellen, die darüber hocherfreut wären.« Er wandte sich den anderen Zuhörern zu und erntete zustimmendes Lachen. »Wir empfangen Sie mit offenen Armen«, fuhr er fort. »Aber Ihr Projekt ist lachhaft.«

Der ganze Saal amüsierte sich. Mit einer theatralischen Geste sorgte der Bürgermeister für Ruhe.

»Ich bitte Sie. Was soll die kleine Dame aus Paris denn von uns denken?«

Sein spöttischer Gesichtsausdruck verriet, wie sehr er sich freute, dass Juliette so übel behandelt wurde. Sie zitterte vor Wut angesichts der Floskel »die kleine Dame aus Paris«. Damit ihr Projekt funktionieren konnte, musste sie ein ganzes Netz von Beziehungen knüpfen. Und der Bürgermeister gab sich große Mühe, ihr alle Chancen zu verbauen. Doch der Arzt Patrick Lestrade kam ihr zu Hilfe.

»Man braucht immer neue Wirtschaftszweige«, sagte er. »Die Schusterei stand schon seit einem Jahr leer, und das hat niemanden interessiert.«

»Aber in der Agentur dieser Dame werden bestimmt keine Schuhe repariert«, warf der Metzger schlagfertig ein.

Gelächter erscholl. Juliette stand auf der Bühne und blickte auf die Frau neben dem Bürgermeister, die jubelte.

Ein Mann mit weißen Haaren hinten im Saal stand auf.

Juliette glaubte fälschlicherweise, dass er ihr helfen würde, und er kam ihr unendlich sympathisch vor.

»Wenn ich morgens aufstehe, dann gehe ich an meinem Feld entlang«, sagte er lachend. »Aber ich gehe bestimmt nicht meinen verdammten Träumen nach.«

Der ganze Saal prustete los. Juliette biss die Zähne zusammen und warf dem Mann mit den braunen Augen einen bitterbösen Blick zu.

Barnabé Fontani verließ die Handwerkskammer und machte sich auf den Weg zu dem kleinen Dorffriedhof. Er lief um die Kirche herum, die inmitten von Sonnenblumenfeldern lag. Okzitanien war vom Mittelalter bis zur Inquisition ein tolerantes Land gewesen, und auf dem Friedhof gab es Grabsteine verschiedener Religionen. Die Gräber der alten Leute wurden in den letzten Jahren mit Schildern bedeckt, auf denen stand: »In Gedenken, der Alten-Club«, »In Gedenken, der Boule-Club«, oder »In Gedenken, der Fahrrad-Club.«

Barnabé stand vor einem Grab, das mit Tomatenpflanzen in Töpfen geschmückt war, und sagte mit warmer und sanfter Stimme:

»Ich weiß genau, was du jetzt sagen würdest, Viviane.«

Er zuckte die Achseln und fuhr sich durch seine weißen Haare.

»Aber ich habe sie doch nur ein bisschen geneckt. Nur zum Spaß. Ich kann auch nichts dafür, wenn diese Pariserin den Humor der Gascogne nicht versteht«.

Sein Blick schweifte zum benachbarten Grab, auf dessen Grabstein das Foto einer alten Frau zu sehen war, die gerade Zeitung las. Barnabé hatte die alte Angela gekannt. Sie hatte fast ihre ganze Zeit damit verbracht, die *Dépêche du Midi* von vorne bis hinten durchzulesen. Wenn es ein Paradies gab und man dort Zeitungen druckte, dann musste sie sich wohl eine neue Brille besorgen. Ihr Mann, Ernesto, war 1944 gestorben. Er war als junger Mann auf dem Foto neben ihr zu sehen. Er würde für immer der jugendliche Mann einer Großmutter bleiben.

»Papa?«

Barnabé drehte sich um. Sein Sohn Nicolas folgte ihm auf seinem blauen Rad, seit er den Friedhof betreten hatte. Abgesehen von seinen braunen Haaren war er das vollkommene Ebenbild seines Vaters, er hatte auch die braunen Augen und ein Grübchen im Kinn. Viviane hatte es »das Grübchen der Großzügigen« genannt.

»Hast du keinen Hunger?«

Barnabé sah auf die Uhr.

»Ich habe gar nicht gemerkt, wie die Zeit vergeht. Wer zuletzt zu Hause ankommt, muss spülen, okay?«

Nicolas fing an, wie wild in die Pedale zu treten. Barnabé ging auf den Ausgang zu, stieg in sein Auto und blinkte wie gewöhnlich drei Mal in Richtung Friedhof.

»Ich komme morgen wieder, Viviane«, versprach er. »Ich mache ihm heute Abend ein Omelett. Mit Kräutern, dann schmeckt es besser.«

Nachdem Juliette die Handwerkskammer verlassen hatte, ging sie geradewegs zu Sarah, um mit ihr abzurechnen.

»Sarah Owen, wehe dir, wenn du keine felsenfeste Entschuldigung hast!«, schimpfte sie, als sie das Haus betrat.

John saß mit nacktem Oberkörper im Wohnzimmer und las. Er stand auf, um sie zu begrüßen.

»Sie ist nicht vorzeigbar«, erklärte er.

Juliette runzelte die Stirn.

»Was hat sie denn? Einen Pickel auf der Nase? Windpocken?«

»Viel schlimmer«, sagte Sarah hinter ihr.

Juliette drehte sich um. Die rothaarige Sarah hatte salatfarbene Haare. John prustete vor Lachen.

»Entschuldigung, aber ich kann nicht anders«, rechtfertigte er sich. »Sie wollte sich selbst die Haare färben, um das Geld für den Friseur zu sparen. Und das ist das Ergebnis!«

»Ich konnte unsere Agentur doch nicht mit grünen Haaren vorstellen. Sie halten uns sowieso für Spinner, da wollte ich es nicht noch schlimmer machen.«

»Du siehst jetzt aus wie die Frau vom Bonbonstand«, sagte Juliette zu Sarah.

»Ich bin genau den Anweisungen gefolgt, die auf der Packung standen«, klagte die Engländerin.

»Dieses Zeug ist wohl nur für französische Haare gedacht«, meinte John.

Juliette schluckte kräftig, lachte erst nervös und schließlich lauthals. John machte es ihr nach, und sie gluckten im Konzert.

»Freut mich, dass ihr euren Spaß habt«, maulte Sarah. »Wie war die Versammlung?«

Juliette hörte auf zu lachen.

»Nicht gut. Sie haben sich über uns lustig gemacht. Sie haben mir deutlich gemacht, dass wir hier nichts zu suchen haben. Ich fand sie ziemlich aggressiv.«

Sarah setzte den Teekessel auf.

»In dieser Gegend haben sie einen eigenartigen Humor, sie verbringen ihre Zeit damit, sich übereinander lustig zu machen. Sie fühlen sich mit ihrer Heimat sehr verbunden. Sie sind auf eine Art herzlich, aber wir werden immer Fremde für sie bleiben.«

Am Abend nahm John Aurélien und Alice zu einem Film mit, der im Dorf gezeigt wurde. Sarah, deren Haare nach vier verschiedenen Shampoos inzwischen blau geworden waren, wollte nicht mitgehen. Juliette war müde und blieb lieber zu Hause. In Alice' Zimmer heftete sie ein Poster wieder an und befestigte an Auréliens Fenster eine Jalousie. Sie wusch das Geschirr ab, stellte die Waschmaschine an, nahm halbherzig einen Roman zur Hand, legte ihn wieder weg, blätterte in einem Magazin und ließ es ebenfalls liegen. Sie hielt die Einsamkeit nicht mehr aus.

»Dieser Abend muss irgendeinen Sinn haben«, sagte sie.

Die Worte hallten in der leeren Küche wider. Sie griff nach dem Telefonbuch, nahm den Hörer ab und wählte die Nummer von Patrick Lestrade.

»Ich wollte mich bei Ihnen dafür bedanken, dass Sie sich heute Morgen auf meine Seite gestellt haben«, sagte sie ihm.

»Ich war nur ehrlich«, sagte der Arzt. »Haben Sie schon zu Abend gegessen?«

Juliette wollte erst ablehnen, aber dann dachte sie sich, dass ein Landarzt so etwas wie ein Priester war, und nahm die Einladung ohne Hintergedanken an.

Patrick Lestrade wohnte mit seiner Mutter Suzanne, einer alten Dame mit schneeweißen Haaren und faltigem Gesicht, auf dem Bauernhof der Familie. Sie stellte auf den langen Tisch drei Teller mit gefülltem Hähnchen, das einen herrlichen Duft verströmte.

»Fangt an!«, befahl sie.

Juliette begann zu essen.

»Schmeckt wunderbar.«

»Ich bekoche meinen Sohn gerne«, sagte Suzanne zufrieden. »Meine Männer haben alle gutes Essen gemocht.«

»Das ist bei uns anders. Mein kleiner Sohn ist Diabetiker, und er muss seine Diät einhalten, aber alle anderen in der Familie sind Gourmands. Können Sie mir das Rezept geben?«

Suzannes Gesicht strahlte.

»Sie füllen das Hähnchen mit Schinken, Hühnerleber, Brotkrumen, drei Eiern, Schalotten, Knoblauch und Petersilie. Dann schälen Sie Möhren und Rüben und fügen eine mit Nelken bestückte Zwiebel hinzu. Sie legen das Huhn mit einem Stück Kalbsbrust und einem schönen Knochen in kochendes Wasser. Dann schöpfen Sie den Schaum ab und geben das Gemüse und eine Selleriestange hinein. Lassen Sie es eine halbe Stunde kochen.«

Patrick aß schweigend und tunkte die Soße mit seinem Brot auf. Nach dem dritten Teller hob er den Kopf.

»Die Leute von hier sind sonst eher aufgeschlossen«, erklärte Patrick. »Ihr Projekt hat sie irritiert. Sie werden sie mit der Zeit für sich gewinnen.«

Suzanne stand mit langsamen Bewegungen auf, wünschte gute Nacht und ging nach oben.

»Sie war drei Mal verheiratet, und alle drei Männer sind gestorben. Jetzt hat sie nur noch mich.«

Er schien froh, sich jemandem anvertrauen zu können.

»Als meine Urgroßeltern noch lebten, wohnten mindestens vierzig Leute auf diesem Hof. Und dann wurde russisches und amerikanisches Getreide importiert, und das brachte den Kurs des französischen zu Fall. Außerdem wurde die Schulpflicht eingeführt, auch Bauernkinder erhielten eine gute Ausbildung und konnten Stellen in der Verwaltung annehmen. Die Landflucht, die beginnende Mechanisierung der Feldarbeit, schließlich der Krieg, dem die Männer zum Opfer fielen. Mein Vater hat hier die ganze Arbeit alleine mit nur zwei Gehilfen bewältigt, und er ist an Erschöpfung gestorben. Ich wollte es ihm nicht nachmachen und habe in Toulouse Medizin studiert.«

»Und dann sind Sie zurückgekehrt, um die Leute hier zu behandeln?«

»Ich gehöre zu ihnen. Die Gerser sind großzügig und haben

das Herz auf dem rechten Fleck. Sie lieben ihr Land und ihre Sprache, es gibt sogar noch Okzitanisch-Kurse in der Schule. Die Bevölkerung ist sehr gemischt: 1911 sind die Spanier gekommen, dann die Italiener, als der Faschismus aufkam. Pascal Castera haben Sie ja schon kennen gelernt. Und der Bauer mit den weißen Haaren, der am Ende der Versammlung geredet hat, heißt Barnabé Fontani.«

»Der, der sich über mich lustig gemacht hat?«

»Er wollte einen Witz machen. Die Gerser machen sich auch über sich selbst lustig. Darin liegt ihre Stärke.«

Juliette verzog das Gesicht.

»Sie haben sich nicht über mich lustig gemacht.«

»Weil ich weiß, welche Folgen das hat. Meine Frau hat mich verlassen und ist mit einem Tangotänzer durchgebrannt, der hier in einem Silvesterstück aufgetreten ist. Meine Freunde machen sich immer noch darüber lustig. Seitdem hasse ich Frauen, Tango und Silvesterfeiern.«

Juliette fuhr mit übervollem Magen nach Hause. Alice und Aurélien kamen ein wenig später.

»Der Film war super, Mama«, erzählte Aurélien glücklich. »Danach sind wir in einer alten Scheune essen gegangen und John hat eine Libelle nachgemacht. Er hat zwei Gläser bestellt, hat sie über die Augen gestülpt, mit der Zunge ›blblblblblb‹ gemacht, und alle haben gelacht.«

»Danach haben sie Musik aufgelegt, und John hat mit mir getanzt«, fuhr Alice fort und strahlte vor Freude.

Am nächsten Sonntag lud Sarah Juliette und die Kinder zum Kaffeetrinken ein. Als sie ankamen, arbeitete John im Garten, er war ganz in Weiß, und es gelang ihm sogar, sich nicht dreckig zu machen.

»Euch zu Ehren!«, sagte er und verbeugte sich.

Sarah kam aus der Küche, die Hände voll mit warmem

Gebäck. Der Tisch stand schon im Garten. Buckingham hielt Wache und wartete auf herunterfallende Krümel.

Juliette zählte die Teller. Es waren sieben.

»Wer sind die anderen Gäste?«

»Ein Freund von John und sein Sohn. Seine Frau ist letzten Winter an Krebs gestorben.«

Auréliens Augen leuchteten, als er den Teller mit Kuchen ohne Zucker sah, den Sarah extra für ihn gebacken hatte.

Als sie die ersten Muffins in Angriff nahmen, tauchte ein kleiner braunhaariger Junge auf, der einen Kopf größer war als Aurélien.

»Wir sind in derselben Klasse«, flüsterte Aurélien seiner Mutter zu.

»Hallo«, sagte Nicolas mit einem freundlichen Lächeln. »Hier in der Gegend gibt es ganz viele römische Denkmäler, wenn du willst, zeige ich sie dir.«

»Nicolas kennt die Gegend wie seine Westentasche«, bestätigte Sarah. »Ich würde ihm sogar Buckingham anvertrauen, und das will was heißen!«

Juliette begriff, dass dies der größte Vertrauensbeweis ihrer kinderlosen Freundin war.

»Hm, das riecht gut«, rief eine fröhliche Stimme. Nicolas' Vater folgte seinem Sohn. Juliettes und sein Blick kreuzten sich, und beide zuckten wie vom Blitz getroffen zusammen. Juliette hatte den Spötter mit den weißen Haaren wiedererkannt. Und Barnabé die Frau mit der knallroten Kleidung, die keinen Spaß verstand. Juliette sah in seine braunen Augen, und Barnabé starrte auf ihre schwarzen, mit Gold besprenkelten Pupillen.

»Darf ich vorstellen, Barnabé Fontani«, sagte Sarah, ohne zu merken, dass die Stimmung frostig geworden war. »Meine Freundin Juliette Forestier.«

»Wir kennen uns«, sagte Barnabé.

Sarah war erstaunt.

»Wir sind uns beim Notar, auf dem Markt und in der Handwerkskammer begegnet«, ergänzte Juliette.

Die Stimmung beim Kaffeetrinken war angespannt, obwohl sich die Gastgeber viel Mühe gaben. Barnabé ging, gleich nachdem er sein letztes Stück Kuchen aufgegessen hatte, und nahm Nicolas mit.

»Er hat sich über mich lustig gemacht, als ich unser Projekt vorgestellt habe«, erklärte Juliette.

Sarah bedauerte das unglückliche Zusammentreffen.

»Bei unserer Ankunft war er aufgeschlossen und herzlich. Aber seit Vivianes Tod hat er sich sehr verändert.«

»Er ist hochnäsig und hat eine große Klappe wie alle Gascogner, aber im Grunde ist er ein guter Kerl«, sagte John. »Er ist der Präsident des Festkomitees der Region. Er leitet die *bandas*.«

Die Bandas waren ein Musikfestival, das im Frühling stattfand. Dann kamen aus dem ganzen Südwesten Bands zusammen, sie spielten Saxophon, Trompete, Flöte, große Trommel oder Tamburin. Die Festivalteilnehmer waren irgendwann so betrunken, dass sie auf der Straße oder in den Autos schliefen, sodass es nicht zu Unfällen kam.

»Die Väter nehmen ihre Söhne mit, sobald sie alt genug sind, das ist eine Traditions- und Kultsauferei: Die Männer betrinken sich, werden anzüglich und kotzen überallhin«, fuhr Sarah fort. »Und sie singen Lieder mit Texten wie: ›Ich war gestern Abend voll, ich bin heute Abend voll, und wenn alles gut geht, bin ich es morgen auch.‹«

»Das muss man wenigstens einmal in seinem Leben gesehen haben«, sagte John. »Am Tag trinken sie und spielen Petanque. Abends gehen sie ins Konzert, tanzen, singen und bechern. Die Gerser können mit Begeisterung feiern, sie lieben das Leben.«

»Und den Rest des Jahres über?«

»Samstagabends gehen die Jungen aus der Gegend ins Colibri in Sempesserre, eine Disco in Fleurance oder zum Bowling in Agen. Im Allgemeinen gehen sie mit ihren Kumpels vom Rugby, Fußball oder Basketball aus. Sie behaupten, dass es hier viermal mehr Jungs als Mädchen gibt.«

»In meiner Klasse gibt es auch mehr Jungen als Mädchen«, bestätigte Alice. »In Paris war es genau umgekehrt. Ich habe es meiner Freundin Marion erzählt, und sie ist super neidisch.«

»Also bereust du nicht mehr, dass du hier wohnst?«, fragte Sarah.

Alice zuckte die Achseln und sah ihre große Schwester an.

»Was bleibt mir anderes übrig?«, sagte sie resigniert. »Aber es ist ja nur für ein Trimester. Stimmt's, Juliette?«

15

Ein Journalist der Lokalpresse besuchte die beiden Geschäftspartnerinnen, um ein Interview zu machen, und schrieb einen schönen Artikel. Juliette und Sarah rahmten ihn ein und hängten ihn an die Wand der Agentur.

»›Glück durch Veränderung‹ *ist einzigartig in Frankreich. Es steht für ein Leben, das sich lohnt. Haben Sie Lust, auf eigenen Beinen zu stehen? Wollen Sie etwas Neues anfangen? Möchten Sie eine andere Luft atmen oder in eine andere Gegend ziehen? Und Sie wissen nicht, wo Sie anfangen sollen? Fehlt es Ihnen an Zeit und*

Informationen? Von 1000 bis zu 10 000 Euro für die gewünschte Leistung – diese Agentur geht Ihren Weg mit Ihnen. Das Ziel der Agentur: Ihnen das Leben leichter zu machen!«

Sie schickten Benachrichtigungen an ihre zahlreichen Bekannten. E-Mails überschwemmten das Netz und die PCs ihrer Freunde. Noémie berichtete im Fernsehen von der Agentur und pries ihre Vorzüge in den beliebtesten Sendungen.

André, ein sechzigjähriger Gaukler und Zauberkünstler, suchte ein Haus im Südwesten Frankreichs, um dort seine eigene Firma aufzubauen und Zauberei-Seminare zu organisieren. Er sah sich nach einem geeigneten Ort um. Eines Morgens öffnete er die Tür der Agentur, als Sarah gerade auf allen vieren auf dem Boden herumkroch und nach ihrem Radiergummi suchte, während Juliette auf einem Hocker stand und die Birne eines Strahlers auswechselte.

»Meine Damen«, sagte er feierlich.

Die eine stand auf, die andere bückte sich.

»Darf ich mir erlauben, Ihnen eine Blume zu überreichen?«

Sie sahen ihn fragend an.

»Ihre Talente wären mir sehr hilfreich«, fuhr er fort und überreichte ihnen beiden jeweils eine Rose.

Sie prusteten vor Lachen. Das Eis war gebrochen. Die Agentur hatte ihren ersten Kunden.

Er blieb den ganzen Vormittag, füllte den Fragebogen aus, beantwortete Fragen und zählte seine Wünsche auf. Er brauchte ein ziemlich großes Gebäude, um dort seine Schüler unterzubringen, und es musste so angelegt sein, dass er auch Raum für sich alleine hatte. Er benötigte für seine Kunst alle möglichen Umbauarbeiten: Schiebetüren, bewegliche Trennwände, Falltüren, Spiegeltricks und Ständer. Außerdem brauchte er einen Garten mit einem Stall für die Kaninchen, die er aus seinem Hut zauberte, und ein Vogelhaus für die Tauben, die er in Tüchern versteckte. Und er bat die Agentur, ihm einen Flyer zu entwerfen, der die Nachfrage in Frankreich und im Ausland steigern sollte.

»Kein Problem«, erklärten die beiden Partnerinnen, die im Handumdrehen zu Maklerinnen, Dekorateurinnen, Landschaftsarchitektinnen, Marketing- und Eventplanerinnen wurden.

»Sie werden Ihr Leben in die Hand nehmen«, sagte Sarah.

»Oscar Wilde hat gesagt: ›Weisheit bedeutet, dass man Träume hat, die groß genug sind, um sie nicht aus den Augen zu verlieren, wenn man sie verfolgt‹«, sagte Juliette.

»Sie sind perfekt, meine Damen«, erwiderte der Zauberer. Juliette nahm die erste rote Akte aus ihrer Schublade und schrieb mit blauem Filzstift darauf: Kunde Nr. 1, André.

Bruno und Armelle, beide Akademiker aus Paris, riefen noch am gleichen Tag bei der Agentur an. Er war Literaturprofessor an der Universität, und es war ihm gelungen, seine Lehrverpflichtungen auf nur fünf Monate im Jahr zusammenzufassen. Sie war Historikerin und arbeitete von zu Hause aus. Ihr Sohn Julien war sechzehn Jahre alt. Sie träumten von einem ruhigen Leben auf dem Land und hatten sich das Gers ausgesucht, weil dort alles zusammenkam: die interessante Geschichte Okzitaniens, die blühende Wirtschaft der Region Midi-Pyrénnées, die Schönheit der Landschaft im Gers, die Nähe des Meeres und der Berge.

Sie kamen aus Paris angereist, um die Einzelheiten zu besprechen. Bruno war starker Raucher und sehr schüchtern. Er zog sich oft zurück und verbarg sich im Rauch seiner Pfeife. Armelle war extravertiert und von großer Direktheit. Ihr Sohn Julien war charmant, ein selbstsicherer junger Mann. Sie beauftragten die Agentur mit dem Umzug, allen Verrichtungen, die für das Funktionieren eines Hauses vonnöten waren, mit Juliens Anmeldung im Gymnasium, der Besorgung einer Dauerkarte für Brunos Bahnfahrten. Als eingefleischte Intellektuelle waren sie eher bereit, Geld zu bezahlen, als sich selbst mit den Realitäten des Alltags herumzuschlagen.

Juliette und Sarah wurden mit großer Freude als Maklerinnen, Gouvernanten, Geschäftsführerinnen und Sekretärinnen tätig.

Juliette holte eine weitere rote Akte aus ihrer Schublade hervor und schrieb wieder mit dem blauen Filzstift darauf: Kunden Nr. 2, Bruno und Armelle.

»Schon der zweite Auftrag!«

»Wir sind die Besten«, fuhr Sarah fort. »Wenn wir in dem Tempo weitermachen, wird es ein Riesenerfolg. Ich habe schon ein paar Ideen für nächstes Jahr, ich muss unbedingt mit dir darüber sprechen.«

Juliette war alle Freude vergangen.

»Hast du gehört, was Alice gesagt hat? Sie will am Ende des Trimesters zurück nach Paris.«

»Und wenn sie ihre Meinung nicht ändert, willst du dann etwa alles hinschmeißen?«

Juliette seufzte.

»Daran möchte ich erst gar nicht denken. Vielleicht freundet sie sich ja mit jemandem an und lebt sich gut ein.«

»Hoffen wir es«, sagte Sarah betrübt.

Nicolas und Aurélien hatten sich beim Heldendenkmal im Dorf verabredet. Das blaue, verdreckte Fahrrad war vor dem neuen, leuchtend roten Fahrrad da. Aurélien sah Nicolas von weitem, bremste im letzten Moment und nahm die Kurve besonders scharf, um ihn mit einem perfekten Bremsmanöver zu beeindrucken.

»Nicht schlecht«, sagte Nicolas. »Zeig mal deine Schuhe!«

Aurélien zeigte ihm seine Turnschuhe.

»Okay«, meinte Nicolas. »Bei mir in der Nähe haben sie unter einem Feld einen alten Weinkeller entdeckt. Sie haben mit den Ausgrabungen angefangen, aber dann ging ihnen das Geld aus und sie mussten aufhören. Sollen wir mal hinfahren?«

Die beiden Jungen fuhren um die Wette und traten so schnell sie konnten in die Pedale. Als sie am Rand des Feldes ankamen, war Aurélien außer Atem, aber Nicolas atmete kaum schneller.

»Du wolltest nur 'ne Show abziehen«, sagte Aurélien keuchend.

»Und ich hab's geschafft«, sagt Nicolas zufrieden. »Für einen Pariser bist du übrigens gut in Form.«

»Und dabei … bin ich krank«, sagte Aurélien. »Muss ich dir noch erklären.«

Er erzählte ihm von seinem Diabetes und dass er eine halbe Stunde vor dem Essen nie sein Insulin vergessen durfte. Er steckte seine Hand in die Tasche, um Nicolas zu zeigen, dass er immer Zucker und Müsliriegel bei sich hatte, was Nicolas, der gerne aß, besonders gefiel.

»Das ist eine chronische Krankheit, meine Bauchspeicheldrüse produziert nicht genug Insulin. Das ist ein Hormon, das den Zucker bindet, den man isst.«

»Warum erzählst du mir das alles?«

»Wenn mein Blutzucker zu sehr absinkt und ich es rechtzeitig merke, dann esse ich etwas und es geht vorbei. Aber wenn du findest, dass ich aggressiv, komisch oder schlecht gelaunt bin, dann musst du mir helfen. Wenn ich es merke, dann muss ich Zucker schlucken. Wenn ich benommen bin, darfst du mir nichts geben, sondern musst meine Mutter oder den Arzt verständigen. Verstehst du?«

»Ganz schöne Verantwortung«, sagte Nicolas beeindruckt. »Verdirbt dir das nicht ein bisschen den Spaß?«

»Nein, ich bin genau wie die anderen auch.«

»Wir müssen jetzt über dieses Feld, und es ist besser, wenn der Besitzer uns nicht sieht, sonst gibt's Ärger. Hast du Angst?«

Aurélien schüttelte den Kopf. Sie legten ihre Fahrräder an den Straßenrand und liefen nach vorne gebeugt über das Feld bis zu einer verlassenen Baustelle. Nicolas schob die schwarzen Plastikplanen zur Seite. Die antiken Tongefäße hatten die Zeit schlecht überstanden. Er sprang in eines der Löcher und sagte Aurélien, er solle es ihm nachmachen. Der Junge sprang hinterher, ohne zu zögern. Plötzlich stieß Nicolas einen Schrei aus und zeigte auf den Rand einer Tonschale.

»Eine Schlange! Eine riesige Schlange!«, rief er mit ängstlicher Stimme. »Pass auf!«

»Die hat wahrscheinlich Mittagsschlaf gemacht, und wir haben sie aufgeweckt. Sie hat sich bestimmt zu Tode erschreckt, die Arme«, sagte Aurélien ruhig.

Nicolas lächelte. Er rollte mit den Augen, riss weit den Mund auf und sagte feierlich:

»Aurélien aus Paris, das war der erste Test, und Sie haben ihn glänzend bestanden. Sie werden in die HBA aufgenommen.«

»Die HBA?«

»Die Heilige Bruderschaft der Ausgräber.«

»Wie viele seid ihr?«

Nicolas versetzte ihm einen Stoß in die Rippen.

»Bis heute gab es nur mich. Jetzt sind wir zu zweit. Hast du von der Höhle in Pech-Merle gehört? Zwei Jungen aus dem Lot haben sie 1922 entdeckt. Die Wände sind mit lauter Mammuts, Bisons und Pferden bemalt. Wir können auch alte Überreste finden. Und dann stehen unsere Namen auf den Infoblättern. Später möchte ich mal Archäologe werden wie Indiana Jones. Und du?«

»Ich möchte gerne etwas mit Computern machen.«

»Mein Vater hat Horror davor. Für ihn ist es das Wichtigste, für die Natur zu kämpfen. Und was macht deiner?«

Aurélien zuckte die Achseln. »Keine Ahnung. Als meine Mutter ihn zuletzt gesehen hat, war ich noch nicht einmal geboren. Damals hat er in einem Café in Paris gearbeitet. Ich war einmal dort, ohne es jemandem zu sagen. Aber die Besitzer hatten gewechselt, und als ich nach meinem Vater gefragt habe, hielten sie mich für verrückt.«

Nicolas verzog teilnahmsvoll das Gesicht.

»Es ist traurig, dass deine Mutter tot ist, aber du weißt wenigstens, dass sie dich geliebt hat«, fuhr Aurélien fort. »Mein Vater kann mich gar nicht lieben, er weiß noch nicht einmal, dass es mich gibt!«

Nicolas nickte.

»Stimmt es, dass deine Schwester nicht deine Schwester ist?«, fragte er.

»Ja, sie ist meine Tante.«

»Du hast eine komplizierte Familie.«

»Man gewöhnt sich daran«, sagte Aurélien.

Juliette und Sarah waren mit einer Thermosflasche Tee unterwegs und suchten die Gegend nach Häusern ab, die zum Verkauf standen. Sie fuhren durch wunderbare Landschaften, in denen die Menschen harmonisch zusammenlebten. Schließlich fanden sie ein Haus, das für André wie geschaffen war: einen alten langgestreckten Bauernhof mit einem Kräutergarten und einem großen Hof davor. Aber die Sache hatte einen Haken. Grincheux wohnte im Nachbarhaus.

»Ich bin sicher, dass all diese Geschichten Lügenmärchen sind«, meinte Sarah. »Kein Mensch, der noch bei Verstand ist, würde seinem Nachbarn das Auto mit Jauche vollgießen!«

»Oh! Was machen Sie denn hier?«, schrie Grincheux, als er die beiden Frauen in den Hof gehen sah.

»Wir besichtigen das Anwesen«, antworteten sie im Chor.

Der Alte im Blaumann lächelte spöttisch.

»Hier zieht niemand ein«, verkündete er, als sei das eine Selbstverständlichkeit.

»Warum?«

»Verdammt, weil ich es nicht will.«

»Aber dieses Haus ist doch zu verkaufen, oder?«, fragte Juliette.

Grincheux lachte.

»Ich mag keine Nachbarn, und deswegen verziehen sie sich immer ziemlich schnell. Sie brauchen nur die Leute in der Stadt zu fragen. Die Letzten, die es kaufen wollten, erinnern sich noch gut daran.« Er drehte sich auf dem Absatz um und verschwand.

»Wir werden uns doch von dem nicht einschüchtern lassen«, sagte Juliette entschlossen. »Wir rufen den Zauberer an.«

André war von ihrer Beschreibung begeistert und reiste eilig an, um das Haus zu besichtigen.

»Genau das Richtige«, sagte er entzückt und sah sich die Zimmer an. »Gibt es auch einen Garten?«

»Hier«, sagte Juliette und ging voran. »Hier könnten Sie den Kaninchenstall und das Vogelhaus einrichten.«

Sie malte zwei Dreiecke auf den Boden. Alle drei stellten sich schon vor, wie die Kaninchen ihre Möhren aßen, die Tauben elegant umherflogen, die Zauberlehrlinge munter Frauen entzweisägten. Alles schien ihnen wie das Paradies auf Erden. Die Agentur würde eine schöne Vermittlungsgebühr erhalten.

»Ich bin Ihnen ausgesprochen dankbar.«

Ein eigenartiges Geräusch drang aus dem Hof zu ihnen und unterbrach sie. Sie rannten hinüber.

André war in seinem neuen Renault Espace gekommen. Er fuhr ihn noch auf Probe, durch das offene Schiebedach schien die Sonne. Er hatte mitten auf dem Hof geparkt. Nun saß Grincheux hoch oben auf seinem Traktor gleich neben dem Auto, den Anhänger voller Jauche. Der Gestank verpestete die Luft.

»Ich mag keine Nachbarn«, verkündete er laut. »Ich hab

gehört, Sie sind Zauberer. Wenn ich Ihr Auto mit Jauche vollschütte, können Sie es bestimmt mit Ihrem Zauberstab wegputzen. Das würde ich verdammt gern sehen.«

André riss die Augen auf.

»Ich verstehe nicht …«

»Mein Gott, das ist doch sonnenklar«, sagte Grincheux in seinem Singsang. »Ich will keine Fremden in der Nachbarschaft. Dem Letzten, der das Haus kaufen wollte, habe ich eine Ladung ins Auto gekippt! Ich kann gleich weitermachen.«

»Nein!«, rief André.

Er rannte in sein Auto, steckte den Schlüssel ins Zündschloss und machte das Schiebedach zu.

»Warten Sie«, flehte Sarah.

»Worauf soll ich denn warten? Was soll ich hier mit all den Verrückten? Vergessen Sie's!«

Er fuhr los und verschwand in einer Staubwolke. Die beiden Frauen sahen sich an. Die Agentur hatte ihren ersten Kunden verloren.

»Wenn er ein echter Zauberer wäre, hätte er mich in eine Kröte verwandelt«, sagte Grincheux lachend.

16

Der dritte Kunde der Agentur meldete sich per E-Mail. Bill Emers war achtunddreißig Jahre alt und Chef einer großen IT-Firma in Chicago. Er wollte gerne in die Gegend ziehen und seine Geschäfte von hier aus übers Internet leiten. Juliette nahm wieder eine rote Akte aus ihrer Schublade und schrieb mit dem blauen Filzstift darauf: Kunde Nr. 3, Bill Emers. Nachdem sie einige E-Mails ausgetauscht hatten, schickte er ihnen ein Flugticket, Business Class von Paris nach Chicago und zurück, um ihnen seine Wünsche mündlich vorzutragen, und akzeptierte ohne Verhandlung ihre Bedingungen: dreißig Prozent Vorschuss bei Abschluss des Vertrages und den Rest nach erbrachter Leistung.

Juliette konnte gut Englisch, aber es war eben nicht ihre Muttersprache.

»Du fährst hin, das ist logischer«, sagte sie zu Sarah.

»Das kommt gar nicht infrage. Wir spielen Kopf oder Zahl. Fünfzig Prozent Chance für jede. Ich nehme Kopf.«

Sarah warf die Münze hoch, die auf dem Schreibtisch aufkam.

»Zahl«, sagte sie. »Du hast gewonnen. Amerika gehört dir.«

»Ich möchte lieber, dass du fährst. Die Kinder brauchen mich.«

»Alice ist groß genug. Sie kann sich um Aurélien kümmern, findest du nicht?«

»Aber ich mache mir Sorgen wegen seinem Diabetes. Man muss die Insulindosen genau berechnen.«

»Patrick Lestrade wird sich schon darum kümmern. Und ich versorge sie mit Essen. Also, kann es losgehen?«

Juliette schwieg.

»Du hast die Idee für die Agentur gehabt, also hast du auch die Ehre, sie zu exportieren«, sagte Sarah mit Nachdruck.

»Du willst wirklich hinfahren?«, fragte Alice verwundert.

»Ich werde es versuchen«, antwortete Juliette.

Sie würde fünf Tage wegbleiben, unterdessen sollte Sarah bei ihnen essen und schlafen.

»Meinst du, sie packt das?«, flüsterte Aurélien Alice zu.

»Nein.«

»Ich glaube schon. Worum wetten wir?«

Alice dachte nach.

»Der Verlierer muss eine ganze Woche lang Geschirr spülen«, entschied sie.

Am Tag ihrer Abreise stand Juliette im Morgengrauen auf und fuhr wieder zum Haus ihrer Großmutter. Sie ging an der Mauer entlang bis zum Portalvorbau und legte ihre Hand auf den Abdruck von Clémence' Hand, um sich Mut einzuflößen. Sie rezitierte ein Gedicht von Rudyard Kipling: »Wenn du es aushalten kannst, wie dein Lebenswerk zerstört wird ...« Aber anstatt es mit »dann wirst du ein Mann sein, mein Sohn« fortzuführen, ersetzte sie diesen Satz durch eine neue Schlussfolgerung: »... dann wirst du eine Frau sein, meine Enkeltochter.«

Ein Flugzeug erschien am Himmel. Sie ballte die Fäuste, biss die Zähne fest aufeinander und atmete schneller. Weil sie zu viel Sauerstoff einatmete, begann es in ihren Händen zu kribbeln, sie geriet außer Atem und lehnte sich ans Gitter.

Hinter seinen Fensterläden beobachtete Jacques Barrier sie. Als die Kinder aufwachten, machte Juliette Frühstück, als sei nichts geschehen.

»Du vergisst nicht, mir eine Basketballmütze mitzubringen, oder, Mama?«, wiederholte Aurélien.

»Und eine 501-Jeans für mich«, erinnerte sie Alice.

Sarah hupte, als sie auf den Hof fuhr.

»Ich vertraue dir das Haus an«, sagte Juliette zu ihrer jüngeren Schwester.

»Warum hast du Sarah dann gebeten, auf uns aufzupassen?«, meckerte Alice.

Juliette lächelte.

»Sarah vertraue ich dir auch an. Sie kommt, damit du auf sie aufpasst.«

»Deine Schwester und dein Sohn sind zum Totlachen. So wie sie reagiert haben, könnte man denken, dass du noch nie verreist bist«, sagte Sarah, als sie ihre Freundin zum Bahnhof fuhr.

Juliette ließ sich nicht erschüttern und blickte auf die Straße.

»Jetzt klär mich mal auf: Es ist doch nicht das erste Mal, dass du mit dem Flugzeug fliegst, oder?«

Juliette verzog das Gesicht. Sarah war so auf das Fahren konzentriert, dass sie es nicht bemerkte.

»Wofür hältst du mich eigentlich?«, sagte Juliette mit gezwungenem Lächeln.

Ein paar Stunden später eilten Sarahs Finger über die Computertasten. Sie war zum ersten Mal allein in der Agentur und fühlte sich unwohl.

»Morgen nehme ich Buckingham mit«, sagte sie laut.

»Reden Sie mit sich selbst?«, hörte sie eine Stimme sagen.

Ein Unbekannter Mitte dreißig mit goldenem Ring im linken Ohr, schwarzem Poloshirt, schwarzer Jacke, schwarzer Jeans und schwarzen Stiefeln stand vor ihr. Sie schreckte hoch.

»Keine Sorge«, sagte er lachend, »ich wollte Sie nicht fressen. Ich habe schon Mittag gegessen.«

»Ich habe keine Angst, ich hatte Sie nur nicht kommen hören.«

Sie schwor sich, eine elektrische Glocke an die Tür zu montieren.

»Ich habe Kreppsohlen«, erklärte ihr der Unbekannte.

Er hatte nichts Beunruhigendes an sich, er war auf seine Art sogar eher ein gut aussehender Mann. Seit sie mit John und dem Hund auf dem Land wohnte, hatte Sarah einen leichten Verfolgungswahn entwickelt.

»Ist sonst niemand hier?«, fragte er und sah sich in dem Raum um.

Sarah spürte, wie sich ihr der Magen zusammenzog, und das war für sie ein Alarmsignal.

»Mein Partner kommt gleich zurück«, log sie.

Er schien enttäuscht.

»Ein Mann? Arbeiten Sie nicht mit Juliette Forestier zusammen?«

Sarah war erleichtert.

»Doch, wir arbeiten zusammen. Kennen Sie sie?«

»Wir haben uns aus den Augen verloren. Ist sie nicht da?«

Sarah sah auf die Uhr.

»Ihr Zug fährt gerade in Paris ein. Sie fliegt nachher nach Chicago und kommt in fünf Tagen wieder. Ich werde ihr sagen, dass Sie hier waren. Sie sind Monsieur …?«

Sie streckte die Hand nach ihrem Notizblock aus.

»Ich komme wieder«, sagte er und ging auf die Tür zu.

»Möchten Sie nicht Ihren Namen hinterlassen?«

»Den brauche ich noch.«

Zur selben Zeit öffnete Juliette am Bahnhof von Montparnasse die rechte Hintertür eines beigefarbenen Taxis und setzte sich entschlossen hinein.

»Zum Flughafen nach Roissy, bitte.«

Der Fahrer kam ihrem Wunsch nach.

»Fahren Sie in Ferien?«

»Geschäftsreise«, antwortete Juliette trüb.

Sie kaute am linken Daumen, während sie durch Paris fuhren. Das Hupen, der Stress, die Verschmutzung, die Überfüllung, alles, was sie hinter sich gelassen hatte, fiel sie an. Ihre Nervosität nahm zu.

Als sie in Roissy ankam, fand sie sofort den Schalter zum Check-in, trat auf den roten Teppich, der für die Business Class ausgerollt war, zeigte ihren Pass und ihr Ticket vor. Ihr Koffer verschwand auf dem Fließband.

»Gute Reise, Madame«, wünschte ihr die Angestellte vom Check-in-Schalter.

Juliette bedankte sich und ging dann langsam zum Warteraum, der für Reisende der Business Class reserviert war. Zeitungen, Magazine, tiefe, zum Sitzen einladende Sessel, Getränke und Gebäck, alles war umsonst und dazu gedacht, die Wartezeit angenehmer zu machen. Sie wählte einen Sessel, holte sich eine Cola light und eine Madeleine und stellte beides auf den niedrigen Tisch. Der Gedanke, dass sie wenig später auf die Gangway gehen würde, löste ein Gefühl der Panik bei ihr aus.

»Fahrgäste nach Chicago bitte zum Gate 4«, verkündete eine verzerrte Stimme.

Juliette klammerte sich so fest an die Lehne ihres Sessels, dass ihre Fingerknöchel weiß hervortraten.

»Die Passagiere für den Flug nach Chicago werden gebeten …«

Sie verdrängte alle Gedanken aus ihrem Kopf. Geräusche nahm sie nur gedämpft wahr, ihr Herz schlug bis in die Ohren, ihr wurde heiß und kalt. Sie fand ihr Benehmen selbst idiotisch. Die Reise würde bestimmt schön werden, und es gab keinen Grund zur Angst, keinen Grund zur Angst, keinen Grund zur Angst … Sie wiederholte es wie ein Mantra, um sich wirklich davon zu überzeugen.

Ihr rechter Nachbar war in seinen elektronischen Kalender vertieft. Ihr linker Nachbar sah die *Chicago Tribune* durch. Sie schloss die Augen. Kein Grund zur Angst. Aber wie sollte sie einem Flugzeug vertrauen, das mehr wog als die Luft? Einem fliegenden, tonnenschweren Sarg mit einem zerbrechlichen Rumpf?

Sie sah sich selbst wieder vor sich, neunzehn Jahre alt, schwanger und frisch gebackenes Waisenkind, allein in dem Langstreckenflugzeug, das sie nach Frankreich zurückbrachte, um das Erbe ihrer Eltern anzutreten. Es hatte keine Beerdigung gegeben, weil man ihre Leichen niemals gefunden hatte. Nur eine Gedenkmesse. Am Anfang hatten ein paar Freunde ihrer Eltern Juliette geholfen, doch dann waren diese Besuche seltener geworden. Sie war eine junge, alleinstehende Frau, und das war wohl kein gutes Beispiel für ihre Kinder. Sie dachten bestimmt, dass es ansteckend war.

»Darf ich Ihnen Gesellschaft leisten?«

Ein Geschäftsmann mit vorstehenden Zähnen, einer grellen Krawatte und einem herausfordernden Lächeln beugte sich zu ihr. Kein Grund zur Angst. Sie stand auf, aber anstatt sich zum Gate 4 zu begeben, ging sie zurück zum Eincheck-Schalter.

»Ich habe ein Problem«, sagte sie zu der Stewardess und legte ihr Flugticket auf den Tresen.

»Mögt ihr Tomatensuppe?«, fragte Sarah und nahm den Topf vom Feuer.

Aurélien nickte.

»Wann kommt Alice normalerweise nach Hause?«

Der kleine Junge zuckte die Achseln.

»Das kommt auf den Tag an.«

»Es ist schon fast neun Uhr«, sagte Sarah besorgt.

Ein Geknatter störte die Ruhe der Nacht. Alice und ihre Vespa waren wieder da.

»Hat Juliette angerufen?«, fragte Alice, als sie hereinkam.

»Keine Neuigkeiten, gute Neuigkeiten«, sagte Sarah gut gelaunt. »Ihr Flugzeug fliegt jetzt schon hoch am Himmel, im Moment isst sie bestimmt gerade zu Abend.«

»Du hast gewonnen, ich muss jetzt acht Tage lang spülen«, sagte Alice wütend zu Aurélien.

Die rote Tomatensuppe verschwand aus den weißen Tellern. Sie aßen ihre Suppe gerade auf, als ein Auto im Hof hielt. Sie rannten hinaus. Juliette bezahlte das Taxi.

»Ich wusste es«, sagte Alice.

»Was machst du denn hier?«, sagte Sarah verdutzt.

Juliette sah ihre Tochter und ihren Sohn an.

»Habt ihr es ihr nicht erzählt?«

Sie schüttelten den Kopf und folgten ihr ins Haus.

»Warum bist du nicht im Flugzeug? Was haben sie mir nicht erzählt?«, fragte Sarah.

Juliette ließ sich aufs Sofa fallen.

»Seit das Flugzeug meiner Eltern ins Meer gestürzt ist, leide ich unter Flugangst«, gestand sie. »Ich dachte, nach zehn Jahren würde es leichter …«

Sie seufzte. Immer wieder dieser innere Kampf.

»Ich konnte nicht. Es tut mir leid, Sarah. Durch meine Schuld werden wir auch noch den Kunden Nr. 3 verlieren.«

Ihre Partnerin schüttelte den Kopf.

»Nicht unbedingt. Wir finden schon eine Ausrede. Lass mich nur machen.«

Alice sah Aurélien an.

»In Ordnung, ich werde eine ganze Woche lang spülen«, seufzte der Junge.

17

Sarah rief Bill Emers an und behauptete, sie hätten zu viel zu tun, um ihn besuchen zu können. Sie schlug sogar vor, ihm die angefallenen Ausgaben zurückzuerstatten. Glücklicherweise blieb er ihnen treu, aber auf Kosten der Agentur setzte er ihr eine Stunde lang am Telefon auseinander, welche Wünsche er hatte.

Der Mann mit dem Ohrring war nicht mehr wiedergekommen. Sarah beschrieb ihn Juliette, und sie zerbrach sich vergeblich den Kopf. Ihr fiel niemand Passendes ein.

Nun begannen die beiden, Häuser für die Kunden Nr. 2 und 3 zu suchen. Nachdem sie mehrere besichtigt hatten, machten sie bei Juliette eine Teepause.

»Je länger er zieht, umso besser kann ich danach schlafen«, stellte Sarah fest. »Wie geht es Agrippine?«

»Sie erkennt meinen Gang und wackelt mit ihren kleinen haarigen Beinen, wenn ich nach Hause komme. Oh, guck mal, was für ein Vielfraß!«

Ein Rotkehlchen wurde von den Krümeln angelockt, die Alice draußen verstreut hatte, und hüpfte vorsichtig näher. Doch ein Geräusch erschreckte es, und es flog zum anderen Ende des Dorfs. Die beiden Frauen sahen ihm nach. Es flog über die Bäckerei und um die Metzgerei herum.

»Denkst du dasselbe wie ich?«, fragte Juliette plötzlich.

»Willst du unsere Kunden in einer Vogelnische einquartieren?«

Juliette schüttelte den Kopf.

»Die Bäckerei …«

Sarah sah in die ihr angegebene Richtung.

»Sie ist seit dreißig Jahren geschlossen. Wenn man vergessen hat, Brot zu kaufen, hat man Pech.«

»Jetzt denk doch mal nach!«

Sarah ging im Kopf noch einmal die Wünsche des Amerikaners durch.

»Hervorragende Wahl, aber Emers wird es nicht gefallen.«

»Ich rede doch nicht von ihm, sondern von unseren Pariser Intellektuellen. Bruno und Armelle wünschen sich ein kleines, altes Haus, außerhalb der Stadt, aber mit Nachbarn in der Nähe und ohne Parkplatzprobleme. Das hier ist genau, was sie sich wünschen. Und ich habe dann endlich Nachbarn.«

Dank Pascal Castera konnten Bruno und Armelle schon drei Wochen später einziehen. Sie wurden Juliettes Nachbarn, und ihr Sohn Julien ging in dieselbe Klasse wie Alice.

»Wir haben Brot und Salz in Ihre Küche gestellt, es soll Ihnen Glück bringen«, sagte Juliette.

»Willkommen zu Hause«, fügte Sarah hinzu.

Bruno war sehr zufrieden und sagte: »Sie haben hervorragende Arbeit geleistet.«

»Die Küche ist toll«, erklärte Armelle.

»Mein Zimmer ist perfekt«, betonte Julien.

Juliette und Sarah sahen sich an.

»Wir lassen Sie jetzt in Ruhe, damit Sie sich einrichten …«

Sie sprachen ins Leere. Die drei Ankömmlinge waren von dem Haus ganz in Anspruch genommen.

Juliette und Sarah gingen langsam auf die Schule zu.

»Sie haben sich noch nicht einmal richtig bedankt, schockiert dich das nicht?«

»Sie haben uns bezahlt und meinen, wir seien quitt.«

Juliette nickte.

»Ich weiß, was du meinst. Wir machen das nicht nur des Geldes wegen. Aber sie sehen sich bloß als unsere Kunden.«

Armelle war in der Geschichte des Gers bewandert. Als Julien und Alice ein paar Tage später für die Schule ein Referat über Auch, die Hauptstadt der Gascogne, vorbereiten sollten, schlug sie vor, ihnen zu helfen.

»Zur Zeit der Römer hieß die Stadt Augusta Auscorum. Im Mittelalter war sie von Mauern umgeben, sie war das Lehen des Grafen von Armagnac. Man nennt die dortigen mittelalterlichen Straßen *pousterles.* Man sieht dort echte und vollkommene okzitanische Harmonie. Die Kathedrale Sainte-Marie gehört zum Weltkulturerbe.«

»Und die Jakobs-Pilger kommen noch hier vorbei«, ergänzte Julien und kehrte den Musterschüler heraus.

Seine Mutter war sehr zufrieden mit ihm.

»Ganz genau, seit dem neunten Jahrhundert. Ihr Fußmarsch ist eintausendsechshundert Kilometer lang. Von Le Puy-en-Velay bis Santiago, der heiligen Stadt Galiziens. Interessierst du dich für Geschichte, Alice?«

Das Mädchen zögerte.

»Ich sehe lieber fern …«

»Das eine schließt das andere nicht aus«, sagte Armelle. »Die Vergangenheit hat unsere Gegenwart geformt und bestimmt unsere Zukunft. Wir sind das, was wir einmal waren.«

Alice nickte, schien aber nicht sonderlich überzeugt.

»Crassus, Cäsars Leutnant, hat Aquitanien 56 vor Christus erobert und das Land in römisches Territorium umgewandelt. Aus dieser Epoche stammen die Namen, die auf -ac oder -an enden«, fuhr Armelle fort. »Danach haben die *Vascons*, die von der anderen Seite der Pyrenäen kamen, das Königreich Vasconien gegründet. Dann wurde es zum Fürstentum der Gascogne und brachte Kadetten wie Maxime de Batz, genannt d'Artagnan hervor, den Alexandre Dumas in den *Drei Musketieren* verewigt hat. Das ist alles sehr spannend. ›Die Geschichte ist keine Wissenschaft, sie ist eine Kunst‹, sagte der Dichter Anatole France.«

»Ich muss nach Hause«, sagte Alice plötzlich. »Meine Schwester wartet auf mich.«

Florian Bados war in derselben Klasse wie Alice und Julien. Er war exzellent in Mathematik und Musik. Alice war gut in Französisch und anderen Sprachen. Julien, der sich gegenüber seinen Eltern wie ein Streber benahm, war der perfekte Faulpelz.

»Hören Sie, Julien, hat man Ihnen denn in Paris gar nichts beigebracht?«, fragten seine Lehrer verwundert.

Der Junge schüttelte betrübt den Kopf. Er saß in der Klasse neben Alice.

»Wir müssen miteinander reden«, flüsterte er ihr zu, als er sich nach einer Befragung durch den Lehrer wieder setzte.

In der Pause schlug er ihr einen Kuhhandel vor.

»Du gibst mir deine Hausaufgaben und lässt mich bei den Klassenarbeiten abschreiben. Ich ändere ein paar Sachen, damit die Lehrer es nicht merken. Daran bin ich schon gewöhnt …«

»Du willst pfuschen?«

»Genau. Als Gegenleistung mache ich alles, was du willst.«

Alice lehnte ab.

»Ich bin gerade erst hergekommen und will keinen Ärger kriegen.«

»Ich bitte dich! Ich krieg voll Stress, wenn meine Eltern merken, dass ich nichts kann. Sie sind überzeugt, dass ich ihre tollen Gene geerbt habe.«

»Nein«, sagte Alice entschlossen.

Julien zuckte die Achseln und zeigte ihr sein schönstes Lächeln.

»Ist nicht so schlimm, ich komm schon anders klar.«

»Aber wie?«, fragte Florian.

»Kümmere dich um deine Zahlen, Bados«, sagte Julien trocken. »Das geht dich nichts an.«

Es regnete den ganzen Tag. Beharrlich sickerte Wassertropfen um Wassertropfen durchs Dach der alten Schule und bildete bald vor dem Kamin im Wohnzimmer einen kleinen See. Aurélien rutschte darauf aus und fiel der Länge nach hin.

»Verdammt!«, rief er.

Juliette stellte einen Eimer unter die undichte Stelle und rief Pascal Castera an, der eine Leiter mitbrachte, um ans Dach heranzukommen. Er reparierte die betreffende Stelle an der Außenseite schnell unter den neugierigen Augen von Aurélien und Julien, der gekommen war, um für seine Mutter eine Kartoffelquetsche auszuleihen. Danach ging Pascal auf den Speicher, um in den Dachstuhl zu klettern.

»Seht her!«, schrie er laut.

Juliette und die drei Kinder stellten sich unter die Leiter.

»Ich muss euch etwas zeigen. Kommt nach oben!«

Juliette ging als Erste. Pascal zeigte ihr im Winkel der beiden Balken ein Kreuz mit einem kreisförmigen Bogen und mehreren eingeschnitzten Streifen.

»Das ist ein typischer Handwerkerstempel vom Anfang des siebzehnten Jahrhunderts«, erklärte er.

Juliette dachte an die Männer, die vier Jahrhunderte früher diesen Dachstuhl gebaut hatten.

»Aha«, sagte Aurélien gleichgültig.

Alice weigerte sich hochzuklettern, ihr wurde schwindlig.

»Ich finde das wahnsinnig aufregend«, sagte Julien und strich mit dem Finger über die Wunden des Holzes.

Juliette und Sarah entschlossen sich, ein Fest zu organisieren, um Bruno, Armelle und ihren Sohn den Leuten aus der Gegend vorzustellen. Weil Nicolas Fontani dazugehörte, hatte Juliette auch seinen Vater eingeladen, aber Barnabé hielt es nicht einmal für nötig abzusagen.

Juliette hatte den ganzen Tag in der Küche ein reichhaltiges kaltes Buffet hergestellt: Tarama, Hummus, Auberginenkaviar, Carpaccio, Sushi. Farben und Gerichte passten zueinander, sie lagen auf blau bemalten marokkanischen Tellern, die auf einer weißen Tischdecke standen.

In Paris war auf Einladungen immer alles schnell aufgegessen worden, und sie hatte sich vor Lob nicht retten können. Aber eigenartigerweise aß hier außer Aurélien und seinem Freund Nicolas niemand etwas.

»Habt ihr keinen Hunger?«, fragte Juliette verwundert.

Patrick Lestrade lehnte dankend ab. Seine Mutter antwortete, dass sie früh zu Abend gegessen hätte. Poupon, der Briefträger, behauptete, eine Diät zu machen.

»Während Victor Hugo in der Kutsche von Mirande nach Auch saß, träumte er, dass seine Tochter Valentine ertrinken würde«, setzte Armelle John auseinander.

»Bedienen Sie sich doch, seien Sie nicht so zurückhaltend!«, forderte Juliette die Gäste auf.

Pascal Castera dankte, er habe schon gegessen, bevor er gekommen sei.

»Für gute Sachen hat man doch immer ein bisschen Platz«, drängte Juliette ihn ohne Erfolg.

Die Gerichte sahen lecker aus, waren schön verziert, aber niemand griff zu.

»Möchten Sie nicht etwas essen?«, fragte Juliette Armelle.

»Ich bin mehr für intellektuelle Nahrung«, antwortete Armelle ernsthaft. »Unser Sohn Julien wird mal ein berühmter Universitätslehrer wie sein Vater. Er ist so begabt, dass er sogar hier im Gers studieren kann.«

»Täuschen Sie sich nicht«, sagte Juliette. »Die Klassen sind hier nicht so voll wie in Paris, das schulische Niveau ist ausgezeichnet und die Abiturergebnisse in der Region Midi-Pyrénées liegen zumeist weit über dem Durchschnitt.«

»Ihre Schwester scheint gern fernzusehen.«

»Ich will nur, dass man mich in Ruhe lässt«, sagte Alice brummig.

Bruno, der Ehrengast, rauchte in der Ecke seine Pfeife und ging früh nach Hause. Die anderen blieben etwas länger, aber verschwanden dann ebenfalls. Das Buffet war so gut wie unberührt.

»Ich verstehe das nicht«, sagte Juliette traurig. »In Paris waren die Platten immer nach einer Stunde leer. Habe ich vielleicht Salz und Zucker verwechselt?«

»Alles sieht vorzüglich aus, aber auf dem Land sind die Leute misstrauisch gegenüber Dingen, die sie nicht kennen«, erklärte ihr Patrick Lestrade. »Was ist denn das zum Beispiel?«

Er zeigte auf das Hummus, das mit Currystreifen verziert war.

»Das ist Kichererbsenpüree. Ein orientalisches Gericht.«

»Und dieser rosa Schaum?«

»Das ist Tarama, vom Rogen des Kabeljau.«

»Und diese klebrigen Dinger?«

»Das sind Sushi, roher Fisch, etwas Japanisches.«

»Kann man das essen?«

Juliette zuckte die Achseln.

»Du hast auch nichts probiert, Sarah?«

Die Engländerin hatte keine Entschuldigung.

»Beim Essen bin ich eher traditionell.«

Juliette verdrehte die Augen.

»Verrückte. Nichts als Verrückte. Jetzt haben wir drei Tage lang zu essen. Kinder, euch bleibt nichts anderes übrig, als es zu mögen.«

»Alles war herrlich«, stieß Nicolas hervor, den Mund voller Auberginenkaviar.

»Papa, mir tut der Bauch weh …«, beschwerte sich Nicolas in der Nacht.

Barnabé Fontani stand auf, machte Licht und sah auf die Uhr. Es war drei Uhr morgens. Er ging zu seinem Sohn und legte ihm die Hand auf die feuchte Stirn.

»Du bist glühend heiß. Was hat diese Pariserin dir eingeflößt?«

»Mir ist schlecht …«

Er sprach nicht weiter und rannte ins Badezimmer. Barnabé schüttelte den Kopf.

»Das ist das letzte Mal, dass du bei deinem Freund zu Abend gegessen hast«, sagte er. »Diese Leute haben Lungen aus Beton, um die Luft ertragen zu können, die sie atmen. Vielleicht haben sie ja auch Mägen aus Zement.«

18

Es wurde Oktober, und morgens war es nicht mehr so warm, die Sonne stand niedriger am Himmel, und die Schatten wurden länger. Während Sarah vor ihrem Computer saß, wurde plötzlich auf der Straße vor dem Schaufenster ein Schatten sichtbar.

»Das ist er«, flüsterte Sarah. »Der Typ, der dich sehen wollte: Er ist draußen, vor der Tür.«

Juliette sah nach draußen, und ihr blieb fast das Herz stehen.

»Kennst du ihn?«, fragte Sarah neugierig.

Juliette nickte, stand auf und ging auf die Tür zu. Der Unbekannte sah sie von draußen an, und auf seinen Lippen war ein Lächeln zu sehen. Er hatte braune Augen, eine große Nase und einen gierigen Mund. Er war absichtlich nachlässig gekleidet, seine Hose war zu weit, und sein Pullover saß schlecht. All das passte nicht zu seinem Bürstenhaarschnitt. Der kleine Goldohrring leuchtete an seinem linken Ohr.

»Wie lange ist es her, Juliette?«, fragte die heisere Stimme von damals.

»Guten Tag, Maxime«, sagte sie leise.

Der Mann mit dem Goldohrring saß in der Agentur. Sarah kochte Tee.

»Erzähl mal, wie geht es dir?«, fragte Juliette.

»Ich wohne wieder in Paris. Ich habe deine Spur durch die Zeitung wiedergefunden … und hier bin ich!«

»Was für eine Zeitung?«, fragte Sarah.

Maxime sah in seinen Taschen nach und zog einen Artikel hervor. Loic hatte ihn geschrieben, Juliettes ehemaliger Chefredakteur, und darin ein verlockendes Bild von der Arbeit ihrer Agentur gezeichnet. »Wenn Sie dort, wo Sie leben, unglücklich sind, zögern Sie nicht. Wenden Sie sich an ›Glück durch Veränderung‹«, riet Loic. Und dann zitierte er Vialatte: »›Die Frage bleibt immer aktuell und drängt sich sogar noch stärker auf: Wohin geht der Mensch? Die Erfahrung antwortet uns: ins Büro. Und wo kommt er her? Aus der Metro. Und wo geht er noch hin? In die Fabrik.‹« Und er schloss: »Also ergreifen Sie mit ›Glück durch Veränderung‹ Ihre Chance, solange es noch nicht zu spät ist.«

»Wir müssen uns bei ihm bedanken«, meinte Juliette leise.

»Ich habe in den letzten Jahren oft an dich gedacht«, sagte Maxime.

»Ach ja?«

Juliettes Ton war aggressiv, aber das hatte Maxime nicht anders erwartet.

»Ich weiß, ich bin verschwunden, ohne dir Bescheid zu sagen …«

»Harmlos ausgedrückt!«

Maxime sah ihr fest in die Augen.

»Als ich dich kennen gelernt habe, habe ich beim Geheimdienst gearbeitet, meine Arbeit als Kellner war nur eine Tarnung.«

Juliette musste lachen.

»Du willst mir einreden, dass du so eine Art James Bond bist?«

»Ich meine es ernst, Juliette. Das hat nichts mit amerikanischen Filmen zu tun. Meine Aufgabe bestand nur darin, Informationen zu sammeln. Aber ich wurde dann auf Überseemission geschickt und musste weg, ohne es dir erklären zu können.«

»Und dann hast du dich in Luft aufgelöst, ohne eine Adresse zu hinterlassen, als guter, braver Geheimagent.«

»Ich habe versucht, Kontakt mit dir aufzunehmen, sobald ich konnte, aber du warst ebenfalls verschwunden.«

»Weil meine Arbeit als Journalistin nur eine Tarnung war, eigentlich war ich Mata Hari!«

Maxime lächelte.

»Nimmst du mir das übel?«

»Nein. Ich war dir sehr böse. Aber dann hatte ich Besseres zu tun.«

Sarah hörte zu, ohne sich einzumischen.

»Die Vergangenheit ist Vergangenheit«, sagte Maxime. »Nachdem ich diesen Artikel gelesen hatte, und weil ich noch einige Urlaubstage guthatte, habe ich mich entschlossen, dich zu besuchen. Du bist mir deswegen doch nicht böse?«

»Nein. Ich würde sogar sagen, dass es mich freut, dich zu sehen.«

»Wie geht es dem süßen kleinen Kobold, dem ich beigebracht habe, lange Nasen zu machen?«

»Alice ist jetzt fünfzehn, im schlimmsten Alter.«

»Und deine Eltern?«

Sarah hielt die Teekanne in der Hand und schaffte es nicht, ihm rechtzeitig ein Zeichen zu geben.

»Es geht«, sagte Juliette.

Sarah sperrte die Augen auf.

»Bist du verheiratet?«, fragte Maxime. »Gibt es einen Monsieur Juliette?«

»Es gab einen, aber er hat sich aus meinem Leben verabschiedet, indem er mir einen kleinen Jungen geschenkt hat, Aurélien. Und du? Gibt es eine Madame Maxime?«

Er verzog schelmisch das Gesicht.

»Frauen mögen keine windigen Typen. Sie wollen lieber welche, die um fünf Uhr aus dem Büro nach Hause kommen.«

»Aber sie lieben James Bond!«

»Ich bin degradiert worden und spiele jetzt nur noch eine untergeordnete Rolle.«

»Wie lange habt ihr euch nicht mehr gesehen?«, fragte Sarah.

»Zehn Jahre«, sagte Maxime.

Juliette runzelte die Stirn, damit Sarah nichts weiter sagte.

Die beiden Autos, der Twingo von Juliette und der alte, klapprige Mercedes von Maxime, fuhren in den Schulhof ein. Die Kinder liefen heraus, um zu sehen, wen Juliette mitgebracht hatte.

»Ich hätte dich nicht wiedererkannt, Alice! Das letzte Mal, als ich dich gesehen habe, hast du mir die Zunge herausgestreckt. Dein Vater fand das lustig, deiner Mutter war es peinlich«, erzählte Maxime dem Mädchen.

Dann wandte er sich an Aurélien.

»Wir kennen uns noch nicht. Ich heiße Maxime.«

Während des Abendessens eroberte der Neuling die Herzen der beiden Kinder, er jonglierte mit Orangen und erzählte ihnen Polizeigeschichten. Es kam gar nicht infrage, dass er im Hotel schlief. Juliette machte ihm auf dem Speicher ein Bett.

Als sie die Laken für ihn aus dem Schrank holte, fragte Maxime verwundert: »Wohnt deine Schwester bei dir?«

»Unsere Eltern sind tot, ich habe keine Lust, darüber zu reden. Willst du eine oder zwei Decken?«

»Das kommt darauf an, ob ich alleine schlafe oder nicht«, sagte Maxime und musterte sie.

Juliette lächelte. Er war ihre erste Liebe gewesen, sie hatte ihn geliebt, dann gehasst, und jetzt hatte sie nur noch freundschaftliche Gefühle für ihn.

»Du schläfst allein«, sagte sie ungezwungen.

»Dann zwei Decken, bitte.«

Am nächsten Tag war Markt, und Maxime begleitete Juliette, um ihr beim Tragen zu helfen. Nun begann der ganze Ort über sie zu reden.

»Ich habe Ihnen doch gesagt, dass sie irgendwo einen Mann hat. Eine Frau kommt nicht einfach so alleine aufs Land, um dort zu leben …«

»Ist er der Vater der Kinder?«

»Das glaube ich nicht. Aber Geschwister sind sie auch nicht. Vielleicht hat sie ja zwei Männer.«

»Sie haben aber auch gar nichts begriffen. Die Kleine ist ihre Schwester.«

»Und der Mann ist bestimmt ihr Geliebter …«

»Der Geliebte der Kleinen? Sie ist noch nicht volljährig!«

»Aber nein, verdammt noch mal, der Liebhaber der Mutter!«

»Eins stimmt auf jeden Fall, er schläft bei ihr, der Briefträger hat es bestätigt.«

Juliette ignorierte diesen Tratsch und ging mit ihrem Korb

durch die Marktreihen. Maxime blieb am Bonbonstand des grünhaarigen Mädchens stehen.

»Soll ich welche für die Kinder kaufen?«

»Aurélien ist Diabetiker. Süßigkeiten gibt's bei uns nicht mehr.«

»Pech«, sagte er. »Oh! Sieh mal, dieses Gemüse!«

Er ging auf den Stand von Barnabé Fontani zu. Juliette kam widerwillig hinterher.

»Aus der Sicht der Leute von hier hat ein Pariser keinerlei Ahnung von Gemüse. Stimmt's, Herr Fontani?«

»Sie nehmen mir die Worte aus dem Mund«, sagte Barnabé. Dann wandte er sich direkt an Juliette: »Übrigens wollte ich Sie fragen: Was haben Sie meinem Sohn neulich eigentlich zu essen gegeben? Er war die ganze Nacht krank!«

Juliette nahm sich zusammen.

»Zyankali«, sagte sie mit einem fröhlichen Lächeln. »Das ist sehr gut für Aurélien.«

»Ich wäre Ihnen sehr dankbar, wenn Sie Nicolas nichts mehr zu essen geben würden. Ich habe alles Notwendige zu Hause«, erwiderte Barnabé ruhig.

»Er hat zu viel gegessen, deshalb war er krank. Kann es sein, dass er von Ihnen nicht genug bekommt?«

Barnabé warf ihr einen bitterbösen Blick zu. Maxime lachte belustigt.

»Wie ich sehe, seid ihr alte Freunde. Kaufen wir ein bisschen Gemüse, Juliette?«

Sie schüttelte den Kopf.

»Nein, ich habe noch Hühnchen mit Arsen und mache dazu ein Püree aus toten Ratten. Auf Wiedersehen, Monsieur Fontani.«

»Guten Appetit, Madame … Madame …?«

Barnabé tat so, als hätte er ihren Namen vergessen. Juliette drehte sich genervt auf dem Absatz um.

Maxime lächelte dem Gerser in heimlichem Einverständnis zu.

»Sie hieß früher einmal Forestier.«

Dann holte er Juliette in ein paar Schritten ein.

»Was hat dir dieser Gemüsetyp getan? Soll ich ihm ein paar auf die Fresse geben, damit er lernt, dich zu respektieren?«

Juliette blieb auf der Stelle stehen.

»Was spielst du hier eigentlich für ein Spiel, Maxime? Ich brauche keinen Beschützer oder Ritter, ich komme sehr gut alleine zurecht.«

»Ich wollte dir nur helfen, das ist alles.«

»Dieser Typ geht mir auf den Geist.«

»Magst du sein Gemüse nicht?«

»Nein, ich kann seinen Humor nicht ausstehen.«

Maxime nahm ihr den rosa Korb aus der Hand.

»Wer ist dieser Idiot, der dich so feige mit einem Kind hat sitzen lassen? Kenne ich ihn?«

Juliette schüttelte den Kopf.

»Gibt es ihn noch? Wie heißt er?«, bohrte Maxime.

Er stellte den Korb ab, drehte Juliette zu sich um und legte ihr beide Hände auf die Schultern.

»Ich habe gerechnet. Verstehst du? Aurélien ist zehn Jahre alt. Ich dachte, dass vielleicht ich …«

»Du hast dich getäuscht«, sagte Juliette verkniffen.

Maxime ließ sie los und nahm den Korb wieder in die Hand.

»Ist auch besser so«, sagte er.

Alice war im siebten Himmel. Maxime, der früher oft bei Juliettes Eltern zu Besuch gewesen war, wusste tausend Geschichten über sie.

»Ich war klein, ich kann mich nicht mehr erinnern. Was mochten sie gerne?«

»Dein Vater liebte alte Autos, deine Mutter war fasziniert vom Jazz und züchtete Bonsais. Das war damals noch eine Seltenheit.«

Maxime beschrieb ihr den grünen Jaguar, den ihr Vater gefahren hatte, und die eindrucksvolle Schallplattensammlung ihrer Mutter.

»Immer wenn ich bei euch war, wurde Jazz gehört.«

»Juliette hört nie Jazz«, bemerkte Alice.

Maxime war ein Mann der Tat und ein Spezialist für Datenverarbeitung. Auch Aurélien und Nicolas waren von ihm fasziniert, als er ihnen seinen Beruf beschrieb. Im Zuge seiner Arbeit war er in die am besten verschlüsselten Computer der Welt eingedrungen.

»Seht ihr diese Seite?«, fragte er, als er an Juliettes PC im Internet surfte. »Sie ist für einen Normalsterblichen nicht zugänglich, dafür braucht man einen Geheimcode.«

»Gibt es viele davon?«

»Die ganze Welt steht euch offen, Jungs. Man braucht nur einige Links zu klicken und das Sicherheitssystem zu kennen.«

»Also sind Sie Bulle und Pirat zugleich?«, sagte Nicolas. »Haben Sie schon auf Leute schießen müssen?«

»Wenn es unvermeidlich war, schon. Aber ich bin nicht stolz darauf.«

»Trägst du einen Gurt unterm Arm wie die Polizisten im Fernsehen?«, fragte Aurélien.

»Nein, ich bevorzuge das andere System.«

Maxime nahm einen Revolver aus seinem Gürteletui. Er entlud ihn schnell, bevor er ihn auf den Tisch legte.

»Jetzt könnt ihr ihn anfassen. Aber auf gar keinen Fall, wenn ich nicht dabei bin. Ist das klar?«

Ihre Augen leuchteten vor Freude, und sie nickten, während sie sich bewundernd die Waffe ansahen.

Als Sarah endlich allein mit Juliette war, kam sie unvermittelt zum Thema.

»Du hast Maxime vor zehn Jahren aus den Augen verloren, das ist genau das Alter von Aurélien. Soll ich daraus schließen, dass er sein Vater ist?«

»Nein. Ein Vater, das ist jemand, der abends nach Hause kommt, bei dem man Laufen lernt, wenn man klein ist, und Autofahren, wenn man groß ist.«

»Aber ein Viertelvater ist doch besser als gar kein Vater«, drängte Sarah. »Frag mal Alice!«

Juliette stellte wütend ihre Tasse auf den Tisch.

»Maxime ist ein Wandervogel. Er wird wieder weggehen und alles vergessen, so ist er nun einmal. Ich habe ihn belogen und ihm gesagt, dass Aurélien nicht sein Sohn ist. Da hat er gleich geantwortet, das sei auch besser so. Er hat Aurélien nicht verdient, Sarah.«

19

Joëlle war vierzig Jahre alt, aber es war schwer, ihr genaues Alter zu schätzen. Sie war unverheiratet, trug unscheinbare Kleider, Hemden, Pullover und Hosen in blassen Farben. Sie kaufte sie bei einem Bekleidungshändler, der mit seinem Wagen zu den Bauernhöfen fuhr und allen dasselbe anbot.

Ihre schwarzen Haare flocht sie zu einem Zopf, der über den ganzen Rücken reichte.

Ihre Wangen waren rot, ihre Augenbrauen nicht gezupft und ihre Achselhöhlen nicht rasiert. Sie hatte raue Hände, eine gesunde Haut und ein gutes Herz.

Schon seit ihrer Kindheit arbeitete sie bei einem Gänseleberpasteten-Hersteller. Sie fuhr zu allen Märkten: montags nach Samatan, dienstags nach Fleurance, mittwochs nach Condom, donnerstags nach Eauze, freitags nach Seissan und am Sonntag nach Gimont. Sie hatte wenig Zeit nachzudenken. Doch seit sie in der *Dépêche du Midi* den Artikel über die Agentur ›Glück durch Veränderung‹ gelesen hatte, schlief sie schlecht.

Sie war nie weiter gekommen als bis zur nächsten Kreisstadt. Ihr Vater war von einer Landmaschine überfahren worden, ihre Mutter kurz nach ihm gestorben, denn sie hatte ihren Kummer mit gesundheitsschädlichem, selbst gebranntem Alkohol ertränkt. Joëlle wohnte in ihrem Geburtshaus, einem weit abgelegenen Hof, der für eine alleinstehende Frau zu groß war. Eines Abends, als Sarah gerade ihren Mantel anziehen wollte, tauchte Joëlle nach ihrer Arbeit in der Agentur auf.

»Komme ich zu spät?«, fragte sie schüchtern und blieb an der Türschwelle stehen.

Juliette machte eine einladende Geste, woraufhin Joëlle ihre Schuhe lange auf der Fußmatte abwischte.

»Ich weiß, dass es normalerweise andersherum läuft …«

»Andersherum?«, fragte Sarah.

»Ja klar, von der Stadt aufs Land. Ich habe in der Zeitung gelesen, dass Sie Leuten helfen, die ihr Leben verändern wollen. Also habe ich mir gedacht, ich möchte auch glücklich sein.«

Die beiden Partnerinnen sahen sich an. Joëlle tappte von einem Fuß auf den anderen und rang die Hände.

»Setzen Sie sich«, sagte Juliette freundlich.

Joëlle setzte sich und erzählte, worum es ihr ging. Sie habe verstanden, was die Agentur mache, überlegt, gezögert und sich dann doch entschlossen vorbeizukommen. Sie habe Träume und Ersparnisse. Sie wolle gerne in Paris leben, in einer kleinen, gemütlichen Wohnung mit Nachbarn unter und über ihr. Sie träumte davon, in einem kleinen Laden zu arbeiten, ins Theater und Konzert zu gehen und alles mit der Metro oder dem Bus zu erreichen. Sie wollte auch gerne heiraten, was hier auf dem platten Land unmöglich sei, weil alle sich kannten und sich kein einziger Mann je für sie interessiert habe.

»Kennen Sie die Fernsehserie *Île fantastique*?«

Sarah schüttelte den Kopf.

»Ich kann mich daran erinnern«, sagte Juliette. »Ricardo Moralban spielte M. Rok, den Besitzer der Insel. Er spielte zusammen mit Hervé Villechaise, einem kleinen Schauspieler. Zu zweit haben sie die Träume der Menschen verwirklicht, die auf der Insel lebten.«

»Das ist doch genau das, was Sie hier anbieten, oder?«, erkundigte sich Joëlle.

Juliette klärte sie auf.

»In der Serie, von der Sie sprechen, erfüllen sich die Leute einen Wunsch und kehren dann wieder zu ihrem normalen Leben zurück. Aber unsere Agentur bietet an, alles so zu verändern, dass keine Rückkehr möglich ist. Verstehen Sie?«

Joëlle nickte eifrig.

»Das ist genau, was ich will«, sagte sie strahlend.

»Sind Sie schon einmal in Paris gewesen?«

»Nein, aber ich werde mich dort wohl fühlen.«

»Am besten sehen Sie sich die Stadt erst einmal an. Wir suchen Ihnen ein schönes Hotel und stellen Ihnen ein feines, auf Sie zugeschnittenes Programm zusammen, damit Sie mal richtig ins Großstadtleben eintauchen können. Einverstanden?«

Joëlle zuckte zusammen.

»Was meinen Sie mit eintauchen?«

»Paris, Paris, nichts als Paris«, erklärte Sarah.

Joëlle lächelte begeistert.

»Wie viel wird das kosten?«, fragte sie. »Ich habe Geld gespart, aber ich weiß nicht, ob das reicht.«

Die beiden Partnerinnen sahen sich an. Joëlle schwamm bestimmt nicht im Geld.

»Leute von hier zahlen bei uns nur die Hälfte«, sagte Juliette.

Joëlle seufzte erleichtert. Juliette nahm einen roten Aktenordner aus ihrer Schublade und schrieb mit großem blauen Filzstift darauf: Kunde Nr. 4, Joëlle.

Alice, Julien, Florian und alle anderen sahen den Mathematiklehrer aufmerksam an. Er ging zur schwarzen Tafel.

»Ich habe zwei Neuigkeiten für euch. Eine gute und eine schlechte. Welche wollt ihr zuerst?«

»Die gute«, sagte die Klasse wie aus einem Mund.

»Heute Morgen habt ihr keinen Unterricht.«

Die Schüler lächelten glücklich.

»Und die schlechte?«

»Der Unterricht wird durch einen kurzen Test ersetzt. So kann ich das Niveau jedes Einzelnen ermitteln. Nehmt alle ein Blatt Papier. Wir fangen sofort an.«

Die Klasse tobte vor Ärger, machte sich dann aber an die Arbeit. Der Lehrer nahm ein Stück Kreide und schrieb einige Aufgaben an die Tafel.

»An die Arbeit, ihr habt zwanzig Minuten Zeit.«

Die Schüler beugten sich über ihre Abschriften und kauten an ihren Stiften. Alice dachte nach, und dann huschte ihr Stift über das Papier. Mathematik war nicht ihre Stärke, aber dank ihres Gedächtnisses kam sie ganz gut zurecht. Julien war furchtbar schlecht, guckte auf ihr Blatt und schrieb schamlos alles bei ihr ab. Florian hatte wie immer struppige Haare; der Mathematiktest machte ihm ebenso viel Spaß wie der Jazz. Am liebsten mochte er Zahlen, Musiknoten und Mädchen, und besonders ein Mädchen. Heimlich bewunderte er Alice' Profil. Er war ganz verrückt nach ihr, fühlte sich in ihrer Gegenwart aber wie ein kleiner Regenwurm.

Die Klingel läutete am Ende des Unterrichts. Der Lehrer sammelte die Blätter ein.

»Ich freue mich schon, sie zu lesen«, sagte er mit einem Lächeln.

Die Schüler drängelten, um schneller auf den Pausenhof zu gelangen.

»Du bist wirklich das Letzte«, sagte Alice zu Julien. »Du hast einfach alles von mir abgeschrieben!«

»Allerdings. Aber du wirst schon sehen, der Lehrer merkt es nicht. Ich bin ein Profi im Pfuschen.«

»Ich werde fragen, ob ich mich woanders hinsetzen kann.«

»Und aus welchem Grund? Willst du mich verpetzen?«

Alice schwieg. Das war nicht ihre Art.

»Ich riskiere doch etwas, nicht du«, widersprach Julien mit seinem verführerischen Lächeln. »Ich habe Angst, meinen Vater zu enttäuschen. Es ist sehr wichtig für einen Vater, stolz auf seine Kinder zu sein.«

Alice zuckte die Achseln und ging davon. Florian trat auf Julien zu.

»Du bist voll ins Fettnäpfchen getreten. Ihre Eltern sind tot …«

»Ich weiß, deswegen habe ich das ja gesagt.«

Florian sah ihn angewidert an.

»Das ist ja völlig daneben.«

»Nein, das ist Strategie. Politiker machen das jeden Tag. Der Zweck heiligt die Mittel. Alice ist voll cool, oder? Du zerfließt ja geradezu vor Bewunderung!«

Florian wurde rot.

Das Haus, das Juliette und Sarah für Bill Emers gefunden hatten, lag auf einer Anhöhe. Ein sechseckiger Taubenschlag war an das Haus angebaut. Es war solide, groß und entsprach genau den Wünschen des Interessenten. Der Besitzer verlangte eine zu hohe Summe, aber der Amerikaner wollte es trotzdem kaufen. Sarah verhandelte, so gut sie konnte. Die Gesamtkosten waren angesichts des großen Vermögens von Emers lächerlich niedrig.

Die Partnerinnen besaßen eine Vollmacht und schlossen den Handel für Emers ab.

Der Amerikaner bestand darauf, dass alles vollkommen geheim zu geschehen habe. Er wollte erst kommen, wenn das Haus fertig umgebaut war. Juliette und Sarah arbeiteten als Architekten und bemühten sich um eine glamouröse Innenausstattung. Emers wollte Wände aus mattem Glas, dazu mussten die alten Wände rausgerissen und in diesem Material neu errichtet werden. Er wünschte sich einen *Jacuzzi* mit mehreren Stufen. Er brauchte Anschlüsse für leistungsstarke moderne Medien. Er wünschte sich einen Fernsehraum und eine zentrale hochkarätige Alarmanlage mit Sirenen im Haus und außerhalb, die mit Blitzlichtern und einem Sender ausgestattet werden sollten. Das Badezimmer sollte aus Marmor sein. Juliette standen die Haare zu Berge.

»Meint der etwa, er wäre in Hollywood?«

»Er ist reich, und er richtet sein Haus so ein, wie er will. Das tut doch niemandem weh«, entgegnete Sarah.

»Das ist eine Ohrfeige für den guten Geschmack.«

»Alles ist relativ. Du hast den alten Schulofen behalten. Du findest das authentisch, und ich bin ganz deiner Meinung. Aber die meisten Leute glauben, dass du nicht genug Geld hast, um eine moderne Heizung einzubauen.«

Juliette seufzte.

»Na gut. Möchte er auch Nymphen in leichten Gewändern, die um seinen Whirlpool herumtanzen?«

»Wieso, möchtest du dich bewerben?«

Sie lachte.

»Ich wäre viel zu teuer für ihn.«

Das Gerücht verbreitete sich schneller in der Stadt als der Porsche von Fabre Junior fuhr. Am Tag nach dem Kauf des Hauses von Bill Emers durch den Beauftragten der beiden Partnerinnen tauchte der Bürgermeister Pierre Bados in der Agentur auf. Er war völlig aus dem Häuschen.

»Sie gehen zu weit, meine Damen«, rief er, rot vor Wut. »Dieser Hamburgerfresser ...«

»Sprechen Sie von unserem amerikanischen Kunden?«, fragte Juliette freundlich.

»Sie treiben die Immobilienpreise in die Höhe, und das hindert die jungen Leute aus der Gegend daran, sich Grundstücke zu kaufen«, sagte Bados, schäumend vor Wut.

Juliette erinnerte sich daran, was Pascal Castera ihr über das Dorf erzählt hatte.

»Die jungen Leute aus der Gegend oder die Spekulanten? Mir ist zu Ohren gekommen, dass jemand in dem Dorf, in dem ich wohne, ein großes Spekulationsgeschäft geplant hat.«

Bados wurde purpurrot.

»Wer hat Ihnen das erzählt?«

»Allseits bekannte Gerüchte.«

Bados' Gesichtszüge verhärteten sich.

»Wir sehen uns«, zischte er.

Er ging hinaus und schlug die Tür hinter sich zu.

»Wie ein Mafioso in einem schlechten Krimi«, bemerkte Juliette.

»Er hat mehr Macht, als du glaubst«, sagte Sarah unangenehm berührt. »Er gehört nicht umsonst zu den Honoratioren.«

Die Gemeinderatsmitglieder gruppierten sich um den Bürgermeister, der steif auf seinem Stuhl saß. Patrick Lestrade, der Arzt, streckte die Beine aus, um seinen müden Rücken zu entspannen. Er erwartete eine ruhige Sitzung.

»Ich möchte zuerst ein heikles Thema ansprechen«, begann Bados und warf einen Blick auf die Männer und die einzige Frau um ihn herum. »Die Agentur ›Glück durch Veränderung‹ bringt mich zur Weißglut.«

»Die kleine, blonde Pariserin und die große, rothaarige Engländerin? Die finde ich eher süß. Was haben sie dir denn getan?«, fragte der Metzger.

»Ich halte diese sexistischen Bemerkungen nicht mehr aus«, seufzte die Rechtsanwältin. »Ihr sprecht hier von Steuerpflichtigen, die gerade eine GmbH gegründet haben!«

»Wir sprechen von Fremden. Sie treiben die Mieten in die Höhe, und das führt dazu, dass junge Bauern, die sich gerne irgendwo einrichten wollen, benachteiligt werden«, behauptete Bados energisch. »Vergesst nicht, dass wir ein ländliches Département sind.«

»Es ist vor allem dann ländlich, wenn es dir passt«, bemerkte Patrick und streckte sich, um seine Rückenmuskeln zu entlasten. »Juliette Forestier hat dir die Sache mit dem Dorf vermasselt, und deshalb bist du sauer auf sie.«

Pierre Bados sah den Arzt wütend an.

»Die Pariserin gefällt dir wohl, was? Du bildest dir wohl ein, du wärst noch jung!«

Er begann spöttisch *Ich möchte noch mal zwanzig sein* zu singen.

»Mistkerl«, schrie Patrick Lestrade und ging auf ihn los.

20

Nachmittags nach der Schule konnten die Jugendlichen sich bei allen möglichen Aktivitäten amüsieren. In Paris musste man sich zwischen Sport und Kultur entscheiden, aber im Gers war alles erlaubt. Man verlor keine Zeit mit Hin- und Herfahren, das Klima war günstiger, es gab weniger Einwohner, das Angebot war vielfältiger und weniger kostspielig. Ballspiele, Fischen, Tennis, Informatik, Fotografie, Schach, Malerei, Skulptur, Musik, man brauchte nur seine Wahl zu treffen.

Nicolas war Mitglied im Rugby-Club der Schule geworden, doch der Ruf nach Abenteuern war stärker. Er erzählte dem Trainer, dass er seinem Vater mit dem Gemüse helfen müsste. In Wirklichkeit fuhr er mit Aurélien zu Maxime, um an dessen erstem Schießkurs teilzunehmen.

Juliette arbeitete in der Agentur, Alice schwitzte in ihrem Ballettkurs, Aurélien und Nicolas radelten ins Dorf.

Maxime erwartete sie, er hatte einen schwarzen Anzug an und auf der Brusttasche das Abzeichen seiner Brigade. Die Kinder waren beeindruckt und hielten an.

»Meine Uniform macht Eindruck auf euch, was? Kommt, wir haben was zu tun.«

Er führte sie zur Schießscheibe, die er an einem verlassenen Haus montiert hatte.

»Vielleicht wird euch das eines Tages das Leben retten. Die erste Regel, die man nie verletzen darf: Niemals auf einen Menschen zielen. Auch nicht zum Spaß. Auch wenn ihr sicher seid, dass eure Waffe nicht geladen ist. So passieren nämlich schlimme Unfälle.«

Er hielt Aurélien seinen Revolver hin. Der schluckte und stammelte:

»Hm … ist sie geladen?«

»Das ist eine Schießlektion und keine Angelpartie. Meinst du, du schießt hier mit Platzpatronen wie im Film?«

»Nein. Ist er gesichert?«, fragte Aurélien hoffnungsvoll.

»Das gibt es bei diesen Modellen nicht. Du nimmst die Trommel so heraus …«

Er zeigte ihm, wie es ging.

»Und so legst du die Munition ein. Du wirst auf eine Zielscheibe mit konzentrischen Kreisen zielen, nicht auf einen Menschen. Also entspann und konzentriere dich.«

Aurélien nahm die Waffe fester in die Hand, wobei er auf den Boden zielte.

»Hervorragend«, ermunterte ihn Maxime.

Nicolas war fasziniert und sah neidisch zu.

»Danach bist du dran«, ließ ihn Maxime wissen.

In seiner Funktion als Präsident des Festkomitees überlegte sich Barnabé, welche Preise die Teilnehmer beim nächsten Dorflotto gewinnen sollten: eine Reise nach Spanien, Schinken, Pasteten, Enten. Zur Unterhaltung der alten Leute des Dorfs organisierte er jedes Wochenende die Lotterie. Er ging die neue Liste noch einmal durch.

»'n Abend, Papa«, rief Nicolas strahlend.

Barnabé lächelte. Sein Sohn schoss immer mehr in die Höhe.

»Hattest du einen schönen Tag?«

»Ich hatte heute zum ersten Mal Unterricht im Schießen.«

»Hauptsache, es macht dir Spaß!«

Barnabé konzentrierte sich wieder auf seine Liste. Dann hob er plötzlich den Kopf. Sein Sohn kam also nicht vom Rugbyspielen.

»Was für ein Unterricht, Nicolas?«

»Mit dem Revolver von Maxime, ich habe dir schon von ihm erzählt.«

Barnabé glaubte begriffen zu haben, worum es ging.

»Ah, der Bulle aus Paris, der bei den Forestiers wohnt. Hast du mit Platzpatronen geschossen?«

»Nein, mit echten Kugeln. Das war keine Angelpartie«, sagte Nicolas stolz.

Der Ausdruck auf dem sonst so freundlichen Gesicht seines Vaters ließ ihn erschrecken.

Die Tür der Agentur schlug heftig gegen die Wand, als Barnabé Fontani sie aufstieß.

»Ich brauche Ihr Gemüse nicht«, sagte Juliette.

»Ich muss mit Ihnen reden!«, schrie Barnabé. »Es wäre besser, wenn wir vor die Tür gehen.« Irgendetwas in seinem Blick brachte sie dazu, ihm auf die Straße zu folgen.

»Sie haben doch auch einen Sohn, oder?«, fragte er aggressiv. »Lieben Sie ihn?«

»Natürlich. Was ist denn mit Ihnen los?«

Die Frage brachte Barnabé in Rage.

»Sie können ihn in die Luft jagen, mit wem Sie wollen, und Ihren Sohn so aufziehen, wie es Ihnen passt. Das geht mich nichts an. Aber mein Nicolas ist zu jung, um mit einer geladenen Waffe in Berührung zu kommen. Ich möchte nicht mehr, dass Ihr Liebhaber ihm nahe kommt, sonst puste ich ihm die Birne weg. Haben Sie verstanden?«

»Aber … was?«

Juliette versuchte, Sinn in Barnabés unzusammenhängende Worte zu bringen.

»Ich verstehe Sie nicht«, sagte sie. »Und auch wenn es Sie absolut nichts angeht: Ich habe keinen Liebhaber.«

Barnabé runzelte die Stirn.

»Wer ist dieser Rambo denn sonst?«

In den tiefschwarzen Augen der jungen Frau funkelte es.

»Meinen Sie Maxime? Er ist … ein Jugendfreund.«

»Hat er Ihnen nicht gesagt, dass er den Kindern mit echten Kugeln das Schießen beibringt?«, rief Barnabé verächtlich.

Juliette zitterte unwillkürlich und legte ihre Hände an den Mund.

»Hören Sie auf, Nägel zu kauen, das ist ja scheußlich«, schimpfte Barnabé. »Und sagen Sie Ihrem … Jugendfreund gefälligst: Wenn er noch einmal damit anfängt, dann mache ich eine Schießscheibe aus ihm, und ich werde ihn nicht verfehlen. Ich bin der Beste auf dem Jahrmarktsfest.«

Wie eine Furie kam Juliette in Maximes Zimmer gerannt.

»Du bist ein gefährlicher und verantwortungsloser Kerl!«

Er lag auf seinem Bett und las mit großer Begeisterung den neuen Kriminalroman von Fred Vargas.

»Ach komm, reg dich ab. Wer hat sich beklagt?«

»Der Vater von Nicolas behauptet, du hättest den Kindern eine geladene Pistole gegeben. Ich hoffe, das stimmt nicht.«

»Falsch und nochmals falsch«, sagte Maxime lächelnd.

Juliette atmete erleichtert auf. Sie hätte sich doch denken müssen, dass Barnabé Fontani sich den letzten Mist ausdachte.

»Eine Pistole hat keine Trommel«, fuhr Maxime fort. »Ich habe einen Revolver mit einer Trommel, in dem die Munition sich dreht. Man kann zwischen einer 38er und einer Beretta auswählen. Und ich ziehe die 38er vor. Es ist überhaupt nicht gefährlich, einem Jugendlichen eine Waffe zu geben, man muss nur sofort die Grenzen festlegen.«

»Du hast die Grenze überschritten!«, schrie Juliette außer sich. »Gewalt gehört vielleicht zu deinem Alltag. Aber ich lehne es ab, dass man Aurélien ein solches Weltbild beibringt. Ich verbiete dir, wieder damit anzufangen, hörst du?«

Maxime legte ruhig sein Buch beiseite und setzte sich in den Schneidersitz.

»Ich bin nicht taub. Ich habe es in bester Absicht getan, Juliette. Wenn ich einen Sohn hätte, dann würde ich ihm auch beibringen, sich zu verteidigen …«

Juliette musste sich zusammennehmen. Sie hätte ihn gerne angebrüllt und ihm mitgeteilt, dass Aurélien sein Sohn sei und er ihn fast getötet hätte, indem er ihm eine tödliche Waffe in die Hand gegeben habe. Sie ballte die Fäuste und zwang sich, ruhig ein- und auszuatmen.

»Tu das nie wieder«, sagte sie. »Barnabé war völlig außer sich, und an deiner Stelle würde ich ihm lieber aus dem Weg gehen.«

Maxime nickte und lächelte dann seltsam.

»Weißt du, man kann so viele Vorsichtsmaßnahmen treffen, wie man will. Irgendwann holt das Schicksal sowieso jeden ein. Wenn du wüsstest, warum ich hier bin … Wie alt ist Alice?«

»Fünfzehn. Warum?«

Er sah sie geradewegs an.

»Ich bin hier nicht in Ferien, sondern krankgeschrieben. Depression infolge eines psychischen Traumas. Ich wurde beglückwünscht und ausgezeichnet, weil ich einen gefährlichen Terroristen geschnappt habe. Aber während ich das Auto dieses Typen verfolgt habe, habe ich ein unschuldiges Mädchen getötet. Sie war im falschen Moment am falschen Ort …«

Juliette erschauerte, und ihr Gesicht veränderte sich. Maxime fuhr fort:

»Ein Mädchen im Alter von Alice, das noch das ganze Leben vor sich hatte. Und dieses Mädchen ist wegen eines Arschlochs von Bullen gestorben. Und dieser Bulle bin ich!«

»Das tut mir leid, Maxime!«

»Den Eltern des Mädchens tut es auch leid«, sagte er heiser. »Und meinen Vorgesetzten, dem Innenminister und der gesamten dankbaren Nation. Aber seitdem das passiert ist, kann ich nachts nicht mehr schlafen. Deswegen habe ich mich hier verkrochen. Ich bin nicht zufällig hier, Juliette.«

Er schwieg. Sie war immer noch genauso wütend auf ihn, aber sein Erlebnis rührte sie.

»Ich möchte auch für eine Zeit lang alles verändern, Juliette. Jetzt weißt du es. Und jetzt kannst du mir ein Haus suchen. Daraus mache ich mir ein Schneckenhaus, in das ich mich verkriechen kann. Einverstanden?«

Juliette zögerte. Erst hatte sie befürchtet, dass Maxime wieder fortgehen könnte, jetzt hatte sie Angst davor, dass er dablieb. Er hatte gerade wieder einmal bewiesen, wie unzuverlässig er war, indem er Aurélien eine Waffe anvertraut hatte. Das war nur ein Grund mehr dafür, ihm zu verbergen, dass er dessen Vater war.

»Macht es dir etwas aus, wenn ich eine Weile hier in der Gegend wohne?«, fragte Maxime.

Juliette überlegte. Das Gers gehörte ihr nicht, das Département war groß. Und wenn Maxime sein eigenes Haus hätte, würden sie sich weniger sehen.

»Überhaupt nicht«, log sie. »Du bist unser Kunde Nr. 5.«

21

Zwei neue Kunden stellten sich in der Agentur vor. Olivier, ein dreiundfünfzigjähriger Mann, der gerade arbeitslos geworden war, und seine fünfundvierzig Jahre alte Frau Louise. Ihre sechsjährige Tochter hieß Pomme.

Olivier hatte als leitender Angestellter einer amerikanischen Firma gearbeitet, die ihr Personal reduziert hatte. Als reiner Autodidakt besaß er keine Diplome und hatte allen Mut verloren. Louise war Malerin und war schwanger geworden, als sie gerade im Begriff stand, sich einen Namen zu machen. Um sich Pommes Erziehung zu widmen, hatte sie aufgehört zu malen. Sie hatten eine schöne Dienstwohnung und ein großes Auto gehabt. Die Abfindung, die Olivier bekam, war viel zu gering, um ihren Lebensstandard aufrechtzuerhalten, und so hatten sie sich entschlossen umzuziehen.

»Wir möchten eine Ferienvermietung auf dem Land betreiben«, sagte Olivier. »Wir dürfen das auf gar keinen Fall in den Sand setzen. Wenn es gut funktioniert, werden wir auch ein kleines Restaurant eröffnen.«

»Ich koche gern und lade auch sehr gern Leute ein. Das habe ich jahrelang auch für die Gäste meines Mannes gemacht«, fuhr Louise fort.

»Wir möchten gerne, dass Pomme in Frieden aufwächst, weit weg von den Gefahren der Stadt«, fügte Olivier hinzu.

Beide tauschten einen einvernehmlichen Blick aus.

»Ist das Krankenhaus weit weg von hier?«

Juliette erklärte ihnen, wo es lag.

»Dann werden wir uns hier sicher fühlen«, sagte Olivier.

»Ja, ich denke auch, wir haben uns das Richtige ausgesucht«, fügte Louise hinzu.

Juliette nahm den roten Aktenordner aus der Schublade und schrieb mit blauem Filzstift: Kunden Nr. 6, Olivier und Louise.

Am Samstagmorgen kam Noémie unangekündigt zu Besuch.

»Ihr fehlt mir so sehr«, sagte sie zu Juliette. »In der Woche geht es ja noch, da bin ich mit meiner Sendung beschäftigt und es gibt Cocktailempfänge. Aber am Wochenende hänge ich herum und werde depressiv.«

Juliette war voller Mitgefühl, doch leider musste sie dringend einen ganzen Stapel Akten durcharbeiten. Daher bot sie ihrer Freundin an, sich mit Aurélien das Dorf Larresingle anzusehen.

»Das ist ein kleines Dorf mit einer Stadtmauer, in dem man das Feldlager von Belagerern aus dem dreizehnten Jahrhundert nachgebaut hat. Das wird dir sehr gefallen.«

»Ich fahre ein anderes Mal mit dir dahin«, meinte Noémie, die schon bei dem Gedanken in Panik geriet, dass sie allein mit dem Jungen fahren sollte. »Ich bin an den Umgang mit Kindern nicht gewöhnt, ich fühle mich unwohl dabei.«

»Du warst doch auch mal ein Kind!«

Noémie schüttelte den Kopf.

»Niemals. Ich bin so geboren: groß, snobistisch, nervend und unabhängig.«

Juliette lachte.

»Tu mir den Gefallen«, sagte sie. »Ich werde mich auch revanchieren. Ihr könntet mit Maxime hinfahren, dann seid ihr zwei Erwachsene.«

»Wer ist Maxime?«

»Unser Klient Nr. 5. Ein etwas verlorener Typ.«

Noémie gab nach und fand sich damit ab, einen langweiligen Nachmittag mit einem depressiven Alten zu verbringen. Aber als Maxime erschien, veränderte sich ihr Gesichtsausdruck.

Auf dem Hinweg machten sie einen Umweg über La Romieu.

Es war ein altes Dorf, eine Station auf dem Weg nach Santiago de Compostela. Danach sahen sie sich Larresingle an. Es wurde das kleine Carcassonne des Gers genannt. Außerhalb der Stadtmauer konnte man diverse Pasteten, Armagnac und Floc de Gascogne oder Honig kaufen. Innerhalb der Mauern befand sich die Werkstatt eines Emailleurs. Außerdem gab es dort ein Museum, in dem man erfuhr, wie das Leben im Mittelalter aussah, ein Antiquariat und eine Crêperie. Die Siedlung mit dem Kriegsgerät war ein paar hundert Meter weiter unten zu sehen.

Die Musik und das Licht gingen automatisch an, wenn man den Emailleladen betrat. Sie sahen sich mit großem Interesse das Museum an. Aurélien trug ein Tonbandgerät, das die verschiedenen Szenen mit kostümierten Figuren in Lebensgröße erklärte. Maxime spendete einen Euro für die Renovierung der Kirche, und so konnte Aurélien einen Nagel in ein Brett hämmern. Einige Meter weiter aßen Touristen verlockend riechende Crêpes mit Schokolade.

»Wenn ihr welche wollt, dann nur zu«, sagte Aurélien. »Ich darf ja nicht, aber ihr schon.«

»Ich hasse Crêpes«, log Maxime zu Noémies Bedauern.

Dann kam ein Fremdenführer, um ihnen die militärischen Gerätschaften vorzuführen. Noémie wollte sich wie eine gute Mutter benehmen und kämpfte sich mit den Ellbogen nach vorn und zog Aurélien am Arm, damit er in der ersten Reihe sitzen konnte.

»Entschuldigen Sie …!«

»Sie waren aber vor uns da«, flüsterte der Junge.

»Jetzt nicht mehr«, jubelte Noémie leise. »Das Glück ist mit den Mutigen.«

Aurélien war erschrocken und schwieg. Seine Mutter hatte ihm genau das Gegenteil beigebracht.

Noémie lächelte und scherte sich nicht um das Raunen, das ihr Verhalten auslöste. Maxime tat so, als habe er nichts bemerkt. Der Führer begann mit seiner Vorführung.

»Sie lernen heute die Kampfgeräte kennen, die man im Mittelalter benutzte, um Städte zu belagern. Sie waren sehr teuer, wurden gemietet und im Kampf meist beschädigt. Dem Besitzer musste man dann die Reparaturkosten bezahlen. Wir haben einige wirkungsvolle Belagerungsmaschinen nachgebaut, die man gefahrlos bedienen kann. Sie können sie selbst in Gang setzen.«

Noémie stieß Aurélien nach vorn, aber der Junge machte nicht mit. Andere Jungen bedienten die Maschinen.

»Die Kreuzfahrer haben festgestellt, dass ihre Maschinen denen der Sarazenen unterlegen waren, deren wissenschaftliche, mathematische und geometrische Traditionen auf Arbeiten von griechischen Wissenschaftlern wie Pythagoras oder Archimedes beruhten. Und dann brachten sie diese Geheimnisse ins Abendland.«

»Aurélien hat sie noch nicht ausprobiert!«, unterbrach ihn Noémie.

Der Fremdenführer wurde in seinem Eifer gebremst und winkte dem Jungen zu, der vor lauter Scham den Kopf schüttelte und sich zurückzog.

»Wo war ich gerade stehengeblieben?«, fuhr der Mann fort und warf Noémie einen wütenden Blick zu. »Ach ja, es bedurfte einer perfekten Beherrschung der geometrischen Bezüge zwischen den Einzelteilen, damit die Vibrationen, die von den Schüssen ausgelöst werden, die Maschinen nicht zerrissen …«

Aurélien war die Situation so peinlich, dass er sich von der Gruppe entfernte. Maxime folgte ihm. Ein Kugelschreiber guckte aus der Westentasche des Jungen.

»Wolltest du dir etwas aufschreiben?«, fragte er.

Aurélien lächelte.

»Da ist Insulin drin.«

Dann zeigte er auf Noémie und sagte leise: »Gut, dass Mama nicht so ist wie sie.«

»Du hast recht, sie übertreibt ein wenig«, flüsterte Maxime. »Ich glaube, sie macht das, um uns zu imponieren.«

»Mädchen interessieren mich nicht«, sagte Aurélien selbstsicher.

»Wir sprechen uns in ein paar Jahren wieder, einverstanden?«

Aurélien sah auf die Uhr und spritzte sich mit sicherer Hand diskret sein Insulin.

Maxime beobachtete ihn und war überrascht, wie erwachsen die Krankheit den zehnjährigen Jungen machte.

»Du machst das wirklich toll!«

Die Rückfahrt verlief ruhig. Der Junge saß auf der Rückbank und sah sich die Landschaft an, während Noémie schwadronierte und Maxime am Steuer saß. Als sie durch die Stadt Condom fuhren, lachte Noémie.

»Condom heißt auf Englisch Präservativ, und wir sind gerade am Präservativmuseum vorbeigefahren. Das ist doch lustig, oder?«

Aurélien seufzte. Die Jungen in seiner Klasse fanden Touristen, die darüber lachten, zum Kotzen.

Aurélien erzählte Alice von Larresingle, und Noémie ging zu Juliette in die Küche.

»Ist alles gut gegangen?«, fragte diese, während sie den Salat trocknete.

»Dein Sohn ist feige, aber dein Kunde ist perfekt.«

Juliette ließ alles liegen.

»Aurélien ist sehr mutig«, widersprach sie.

»Das würdest du nicht sagen, wenn du gesehen hättest, wie er sich geweigert hat, die Maschinen anzufassen.«

»Er ist nicht ängstlich, sondern zurückhaltend«, fuhr Maxime dazwischen. »Er wollte nicht vor allen anderen drankommen, wo er noch gar nicht an der Reihe war.«

»Das will ich doch sehr hoffen«, entgegnete Juliette.

Noémie zuckte die Achseln, dann bemerkte sie etwas Kriechendes auf dem Boden und streckte gedankenlos ihren rechten Schuh aus. Man hörte ein leises Geräusch.

»Nimm deinen Fuß da weg«, schrie Juliette.

Alice und Aurélien kamen in die Küche gelaufen. Juliette zeigte traurig auf den Fußboden.

»Sie hat Agrippine zertreten.«

Am Montag flitzte Alice auf ihrer roten Vespa in die Schule und war glücklich, den Wind in den Haaren zu spüren. Ihre Hände waren kalt, aber Handschuhe hätten sie dabei gestört, die Welt zu erobern. Kurven nahm sie normalerweise, indem sie den Körper zur Seite neigte, einen Augenblick die Augen schloss und sie dann wieder öffnete. Die Straße glänzte. Ein Hund bellte in einem nahegelegenen Hof, und Alice dachte an die von Noémie zerquetschte Agrippine. Die Spinne hatte zu ihrem Leben dazugehört. Sie hatten sie in einer Pillenschachtel am Fuß des Judasbaumes begraben. Die Hauptstadt war gefährlich für das Land.

Ein Auto kam ihr entgegen. Alice ballte ihre Fäuste um die Griffe des Rollers, machte sich steif, um dem Fahrtwind zu trotzen, und fuhr weiter. Die Landschaft veränderte sich, aber sie war überall gleich schön. Insgeheim musste Alice zugeben, dass sie das Gers inzwischen auch liebgewonnen hatte. Es war so, auch wenn Marion ihr fehlte.

Gut geschützt in ihrer Daunenjacke, begann sie Jazzmelodien zu singen, die sie durch Maxime kennen gelernt hatte. Plötzlich hielt der Motorroller das Tempo nicht mehr.

»Was ist denn jetzt los?«

Die Maschine wurde langsamer, stotterte, fuhr noch einige Meter und blieb dann ganz stehen.

»So ein Mist!«

Sie hatte kein Benzin mehr. Das war das Dümmste, was es gab. Sie würde zu spät in die Schule kommen. Sie schob ihre Vespa an den Straßenrand und sah sich um: niemand da. Sie verschränkte die Arme und wartete im Wind. Irgendjemand würde schon kommen.

»I love New York in June … what about you?« Mit halb geschlossenen Augen wiegte sie sich hin und her und sang dazu.

»I love a Gershwin tune …«

In der Ferne hörte sie einen Motor knattern. Alice spitzte die Ohren, stellte sich an den Straßenrand und hüpfte hin und her. Ein Kangoo erschien, der Fahrer bemerkte sie und bremste.

»Was machst du denn da?«

Barnabé Fontani sah sie spöttisch an.

»Ich habe kein Benzin mehr.«

»Steig ein«, sagte er und öffnete die hintere Tür.

Alice stieg in das Auto, in dem es nach verschiedenen Gemüsen duftete.

»Es tut mir sehr leid, dass ich Ihnen Umstände mache …«

»Ja«, sagte Barnabé.

Sie gelangten zur Tankstelle, füllten einen Kanister und fuhren zum Motorroller zurück. Alice sprang aus dem Auto.

»Vielen Dank«, sagte sie.

Barnabé ließ den Motor an und fuhr davon, ohne ein Wort zu sagen.

22

Ihrer Geburtsurkunde gemäß war Juliette exakt vor dreißig Jahren geboren, an einem Freitag, genau wie später ihre Schwester und ihr Sohn. »Freitagskinder lieben das Leben«, hatte ihre Großmutter immer behauptet.

Durch das Fenster sahen Alice und Aurélien ihr zu, wie sie zu den Birnbäumen ging, um dort eine Fettkugel für die Vögel aufzuhängen.

»Wir tun einfach so, als wäre es ein ganz normaler Tag«, flüsterte Alice.

Aurélien nickte. Seine Mutter hasste es, ihren Geburtstag zu feiern. Er fand, dass sie sich verändert hatte, seit sie Paris verlassen hatten. Ihre schwarzen Augen mit den Goldpünktchen strahlten häufiger. Ihr Gesichtsausdruck war entspannter, ihre Wangen waren nicht mehr so eingefallen, ihr Blick verlor sich nicht mehr in der Ferne. Manchmal sah sie noch automatisch auf ihrem bloßen Handgelenk nach der Uhr, dann lachte sie über sich selbst. Sie hatte jetzt zwei neue Lachfalten an den Augenwinkeln.

Juliette hängte die Kugel mit dem grünen Netz an einem niedrigen Ast eines Birnbaums auf. Danach drehte sie sich um und nahm einen Umschlag aus dem Briefkasten. Sie verzog das Gesicht, öffnete den Umschlag und fand darin eine Karte, aus der eine Geburtstagsmusik kam. Sie zerriss sie, warf sie in die Mülltonne und ging zurück ins Haus.

Alice und Aurélien hatten alles gesehen und reagierten beide auf ihre Art. Alice tat so, als habe sie nichts bemerkt. Aurélien forschte nach.

»Von wem war die Karte, Mami?«

»Von Noémie.«

»Sie wollte nett sein, genau wie damals, als sie uns die Gänseleberpastete mitgebracht und dir die Sonnenblumen geschenkt hat«, bemerkte Aurélien.

»Das Dumme ist nur, dass sie immer alles falsch macht«, schloss Alice.

Juliette lächelte ihnen zu. Sie hatten sich verändert, seit sie im Gers wohnten. Alice war weiblicher geworden, sie hatte Kurven bekommen und strotzte vor Gesundheit. Aurélien war gewachsen und selbstsicherer, seine Freundschaft mit Nicolas hatte aus dem zurückhaltenden Jungen einen lebhaften und glücklichen Spielkameraden gemacht. Juliette hatte in ihrer Jugend dank Sarah damals dasselbe erlebt: Wenn man einen Freund hat, dann erobert man die Welt.

»Bringst du mir dein Behandlungsbuch?«, sagte sie wie jeden Morgen zu ihrem Sohn.

Sie las alles aufmerksam durch und trug gewissenhaft ein, wie viel Insulin gespritzt worden war und wie hoch die Blutzuckerwerte waren, sodass sie die täglichen Dosen anpassen konnte. Sie prüfte drei Mal, was sie ausgerechnet hatte, und entschied, dass nichts verändert werden musste. Das Leben auf dem Land tat ihnen gut.

Sie gingen ihren Aufgaben nach. Juliette räumte die Küche auf. Aurélien wischte den Tisch ab. Alice spülte.

»Gehst du auf den Friedhof?«, fragte sie plötzlich ihre Schwester.

Juliette nickte.

»Weißt du, wo er ist?«, fragte Aurélien.

»Sarah hat es mir erklärt.«

Sie drängelten nach draußen. Juliette sah ihnen nach, während die Kinder auf Motorroller und Fahrrad stiegen.

»Freitagskinder lieben das Leben«, sagte sie laut.

Sie nahm eine Schere, ging durch das Kräuterbeet, um Thymian zu pflücken, und stieg in ihren Twingo.

Barnabé parkte vor dem Friedhof und lief um seinen Kangoo herum, um von der Ladefläche einen blühenden Zitronenbaum zu nehmen, den er auf seiner Veranda gezogen hatte. Der kleine Baum verbreitete einen angenehmen Duft.

»Ich werde ihm etwas Stroh um den Stamm legen, um ihn vor der Kälte zu schützen. Du wirst ihn wunderbar finden, Viviane«, sagte er, als er auf den Friedhof kam.

Etwas bewegte sich in der letzten Reihe der Grabsteine und lenkte ihn ab. Eine Frau kniete dort. Barnabé blinzelte, er hätte schon lange zum Optiker gehen müssen, aber er war zu eitel, um eine Brille zu tragen. Die Frau stand auf und drehte sich um. Er erkannte Juliette, stellte den Zitronenbaum hin und versteckte sich hinter einer Zypresse.

Juliette schritt an ihm vorüber, ohne ihn zu bemerken. Als sie verschwunden war, ging Barnabé auf die Stelle zu, an der sie gekniet hatte. Es war ein verlassenes Grab, dessen Inschriften verwittert waren und auf dem ein Thymianstrauß lag.

Barnabé runzelte die Stirn und ging zurück zu Vivianes Grab.

»Ich bin ja nicht neugierig«, sagte er und pflanzte den Zitronenbaum sorgfältig im Windschatten. »Aber trotzdem wüsste ich gern …«

Er trat einen Schritt zurück, um sein Werk zu bewundern.

»Es ist perfekt. Ich hole ihn nächste Woche wieder ab. Verstehst du, Nicolas hockt ständig bei dieser Pariserin, und ich würde gerne wissen, mit wem ich es zu tun habe.«

Die Zweige des kleinen Baums zitterten im Wind.

Maxime kam gegen Mittag in die Agentur. Es war kein anderer Kunde da. Er setzte sich hin, streckte die Beine aus, nahm den Ordner mit Wohnungsangeboten in der Gegend vom Regal und blätterte ihn durch.

»Da wirst du nichts finden«, warnte ihn Juliette.

»Aber hier hast du doch mein Traumhaus!«

»Wie bitte?«

»Guck mal da.«

Juliette beugte sich über seine Schulter und schüttelte den Kopf.

»Das steht nicht mehr zum Verkauf.«

»Warum?«

»Weil du da den furchtbarsten Nachbarn hättest, den du dir nur vorstellen kannst.«

»Ich werde mit Störenfrieden fertig«, entgegnete Maxime.

Der alte, langgestreckte Bauernhof mit dem Kräutergarten auf der Rückseite und dem großen Hof vorne sah verlockend aus wie eh und je. Maxime lief mit großen Schritten umher, sah sich alles genau an und schmiedete Pläne.

»Hier werde ich meine Schießscheibe aufhängen.«

Er sah Juliette an.

»Nur um allein Schießen zu üben, das schwöre ich. Und niemals, wenn dein Sohn in der Nähe ist.«

Er durchmaß mit großen Schritten das Wohnzimmer.

»Hier stelle ich einen Billardtisch auf. Und rechts einen Flipper. Ich habe Jahre damit verbracht, hinter Lastwagen zu kauern, hinter Spiegeln zu hocken, auf der Seite, durch die man hindurchsehen konnte, und kalten Kaffee zu trinken. Jetzt möchte ich endlich durchatmen.«

»Hier nicht«, ermahnte ihn Juliette, die seine Begeisterung in Grenzen halten wollte. »Dein Nachbar wird dir das Genick brechen.«

»Was soll er mir denn schon anhaben?«

Ein schwarzer Blitz schoss durch das Zimmer und beantwortete seine Frage. Sarah stieß einen Schrei aus und rannte nach draußen, während Juliette panisch auf ein Tier zeigte und vor Schreck stotterte.

»Eine Ratte … eine Ratte … oh wie schrecklich.«

Maxime hielt ihren Arm fest und zerrte sie nach draußen.

»Sag das nicht in ihrer Gegenwart, du könntest sie beleidigen. Sie kann nichts dafür, sie hat sich nicht ausgesucht, als Ratte geboren zu werden. Wenn sie eine Katze oder ein Küken wäre, dann hättest du sie niedlich gefunden.«

»Ratten sind abstoßend«, sagte Juliette, immer noch zitternd.

»Wir haben Besuch«, sagte Maxime und zeigte auf Grincheux, der soeben auf dem Hof erschien.

Juliette warf einen ängstlichen Blick auf ihr Auto, dessen Fenster offen stand.

»Guten Tag, ich bin Ihr neuer Nachbar«, sagte Maxime und ging mit ausgestreckter Hand auf ihn zu. »Ich habe mich entschlossen, dieses Haus zu kaufen.«

Grincheux verzog das Gesicht.

»Es wohnt schon jemand bei Ihnen.«

»Ich weiß. Es hat einen Schnurrbart, vier Pfoten und einen Schwanz. Ist das ein Willkommensgeschenk?«

Grincheux runzelte die Stirn und war verwundert über Maximes Gelassenheit.

»Das ganze Haus ist voll davon. Sie kommen in der Nacht heraus.«

»Ich habe etwas, um sie gebührend zu empfangen«, sagte Maxime und zog seine Dienstwaffe aus dem Gürteletui. »Ich habe aus der ersten eine Zielscheibe gemacht, und das wird die anderen fernhalten.«

Grincheux erblasste.

»Was haben Sie getan?«

Er ging mit geballten Fäusten auf Maxime los.

»Verdammt, Sie haben meine Ratte getötet!«

Maxime trat auf ihn zu, und nun geschah etwas Seltsames. Juliette hatte das Gefühl, dass Maxime sich aufplusterte und ein paar Köpfe größer wurde als Grincheux. Seine Stimme hallte im Hof wider, und die Vögel flogen davon.

»Lassen Sie mich in Ruhe, und gehen Sie nach Hause. Dies ist ein privates Grundstück, hier haben Sie nichts zu suchen. Ich habe Ihr dreckiges Vieh nicht abgeknallt, aber ich werde es tun, wenn ich es hier noch einmal sehe.«

Grincheux wich beeindruckt zurück.

»Raus!«, befahl Maxime.

»Verdammte Scheiße, ich habe keine Angst vor Ihrer Pistole!«, rief Grincheux, während er sich zurückzog.

»Das ist keine Pistole. Das ist ein Revolver«, verbesserte ihn Juliette.

Zwei Stunden später unterschrieb Maxime im Haus Fabre den Kaufvertrag.

Als Juliette gerade die Würstchen für das Abendessen briet, klingelte das Telefon in der alten Schule. Aurélien nahm den Hörer ab.

»Mama, Sarah möchte, dass wir sofort in die Agentur kommen, sie hat ein Problem mit dem Wasser.«

»Wir haben einen Rohrbruch!«, schrie Sarah ins Telefon. »Beeil dich, ich kann Pascal Castera nicht finden. Bring alle mit, wir brauchen Hände zum Aufwischen.«

»Was hast du da so spätabends noch gemacht?«

»Ich bin nur vorbeigegangen, um eine Akte zu holen. Komm schnell, wir haben keine Zeit zu verlieren, John und ich schaffen es nicht allein.«

Juliette drehte das Gas unter der Pfanne ab. Die Würstchen konnten warten, bis sie wiederkamen. Sie stiegen alle in Maximes Mercedes.

Die Straße war leer. Die Agentur lag im Dunkeln und schien geschlossen. Juliette ging auf die Tür zu und drückte die Klinke herunter.

»Sarah?«

Die Tür ging auf, und alle Lichter gingen an.

»Herzlichen Glückwunsch zum Geburtstag«, schallte es ihr aus dem Raum entgegen. Girlanden hingen an den Wänden und den Computern. Der Tisch, auf dem sich sonst Akten stapelten, war leer geräumt, und nun standen Weinflaschen und Gläser darauf.

»Überraschung!«, rief Sarah strahlend. »Du Heimlichtuerin, du hast mir nichts gesagt! Aber ich habe es gemerkt, als ich ein Bankformular ausgefüllt habe.«

»Herzlichen Glückwunsch zum Geburtstag!«, sagten John, Pascal Castera, Patrick Lestrade, seine Mutter, Bruno und Armelle wie im Chor.

Juliette wurde blass.

»Das ist die Freude«, mutmaßte Maxime.

»Kein Geburtstag ohne Kuchen«, rief Pascal.

Er trat zur Seite, und ein Kuchen mit dreißig Geburtstagskerzen wurde am Ende des Tisches sichtbar.

»Los, blas sie aus!«, rief Sarah aufmunternd.

Juliette sah verängstigt aus, ging auf den Kuchen zu und blies die Kerzen aus. Alle klatschten. Sie wich zurück, das Herz war ihr schwer. Wie in einem Albtraum bedankte sie sich für die Glückwünsche der Anwesenden, trank einen Schluck Wein, küsste die einen, schüttelte anderen die Hand und kaute ein Stück Kuchen.

»Mama … geht es dir gut?«, fragte ihr Sohn leise.

»Sie wollten dir einen Gefallen tun«, murmelte Alice.

Pascal unterhielt sich angeregt mit Julien über das Schreinern. Bruno hatte seine Lieblingspfeife im Mund und beobachtete alles, ohne ein Wort zu sagen. Armelle sprach Patrick Lestrade an.

»Ich habe herausgefunden, dass der Marschall Lannes hier aus der Gegend stammt.«

»Jedes Jahr, am ersten Juniwochenende, feiern wir das Empire in Lectoure und ehren ihn.«

»Sie mögen Napoleon also auch.«

»Ja. Aber Napoleon III. mögen wir weniger. Wegen Victor Dutruy, seines Kulturministers, der die Dialekte in der Schule verboten hat. Zum Glück hat er es nicht geschafft, sie zu vernichten. Zu seiner Zeit haben sogar die Priester auf Gascognisch gepredigt!«

Sarah ging auf Juliette zu.

»Du hasst es, deinen Geburtstag zu feiern, oder irre ich mich?«

»Nein.«

Sarah stieß ein kurzes Gelächter aus.

»Wenigstens bist du ehrlich. Warum?«

Juliette hob langsam die Hand bis an die Augen und beschrieb eine Kurve, die in ihrem Weißweinglas endete. Sarah runzelte die Stirn.

»Was ist das?«

»Das Wasserflugzeug meiner Eltern. Sie sind an meinem Geburtstag abgestürzt. Seitdem feiere ich nicht mehr.«

23

Olivier und Louise parkten ihr Auto am Eingang des Dorfs und folgten Juliette.

»Ich wohne in der alten Schule«, sagte sie und zeigte auf ihr Haus.

»Bruno und Armelle haben einen sechzehnjährigen Jungen. Sie haben die Bäckerei renoviert. Es bleiben noch der Lebensmittelladen, die Wäscherei und die Schäferei. Ich habe mir gedacht, dass Sie in dem Lebensmittelladen wohnen und Wäscherei und Schäferei in Ferienhäuser verwandeln könnten.

Pomme ging hüpfend voran, blieb plötzlich stehen und rannte auf sie zu.

»Da werden wir wohnen?«, fragte sie entzückt.

Sie fand alles schön, die Häuser, die Blumen, die Vögel.

»Sie kennt die Natur nicht, sie hat immer nur in Paris gewohnt«, erklärte ihre Mutter. »Sie haben recht, diese Ecke ist wunderschön.«

Juliette merkte, dass sie interessiert waren. Ihnen gefiel der Ort, und sie freuten sich, dass alles so anders war. Doch sie gerieten in Panik, sobald ihre Tochter sich auch nur einen Schritt von ihnen entfernte.

»Wir sind einverstanden. Fahren hier auf dieser Straße auch keine Autos?«, fragte Olivier.

»Nur Ihres, wenn Sie sich entscheiden, hier zu wohnen.«

Aurélien kam zufällig vorbei, und sie stellte ihn ihnen vor.

»In meiner Klasse ist ein kleiner Junge, der Aurélien heißt. Er ist grün«, sagte Pomme.

»Sag nicht solche Dummheiten«, unterbrach ihr Vater sie.

»Wenn du Pomme, also Apfel heißt, dann bist eher du diejenige, die grün ist«, bemerkte Aurélien.

Um ihre Kunden Nr. 6 endgültig zu überzeugen, besuchte Juliette mit ihnen Suzanne und Patrick Lestrade. Bruno und Armelle wollten sich nicht mit den Leuten der Gegend anfreunden, doch Olivier und Louise wollten als zukünftige Besitzer von Ferienwohnungen neue Leute kennen lernen. Während Patrick Olivier den Bauernhof zeigte, verriet Suzanne Louise und Juliette, wie sie Apfeltorte machte, den berühmtesten gascognischen Nachtisch. Das Besondere daran war, dass die Äpfel zwischen zwei Teigböden gebacken wurden.

»Man kann auch Birnen oder Pflaumen hinzutun. Und wenn man keinen Armagnac hat, benutzt man Rum, aber das schmeckt dann nicht ganz so gut. Hier, Kleine, du kannst den Löffel ablecken.«

Sie hielt Pomme den Holzspatel hin, auf dem der süße gelbe Teig klebte. Pomme riss den Mund weit auf und leckte das Werkzeug mit Genuss ab.

»Das schmeckt gut, das ist blau«, sagte sie glücklich.

»Kleine Mädchen haben eine dichterische Ader. Ich hoffe immer noch, dass mein Sohn …«

Sie sah durch das Fenster, wie Patrick sich mit Olivier unterhielt.

»Dabei ist er so ein guter Junge. Als er dieses Mädchen geheiratet hat, wusste ich, dass sie nichts für ihn ist. Sie hielt sich für etwas Besseres. Aber ich habe nichts gesagt, er hätte ja doch nicht auf mich gehört. Sie hat nur auf eine Gelegenheit gewartet, um wegzukommen, das habe ich ihr gleich angesehen. Um hier zu leben, muss man die Natur und unseren Humor lieben. Mein Patrick ist ein einfacher, solider und liebenswürdiger Mann. Er braucht eine Frau, die aus demselben Holz geschnitzt ist.«

Sie sah Juliette an.

»Haben Sie nicht auch so etwas in Ihrem Angebot?«

»Wir sind keine Heiratsagentur«, sagte Juliette und fragte sich, ob Suzanne es ernst gemeint hatte.

Der erste Elternabend fand in Auréliens Schule und im Gymnasium zur gleichen Zeit statt. Juliette ging erst in die Schule ihres Sohnes. Der Lehrer lobte die gute Arbeitsatmosphäre in der Klasse und betonte die Fortschritte. Er hatte schon angefangen, als Barnabé Fontani erschien. Dieser ging durch den Raum, sagte allen guten Tag und setzte sich drei Plätze von Juliette entfernt hin.

»Wie ich schon sagte, ich bin sehr stolz darauf, wie gut sich die Schüler verstehen«, fuhr der Lehrer fort. »Wir haben neue Schüler, und besonders Aurélien hat sich sehr gut eingefügt.«

Er sah Juliette an. Und dann Barnabé.

»Nach einem erklärlichen Leistungsabfall im letzten Winter ist auch Nicolas wieder über den Berg.«

»Ein Leistungsabfall?«, fragte Barnabé, dem das Lächeln vergangen war.

Der Lehrer räusperte sich.

»Wenn ein Schüler um jemanden aus der Familie trauert ...«

Barnabé unterbrach ihn.

»Was bei uns passiert, geht die Schule nichts an. Mein Sohn soll Ihnen zuhören und lernen, was Sie ihm aufgeben. Er braucht Ihr Mitleid nicht.«

Der letzte Satz hörte sich an wie eine Beschimpfung.

»Es geht hier nicht um Mitleid ...«

»Oh doch. Und ich habe Ihr verdammtes Mitgefühl satt.« Barnabé musterte stolz den Lehrer und die Eltern.

»Seit Viviane gestorben ist, begegnen mir alle immer mitleidig. Ich bin hier der Witwer vom Dienst. Aber ich habe mich nicht verändert und Nicolas auch nicht. Also, wenn er nicht paukt, dann müssen Sie ihn genauso ausschimpfen wie vorher. Und hören Sie auf, ihn jede Sekunde daran zu erinnern, dass sie nie mehr wiederkommt!«

Wütend schlug er die Tür hinter sich zu.

»Ich wollte ihn nicht kränken«, sagte der Lehrer bedrückt.

»Ich werde morgen mit ihm reden«, sagte einer der Väter.

»Er benimmt sich wirklich unmöglich«, sagte eine Mutter.

Juliette verstand, was in Barnabé vorging. Nachdem ihre Eltern gestorben waren, war sie umgezogen, weil sie das Mitleid im Gesicht ihrer Nachbarn nicht mehr hatte ertragen können.

Juliette verließ Auréliens Schule und eilte ins Gymnasium. Als sie hereinkam, hörte der Klassenlehrer gerade auf zu sprechen.

»Entschuldigen Sie, ich war auf dem Elternabend der Klasse meines Sohnes«, stotterte Juliette und suchte nach einem freien Platz in dem Raum.

Es war nur noch einer neben der schönen Frau mit dem schwarzen Dutt und den hellblauen Augen frei, die sich in der Handelskammer über sie lustig gemacht hatte. Juliette setzte sich. Links von ihr saß die brünette Postbeamtin, die ihr zunickte. Die Frau mit dem Dutt drehte sich ostentativ weg.

Auf dem Flur des Gymnasiums wartete Florian auf seine Mutter und sagte sich gerade mathematische Gleichungen zu einer Jazzmelodie auf, als er die geheimnisvolle Alice schön und selbstsicher auf sich zukommen sah.

»Hallo«, sagte Alice, als sie ihn bemerkte.

Er nickte beeindruckt.

»Geht das da noch lange?«, fragte sie.

»Keine Ahnung.«

Was war er doch für ein Idiot. So eine dumme Antwort. Mädchen wie Alice sprachen ihn selten an. Er war weder beliebt, noch wurde er verachtet. Es war schlimmer, er wurde ignoriert. Die anderen benahmen sich, als gäbe es ihn nicht. In der Klasse waren gute Schüler, Schleimer und Faulpelze, Chaoten, Intellektuelle mit Brillen oder Sportliche mit Bauchmuskeln. Es musste alles auf der Welt geben. Er war nur ein mathematischer Musiker ohne Charisma. Alice wusste wahrscheinlich noch nicht einmal, wie er hieß.

»Ich heiße Florian«, murmelte er.

»Ich weiß, Florian Bados. Wir sind doch in derselben Klasse, weißt du das nicht mehr?«, fragte Alice belustigt.

Er schluckte mit Mühe und ließ sich ungeschickt auf einer Bank nieder.

Alice erinnerte er an einen kleinen, tollpatschigen Hund.

»Hast du zu Hause einen Hund?«, fragte sie.

Er schüttelte den Kopf.

»Dafür aber ein Saxophon«, entgegnete er dümmlich.

Zur gleichen Zeit saßen Nicolas und Aurélien auf der Mauer der alten Schule.

»Mein Vater ist unglücklich, und ich weiß nicht, was ich dagegen tun kann«, schimpfte Nicolas. »Er geht jeden Tag auf den Friedhof, das ist echt bescheuert. Mein Großvater glaubt, dass die Leute vierzig Tage lang nach ihrem Tod unter der Erde bleiben, um zu sehen, ob man sie lieb hatte und was man über sie erzählt. Danach fliegen sie davon. Mama ist im letzten Winter davongeflogen. Sie ist nicht mehr da, es gibt nur noch einen Stein, auf dem ihr Name steht.«

»Dann sag das doch deinem Vater.«

»Er ist sicher, dass sie ihn hört.«

Er trat gegen einen Stein, der weit wegrollte.

»Allein ist er verloren«, fuhr Nicolas fort. »Er braucht eine Frau, die ihn liebhat und für ihn kocht. Ich habe die Schnauze voll von diesem zerkochten Gemüse. Da sind wahrscheinlich Tausende Vitamine drin, aber wie es schmeckt, bäh.«

»Mama hatte in Paris keine Zeit zu kochen, wir haben oft Fertiggerichte aufgetaut, chinesisches Essen oder Pizzen bestellt. Aber hier essen wir richtig gut«, sagte Aurélien. »Du kannst doch abends zu uns zum Essen kommen.«

»Ich kann meinen Vater nicht allein lassen.«

»Warum stellt er nicht eine Köchin ein?«

»Weil wir eine Hausfrau, eine Sekretärin und jemanden brauchen, der ihm mit dem Gemüse hilft. Er könnte so viele Leute gar nicht bezahlen.«

»Er muss sich in eine Frau verlieben, die das alles umsonst für ihn machen würde«, sagte Aurélien nachdenklich.

Nicolas stimmte ihm zu.

»Aber woher soll er sie nehmen? Ich gehe wenigstens jeden

Tag in die Schule und treffe Leute. Aber er verbringt seinen Tag im Gemüsebeet und auf dem Friedhof. Er kann sich doch nicht in einen Kürbis verlieben.«

Aurélien nickte.

»Was er brauchte, ist ein neues Leben.«

Nicolas war einverstanden.

»Glück durch Veränderung, oder?«

Aurélien sah ihn an.

»Hast du gehört, was du eben gesagt hast?«

Er lief ins Zimmer seiner Mutter und öffnete die Schreibtischschublade. Er fand unausgefüllte Formulare der Agentur. Er nahm das oberste vom Stapel.

»Hier«, sagte er zu Nicolas. »Wir brauchen nur an seiner Stelle einen Fragebogen auszufüllen.«

Nicolas runzelte die Stirn, die Lösung schien ihm zu einfach.

»Glaubst du?«

Aurélien nickte.

»Du wirst schon sehen, er wird dir dankbar sein.«

24

Beim Elternabend saß ich neben einer schönen Frau, die mich zu hassen scheint«, vertraute Juliette Sarah am nächsten Morgen an. »Sie hat einen schwarzen Dutt, blaue Augen und geht wie ein Model. Als ich die Agentur in der Handwerkskammer vorgestellt habe, saß sie neben Pierre Bados.«

Sarah lächelte.

»Natürlich, sie ist ja auch seine Frau. Jeanne Bados ist im ganzen Département für den Tourismus zuständig und hasst die gesamte Menschheit.«

»Sie ist unglaublich schön.«

»Aber eiskalt wie die Schneekönigin aus dem Märchen. Komm ihr bloß nicht zu nahe.«

Sie sprach nicht weiter, weil sie von einer jungen Studentin abgelenkt wurde, die ihnen durch die Fensterscheibe freundlich zuwinkte.

»Weißt du, wer das ist?«

»Nein.«

Die junge Frau hatte schwarze, lockige Haare. Ihr intensiver Blick wurde durch zartes Make-up betont. Sie trug ein rotes Kapuzenshirt, Jeans, neonfarbene Sneakers und eine Ledertasche. Sie trat ein.

»Mein Traum ist wahr geworden. Paris ist die schönste Stadt der Welt, und ich finde es wunderbar«, rief sie und strahlte über das ganze Gesicht.

Juliette sah sie verblüfft an. Joëlle, ihre Kundin Nr. 4, kam aus der Hauptstadt zurück. Sie war begeistert und sah nun aus wie eine Studentin an der Sorbonne.

»Ich weiß nicht, wie ich hier so lange leben konnte«, fuhr sie lachend fort.

Sie öffnete ihre Tasche und holte einen großen Stadtplan von Paris hervor, den sie auseinanderfaltete.

»Das Marais ist nicht schlecht, und ich mag auch gerne die Gegend um das Champ-de-Mars und Montmartre«, sagte sie.

»Da sind Sie nicht die Einzige«, sagte Juliette.

»Wie lange brauchen Sie, um eine Mietwohnung und eine Arbeit für mich zu finden?«, fuhr sie unbeirrt fort.

Sarah wollte etwas einwenden, aber Juliette kam ihr zuvor.

»Wir fangen sofort an und sagen Ihnen Bescheid, wenn wir etwas Neues erfahren.«

»Ich verlasse mich auf Sie!«

Joëlle ging beschwingt hinaus.

»Sie ist ja völlig übergeschnappt!«, rief Sarah. »Warum hast du mir nicht die Gelegenheit gegeben, ihr zu erklären …«

»… dass wir weder Arbeit noch Wohnung für sie finden? Du bist heute aber ziemlich pessimistisch.«

»Ich mache Leuten nicht gerne falsche Hoffnungen.«

»Ich dachte, wir hätten diese Agentur aufgemacht, um die Träume unserer Kunden wahr zu machen.«

Sarah nickte.

»Na gut. Sie kann Gänseleberpastete herstellen, dann wird sie wohl auch welche verkaufen können. Ich suche nach dem geeigneten Traiteur, du übernimmst die Wohnung. Weißt du, dass sie uns niemals etwas dafür bezahlen wird?«

»Studenten haben kein Geld«, sagte Juliette mitfühlend.

Nicolas und Aurélien hatten in dieser Woche Kultur-Unterricht. Sie sollten in die Archäologie eingeführt werden und das kulturelle und historische Erbe der Gegend kennen lernen. Sie fuhren mit dem Bus ins Montréal im Gers, um die gallisch-römische Villa von Séviac zu besichtigen, ein Überbleibsel aus der Merowingerzeit.

»Gruppe eins sichert die Spuren des Feldes, gräbt und vermisst die Fundstellen«, sagte der Lehrer, nachdem er die Schüler aufgeteilt hatte. »Gruppe zwei zeichnet Funde und Fundstellen, um die Spuren zu sichern, und bearbeitet das ausgegrabene Material.«

Aurélien und Nicolas gehörten der ersten Gruppe an. Sie sollte in einem schachbrettartig aufgeteilten, von einem mit Netz umspannten Feld graben. Es war in Quadrate aufgeteilt, um die Suche zu vereinfachen und besser festhalten zu können, wo die Objekte gefunden worden waren. Sie erhielten Werkzeuge, Schubkarren, Kellen, Eimer, Siebe, Hacken und Handfeger.

»Ich habe Nägel gefunden«, rief Nicolas.

»Und ich einen flachen Ziegel«, fuhr Aurélien fort.

Danach fanden sie kleine Vierecke aus Marmor, Ton oder Glas, aus denen zur Römerzeit Mosaike hergestellt worden waren.

Aurélien hätte wegen der besonderen körperlichen Anstrengung einen Energieriegel essen müssen, aber er schämte sich vor seinen Freunden. Er musste sich sehr bemühen, ihrem Tempo zu folgen.

»Du bist wirklich lahm«, sagte Nicolas.

Er trat in das Quadrat seines Freundes, worauf dieser plötzlich aufsprang und seine Kelle wegwarf.

»Du bist wohl müde«, sagte Nicolas spöttisch. »Kein Wunder, du bist ja auch aus Paris.«

Aurélien zuckte die Achseln.

»Lass mich in Frieden.«

Nicolas wurde plötzlich ernst. Er bemerkte, dass Aurélien schwitzte.

»Ist dir nicht gut?«

Aurélien war schwindelig, aber er biss die Zähne zusammen.

»Ich brauche kein Kindermädchen«, sagte er und stieß seinen Freund so heftig von sich, dass er auf dem Boden landete.

Nicolas war sauer, stand auf und verließ das abgesteckte Feld. Sollte sein Freund doch allein weitermachen. Dann aber erinnerte er sich daran, was Aurélien ihm über die Symptome der Unterzuckerung erzählt hatte. Wenn er sich seltsam benahm, musste er Zucker essen. Nicolas ließ seinen Stolz sein und kehrte um.

»Hast du nicht begriffen, dass du hier überflüssig bist?«, schimpfte Aurélien.

»Du solltest ein Stück Zucker essen.«

»Lass mich in Ruhe!«

Anstatt zu antworten, bückte sich Nicolas, um in den Taschen seines Freundes zu suchen. Aurélien wollte ihn daran hindern. Die beiden Jungen rollten im Staub. Der Lehrer hatte sich mit der zweiten Gruppe entfernt und merkte nichts.

»Lass mich los!«, schrie Aurélien und befreite sich aus der Umklammerung.

»Hör auf dich zu wehren, ich bin stärker als du!«

Nicolas schob seinem Freund mit Gewalt ein Zuckerstück in den Mund und ein zweites gleich hinterher. Es gelang ihm, Aurélien daran zu hindern, sie auszuspucken. Er ließ erst locker, als Aurélien alles heruntergeschluckt hatte.

Hechelnd, hustend und mit klebrigem Mund kam Aurélien langsam wieder zu sich.

»Was machen wir hier auf dem Boden?«, fragte er.

Nicolas lächelte zufrieden. Er hatte genau das Richtige getan.

»Wir prügeln uns. Du hattest dieses Blutzuckerzeug.«

Aurélien war zu Kräften gekommen und wieder ganz der Alte.

»Versprich mir, Mama nichts davon zu erzählen«, bat er. »Ich werde pfuschen, wenn ich mein Behandlungsbuch ausfülle. Sonst macht sie sich nur wieder Sorgen.«

Die Vorstellung von einer verschreckten Mutter machte Nicolas Angst, und er versprach Aurélien alles, was er wollte.

Am nächsten Tag fuhren sie nach Cieutat, um eine Straße aus gallisch-römischer Zeit von Eauze nach Auch zu erkunden. Dann führte der Lehrer sie zu den Spuren der Einwohner der antiken Siedlung Elusa. Die Besichtigung begann bei einem Schatz aus dem dritten Jahrhundert. Sie sahen Silber und Goldmünzen, Goldbarren, Goldschmuck, wertvolle Steine, Elfenbeinschnitzereien.

»Hast du keinen Hunger?«, fragte Nicolas.

Aurélien schüttelte den Kopf.

»Weißt du, gestern hast du mich nur besiegt, weil ich unterzuckert war, sonst hätte ich dich platt gemacht.«

»Da kann ich ja nur lachen«, sagte Nicolas.

Poupon brachte ein Paket in die Agentur. Es war ein Einschreiben mit Rückschein und versehen mit zahlreichen Warnungen und Hinweisen auf Englisch und Französisch. Das Paket kam aus den Vereinigten Staaten von Amerika. Es war mit Blasenpapier gepolstert und enthielt das neueste Modell einer Digitalkamera von Sony. Bill Emers hatte sie geschickt, um sein Haus filmen zu lassen, damit er den Fortschritt der Renovierungsarbeiten verfolgen konnte.

»Weißt du, was so etwas kostet?«, fragte Sarah aufgeregt.

»Viermal so viel, wie wir im Monat verdienen«, sagte Juliette und nahm die Kamera vorsichtig in die Hand.

»John hatte im letzten Januar eine audiovisuelle Krise. Er sah die Welt nur noch durch sein Objektiv. Er sagte, das sei das dritte Auge oder das Auge von Shiva. Ich habe gejubelt, als Buckingham sie heruntergeschmissen hat. Ich glaube, der Hund war eifersüchtig«, sagte Sarah lachend.

John war begeistert, dass er für die Agentur Kameramann spielen durfte. Juliette und Sarah fuhren mit ihm in das zukünftige Haus von Bill und erklärten ihm, was er aufnehmen sollte. John begann mit der Aufnahme des Hauses von außen, mit dem sechseckigen Taubenschlag, und nahm eine Frontansicht auf. Er schwenkte dann zur Tür und zu den Fenstern, wo die von Bill verlangten Alarmvorrichtungen zu sehen waren. Dann ging er mit der Kamera ins Haus, wie ein Gast, der einen Ort besichtigt.

»Du musst besonders die Alarmanlagen gut filmen«, schärfte Sarah ihm ein.

»Dieser Typ ist vollkommen paranoid«, sagte Juliette aus dem Nachbarzimmer.

»Auftrag erfüllt«, sagte John.

»Jetzt geh ins Wohnzimmer und mach Großaufnahmen vom Kamin, vom Teppich und vom Sofa«, schlug Sarah vor.

Sie ging zu Juliette und ließ John in Ruhe seine Arbeit machen.

»Wir dürfen auf keinen Fall vergessen, den tollen Whirlpool zu filmen.«

»Und das edle Marmorbadezimmer mit den Wasserhähnen in Delphinform«, sagte Sarah eifrig.

»Wir sollten auch den Ständer für die Stiefel nicht vergessen«, rief Juliette vergnügt. »Den hat er bestimmt in einem Western gesehen.«

»John Wayne hat nie so einen Stiefelständer gehabt«, widersprach Sarah.

»Jedenfalls hat Emers die Knete. Er befiehlt, wir folgen seinen Anweisungen. Hauptsache, er ist zufrieden, egal wie scheußlich sein Geschmack ist«, schloss Juliette.

25

Die Sportstunde war fast zu Ende. Die Jungen gingen in kleinen Gruppen um die Schule herum und quatschten. Sie sprachen über den Film vom Vorabend, über das Fest im Nachbardorf, über das nächste Rugbyspiel. Die Jugendlichen stritten sich, lachten oder prahlten herum. Alle bis auf Nicolas. Er ging nach vorn gebeugt und humpelte.

»Was hast du?«, fragte Aurélien und blieb stehen, um auf ihn zu warten. »Tut dir das Knie weh?«

»Nein, der Bauch.«

»Und davon musst du humpeln?«

Nicolas nickte. Der Lehrer sah von weitem zu ihnen herüber.

»Geht es dir nicht gut, Aurélien? Nicolas, lauf weiter!«

»Ich kann nicht«, maulte Nicolas.

Aurélien lief zum Lehrer über den Hof, um ihm zu erklären, dass es dieses Mal nicht um ihn ging.

»Hast du das zum ersten Mal?«, fragte die Krankenschwester mit den blauen Augen und legte Nicolas auf die Liege.

Der Junge schüttelte den Kopf.

»Ich habe das schon mal gehabt, das ist nicht lange her, als ich bei seiner Mutter abendgegessen habe«, sagte er und zeigte auf Aurélien.

»Du kannst wieder in den Unterricht gehen«, sagte die Krankenschwester zu Aurélien.

»Darf ich ihm nicht Gesellschaft leisten?«

Ein kategorisches Nein war die Antwort.

Barnabé parkte sein Auto vor der Schule und lief hinein. Die Krankenschwester wartete auf ihn.

»Machen Sie sich keine Sorgen, es ist entweder eine Blinddarm- oder eine Dickdarmentzündung. Nicolas ist ein sensibler Junge. Der Arzt wird es leicht herausfinden.«

»Ich bringe ihn nach Hause.«

»Möchten Sie lieber, dass Doktor Lestrade zu Ihnen nach Hause kommt? Sonst kann ich ihn hierher bitten.«

Barnabé sah ihr fest in die blauen Augen.

»Haben Sie Kinder, Mademoiselle?«

Sie schüttelte überrascht den Kopf.

»Ich habe nur diesen einen Sohn. Wir wohnen seit zehn Jahren zusammen. Ich weiß, was gut für ihn ist. Komm, Nicolas!«

Barnabé fuhr vorsichtig, damit das Auto nicht ruckelte. Er bremste sanft und beschleunigte langsam. Als sie wohlbehalten angekommen waren, half er Nicolas, sich auszuziehen und in seinen Lieblingspyjama zu schlüpfen. Er legte ihn ins Bett, zog ihm die Decke bis übers Kinn und brachte ihm eine Wärmflasche in Bärenform.

»Möchtest du dein Batmanheft?«

Der kleine Junge wollte seinen Lieblingscomic nicht.

»Tut es so weh?«

»Es zieht rechts«, sagte Nicolas und legte sich mit angezogenen Beinen hin.

»Ich mache das Licht aus, und du schläfst …«

»Gut …«

»Alles in Ordnung.«

Barnabé streichelte seinem Sohn die Wange. Nicolas würde sich ausruhen, und wenn er aufwachte, war er wieder kerngesund. Seit Patrick Lestrade Viviane hatte sterben lassen, vertraute Barnabé weder den Ärzten noch der Medizin.

Zwei Tage später, als die Glocke schellte und Aurélien traurig auf die Bank neben sich sah, ging die Klassentür auf. Nicolas war wieder da.

»Setz dich schnell hin«, sagte der Lehrer. »Wir sind froh, dich wiederzusehen. Geht es dir gut?«

Nicolas wurde rot, nickte und rutschte auf seinen Platz.

»Es war super, die Bank für mich alleine zu haben«, flüsterte Aurélien ihm zu.

»Und ich hatte ohne dich endlich meine Ruhe!«

In der ersten Pause winkte die Krankenschwester Nicolas zu sich.

»Du siehst besser aus, das ist schön. Was hat der Arzt gesagt?«

»Das war nur eine Magenverstimmung.«

»Hat er keine Untersuchungen gemacht?«

»Ich habe *garbure* gegessen, und es ist weggegangen.«

Die Krankenschwester riss erstaunt die Augen auf. Die *garbure* war eine Spezialität der Gegend. Eine Suppe mit Kohl, Kartoffeln, Bohnen, Knoblauch, Schinken und Entenfleisch. Ein hervorragendes Gericht, aber so reich- und fetthaltig, wie es nur ging.

»Und ich hätte geschworen …«

Die Glocke unterbrach sie.

»Ich muss gehen«, entschuldigte sich Nicolas.

26

Jacques hatte seinen Rollstuhl ans Fenster geschoben und sah voller Freude, wie sein Neffe auf seinem Mofa angefahren kam. Florian hatte immer noch struppige Haare. Er erschien auf die Minute pünktlich, kam aber mit schlurfenden Schritten herein.

»Heute hast du wohl nichts mit Musik im Sinn!«

»Na ja …«

»Du willst doch weiterkommen.«

Florian zuckte die Achseln. Das Leben ging ihm auf den Geist, seine Eltern nervten ihn, er hatte das Gymnasium satt, sogar die Musik war ihm lästig.

»Ich weiß, was es ist«, sagte Jacques. »Du bist verliebt.«

Der Junge riss die Augen weit auf.

»Wer hat dir das gesagt?«

»Bisher nur du. Da ist ein Mädchen, das geht dir nicht mehr aus dem Kopf, und dir kommt alles leer und sinnlos vor.«

»Ich glaube, sie liebt mich nicht«, murmelte Florian.

»Woher weißt du das?«

»Sie mag eher solche Angebertypen. Ich bin farblos, geruchlos und schmecke nach gar nichts.«

»Ich fand immer, dass du ein Junge mit viel Charme, musikalisch und einfühlsam bist.«

Florian zitterte.

»Du hast gerade einen Waschlappen beschrieben. Ich will so sein wie die anderen, dreckig, männlich und originell.«

»Deine Haare sind ziemlich originell. So wie du sie kämmst. Sie sehen aus wie bei einem Borstenbesen«, sagte Jacques.

»Sie gefällt mir so sehr«, sagte Florian kläglich.

»Sehr gut, hervorragend. Sag es ihr.«

»Sie lässt mich bestimmt abblitzen«, widersprach der Junge.

»Nicht unbedingt. Aber wenn, hättest du es wenigstens versucht. Wenn man nichts sagt, tut es einem später für immer leid. Wer weiß, wenn ich Hélène gesagt hätte, wie sehr ich sie liebe, wäre sie vielleicht mit mir zusammengeblieben.«

Am nächsten Morgen ging Alice aus dem Haus und fummelte gedankenlos am Riemen ihres Rucksacks herum. Sie ging auf ihre Vespa zu und blieb erstaunt stehen. Ihre Gepäcktasche war mit Feldblumen gefüllt. Aurélien kam hinterher und sperrte weit die Augen auf.

»Wer hat die denn da reingetan?«

»Woher soll ich das wissen?«, sagte sie und zuckte die Achseln.

Insgeheim fühlte sie sich geschmeichelt.

»Mama, Alice hat einen Verehrer«, schrie Aurélien und lief auf das Haus zu.

Juliette trat über die Schwelle.

»Das ist erst der Anfang«, sagte sie ruhig. »Und jetzt beeilt euch, sonst kommt ihr zu spät.«

Alice sah sie dankbar an, legte die Blumen auf den Boden und fuhr los.

Als das Geräusch des Motors leiser wurde, sammelte Juliette die Blumen auf, tat sie in eine blaue Keramikvase und stellte sie ihrer Schwester ins Zimmer.

Alice kam kurz nach Julien im Gymnasium an. Er legte seinen Kopf zur Seite und beobachtete sie wie George Clooney in der Serie *Emergency Room*. Er hatte sich das bei ihm abgeguckt, das fanden die Mädchen toll.

»Hallo, Julien«, sagte Alice und wackelte mit ihrem Hintern in der engen kirschroten Jeans.

Er sah sie hochmütig an und lächelte ihr zu.

»Hast du das Kraut in meine Vespa getan?«, fragte sie geradeheraus.

»Was für ein Kraut?«

Sie errötete.

»Nichts.«

Er kniff die Augen zusammen und ahmte Leonardo DiCaprio aus *Titanic* nach.

»Wovon redest du?«

»Ach, vergiss es!«

Sie betrat die Schule. Florian sah ihr mit versteinertem Gesicht nach. Sie war nicht darauf gekommen, dass er das gewesen war.

27

Juliette tat dasselbe wie jeden Tag. Sie ging in die Agentur, öffnete die Tür mit der rechten Hand, nahm den Schlüsselbund in die linke, um ihn auf die Theke zu legen, hängte ihren Mantel am Kleiderhaken auf, zündete die Lampen an, ging vier Schritte bis zu ihrem Schreibtisch, schaltete den Computer ein und begann, die E-Mails abzurufen.

Ein Bild mit drei kleinen Schweinen erschien, begleitet von Musik, die ankündigte, dass Juliette Nachrichten hatte.

»Bill Emers hat uns geschrieben«, rief sie Sarah zu, die gerade ankam. »Er hat eine Audionachricht als Attachment geschickt.«

Sie klickte darauf und trat einen Schritt zurück, um es besser hören zu können. Plötzlich waren Frauenstimmen in der Agentur zu vernehmen.

»Dieser Typ ist völlig paranoid.«

»Wir dürfen auf keinen Fall vergessen, den tollen Whirlpool zu filmen.«

»Und das edle Marmorbadezimmer mit den Wasserhähnen in Delphinform.«

»Wer ist das?«, fragte Sarah.

»Wir«, hauchte Juliette niedergeschmettert.

»Wir sollten auch den Ständer für die Stiefel nicht vergessen. Den hat er bestimmt in einem Western gesehen.«

»John Wayne hat nie so einen Stiefelständer gehabt.«

»Jedenfalls hat Emers die Knete. Er befiehlt, wir befolgen seine Anweisungen. Hauptsache, er ist zufrieden, egal wie scheußlich sein Geschmack ist.«

Dann hörte die Aufnahme auf. Er hatte keinen Text dazu geschickt.

»Das kann ja wohl nicht wahr sein!«, rief Juliette und schob ihren Stuhl mit Gewalt von sich. »Wie konnten wir nur so …«

»… dämlich sein«, ergänzte Sarah. »Als John gefilmt hat, hat das ultrasensible Kameramikro uns aufgenommen. Dabei waren wir doch im Nebenraum.«

»Das nennt man Fortschritt. Jetzt haben wir unseren lukrativsten Auftrag verloren.«

Es wurde ein verdrießlicher Tag. Die beiden Frauen konnten sich Vorwürfe machen, so viel sie wollten, es war nicht mehr zu ändern. Juliette zog ein langes Gesicht, Sarah runzelte die Stirn. Die Blätter des Ficus Benjamini von John hingen traurig nach unten, als hätten sie die Wellen der düsteren Stimmung belastet.

»Das können wir nicht wiedergutmachen«, seufzte Sarah.

»Das kommt drauf an.«

»Ich weiß nicht, wie das gehen soll, auch wenn wir uns entschuldigen …«

»Ich habe eine Idee«, sagte Juliette. »Wenn er Humor hat, dann kann es klappen.«

»Wo wir schon einmal so weit sind, haben wir nichts mehr zu verlieren.«

Sie betraten das Haus zur gleichen Zeit wie beim letzten Mal. John ging hinter ihnen her und filmte.

»Das Sicherheitssystem ist ganz nach Ihren Wünschen eingebaut worden«, sagte Juliette laut. »Ich hätte Sie nicht als paranoid bezeichnen sollen, das war intolerant. Aber hier sind wir im Gers, nicht in der Bronx. Gut, gehen wir ins Wohnzimmer.«

Der Kameramann drehte sich langsam um.

»Das Sofa, das Sie bestellt haben, würde eher in ein englisches Landhaus als in einen französischen Bauernhof passen. Das ist meine Meinung, aber vielleicht habe ich unrecht.«

»Alle auf dem Land tragen feste Schuhe, aber niemand hat ein Gestell für seine Stiefel. Es taugt eher für Innenausstattungsmagazine«, fuhr Sarah fort.

»Ihr Whirlpool und der Marmor würden besser in eine toskanische Villa passen. Aber die Kacheln und die Fliesen für die Küche finde ich wunderbar«, fügte Juliette hinzu.

Sie gingen durch das Haus und kritisierten oder lobten das eine oder das andere und begründeten es jeweils. So hatten sie wenigstens ihre Karten offengelegt.

Danach stellte Juliette sich vor die Kamera.

»So. Der gründliche Besuch der Örtlichkeit ist beendet. Sie wissen jetzt, was wir denken und warum.«

Sie sah John an.

»*Cut*, Kameramann, der Film ist zu Ende. Danke.«

28

Buckingham! *Come quick! Dinner is ready*, komm essen!«

John schrie sich umsonst die Lunge aus dem Leib. Das Futter für den Golden Retriever war fertig, doch von dem Hund keine Spur.

»Ihm ist bestimmt was zugestoßen«, sagte John besorgt.

»Wir gehen ihn suchen«, sagte Sarah. »Er hat wahrscheinlich vergessen, auf die Uhr zu gucken.«

Sie nahmen jeder einen anderen Weg um das Haus herum und riefen nach dem Hund. Doch Buckingham blieb verschwunden.

John rief Barnabé Fontani, Pascal Castera und Patrick Lestrade an. Solidarität war kein leeres Wort im Gers. Hier kannten sich alle, die Leute nahmen Anteil am Schicksal der anderen, von der Geburt bis zum Tod.

Pascal verließ sogleich seine Werkstatt. Barnabé ließ sein Gemüse liegen und brachte Grincheux mit, der hohe Gummistiefel anhatte, um den benachbarten Tümpel abzusuchen. Patrick ließ seine Patienten im Stich und kam mit Maxime, den er unterwegs getroffen hatte.

Barnabé runzelte die Stirn, als er den Polizisten sah, dem er seit dem Schießunterricht nicht mehr begegnet war. Und er zuckte zusammen, als er den Arzt sah, der Viviane nicht gerettet hatte.

»Die beiden da sind gefährlich, wenn sie bleiben, dann gehe ich«, sagte er warnend.

John griff ein und erklärte, er werde gebraucht wie die anderen. Es gelang ihm, Barnabé zu beruhigen. Er war einverstanden zu bleiben, wenn er zusammen mit Grincheux suchen würde. Grincheux sah Maxime schräg von der Seite an.

Die Suche dauerte zwei Stunden, war aber nicht von Erfolg gekrönt. Als es dunkel wurde, lud Sarah alle ein, etwas zu trinken.

»Ich trinke nur mit meinen Freunden«, sagte Barnabé und sah Patrick und Maxime böse an.

Patrick blinzelte. Maxime hielt seinem Blick stand. Der Landwirt ging mit hängenden Schultern davon. Die anderen setzten sich ins Wohnzimmer, und jeder trug seine Erklärung für das Verschwinden des Hundes vor.

»Er hat sich vielleicht mit der Pfote in einer Falle verfangen oder ist in ein Loch gefallen«, meinte der Arzt.

»Oder er hat mit einem Fuchs gekämpft, und der hat ihm die Augen ausgekratzt«, sagte Grincheux finster.

»Und dann sind da noch die Autofahrer, die rasen wie die Wahnsinnigen«, meinte der Schreiner.

Je länger John ihnen zuhörte, umso flauer wurde ihm. Um sich zu entspannen, goss er sich ein Glas reinen Malt ein. Er trank ihn in einem Zug aus, und das wärmte ihn bis zur nächsten unheilvollen Vermutung. Um zu vergessen, trank er ein weiteres Glas, auf das noch viele folgten.

»Eins steht fest, ein Hund, der nicht zum Fressen kommt, oh, mein Gott, das ist ein schlechtes Zeichen«, sagte Grincheux.

»Halt die Fresse!«, schrie John genervt. Er kannte sich mit französischen Schimpfworten bestens aus.

Er ging aus dem Haus, um den dunklen Prophezeiungen der anderen zu entkommen.

Automatisch steckte er die Hand in seine Tasche und spürte das kalte Metall seines Range-Rover-Schlüssels.

Er liebte seine Frau, seinen Hund und seinen Garten. Manchmal hatte er Heimweh, aber wenn Sarah in diesem Land glücklich war, dann war der Preis nicht zu hoch. Er setzte sich ans Steuer, öffnete gedankenlos die rechte Tür, damit Buckingham hineinspringen konnte, unterdrückte ein Schluchzen und fuhr los.

Juliette fuhr durch den Wald und fragte sich, ob ihr Manöver bei Bill Emers Erfolg haben würde. Von weitem sah sie ein Auto, das zickzack fuhr. Als sie den Range Rover erkannte, betätigte sie die Lichthupe. Nach vorne gebeugt, die Augen geschlossen, spielte John mit seinem Lenkrad. Juliette überholte ihn, wendete, fuhr ihm nach und blockierte ihn. John reagierte glücklicherweise und bremste, ließ aber den Kopf hängen. Juliette rannte auf ihn zu.

»Was ist los?«

Er lächelte benommen. Sie begriff, dass er betrunken war.

»Du kannst doch nicht in diesem Zustand Auto fahren. Ich bringe dich nach Hause«, sagte sie entschlossen.

John gehorchte und rutschte auf den Beifahrersitz, um ihr Platz am Steuer zu machen.

»Ich habe meinen Hund verloren«, jammerte er.

29

Die Schüler drängten sich am Eingang der Schule. Eine große Anzahl von Motorrollern, ein altes schwarzes *Solex*, einige Mofas und eine Menge Fahrräder standen auf dem Parkplatz für Zweiräder.

Die Glocke schellte, der Unterricht begann. Die letzten Schüler verschwanden in der Schule. Bald stand nur noch einer draußen: Florian Bados, der seit einer Viertelstunde seinen rechten Turnschuh zuschnürte.

Er prüfte den Knoten schon zum zwanzigsten Mal, sah um sich, stand wieder auf und ging zu den Zweirädern.

Die funkelnde Vespa von Alice stand neben den anderen Fahrzeugen. Florian schlängelte sich hindurch, bückte sich und ließ die Luft aus dem Reifen.

Die Glocke ertönte zum Ende des Vormittags. Alice kam mit den anderen aus der Klasse und unterhielt sich über den Aufsatz, den sie bis zum Ende der Woche schreiben mussten: »Stellen Sie sich vor, Sie hätten eine zweite Chance und könnten die Zeit zurückdrehen. Wenn alles noch einmal geschehen könnte … Was würden Sie dann verändern?«

»Ich würde mir andere Eltern aussuchen«, sagte der Metzgersohn. »Mein Vater meckert immer nur an mir herum.«

»Deinen Vater hast du von Anfang an«, widersprach Julien, »den kannst du dir nicht aussuchen.«

»Ich«, sagte Alice, »würde meine Eltern daran hindern, in dieses Wasserflugzeug zu steigen, und würde sie retten.«

Florian hörte zu und widersprach ihr: »Du warst klein, als sie gestorben sind. Wenn du in diese Zeit zurückgehst, dann bist du nur ein Baby und kannst überhaupt nichts verhindern …«

»Wer hat dich denn gefragt, Bados?«, rief Julien.

»Was für 'ne Gurke«, sagte der Metzgersohn verächtlich.

Florian zuckte die Achseln.

»Er hat nicht unrecht«, sagte Alice.

Sie ging auf ihre Vespa zu und bemerkte den Platten sofort.

»Oh, Mist!«

Die Jungen kamen zu ihr.

»Das ist komisch«, sagte der Metzgersohn. »Dein Reifen kann sich doch nicht von allein in einen Platten verwandelt haben. Was machst du jetzt?«

»Ich fahre mit dem Bus.«

»Ich kann dich leider nicht auf meinem Gepäckträger mitnehmen«, sagte Julien traurig. Er fuhr immer mit dem Fahrrad zur Schule. »Du bist leicht, aber es gibt zu viele Hügel.«

Florian nahm all seinen Mut zusammen. Jetzt oder nie.

»Wenn du willst, kann ich dich auf meinem Mofa mitnehmen«, sagte er unsicher.

Alice zögerte.

»Ich fahre mit ihr im Bus nach Hause«, kam Julien dazwischen. »Sie ist meine Nachbarin. Wir brauchen dich nicht.«

Florian zog sich zurück, er wollte sich nicht aufdrängen. Aus Verlegenheit ließ er versehentlich seine Tasche fallen, und der gesamte Inhalt verteilte sich auf dem Bürgersteig. Alice bückte sich, um ihm zu helfen, und hob seine Noten auf.

»Was ist das?«, fragte sie.

»Jazz.«

Alice zuckte zusammen, denn sie musste an ihre Mutter denken.

»Danke für dein Angebot«, sagte sie zu Julien. »Aber ich fahre mit Florian.«

Julien zuckte die Achseln und stieg auf sein Fahrrad. Florian konnte sein Glück kaum fassen und wartete darauf, dass Alice ihren Helm aufsetzte und hinter ihm Platz nahm. Dann warf er sein Mofa an und fuhr mit roten Backen und frohem Herzen los.

Als er von Alice zurückkehrte, raste Florian zu Jacques, um ihm seine Strategie zu erklären.

»Sie ist mit mir zurückgefahren, stell dir vor.«

»Du lebst gefährlich, mein lieber Neffe. Und wenn dir jemand die Luft aus dem Reifen gelassen hätte?«

»Ich habe alles genau beobachtet, niemand war in der Nähe. Das mit den Blumen hat nicht geklappt, aber das hier war ein voller Erfolg.«

»Und was ist passiert, als ihr bei ihr zu Hause angekommen seid?«

Florian lächelte.

»Ihre Schwester war da, ich habe guten Tag gesagt, und dann bin ich wieder gefahren. Ich bin ja nicht Casanova. Du dachtest ja wohl nicht, dass ich sie gleich auf dem Feld flachlege. Sie hat mir gesagt, dass sie Jazz gern mag.«

Jacques gratulierte ihm zu seiner Wahl. Ein Mädchen, das Musik gernhatte, war mit Sicherheit die Richtige.

Am nächsten Morgen war die Autowerkstatt geschlossen. Alice' Vespa hatte immer noch einen Platten, und sie wartete im Regen auf den Bus. Ein Auto hielt vor ihr, und das Wasser der Pfützen spritzte ihr entgegen.

»Hast du schon wieder kein Benzin?«, fragte Barnabé.

»Nein, mein Reifen ist platt.«

»Und wo ist deine Vespa?«

Alice zeigte in Richtung Schule.

»Wir laden sie hinten ein«, sagte Barnabé.

Zehn Minuten später stand die schöne zinnoberrote Maschine vor der Garage. Alice schloss die Wegfahrsperre und warf den Schüssel in den Briefkasten.

»Das ist typisch Paris, aber das wird dir schon vergehen«, sagte Barnabé. »Ich bringe dich nach Hause. Kennst du Batman?«

Das Mädchen nickte.

»Das ist der Lieblingsheld von meinem Sohn. Nächstes Mal, wenn du ein Problem hast, brauchst du es nur zu machen wie die Einwohner von Bat-City und das Bat-Sign in den Himmel zu projizieren. Ich weiß dann, dass du in Gefahr bist, und komme dir zu Hilfe.«

30

Juliette arbeitete die Wohnungsangebote in Montmartre durch. Joëlle wusste nicht, welcher Unterschied zwischen einer ausgestatteten, einer amerikanischen Küche und einer Kochnische bestand. Sie hatte keine Ahnung davon, was ein Badezimmer von einem einfachen Bad und einer Dusche unterschied. Sie wusste nicht, dass »zu renovieren« »heruntergekommen« bedeutete. Und auch nicht, dass »mit Blick auf Sacré-Cœur« hieß, dass man auf einen Hocker steigen musste und, wenn man den Hals streckte, bei schönem Wetter ein kleines Stück der weißen Kuppel sehen konnte. Die Abkürzungen in den Angeboten sagten nichts über die tatsächlichen Mietpreise aus. Um zwischen Fallen und guten Gelegenheiten unterscheiden zu können, musste man Insider sein.

»Schade, dass sie kein Englisch spricht«, bedauerte Sarah, als sie an einen bestimmten Pariser Traiteur dachte.

»Sie weiß alles über Gänseleberpastete, das ist wichtiger, als Englisch zu können«, sagte Juliette.

Gegen Mittag rief Sarah ihre E-Mails ab.

»Wir haben die Antwort von Bill Emers«, verkündete sie.

»Meinst du, er schickt uns eine kleine Bombe, die explodiert, wenn wir die Mail öffnen?«

»Das werden wir gleich sehen.«

Sie klickte auf das Attachment. Ein Gesicht erschien auf dem Bildschirm. Es war ein Mann mit grünen Augen, feinen Zügen, voller Charme. Er blickte direkt in die Kamera, als sähe er die beiden Frauen am anderen Ende der Welt direkt vor sich. Juliette fuhr sich unwillkürlich durch die Haare, Sarah biss sich auf die Lippen.

Vollendet theatralisch klatschte Emers in die Hände. Dann lächelte er und sagte auf Englisch: »Okay. Ihr habt gewonnen. Go on! Ich komme in vier Wochen.«

Der Bildschirm wurde wieder grau.

»Versöhnungsauftrag erfüllt«, sagte Juliette. »Und außerdem hat er Humor.«

»Bravo. Ich hätte das nie für möglich gehalten. Du bist die Beste! Ist er verheiratet?«

»Er hat keinen Trauring.«

»Er ist toll.«

»Er hat wahrscheinlich eine ganze Meute besitzergreifender Tigerinnen in seinem Gefolge.«

»Meinst du, sein super Whirlpool in seinem tollen Marmorbadezimmer ist groß genug für sie alle?«

Die beiden jungen Frauen lachten, und als sie sich beruhigt hatten, machten sie sich wieder an die Suche nach einer Wohnung für Joëlle. Sie fanden eine »kleine, helle und ruhige Wohnung auf dem Montmartre, niedrige Miete, geringe Nebenkosten und außergewöhnliche Lage«.

»Das ist verrückt«, sagte Juliette. »Diese Frau hat ihr ganzes Leben in einem riesigen, ruhigen Bauernhof verbracht und träumt davon, in dreißig Quadratmetern in einem lauten Touristenviertel zu leben.«

»Ich habe schon eine Fährte für eine Arbeitsstelle«, sagte Sarah. »Im achten Arrondissement hat der Cousin einer Bekannten von mir ein französisches Gastronomiegeschäft eröffnet. Ich warte auf seine Antwort.«

Maxime unterschrieb den Kaufvertrag für sein neues Haus. Als er umzog, lud er Juliette, die Kinder, Sarah und John ein, um die Einweihung zu feiern. Noémie, die gerade zu Besuch im Gers war, war auch dabei.

Juliette freute sich schon darauf, in ihrem Haus wieder mit ihrer Schwester und ihrem Sohn allein zu sein. Aurélien konnte Maxime so oft sehen, wie er wollte. Falls ihr Verhältnis enger werden sollte, konnte sie ihnen immer noch verraten, dass sie verwandt waren. Und wenn Maxime wieder wegging, hatte sie recht gehabt, ihm nichts zu sagen.

Sarah und sie legten zusammen, um dem glücklichen Hausbesitzer einen preisgünstigen Flipper zu schenken. Noémie bestand darauf, auch etwas zu dem Geschenk beizutragen. Der

Abend war fröhlich, harmonisch und wurde gebührend begossen.

Doch schon am nächsten Morgen gab es Ärger. Grincheux hatte von früher die Erlaubnis, Maximes Grundstück zu betreten, um zu dem alten Brunnen zu gelangen, den niemand mehr benutzte, seit es fließendes Wasser gab. Auf dieses Recht berief er sich, als er selbstbewusst mit einer Schubkarre, die er vorher in Kuhmist hin und her gefahren hatte, und mit seinem Hund über den Hof von Maxime lief.

»Erzählen Sie mir nicht, dass Sie Wasser brauchen, um sich zu waschen«, erklärte Maxime. »In welchem Jahrhundert haben Sie zum letzten Mal geduscht?«

Sein Gegenüber zuckte die Achseln und ging eigensinnig und grimmig weiter.

»Hallo, meine Schöne«, sagte Maxime zu der Hündin.

Ganz erfreut lief das Tier mit wedelndem Schwanz auf ihn zu und wurde dafür gebührlich von ihrem Herrn beschimpft.

»Sie findet vielleicht, dass ich etwas besser rieche als Sie«, meinte Maxime.

Grincheux überlegte sich etwas anderes, um Maxime auf die Nerven zu gehen. Er briet auf der anderen Seite der Hecke Sardinen. Ihr scharfer Geruch drang in Maximes Räume, und der hegte daraufhin Mordgedanken. Als Grincheux wieder mit seiner verdreckten und quietschenden Schubkarre auftauchte, machte Maxime gerade Schießübungen vor seinem Haus. Wie zufällig hatte er die Schießscheibe an dem Weg angebracht, der zum Brunnen führte. Grincheux blieb sofort stehen.

»Ihr Ding da ist gefährlich!«

»Was Sie nicht sagen.«

»Sie müssen mich durchlassen. Fragen Sie den Bürgermeister, dieses Recht haben schon meine Eltern besessen.«

»Mögen sie in Frieden ruhen«, rief Maxime gut gelaunt. »Ich habe keine Zeit zu quatschen, ich muss trainieren.«

Er zielte konzentriert und traf genau in die Mitte der Schießscheibe. Grincheux stand staunend daneben.

»Man muss sich nur aussuchen, was man treffen will«, sagte Maxime.

»Wollen Sie mir drohen?«

»Das würde ich mir niemals erlauben«, sagte Maxime, doch sein Blick hatte durchaus etwas Bedrohliches.

Das Formular, das Nicolas und Aurélien ausgefüllt hatten, hatte zu wenig Porto für sein Gewicht und traf mit Verspätung in der Agentur ein. Die beiden Frauen konnten es kaum fassen, als sie sahen, dass der Absender Barnabé Fontani war.

»Woher hat er denn dieses Formular?«, fragte Sarah neugierig.

»Nicolas ist ständig bei uns, bestimmt hat Aurélien es ihm gegeben«, vermutete Juliette.

»Warum ist er denn nicht bei uns vorbeigekommen?«

»Wahrscheinlich hat er sich nicht getraut. Er wollte uns lieber schreiben, wir müssen seine Wünsche respektieren.«

Sie überlegten lange, wie sie ihm helfen konnten. Wollte er umziehen, weil sein Haus mit zu vielen schmerzlichen Erinnerungen behaftet war? Wollte er den Beruf wechseln? Was wollte er eigentlich genau? Unter der Rubrik »Warum wollen Sie Ihr Leben verändern?« hatte er geantwortet: »Um wieder glücklich zu sein«, und dabei das Wort glücklich falsch geschrieben.

Sie antworteten ihm ebenfalls per Post und passten sich so der von ihm gewählten Kommunikationsform an.

31

Die Antwort der Agentur traf bei Barnabé ein. Er hatte keine Ahnung, was er davon halten sollte, und war außer sich. Er sprang in seinen Kangoo und fuhr sofort zu ›Glück durch Veränderung‹.

»Was soll das denn?«, rief er wütend und warf den Brief auf den Tisch. »Was haben Sie an meinem Leben auszusetzen?«

»Setzen Sie sich doch«, antwortete Juliette und zeigte auf einen Stuhl. »Wir können uns dann besser unterhalten.«

»Ich stehe lieber. Also, so macht ihr das in Paris, um Kunden zu angeln?«

»Wir angeln niemanden«, sagte Juliette pikiert.

»Aus meiner Sicht ist das Nötigung. Und für Sie ist das wohl Marketing?«

»Wenn Sie Ihr Formular etwas genauer ausgefüllt hätten …«

»Was für ein Formular?«, schrie Barnabé.

Juliette fragte sich, ob er betrunken war. Aber er schien vollkommen nüchtern. Sie suchte in ihrem Aktenordner, nahm das Formular heraus und hielt es ihm hin. Barnabé erkannte verdutzt die Handschrift seines Sohnes.

Die Kinder kamen fröhlich aus der Schule. Fahrräder, Kinderscharen, Mütter und Kinderwagen nahmen den ganzen Bürgersteig ein. Barnabé parkte in der zweiten Reihe und hupte, als er Nicolas herauskommen sah. Aurélien folgte Nicolas und drehte sich um.

»He, sieh mal. Dein Vater ist da.«

Barnabé hatte seinen Sohn seit Vivianes Tod nicht mehr

von der Schule abgeholt. Nicolas lächelte glücklich und rannte zum Auto.

»Hallo«, sagte er und krümmte sich zusammen, um seinen Schulranzen abzunehmen. »Warst du gerade hier in der Nähe?«

»Nicht so ganz«, sagte Barnabé. »Steig ein!«

»Ist was passiert?«

»Ja und nein. Und ich rate dir, dir gut zu überlegen, was du sagst, bevor du antwortest.«

Er gab so plötzlich Gas, dass er den Motor abwürgte.

»Was ist denn los, Papa?«

»Wie konntest du nur in meinem Namen an diese schwachsinnige Agentur schreiben? Du hast mich lächerlich gemacht.«

Nicolas antwortete nicht.

»Und?«, sagte Barnabé. »Was hast du zu deiner Verteidigung zu sagen?«

Der kleine Junge sah seinen Vater an.

»Ich wollte dir helfen, weil du immer so traurig bist. Du sprichst immer noch mit Mama, auch wenn sie dir nicht mehr antworten kann. Ich wollte, dass dir mal jemand antwortet …«

Barnabé schwieg.

»Du gehst immer nur auf den Friedhof, aber sie ist doch gar nicht mehr da«, fuhr Nicolas fort. »Da ist nur noch ein Stein mit einem Namen drauf.«

Ruhig fuhr Barnabé wieder los.

»Fahren wir jetzt zum Friedhof?«, seufzte Nicolas.

»Nein, nach Hause. Ich mache Fritten, und du übst Rechtschreibung, vor allem das Wort ›glücklich‹.«

32

Pascal Castera machte im »Haus des Amerikaners«, wie es inzwischen in der ganzen Gegend genannt wurde, gerade die Treppe fertig. Stufenbreite, Stufenhöhe, Pflöcke, Leisten, er hatte alles bis auf den letzten Millimeter ausgemessen.

Julien war vorbeigekommen, um ihn im Auftrag seiner Mutter um einen Gefallen zu bitten, und sah ihm fasziniert zu.

»Stört es, wenn ich dableibe?«

»Hast du nichts Besseres zu tun?«, schimpfte Pascal, der sich auf seine Arbeit konzentrieren wollte.

»Ich mag es, dir zuzugucken«, sagte Julien überzeugt.

Pascal hob den Kopf.

»Jungen in deinem Alter verbringen ihre Zeit doch lieber mit Smartphones, gehen ins Kino oder machen Sport, oder?«

»Was die anderen interessiert, ist mir doch egal. Ich mag Holz.«

Pascal zuckte die Achseln.

»Gib mir den Beitel da vorne.«

Der Junge suchte, fand eine Schere und hielt sie dem Schreiner hin.

»Nein, doch nicht die Schere«, sagte Pascal. »Den Beitel da drüben, der aussieht wie ein flacher Schraubenzieher. Hast du noch nie ein Werkzeug gesehen? Wie alt bist du?«

»Sechzehn.«

»Siehst du deinem Vater nicht beim Handwerken zu?«

Julien lächelte.

»Irgendwann ist bei uns in Paris die Sicherung herausgesprungen. Er hat einen Elektriker gerufen, anstatt den Sicherungsknopf hineinzudrücken. In seinem Leben hat er noch keinen Nagel eingeschlagen.«

Pascal sagte sich, dass er diesem Jungen eine Menge beizubringen hätte.

»Heute ist der Tag der guten Tat. Nimm die Werkzeuge aus diesem Beutel und leg sie auf den Tisch. Ich bringe dir bei, wie sie heißen.«

»Danke«, sagte Julien.

»Bedank dich nicht bei mir. Dafür kannst du den Beutel von innen sauber machen.«

»Das ist doch selbstverständlich«, sagte Julien.

Alice unterhielt sich am Schulausgang mit Julien. Florian ging an ihnen vorbei.

»He, Florian!«

Das Herz des Jungen schlug schneller. Sie kannte seinen Vornamen. Sie hatte ihn ausgesprochen. Das Leben war wunderbar. Mittwoch war ein wunderbarer Tag.

»Ja?«, antwortete er und drehte sich zu ihr.

»Komm schon, sie beißt nicht!«, sagte Julien.

Florian kam näher und stellte sich vor, dass Julien in einem von Kannibalen umringten Kessel stand. Oder dass er als Dekor mit einem Apfel im Mund und Petersilie in den Ohren im Schaufenster einer Metzgerei lag. Das Leben war unerträglich. Mittwoch war ein schrecklicher Tag.

»Wie geht's?«, fragte Alice.

Sie stellte ihm eine Frage! Das Leben war wunderbar.

Alice drehte sich zu Julien.

»Magst du auch Jazz?«

»Mein Vater verbietet jeglichen Krach, wenn er arbeitet.«

»Aber Musik hat doch nichts mit Krach zu tun«, widersprach Florian. Mehr sagte er nicht und wunderte sich über seinen Mut.

»Da bin ich mit dir ganz einer Meinung«, sagte Alice.

»Ich will keine Zeit mit euren Dummheiten verlieren«, erklärte Julien und stieg auf sein Fahrrad. »Bis morgen, Kinder!«

Er trat wie ein Wilder in die Pedale und war schnell verschwunden.

»Du hast ihn beleidigt«, sagte Florian.

Sie nahm das nicht weiter tragisch. Sie hatte Sommersprossen auf der Nase und ein Grübchen auf der rechten Wange. Sie war das schönste Mädchen der Welt.

»Wenn du willst, könnte ich mal bei dir vorkommen und dir was auf dem Saxophon vorspielen«, schlug er ihr vor.

Er schwieg, seine Wangen glühten. Er hatte es gewagt.

»Gut«, sagte Alice. »Hast du heute Nachmittag Zeit?«

Florian zögerte lange, als er sich anzog. Seine Jeansjacke war zu kalt für die Jahreszeit. In seinem schwarzen, warmen Parka sah er aus wie ein kleiner Junge. Er fand einen Ausweg, indem er sich einen Pullover von seinem Vater lieh.

Alice beobachtete ihn, als er um vier Uhr auf ihr Haus zukam. Er sah etwas verloren aus in seinen Klamotten, und seine Haare waren wie immer strubbelig.

»Willst du was trinken?«

»Nein.«

»Hast du Hunger?«

»Ich bin gekommen, um für dich zu spielen«, stammelte er.

Sie bereute auf der Stelle, dass sie ihn eingeladen hatte. Er war nett, aber so ungeschickt, dass es schon an Blödheit grenzte.

Sein Blick ging in die Ferne, sein Pullover war viel zu weit. Er setzte das Saxophon an und spielte *Mister Paganini.* Und plötzlich sah er stark aus. Sein Blick wurde voll, seine Schultern breiter, sein Lächeln verführerisch. Er war wie verwandelt.

Alice war erschüttert und hörte den Klängen zu, die in ihrem Kopf ein Echo wachriefen. Bilder aus der Vergangenheit holten sie ein. Sie sah ihren Vater und ihre Mutter, wie sie im Wohnzimmer genau zu dieser Musik tanzten. Sie ging auf sie zu, ihr Vater nahm sie auf seine Schultern, und sie drehten sich alle drei so lange weiter, bis das Stück endete.

Tränen flossen ihr über die Wangen. Florian hörte beunruhigt auf zu spielen.

»Spiel weiter«, bat sie ihn.

Er gehorchte, und Alice schloss die Augen. Sie glaubte, den tiefen Bass ihres Vaters und die sanfte Stimme ihrer Mutter zu hören. Und dann hörte sie die raue Stimme Juliettes, die ihr erklärte, dass ihre Eltern nie mehr wiederkämen, dass sie immer für ihre kleine Schwester da sein würde und dass sie zu zweit stärker sein würden.

»Bitte hör nicht auf zu spielen, Florian!«, bat sie.

Nachdem sie bei Fabre den Kaufvertrag für den Lebensmittelladen, die Wäscherei und die Schäferei unterschrieben hatten, verabredeten sich Olivier und Louise mit der Dame, die für Tourismus zuständig war, um ihre künftigen Ferienwohnungen registrieren zu lassen.

»Es gefällt mir gar nicht, dass Fremde den Ferienhausmarkt an sich reißen«, sagte Jeanne Bados.

Louise zitterte unter dem kalten Blick der Frau, die ihnen lächerliche und kleinkarierte Auflagen erteilte. Olivier war beeindruckt von der Schönheit ihrer Gesprächspartnerin. Sie war zwar kühl, aber er fand sie großartig.

»Wir lassen alle Arbeiten machen, die Sie für notwendig erachten«, sagte er, um sie für sich zu gewinnen. »Wir werden Ihre Auflagen erfüllen.«

»Die Dame aus der Agentur hat uns beraten«, fügte Louise hinzu.

Die blauen Augen Jeannes wurden schwarz, und ihre Pupillen zogen sich zusammen.

»Wenn Sie auf ›Glück durch Veränderung‹ anspielen, kann ich Ihnen nur sagen, dass diese Agentur hier in der Gegend keinen guten Ruf genießt. Sind wir schon so weit, dass Fremde den Fremden Ratschläge geben? Das ist eine verkehrte Welt.«

Als sie in die Agentur zurückkehrten, erzählte Olivier den beiden, was Jeanne gesagt hatte.

»Sie hat Sie richtig schlechtgemacht«, erklärte er.

»Ich weiß nicht, was Sie ihr getan haben, aber sie hat einen richtigen Hass auf Sie«, fuhr Louise fort.

Juliette zuckte die Achseln.

»Ich weiß es auch nicht. Aber das würde ich jetzt gerne gleich in Ordnung bringen.«

Sarah hielt sie zurück.

»Das kommt gar nicht infrage«, sagte sie. »Man soll niemals einem Beamten ins Gesicht spucken, das ist eine Grundregel. Hier ist diplomatisches Geschick gefragt.«

Der Kunde Nr. 3, Bill Emers, sollte am selben Vormittag ankommen. Juliette und Sarah waren sehr gespannt, als sie ihn auf dem Bahnsteig erwarteten.

»Als würden wir Prinz Charles abholen«, flüsterte Sarah.

»Prinz Bill ist unser bester Kunde.«

»Und vergiss nicht, dass er ein gut aussehender Junggeselle ist«, fügte Sarah hinzu.

»Du denkst auch nur an das eine«, sagte Juliette.

Der Zug wurde am Horizont sichtbar und hielt mit quietschenden Bremsen. Die Türen gingen auf. Der Amerikaner stieg mit zwei eleganten Wildlederkoffern aus dem Erste-Klasse-Wagen. In Wirklichkeit sah er noch besser aus als auf den Fotos. Obwohl Sarah ihren John innig liebte, wurde sie bei Bills Anblick ganz verlegen.

»Hatten Sie eine gute Reise?«, fragte sie auf Englisch.

»Ich habe die ganze Zeit geschlafen«, antwortete er in hervorragendem Französisch. »Ich bin so gespannt auf mein Haus.«

Juliette setzte sich ans Steuer, Bill saß vorn und Sarah hinten.

»Kommt Ihre Familie bald nach?«, fragte sie.

»Meine Frau und ich leben getrennt, und Kinder haben wir nicht.«

Sarah stieß mit dem Knie in Juliettes Rückenlehne.

»Im Kühlschrank finden Sie Lebensmittel, und wir haben Ihnen ein paar Flaschen Madiran in den Keller gelegt«, fuhr Sarah fort. »Wenn Sie morgen Abend Zeit haben, lädt meine Partnerin Sie bestimmt gerne zum Essen ein und erzählt Ihnen etwas über die Gegend.«

Juliette drehte sich um und sah sie wütend an, aber der Amerikaner nahm die Einladung gerne an.

»Sie sind hier im Land des Armagnac, des ältesten Schnapses des Südwestens«, fuhr Sarah fort. »Wir haben für Sie einen ganz besonderen ausgesucht. Jahrgang 1979. Er riecht nach Holz, Pflaumen und Lakritz.«

»Es gibt eine Legende, nach der Gott, nachdem er Frankreich geschaffen hatte, plötzlich merkte, dass er das Gers vergessen hatte«, sagte Juliette. »Deswegen hat er angefangen zu weinen, und der Armagnac ist aus der ersten Träne entstanden, die er vergossen hat … Achtung, wir sind da.«

Sie bog in den Weg ein und parkte vor dem Haus.

»Willkommen zu Hause«, sagte Sarah.

»Das werde ich dir heimzahlen«, sagte Juliette zu ihrer Partnerin, als sie wieder ins Auto stiegen. »Warum musst du unbedingt die Kupplerin spielen?«

Sarah lächelte.

»Er ist Junggeselle und ein toller Mann. Ich weiß nicht, was daran schlecht ist. Außerdem ist es ein Geschäftsessen. Du kannst ihn in die Gastronomie des Gers einführen, gute Kunden muss man pflegen! Dass Buckingham weg ist, hat John das Herz gebrochen. Ich kann im Moment niemanden einladen. Ein Hausherr, der dauernd heult, würde die ganze Stimmung verderben.«

Juliette nickte. Ihre Freundin konnte noch so sehr spotten, das Verschwinden des Hundes tat auch ihr weh.

»Joëlle hat einen sehr guten Eindruck auf den Cousin meiner Bekannten gemacht«, fuhr Sarah fort. »Sie fängt Montag an.«

»Und Alice hat einen Verehrer«, verkündete Juliette. »Rate mal, wer es ist: der Sohn von den Bados.«

»Ist der auch so wie seine Eltern?«

»Nein. Den haben sie wahrscheinlich in der Klinik vertauscht. Er hat im Leben noch keinen Kamm gesehen, aber dafür hat er Augen aus Samt. Mit Emers bist du wirklich zu weit gegangen, was soll ich ihm bloß erzählen?«

»Keiner verlangt von dir, dass du mit ihm sprichst, du brauchst nur etwas für ihn zu kochen«, antwortete Sarah.

Bill Emers erschien mit einem viel jüngeren amerikanischen Freund zur abgemachten Uhrzeit. Sam war dreiundzwanzig, riesengroß, blond und arbeitete als Chefredakteur einer Informatikzeitschrift.

»Sie können hier ein paar typische Delikatessen unserer Gegend kennen lernen: Gänseleberpastete und Entenbrust«, verkündete Juliette siegessicher.

Die beiden Männer machten ein komisches Gesicht.

»Wir essen kein tierisches Fett«, erklärte Bill. »Sorry, ich hätte Ihnen das vorher sagen sollen.«

»Das macht nichts«, sagte Juliette und dachte sich schnell ein neues Menü aus. »Ich kann Ihnen auch ein schönes Omelette mit …«

»Tut mir leid«, sagte Sam mit einem verlegenen Lächeln. »Auch keine Eier.«

»Mein Fehler«, sagte Bill. »Unsere Freunde in Amerika essen alle so wie wir, ich habe vergessen, dass das nicht überall so ist.«

»Na gut, keine Eier«, wiederholte Juliette verlegen. »Das ist kein Problem, Sie haben immer noch Camembert und den Chèvre Rocamadour zur Auswahl. Ein typisch französisches Essen: Wein und Käse!«

Die Amerikaner sahen sich an.

»Sie werden bestimmt denken, dass wir das mit Absicht machen«, sagte Bill. »Aber ich bin Vegetarier, das heißt, ich esse kein Fleisch. Aber ich habe Cholesterinprobleme und darf deshalb auch keinen Käse essen. Und Sam ist Veganer, er isst also nur rein pflanzliche Nahrung. Haben Sie vielleicht irgendwelche Cerealien?«

»Das Frühstücksmüsli der Kinder«, sagte Juliette und holte die entsprechenden Dosen.

Die beiden Männer sahen zufrieden aus.

»Das ist doch biologisch, oder?«

»Natürlich«, log Juliette unverblümt.

Am nächsten Morgen fragte Sarah Juliette, wie das Abendessen verlaufen war.

»Emers hat einen Freund mitgebracht. Während wir zu Abend aßen, haben sie gefrühstückt.«

Juliette erklärte ihr, warum.

»Ist der Freund so schön wie er?«

»Noch schöner.«

»Also hast du die Wahl zwischen vier verschiedenen interessanten Partien«, zählte Sarah auf. »Patrick Lestrade ist geschieden und Arzt. Pascal Castera ist Junggeselle, und es ist immer gut, einen Bastler im Haus zu haben. Wenn du einen von den beiden Amerikanern heiratest, dann hast du die doppelte Staatsbürgerschaft, was auch nicht schaden kann. Vergessen wir Barnabé Fontani, das ist alles zu sehr verfahren. Und Maxime kannst du auch vergessen, das hast du ja schon hinter dir. Welcher gefällt dir am besten?«

Juliette lachte.

»Ehrlich gesagt«, sagte sie, »kein einziger.«

»Du bist ein hoffnungsloser Fall«, sagte Sarah. »Sieh mal, da kommt ein neuer Kandidat.«

Ein brauner, hoch gewachsener Mann mit Locken und Bart stand vor dem Schaufenster. Er öffnete die Tür und erklärte ihnen mit einem starken Akzent, dass er gerne sein Leben verändern wolle. So wie Ken Peter, ein Freund, den er aus den Augen verloren habe und der angeblich London verlassen hatte, um sich hier in der Gegend niederzulassen.

»Freunde haben mir erzählt, dass Ken und Emma sich an Sie gewandt hätten.«

Sarah klärte ihn über seinen Irrtum auf.

»Da muss ich etwas missverstanden haben«, sagte er sichtlich enttäuscht.

Sarah schlug ihm vor, ein Formular auszufüllen, um darzustellen, was er suchte.

»Ich werde darüber nachdenken.«

»Ich wette um eine Gänseleberpastete, dass wir den nie wiedersehen«, sagte Sarah zu Juliette, nachdem er gegangen war. »Eine, die gut durchgebacken ist, außen glänzend, innen rosa wie helle Dachziegel. Eine schmackhafte Pastete, die einem auf der Zunge zergeht, weißt du, was ich meine?«

33

Olivier und Louise begannen mit dem Ausbau der Wäscherei und der Schäferei. Auf diese Weise konnten sie Arbeit und Lebensqualität miteinander verbinden. Sie wollten sich einer Kette anschließen und sich um ein Zertifikat kümmern. Dann würden sie schon im nächsten Jahr in französischen und ausländischen Führern stehen. So konnten sie für sich werben und die Wohnungen über eine Zentrale buchen lassen. Die Ferienwohnung musste rund zweihundert Tage im Jahr belegt sein, um rentabel zu sein. Also auch außerhalb der Saison, durch Reisen von Gesellschaften, Clubs oder Vereinen.

Pomme wurde in der örtlichen Grundschule angemeldet. Am ersten Tag kam sie weinend nach Hause.

»Alle haben sich über mich lustig gemacht«, schluchzte sie.

Louise versuchte sie mit allen Mitteln zu beruhigen, streichelte sie, wiegte sie, sang ihr das Kinderlied *Pomme de reinette und Pomme d'api* vor, aber es half alles nichts. Pomme schluchzte und war tieftraurig.

»Sie sind gemein«, wiederholte sie. »Sie sagen, dass ich blöd bin.«

Ihr Vater nahm sie auf den Schoß, während ihre Mutter etwas zu trinken holte.

»Das ist so, weil du von woanders herkommst, aber mach dir nichts daraus, du wirst schnell Freunde finden«, sagte Olivier.

»Sie verstehen gar nichts«, widersprach Pomme. »Wir haben Rechenaufgaben gemacht …«

»Und du hast dich geirrt? Das ist nicht schlimm, mein Täubchen.«

Sie sah ihn an und wurde so wütend, dass sie aufhörte zu weinen.

»Nein, ich habe mich nicht geirrt. Die Lehrerin hat gefragt, wie viel 5 plus 3 ist.«

»Und was hast du gesagt?«

Pomme lächelte.

»Ich habe natürlich gelb gesagt. Und alle haben gelacht.«

Olivier biss die Zähne zusammen.

»Was ist los?«, fragte Louise, als sie mit einem Orangensaft zurückkehrte.

Er machte ein betrübtes Gesicht und schüttelte den Kopf.

»Vergiss es«, sagte er hart.

»Ich hatte recht, Papi«, sagte Pomme hartnäckig.

Als das Mädchen trank, sagte Olivier leise zu Louise:

»Wir gehen nächste Woche mit ihr zum Arzt. Wir sagen es ihr erst im letzten Moment, damit sie keine Angst kriegt. Der Arzt hat uns zwar versichert, dass es keine Folgeerscheinungen geben würde, aber sie sagt so absurde Dinge! Ich habe Angst, Louise. Sie ist noch so klein.«

Sam drückte sich auf Französisch genauso gut aus wie Bill, aber wegen seines Akzents glaubten die Leute, dass er Englisch sprach. Deswegen gestikulierte er mit den Händen, um sich verständlich zu machen.

»Ihr Sohn sieht Ihnen ähnlich«, sagte Poupon zu Bill.

»Er ist nicht mein Sohn, er ist ein Freund«, sagte Bill verärgert.

»Ach ja? Sie haben eine Ähnlichkeit, als ob Sie verwandt seien. Und dann noch der Altersunterschied …«

Bill war erst achtunddreißig und wurde noch wütender. Eines Morgens rief er Juliette in der Agentur an.

»Meine Eltern reisen morgen Früh an. Sie sind gekommen, um sich das alte Europa anzuschauen und mein neues Haus zu sehen. Ich würde sie Ihnen gerne vorstellen. Hätten Sie Zeit, zum Essen zu kommen?«

»Sehr gern.«

»Wir werden nur zu viert sein, Sam fährt zu Freunden nach Paris«, fügte der Amerikaner hinzu.

Juliette nahm an, dass er ihre Einladung erwidern wollte, um ihr nichts mehr schuldig zu sein.

»Das ist Juliette. Sie hat mein Haus gefunden und ausgestattet«, sagte Bill zu seinem Vater, einem Pastor aus Montana in Jeans, Pullover und Sandalen.

»Man erkennt den guten französischen Geschmack sofort«, sagte seine Mutter liebenswürdig. Sie trug ein handgestricktes Wollkostüm.

Bill und Juliette sahen sich belustigt an.

»Essen Sie auch kein Fleisch?«, fragte der Vater Juliette.

»Mein Vater ist ein großer Fleischliebhaber, er hasst mein Essen«, sagte Bill lachend.

Er hatte drei verschiedene Gerichte zubereitet. Auberginen mit Knoblauch, Zwiebeln, Öl, Essig, geschälten Tomaten, Minze, Majoran und Basilikum gewürzt. Kürbiswürfel mit Rosmarin, Knoblauch und Salbei. Und einen gemischten Salat mit Batavia, Möhren, Sellerie, grünen Oliven, Joghurt, Öl, Zitronensaft und Schnittlauch.

»Es ist ausgezeichnet«, sagte der Vater.

»Vorzüglich«, ergänzte Juliette.

»Hundertprozentig vegetarisch. Ich freue mich, dass es euch schmeckt.«

»Mögen Sie Kinder?«, fragte die Mutter.

Juliette nickte.

»Ja. Ich habe einen zehnjährigen Jungen.«

Das Lächeln der Mutter verschwand.

»Juliette ist nicht verheiratet, und ich werde bald geschieden sein«, sagte Bill. »Und das beweist: Es kommt in den besten Familien vor, sogar beim Herrn Pastor.«

Seine Eltern schienen peinlich berührt.

»Wir hoffen, dass Sie uns bald mit Bill in Montana besuchen kommen«, sagte der Vater.

Juliette erwartete von Bill, dass er die Situation aufklärte und ihnen zu verstehen gab, dass sie nur geschäftlich miteinander zu tun hatten.

»Wir versuchen, Weihnachten vorbeizukommen«, versprach Bill.

Jeanne Bados nörgelte wie gewöhnlich.

»Erst Engländer, dann Amerikaner. Wann wird diese Invasion endlich aufhören?«

Sie unterhielt sich mit Pascal Castera, der bei ihr zu Hause einen Schrank reparierte.

»Sie sind nicht zahlreicher als wir. Wir haben also noch einen kleinen Vorteil«, sagte er gut gelaunt.

Dann wandte er sich Julien zu, der ihn nach der Schule immer häufiger begleitete.

»Gib mir den Spatel …«

Der Junge strahlte.

»Schon geschehen«, sagte er und reichte ihm das Werkzeug. »Brauchen Sie danach noch 120er Papier?«

Pascal lächelte.

»Genau, das dünnste Papier. Du lernst schnell.«

Jeanne Bados verzog mürrisch das Gesicht.

»Gibt es nicht schon genug Lehrlinge in der Gegend? Sind Sie mit denen aus dem Gers nicht zufrieden?«

Pascal lachte.

»Er mag Holz«, sagte er.

34

Am Morgen von Allerheiligen pflückte Barnabé in seinem Gemüsegarten einen großen Blumenkohl und weckte dann seinen Sohn.

»Frühstück ist fertig.«

Der Junge war noch schläfrig und biss ohne Appetit in sein Brot.

»Du musst nicht mitkommen«, sagte Barnabé zu ihm. »Du kannst machen, was du willst.«

»Ich komme mit«, sagte Nicolas entschlossen.

Der Kangoo holperte in Richtung Friedhof. Barnabé lächelte dem Floristen zu, der die Chrysanthementöpfe gut sichtbar aufgestellt hatte, um den Lebenden Schuldgefühle einzuflößen. Dann schoben sie das Friedhofstor auf.

»Hast du gesehen? Die Mutter von Aurélien ist hier«, flüsterte Nicolas erstaunt.

Barnabé sah am anderen Ende des Friedhofs Juliette und Alice, die wie beim letzten Mal bei einem einsamen Grabstein hockten.

»Wir werden sie nicht stören«, murmelte er.

Sie gingen auf Vivianes Grab zu und legten ihren Strauß darauf.

»Wenn Mama dich hört … Kannst du ihr sagen, dass sie mir fehlt?«

Barnabé war gerührt und nickte.

»Ich muss sie nach ihrer Meinung über das Dorffest fragen, das nächste Woche stattfindet«, sagte er.

Er räusperte sich.

»Also, zum Aperitif gibt es Käsestangen. Dann eine Fischsuppe, Wildschweinpastete, Salat, Hirsch, Wildschweinkeule, Gartengemüse, grünen Salat und Apfeltorte. Alles für zwanzig Euro pro Person. Dazu noch Café, Armagnac und Rotwein. Was meinst du, Viviane? Nicolas hat mich gebeten, dir zu sagen, dass du ihm fehlst.«

Er blieb lange still stehen. Nicolas zerrte ihn am Ärmel.

»Also, Papa …«

»Du fehlst ihr auch. Sie findet die Wildschweinkeule überflüssig.«

35

Sonntags legten Bruno und Armelle ihre Bücher beiseite, stellten ihre Computer ab, ließen ihre Recherchearbeiten liegen und kümmerten sich ausschließlich um ihren Sohn. Bruno wurde dann zu einem wahren Mustervater, der im Garten grillte. Armelle ging frühmorgens zum Metzger und kaufte ein schönes Stück Entrecote. Julien gaukelte seinen Eltern den Musterschüler vor, von dem sie träumten. Sie spielten alle drei heilige Familie.

»Die Glut ist fertig … schiebt das Fleisch rüber!«, rief Bruno, für den Umgangssprache zur Familienidylle gehörte.

Während er in der Woche im Samtanzug Vorlesungen hielt, trug er am Sonntag einen alten Kaschmirpullover und eine ausgebeulte Hose mit Seitentaschen.

»Hier ist das Fleisch«, verkündete Julien und erschien mit dem Entrecote auf einem Brett.

»Ich bin in zwei Minuten da«, rief Armelle von der Küche aus.

Das Telefon klingelte. Julien lief hinein, um den Hörer abzunehmen.

»Papa, das Rektorat, für dich!«

Bruno kam herein. Julien sah das Fernsehprogramm durch. Armelle wickelte ein paar Kartoffeln in Alufolie ein. Als sie aus dem Haus kamen, war das Entrecote verschwunden.

»Das ist doch nicht möglich!«, rief Bruno und sah unter dem Grill nach.

»Bist du sicher, dass du es dort hast liegen lassen?«, fragte Julien.

»Soll das ein Witz sein?«, fragte Armelle.

»Ganz und gar nicht«, widersprach Bruno.

»Seht mal da«, rief Julien.

Schlampe, die Hündin von Grincheux, lag unter einem Baum und fraß mit Genuss das wunderbare Stück Fleisch, das sie fest zwischen ihren Vorderpfoten hielt.

»Lass das los«, befahl ihr Bruno und ging auf sie zu.

Die Hündin war nicht kämpferisch und begnügte sich damit zu knurren, um ihm klarzumachen, dass er zu weit ging. Sie brauchte Ruhe, um ihr Mahl auszukosten.

»Das muss das beste Mittagessen ihres Lebens sein«, sagte Julien. »Sie gehört diesem kauzigen Typen, der neben dem Polizisten wohnt.«

Grincheux war erstaunt, als Bruno in seinen Hof gefahren kam.

»Gehen Sie dahin zurück, wo Sie herkommen«, schimpfte er. »Das ist hier ein Privatgrundstück und nicht zum Besichtigen gedacht.«

»Das hätten Sie Ihrer Hündin sagen sollen. Sie hat uns gerade ein Kilo Entrecote geklaut.«

»Oh Mann, ich hoffe, dass es wenigstens erste Wahl war. Ich muss Sie warnen, sie ist nicht gewohnt, irgendwelchen Mist zu fressen.«

Die Antwort brachte den ruhigen Bruno aus der Fassung.

»Sie werden sich entschuldigen und uns das Fleisch bezahlen.«

»Träumen Sie weiter«, lachte Grincheux.

Der Nachbarschaftskrieg zwischen Maxime und Grincheux tobte weiter. Der Polizist mähte voller Liebe seinen Rasen; er verbrachte Stunden damit, die Erde umzugraben, zog regelmäßige Furchen, säte Samen und goss sie sorgfältig.

Eine Woche später keimte der Rasen. In zwei Nächten wurde er gelb und starb ab, weil Grincheux Unkrautvernichtungsmittel darüber gestreut hatte.

Barnabé Fontani wurde um Rat gebeten und begriff dank der Topfazalee am Fenster, was geschehen war. Der Wind hatte das Unkrautvernichtungsmittel dorthin getragen, und die Pflanze war gewelkt und ausgetrocknet.

Um Rache an Grincheux zu nehmen, schlich sich Maxime am selben Abend mit einer kleinen Tube in der Tasche zu seinem Nachbarn. Am nächsten Morgen, als der Gerser auf seinen Traktor zuging, war sein Sitz voll mit einer Mischung aus Schlamm, alten Blättern und Kot aus der Schubkarre neben dem Traktor.

Barnabé Fontani wurde um Rat gebeten und begriff dank der leeren, auf dem Boden liegenden Tube mit Kraftkleber, was geschehen war.

36

Nicolas und Aurélien hatten sich entschlossen, wieder zur Grabungsstelle des antiken Weinkellers zu fahren. Sie war immer noch mit großen Plastikplanen bedeckt.

»Glaubst du, dass man da Goldmünzen finden kann?«, fragte Aurélien aufgeregt.

»Das würde mich wundern. Wahrscheinlich finden wir eher alte Tongefäße oder Knochen.«

»Und woher wissen wir dann, ob sie von Menschen oder Tieren stammen?«

»Da fragen wir einfach Dr. Lestrade, ohne es meinem Vater zu erzählen.«

Es hatte viel geregnet, und die Planen war nicht wasserdicht. Die Jungen sprangen in eine Vertiefung und blieben bis zu den Knien in der nassen Erde stecken.

»Verdammt!«, rief Nicolas. »Alles klar?«

»Ja, außer dass meine Mutter mich umbringt, wenn sie meine Schuhe sieht.«

»Nicht ganz ohne, hier wieder herauszukommen«, sagte Nicolas.

»Das schaffen wir schon«, sagte Aurélien wie immer optimistisch.

Nicolas nickte, zog einen Fuß nach dem anderen aus dem Schlammloch und begann, an der Wand hochzuklettern. Aber er fiel in das Loch zurück und verzog das Gesicht.

»Was hast du?«, fragte Aurélien.

»Ich weiß es nicht.«

Er beugte sich vor.

»Willst du mir schon wieder mit einer Schlange Angst machen?«, lachte Aurélien. »Dieses Mal klappt es auch nicht.«

Nicolas schüttelte blass den Kopf.

»Ich habe Bauchweh«, sagte er leise.

Er beugte sich nach vorn. Ihm wurde schlecht.

»Soll ich meine Mutter holen?«, fragte Aurélien.

Nicolas nickte.

»Allein komme ich hier nie raus, es tut zu weh«, gab er zu.

Aurélien holte tief Luft und versuchte, die Wand hochzuklettern. Aber auch er rutschte ab und fiel zurück.

»Ich versuche es noch einmal«, sagte er.

Doch die nächsten Versuche waren genauso erfolglos.

»Verdammt«, schimpfte er.

»Du darfst jetzt nicht dein Blutzuckerzeug kriegen«, flüsterte ihm Nicolas zu.

Aurélien schüttelte den Kopf und versuchte es noch einmal. Seine Schuhe rutschten an der Wand ab, seine Hände fanden keinen Halt.

»Ich schaffe es«, rief er, spannte alle seine Muskeln an und sprang so hoch er konnte.

Dieses Mal erwischte er eine Wurzel, zog sich daran hoch und kletterte aus dem Loch heraus.

»Ich komme gleich wieder!«, rief er Nicolas zu.

Dann trat er wie ein Wahnsinniger in die Pedale und flitzte nach Hause. Juliette war außer sich, als er außer Atem und schlammverdreckt angerannt kam.

»Was ist mit dir denn passiert?«

»Nicolas ist krank, komm schnell!«

Ohne Fragen zu stellen, nahm Juliette ihre Autoschlüssel.

»Zeig mir den Weg«, sagte sie.

Juliette war genauso verdreckt und verschmutzt wie die beiden Jungen, weil sie nach unten in das Loch geklettert war, um

Nicolas herauszuhelfen. Sie legte den Kranken auf das Sofa im Wohnzimmer.

»Ich habe Durst«, klagte der Junge.

»Ich möchte lieber warten, bevor ich dir irgendetwas zu trinken gebe. Der Arzt wird gleich da sein.«

Sie streichelte seine brennende Stirn. Nicolas schloss die Augen und entspannte sich etwas. Patrick Lestrade erschien, untersuchte ihn und bat Juliette in die Küche.

»Er hat eine akute Blinddarmentzündung«, sagte er. »Er muss operiert werden, sonst droht ihm eine Bauchfellentzündung.«

»Ich gebe seinem Vater Bescheid.«

Patrick verzog das Gesicht.

»Dann wird es eine Prügelei geben.«

»Ich werde ihn schon überzeugen«, versicherte Juliette.

Barnabé hörte den Twingo und kam aus dem Haus. Als er Juliette sah, sperrte er die Augen weit auf.

»Ich habe gerade eine Kürbissuppe gemacht«, sagte er und zeigte ihr seine orangefarbenen Hände. »Haben Sie an einer Schlammschlacht teilgenommen?«

»Nicolas ist bei mir. Er hatte Bauchweh, ich habe den Arzt gerufen. Er glaubt, dass …«

»Lestrade hat es gewagt, meinen Sohn mit seinen dreckigen Pfoten anzufassen?«

»Ich habe ihn geholt.«

»Wer hat Ihnen das erlaubt?«

»Er hatte solche Schmerzen. Ich habe mir Sorgen gemacht.«

»Und mit welchem Recht?«

Sie machte eine abwehrende Geste.

»Er muss sofort operiert werden, er hat eine akute Blinddarmentzündung.«

Barnabé wurde blass.

»Dummes Zeug! Niemand wird ihn schlachten.«

»Kennen Sie das Gesetz? Unterlassene Hilfeleistung bei Gefahr für Leib und Leben?«

»Es gibt andere Gesetze, das Recht der Eltern. Ich fahre hin und hole ihn ab«, schimpfte er.

Er ging auf seinen Kangoo zu und wischte sich die Hände an seiner Hose ab.

»Nein«, rief Juliette und versperrte ihm den Weg. Er blieb stehen und sah sie an.

»Gehen Sie mir aus dem Weg. Sie verstehen das nicht, Sie sind fremd hier.«

»Ich wohne hier.«

»Sie sind nur eine Pariserin, die hier die Bäuerin spielt.«

Juliette begriff plötzlich. Barnabé nahm es ihr übel, dass sie lebte, seine Frau aber gestorben war.

»Ich spiele Ihnen nichts vor«, sagte sie mit erstickter Stimme. »Ich versuche nur, meine Schwester und meinen Sohn in Liebe aufzuziehen. Ich möchte, dass sie glücklich aufwachsen. Und wenn Sie stur bleiben und verweigern, dass Ihr Sohn operiert wird, dann haben Sie bald statt einem zwei Gräber, die Sie auf dem Friedhof besuchen können.«

Barnabés Gesichtsausdruck änderte sich.

»Es ist ganz furchtbar, was Ihrer Frau passiert ist«, fuhr Juliette fort, »aber Ärzte sind keine Götter, sie vollbringen keine Wunder. Nicolas hat keinen Krebs, man muss ihm nur den Blinddarm herausnehmen. Wenn er an einer Bauchfellentzündung stirbt, ist das nicht der Fehler von Patrick Lestrade, sondern Ihrer.«

Als Juliette vor ihrem Haus parkte, war der Krankenwagen gerade eingetroffen. Barnabé rannte zu seinem Sohn und würdigte Patrick Lestrade keines Blickes.

»Kommst du mit, Papa?«, bat Nicolas.

»Natürlich«, sagte Barnabé.

Nicolas wurde auf eine Trage gelegt, dann in den Krankenwagen geladen. Die Räder der Trage klappten automatisch hoch. Barnabé setzte sich neben seinen Sohn.

»Ich fahre Ihnen mit Aurélien im Auto nach«, sagte Juliette.

Aber Barnabé hörte nicht hin.

»Wie viel schulde ich Ihnen?«, fragte Juliette den Arzt leise.

Patrick schüttelte den Kopf.

Im Krankenhaus liefen Juliette und Aurélien in die Notaufnahme. Nicolas lag in einem der durch Trennwände abgeteilten Räume. Barnabé saß neben ihm.

»Wir warten auf den Arzt«, sagte er mit matter Stimme.

Mit seinen weißen, ungekämmten Haaren, seiner Hose voller orangefarbener Kürbisflecken und dem leeren Blick hatte er nichts mehr von einem spottlustigen Gascogner an sich, sondern sah eher aus wie ein trauriger Clown.

»Haben Sie schon die Einlieferungspapiere ausgefüllt?«, fragte Juliette Barnabé. Sie war immer noch voller Schlamm.

»Ich wollte ihn nicht alleine lassen …«

Eine Krankenschwester fegte wie der Wind durch den Raum, lächelte den Neuankömmlingen zu und dachte, dass diese Familie sich offensichtlich nicht besonders oft wusch.

»Alle sind hier. Das ist ja wunderbar. Wir lassen diesen jungen Mann mit seiner Mutter allein, und der Vater kommt mit mir in die Aufnahme, in Ordnung?«

Barnabé erzitterte.

»Ich bin nur eine Freundin«, sagte Juliette ganz natürlich. »Ich werde Nicolas Gesellschaft leisten. Gehen Sie nur!«

»Wann hast du das letzte Mal etwas gegessen oder getrunken?«, fragte die Krankenschwester Nicolas.

Aurélien antwortete an seiner Stelle.

»Er hat um vierzehn Uhr einen von meinen Müsliriegeln gegessen. Seitdem nichts mehr.«

»Bist du sicher?«

»Ich bin Diabetiker«, antwortete Aurélien, was ihm Beweis genug schien.

»Hör zu, das ist *Stormy Weather*!«, flüsterte Florian Alice zu.

Die beiden waren in der alten Schule allein, während Juliette, Barnabé und die Jungen im Krankenhaus waren.

»Ich nehme dich nach Marciac mit, in die Gerser Hauptstadt des Jazz«, sagte Florian kühn. »Das ist super. Man kriegt am Eingang einen Infrarothelm und geht durch zwölf Toninstallationen, die die Geschichte des Jazz von Afrika bis New York erzählen.«

Das Stück war zu Ende. Die beiden saßen mit großem Sicherheitsabstand zwischen sich auf einem Dreisitzer-Sofa. Florian grübelte nach, was er machen konnte, um weiterzukommen. Sollte er sich Alice einfach so nähern? Das kam ihm unmöglich vor. Er musste unter irgendeinem Vorwand aufstehen und sich dann neben sie setzen.

»Hast du keinen Durst?«

»Nein.«

Sie rauchten nicht, sie tranken nicht. Er wäre lieber gestorben, als zu fragen, wo das Klo war. Er überlegte immer noch, als das Telefon klingelte. Alice sprang auf.

»Hallo, Juliette? Und?«

Er nutzte die Gelegenheit, um in die Mitte des Sofas zu rücken.

»Alles klar. Rufst du an, um Bescheid zu sagen?«

Alice kam zurück und setzte sich wieder, aber aus Sicht des Jungen immer noch viel zu weit weg.

»Nicolas wird am Blinddarm operiert.«

Plötzlich kam er sich richtig mutig vor. Ihre Beine berührten sich fast. Im Zimmer ertönte *Smoke gets in your eyes.* Florian sah darin einen Wink des Schicksals. Er beugte sich zu Alice und sagte sich, dass er sterben würde, falls sie zurückwiche. Sie war gerührt und durcheinander von der Musik und schürzte die Lippen. Endlich küsste er sie. Er glaubte zu träumen.

Grincheux beobachtete sie schon seit einiger Zeit durchs Fenster, jubelte im Dunkeln und rieb sich die Hände. Pierre und Jeanne Bados hatten es auf sein Haus abgesehen und schon mehrmals versucht, ihn zu enteignen. Er grollte Juliette Forestier, weil sie ihm einen Nachbarn, den Bullen, aufgehalst hatte. Er wusste, dass die Frau des Bürgermeisters die Pariserin hasste. Und er liebte es, Zwietracht zu säen. Je mehr Leute sich stritten, umso besser fühlte er sich.

Nicolas wurde am frühen Abend operiert. Juliette und Aurélien warteten mit Barnabé im Krankenhaus. Barnabé war mit den Nerven am Ende und fragte immer wieder:

»Dauert das noch lange?«

»Der Chirurg hat versprochen, dass er kommt, sobald sie fertig sind.«

»Ich trinke einen Kaffee. Möchten Sie auch einen?«, fragte er Juliette.

»Nein, danke.«

Zum dritten Mal warf Barnabé eine Münze in den Schlitz des Automaten.

»Eine Gattung, die aussterben wird …«, murmelte er.

»Wie bitte?«, fragte Juliette.

»Mein Sohn ist ein besonderer Mensch, eine Gattung, die man schützen muss. Wie Orchideen. Meine Frau liebte sie, die heimischen, nicht die exotischen. Hier sind im Sommer überall welche, haben Sie das noch nicht bemerkt?«

Juliette schüttelte den Kopf, im August war sie zu sehr mit Anstreichen beschäftigt gewesen.

»Das Problem ist, dass die Trockenwiesen verschwinden, weil die extensive Weidewirtschaft aufgegeben wurde und die feuchten Wiesen durch Weizenfelder ersetzt werden. Wir bräuchten eine andere Agrarpolitik, damit die Orte, an denen Orchideen wachsen, geschützt werden …«

Die Tür ging auf. Zwei Ärzte in weißen Kitteln holten sich Kaffee und sprachen über die nächste Rugbypartie zwischen dem öffentlichen Krankenhaus und der Privatklinik. Barnabé war vor Angst völlig ausgezehrt und legte seinen Kopf in die Hände.

»Wenn Viviane da wäre, wüsste sie, was zu tun ist«, hauchte er.

»Wenn ich meine Eltern nicht getötet hätte, wüssten sie, was mit Alice zu tun ist«, dachte Juliette laut.

Barnabé sah sie überrascht an. Und dann ging das höllische Warten weiter. Er trank schon seinen vierten Kaffee, als er eine albtraumartige Vision hatte. Nicolas war auf einer ähnlichen Trage davongefahren wie Viviane. In der Todesnacht seiner Frau hatte Barnabé stundenlang gewartet, bis ein Arzt ihm die schreckliche Nachricht verkündet hatte. Er war nicht bei ihr gewesen, um ihr die Hand zu halten, als sie auf die andere Seite der Wand gefahren wurde. Er hatte sie Fremden überlassen. Er hatte gewartet. Wie an diesem Abend. Und sie war gestorben.

Aurélien tippte nervös mit dem Fuß auf den Boden, und das Geräusch wurde Barnabé unerträglich. Sein vom Koffein aufgeregtes Herz schlug inzwischen in demselben Rhythmus wie das Bein des Kindes. Barnabé zwang sich, langsam zu atmen, um sich zu beruhigen. Es war nicht der beste Zeitpunkt für einen Herzinfarkt. Was würde aus Nicolas, wenn ihm etwas zustieß? Sein Vater Baptiste war schon zu alt, um sich um seinen Enkelsohn zu kümmern. Juliette würde ihn mit ihrer

Küche vergiften, bevor sie ihm das Schießen mit einer Kalaschnikow beibrächte.

Aber Barnabé bemerkte erstaunt, dass er inzwischen dieser Pariserin, die er kaum kannte, mehr vertraute als irgendjemand anderem.

Um seine Angst zu bekämpfen, konzentrierte er sich auf Belanglosigkeiten. Juliette trug Farben, die mit der Natur harmonierten. Einen orchideenfarbenen Pullover, eine ockerfarbene Jeans, wie die Steine in der Gegend. Sie war objektiv gesehen hübsch und hatte an den wichtigen Stellen genau die richtigen Maße.

Er fragte sich, was für ein Typ wohl der Vater von Aurélien war und ob Juliette ihre Eltern tatsächlich getötet hatte. Er wusste von Nicolas, dass Aurélien seinen Vater nicht kannte. Die Frauen. Die waren dazu fähig, im Handumdrehen ihre Vergangenheit auszulöschen und ihre Kinder allein aufzuziehen. Männer waren da viel beständiger.

Juliette sah Viviane nicht ähnlich, aber sie hatten eines gemeinsam: Sie waren graziös und geschmeidig wie Katzen und besaßen eine große Lebensfreude, die verbarg, wie zart und empfindlich sie eigentlich waren. Er hatte das daraus geschlossen, weil Juliette gerne lachte, aber an den Nägeln kaute und ihre Hände verbarg. Genau wie Viviane.

Seine Frau und er hatten das letzte Mal einen Monat vor ihrem Tod miteinander geschlafen, sie war schon krank gewesen, und ihre großen Augen hatten tief in den Höhlen gelegen.

»Man hat nur eine große Liebe in seinem Leben, und du bist meine«, hatte er leise gesagt und ihre Hand genommen.

Sie hatte den Kopf geschüttelt.

»Rede keinen Unsinn. Wir müssen den Dingen ins Auge sehen, meine Kräfte schwinden sehr schnell …«

»Sei still«, flehte er. »Wir werden das gemeinsam durchkämpfen, und du wirst wieder gesund.«

»Du weißt genau, dass das nicht stimmt. Ich möchte dich nur um einen Gefallen bitten: Die Frau, die du lieben wirst, muss mit den Ohren wackeln können.«

Er glaubte, dass ihre Schwäche sie zum Fantasieren brachte. Doch sie widersprach ihm.

»Ich meine das sehr ernst, Barnabé! Blond, brünett, rothaarig oder glatzköpfig, das ist mir egal. Sie muss Nicolas mögen und mit den Ohren wackeln können. Das ist eine absolute Bedingung. Bist du einverstanden?«

»Ich kann außer dir niemanden lieben«, sagte Barnabé.

Sie wurde wütend.

»Du bist wirklich ein Dummkopf. Das Leben ist wertvoll, und man darf es sich nicht kaputtmachen. Jeder braucht Liebe, so wie das Gemüse Wasser. Du bist ein ungewöhnlicher Mann, und andere Frauen werden dich lieben. Um die Richtige zu finden, frag sie, ob sie mit den Ohren wackeln kann.«

»Das ist doch bekloppt«, rief Barnabé. »Findest du das witzig?«

»Ja. Besser lachen als weinen. Schwör mir, dass du es machst.«

Barnabé hatte es ihr versprochen, um sie zu beruhigen.

Genau dreißig Tage später war sie gestorben. Er hatte sie geküsst und ihr den zu weit gewordenen Trauring abgenommen. Dann hatte er Nicolas gefragt, ob er Abschied von ihr nehmen wollte. Sie waren beide bei ihr geblieben. Viviane war es in der letzten Zeit so schlecht gegangen, dass ihr Tod wie eine Befreiung gewesen war, aber er war zugleich ein tiefer Abgrund, in dem Barnabé versunken war.

Am Tag der Beerdigung hatte Pascal Castera ihm gesagt, der Tod sei wie ein Kreis, dessen Zentrum überall sei, der aber keinen Radius habe. Damals hatte Barnabé das nicht sofort verstanden. Aber jetzt ergab der Satz einen Sinn.

Er stand so plötzlich auf, dass Juliette vor Schreck hochfuhr. Sie sah ihn erstaunt an.

»Ich bin's leid«, sagte Barnabé. »Ich gehe jetzt zu ihm …«

Er sprach nicht weiter. Der Chirurg kam in seinem grünen Anzug, sein Gesichtsausdruck war angestrengt. Barnabés Mund war trocken. Bittend sah er den Arzt an.

»Es ist alles in Ordnung«, versicherte ihm der Doktor. »Ihr Sohn ist außer Gefahr. Sie können ihn nachher sehen, er ist noch im Aufwachraum. Aber er ist nur knapp einer Bauchfellentzündung entgangen. Sie können sich bei Dr. Lestrade bedanken. Es war fünf vor zwölf.«

Juliette fuhr vorsichtig durch die Nacht.

»Nicolas hat mich erkannt«, wiederholte Barnabé schon zum zehnten Mal mit einem glücklichen Seufzer.

»Das ist doch klar: Ihm wurde der Blinddarm herausgenommen und nicht das Gehirn!«, sagte Juliette. »Patrick Lestrade hat ihm das Leben gerettet. Also habe ich doch recht gehabt, ihn zu rufen, oder?«

Barnabé blickte ruhig auf die Straße. Aurélien war auf der Rückbank eingeschlafen.

»Vorhin haben Sie etwas über Ihre Eltern gesagt, was ich nicht verstanden habe«, sagte er nach einer Weile.

Juliette hielt krampfhaft das Lenkrad fest.

»Sie sind bei einem Flugzeugunfall ums Leben gekommen, als sie auf dem Weg zu mir nach Übersee waren, weil ich Probleme hatte. Alice hat daraus geschlossen, dass ich sie umgebracht habe.«

»Das stimmt doch gar nicht«, warf Barnabé ein.

»Aber es läuft auf dasselbe hinaus. Sie sind hinauf in die Sterne geflogen. Und ich bin unten geblieben und spüre ständig den vorwurfsvollen Blick meiner Schwester.«

Sie seufzte.

»Man kann sich sein Leben nicht aussuchen, man lebt weiter«, sagte sie. »Also habe ich weitergelebt.«

»Ich weiß, was Sie damit sagen wollen.«

Im Auto herrschte wieder Schweigen, bis sie die Schule erreichten.

»Möchten Sie zum Essen bleiben?«, schlug Juliette vor.

Barnabé schüttelte den Kopf.

»Ohne Sie wäre ich verloren gewesen. Danke …«, sagte er heiser.

Obwohl es dunkel war, ging Barnabé entschlossenen Schrittes auf seinen Kangoo zu. Juliette dachte, dass er einen schwierigen Charakter hatte und ein Dickkopf war, aber mit seinen weißen Haaren und seinen braunen Augen einen eigenartigen Charme besaß. Wie sie zog er sein Kind alleine auf. Und wie sie hatte er viel Leid erfahren.

37

Florian hatte den Automotor gehört und schlüpfte schnell nach draußen, noch bevor der Twingo in den Hof fuhr. Er wartete, bis Barnabé fort war und Juliette und Aurélien im Haus verschwunden waren, bis er sein Mofa in Gang setzte.

Er fuhr munter über die Straße, das Herz voller Hoffnungen. Bis zu diesem Zeitpunkt hatte er sich nur mit seinem Onkel und seinem Saxophon so glücklich gefühlt. In dieser Nacht sah er die Zukunft zum ersten Mal als ein großes aufregendes Abenteuer an.

Die Glückblase, in der er sich wähnte, platzte sofort, als er zu Hause ankam. Seine Mutter wartete mit wütendem Gesicht auf ihn.

»Ich verbiete dir, dieses Mädchen wiederzusehen, hast du mich verstanden!«

»Ich verstehe nicht, was …«, stotterte er.

Sie hielt ihm ein Blatt Papier hin, das jemand unter ihre Tür geschoben hatte. Der Satz: Der Sohn Bados liebt die kleine Forestier, war deutlich lesbar mit rotem Filzstift darauf geschrieben.

»Was?«, stotterte der Junge.

»Seit wann, Florian? Erzähl mir bloß nicht, dass ihr …«

»Mama, wir haben nur Musik zusammen gehört. Sie ist toll! Was hat sie dir denn getan? Du kennst sie noch nicht einmal!«

Seine Stimme zitterte vor Wut.

»Diese Familie, der reinste Abschaum«, schrie Jeanne. »Wenn du dich noch einmal mit ihr triffst, dann nehme ich dir dein Saxophon weg.«

Der Junge wehrte sich.

»Das kannst du nicht tun«, widersprach er und drückte sein Instrument an die Brust.

»Was wollen wir wetten?«

Er wusste, dass seine Mutter einen schwierigen Charakter hatte, aber er hatte sie noch nie in solch einem Zustand erlebt.

»Geh ins Bett«, sagte Jeanne trocken.

»Ich weiß nicht, was sie gegen euch hat, sie war vollkommen hysterisch«, erklärte Florian Alice am nächsten Morgen in der Pause. Sie hatten sich abgesondert, um sich in Ruhe unterhalten zu können.

»Sie hat nur geblufft«, meinte das Mädchen.

»Nein, das waren keine leeren Drohungen. Das Leben ist beschissen: Du bist traurig, dass du keine Eltern mehr hast, und ich kann meine nicht ertragen. Sobald ich volljährig bin, ziehe ich zu meinem Onkel. Ich stelle ihn dir vor, er ist ein fantastischer Typ.«

Sein Gesicht verfinsterte sich.

»Jetzt müssen wir uns verstecken, wenn wir uns sehen wollen. Das ist so ätzend.«

Nachdem Nicolas aus dem Krankenhaus entlassen wurde, brachte Aurélien ihm regelmäßig nach der Schule die Hausaufgaben vorbei. An den ersten drei Abenden schlug Barnabé ihm vor, ihn nach Hause zu fahren, aber der Junge lehnte ab. Er fuhr gerne Fahrrad, wenn es dunkel wurde. Er sah dann von weitem die Lichter des Hauses, legte einen Spurt ein und bremste virtuos direkt vor der Tür.

Am vierten Abend hätte er das Angebot gerne angenommen, doch Barnabé war auf einer Bauernversammlung. Aurélien setzte sich mit schwerem Kopf auf seinen Sattel. Nach einem Kilometer fühlte er sich nicht wohl. Er hielt an einer Tankstelle, prüfte seinen Blutzuckerspiegel im Licht eines Schweinwerfers, aß Zucker und fuhr weiter. Er beschloss, die Ergebnisse in seinem Behandlungsheft so lange zu fälschen, bis Nicolas wieder in die Schule zurückkäme. Danach würde alles wieder in Ordnung kommen.

Es war Montagabend, ein Musikmontag. Florian lief mit seinem Saxophon unter dem Arm die Treppe hinunter. Seine Mutter hielt ihn durch eine Handbewegung zurück.

»Du meinst wohl, dass du so einfach aus dem Haus gehen kannst, was?«

»Klar, zu Onkel Jacques!«, sagte er mit verschlossenem Gesicht.

»Das kommt überhaupt nicht infrage.«

»Was?«

Seit er Saxophon spielte, hatte er keinen einzigen Montag

ausgelassen, bis auf das eine Mal, als er sich bei einem Sturz vom Baum die Schulter ausgekugelt hatte.

»Er wartet auf mich«, widersprach er wütend.

»Dann viel Vergnügen«, sagte Jeanne.

»Aber ich kann ihn ja nicht verständigen, er hat doch kein Telefon …«

»Das reicht jetzt, Florian«, fuhr sein Vater dazwischen. »Diese lächerlichen Musikgeschichten haben lange genug gedauert. Du solltest lieber fischen gehen oder Rugby spielen. Geh hoch in dein Zimmer.«

Der Junge sah seinen Vater mit bisher ungekannter Nüchternheit an. Er verdankte ihm sein Leben. Und er hatte große Lust, ihn zu verprügeln.

Jacques Barrier sah auf die Uhr, ließ den Vorhang fallen und entfernte sich vom Fenster. Sein Neffe würde nicht mehr kommen. Er war tief enttäuscht und wunderte sich zugleich darüber. Schließlich hatte er immer gewusst, dass Florian eines Tages groß wäre und etwas Besseres zu tun hätte, als mit einem Onkel, der im Rollstuhl saß, Saxophon zu spielen. Aber weil sie ein freundschaftliches Verhältnis verband, hatte er sich vorgestellt, dass sein Neffe ihm wenigstens Bescheid sagen würde.

»Ich bin schneller, als ich dachte, zu einem alten Arsch geworden«, sagte er laut.

Er lenkte seinen Rollstuhl an den Tisch, nahm sein Tenorsaxophon hervor und begann alleine zu spielen, um den Kummer zu vergessen.

Florian beruhigte sich ein bisschen, nachdem er alles, was auf seinem Schreibtisch lag, heruntergefegt hatte. Bücher, Ordner, Kugelschreiber und Stifte stapelten sich auf dem Boden. Das schlecht verschlossene Tintenfass war umgekippt. Der große schwarze Fleck, der sich auf dem Teppich ausbreitete, tröstete den Jungen. Er war bereit, alles kaputtzuschlagen.

»Verdammte Scheiße«, brüllte er der Tür entgegen, die er heftig hinter sich zugeschlagen hatte.

Nur Stille antwortete ihm. Er hätte sich gewünscht, dass sein Vater heraufkäme. Dann hätte er sich wenigstens mit ihm streiten können. Vielleicht hätten sie sich sogar bis zum Umfallen geprügelt. Aber er wurde mit seiner Wut allein gelassen und war tief frustriert. Er ballte die Fäuste, drehte sich um sich selbst, schwankte wie ein geschlagener Boxer und suchte etwas, das er kaputtmachen konnte. Sein Blick fiel auf das Saxophon. Er nahm es mit zitternden Händen.

In dem großen Zimmer, in dem er seine Tage verbrachte, zögerte Jacques, lächelte und setzte sein Saxophon an, schloss die Augen und ließ seine Finger über das Instrument laufen. *Blue Moon* ertönte in der Stille.

In seinem Zimmer zögerte Florian, dann lächelte er, setzte sein Saxophon an, schloss die Augen, blies und bewegte die Finger. Ohne es zu wissen, spielte er im selben Moment dieselbe Melodie, *Blue Moon.*

Am nächsten Morgen schwänzte Florian, um seinem Onkel zu erklären, warum er nicht gekommen war.

»Und nur, weil Mama meine Freundin nicht mag, das ist bescheuert!«

»Sie ist eifersüchtig«, mutmaßte Jacques. »Du bist ihr einziger Sohn, sie ist noch nicht bereit, dich mit jemandem zu teilen. Das geht vorüber.«

»Ich hoffe es«, seufzte Florian. »Du hast ja wohl nicht etwa gedacht, dass ich dich im Stich lasse?«

»Nicht einmal für eine Sekunde«, behauptete Jacques.

38

Das Telefon der Agentur klingelte, als Juliette abschließen wollte. Sie nahm ab.

»Ich habe Probleme mit meinen Nachbarn!«, sagte eine ängstliche Stimme in der Leitung.

Juliette erkannte die Kundin Nr. 4, Joëlle.

»Was für Probleme?«

»Sie behaupten, dass ich Krach mache.«

Juliette bat sie, sich genauer auszudrücken.

»Sie finden, dass mein Gang zu schwer ist und dass ich zu spät Fernsehen gucke.«

»In der Stadt wird Lärm nach zweiundzwanzig Uhr als nächtliches Ärgernis angesehen.«

Joëlle hörte ihr nicht zu.

»Sie sagen, dass ich das Radio morgens zu laut stelle.«

»Um wie viel Uhr?«

»Ich bin mein ganzes Leben um sechs Uhr aufgestanden, und ich will das auch nicht ändern. Ich mag Musik. Und außerdem meckern sie wegen der Schuhe auf dem Treppenabsatz.«

Joëlle hatte noch nie in einer Wohnung gewohnt. Sie stellte ihren Müll und ihre Schuhe jeden Abend vor die Tür, so wie sie es immer in ihrem Haus getan hatte. Juliette verwandelte sich in eine Benimmlehrerin und erklärte ihr die Spielregeln des Zusammenlebens in der modernen Großstadt. Kaum hatte sie aufgelegt, trat eine junge, elegante Frau mit zerzausten Haaren und verwischter Wimperntusche ein. Sie sprach laut und mit starkem amerikanischen Akzent. Juliette und Sarah sahen sich überrascht an.

»Kann ich Ihnen helfen?«, fragte Sarah.

Die Unbekannte warf ihr einen wütenden Blick zu.

»Sie sind also die Geliebte meines Mannes, ja? Oder sind Sie das vielleicht?«

Sie warf wütende Blicke um sich.

»Das kommt darauf an … Wie heißt er?«, fragte Juliette spaßeshalber.

»Bill Emers«, schrie sie. »Ich bin Kate. Meine Schwiegermutter hat mir alles erzählt. Sie haben ihn mir weggenommen.«

»Ich dachte, Sie seien getrennt.«

»Er hat mir gesagt, dass er über unsere Ehe nachdenken muss. Nicht, dass er weggeht …«

Sie stammelte noch einige Worte auf Englisch.

»Eine Nutte ficken«, übersetzte Sarah pflichtbewusst.

Kate schwankte und hielt sich am Schreibtisch fest. Juliette schob ihr schnell einen Stuhl hin.

»Setzen Sie sich doch. Wann sind Sie angekommen?«

»Mein Flugzeug ist heute Morgen in Paris gelandet.«

»Ich mache Ihnen einen Tee«, sagte Sarah. »Danach fühlen Sie sich besser.«

Kate nickte erschöpft.

»Ich habe einen Privatdetektiv engagiert. Er hat herausgefunden, dass mein Mann hier über Ihre Agentur ein Haus gekauft hat. Also habe ich nach der Frau gesucht!«

Sie nahm die Tasse Tee, die Sarah ihr reichte, gerne an und musterte die beiden Partnerinnen.

»Ich möchte alles wissen.«

»Keine von uns beiden ist die Liebhaberin Ihres Mannes«, betonte Juliette.

»Meine Schwiegermutter hat mit seiner neuen Freundin mittaggegessen.«

»Nein«, stellte Juliette richtig. »Ihre Schwiegermutter hat

mit mir mittaggegessen und hat daraus falsche Schlüsse gezogen. Ich brauche im Moment ganz sicher nichts weniger als einen Kerl.«

Die Amerikanerin runzelte die Stirn.

»Einen Kerl?«

»Einen Freund. Außerdem mag ich nur fleischfressende Männer.«

Kate lachte kraftlos.

»Haben Sie schon zu Mittag gegessen?«, sagte Juliette.

Sie schüttelte den Kopf.

»Sie sind hoffentlich nicht auch Vegetarierin? Dann empfehle ich Ihnen die Auberge des Bouviers oder die Auberge de Gauran. Heute Abend können Sie ein Zimmer im Hotel Bastard mieten, dort schmeckt das Essen sehr gut. Und morgen Früh fahre ich Sie zu Ihrem Mann.«

»Er hat mir geschrieben, dass er seine Ruhe braucht, und dass ich nicht versuchen soll, ihn zu besuchen …«

Ihre Stimme versagte, aber ihr angeborener Kampfgeist kehrte sofort zurück.

»Ich kann verstehen, dass es zwischen uns aus ist, aber nicht, dass er mich betrügt. Ich bin nicht blöd, ich weiß genau, warum er gegangen ist.«

Als Juliette bei Bill eintraf, telefonierte er gerade mit seinen Mitarbeitern in Chicago. Er bat Sam, die Sitzung fortzusetzen, und ging mit Juliette in die Küche.

»Ich brauche erst einmal einen Kaffee, um wieder zu mir zu kommen. Kate ist hier, das ist ja unglaublich.«

Er füllte eine Snoopy-Tasse mit einer bräunlichen Brühe.

»Hatten Sie nicht gesagt, dass Sie getrennt leben?«

»In der Tat.«

»Das sehen Sie vielleicht so, aber sie nicht. Sie ist davon überzeugt, dass Sie eine Geliebte haben.«

»Das ist nicht wahr«, sagte Bill.

»Warum haben Sie Ihren Eltern dann vorgegaukelt, dass wir ein Paar sind?«, fragte Juliette.

Bill lächelte traurig, was ihn noch anziehender machte.

»Mein Vater ist Pfarrer, er hat bestimmte Prinzipien. Und aus seiner Sicht bin ich ein perfekter Sohn.«

»Wo ist dann das Problem?«

»Homosexuelle sind nicht perfekt.«

Juliette riss die Augen auf.

»Ich habe keine Geliebte, sondern einen Geliebten. Ich mag im Allgemeinen keine Männer, aber einen bestimmten Mann schon: Sam.«

Juliette konnte sich ein Lächeln nicht verbeißen, als sie an Sarahs Hirngespinste über die Vorteile dachte, die es hatte, einen Ausländer zu heiraten, weil man die doppelte Staatsbürgerschaft bekam.

»Verstehen Sie mich nicht falsch. Er ist nicht mein Gigolo, auch wenn er viel jünger ist als ich. Er könnte in seinem ganzen Leben niemals das Vermögen ausgeben, das er von seiner Mutter geerbt hat. Ich bin evangelisch und Einzelkind und finanziell gut gestellt. Er ist Jude, Waise und steinreich. Wir lieben uns. Bescheuert, oder?«

»Etwas kompliziert«, gab Juliette zu.

»Meine Eltern dürfen es nicht erfahren. Deswegen wohne ich hier. Ich habe einen Ozean zwischen meine Familie, Kate und mich gebracht. Ich hätte nie gedacht, dass sie meine Spur findet …«

Er raufte sich die Haare und seufzte.

»Wenn sie die Wahrheit herausfindet, wird sie daraus einen Riesenskandal machen und die Scheidung verlangen, durch die ich bettelarm werde. Meine Eltern werden mich verstoßen. Ich müsste dann auf Kosten von Sam leben, und das würde ich nicht ertragen. Es ist aber sowieso aus. Ich kenne Kate, sie ist besessen. Sie wird herausfinden, wo wir wohnen, uns ausspionieren und auftauchen, wenn wir es am wenigsten erwarten.«

»Sie werden sie morgen treffen. Möchten Sie, dass Sam solange bei mir wohnt, bis alles wieder in Ordnung ist?«

Der Amerikaner strahlte.

»Würden Sie das für uns tun?«

Sam zog noch am selben Abend bei Juliette ein. Auf den Speicher, den bisher Noémie und Maxime bewohnt hatten. Er kochte für die ganze Familie Bulgur mit einem Haufen Gewürzen und Kräutern.

»Herrlich, schmeckt fast wie Hühnchen«, sagte Aurélien.

»Nein, wie Fisch, aber es ist vorzüglich«, sagte Alice.

»Es ist ein Zaubergericht«, sagte Juliette lachend.

Sam lachte. Er war ein hoch begabter Informatiker, sah aus wie Brad Pitt und hatte ein Gehirn wie Bill Gates. Er war in New York geboren und dort auch aufgewachsen.

»Ist der Central Park so schön und gefährlich, wie alle erzählen?«, fragte Alice.

Sam nickte.

»Es ist ein wunderbarer Ort, aber wenn es dunkel wird, ist es ein Wagnis, sich dort aufzuhalten. Meine Mutter ging sehr gerne dort spazieren, und ihr ist nie etwas zugestoßen. Und dann wollte sie unbedingt Israel kennen lernen, ist mit einer Reisegruppe dorthin gefahren und in Tel-Aviv bei einem Attentat umgekommen. Man weiß nie, was einen erwartet.«

In einer kleinen Stadt weiß jeder alles. Am selben Abend hatte jemand jemanden gesehen, der jemanden gesehen hatte, der Sam mit seinem Koffer bei Juliette hatte einziehen sehen. Der Tratsch machte die Runde. In der Agentur ›Glück durch Veränderung‹ drehte sich das Männerkarussell.

Als Jeanne Bados für das Abendessen einen Kapaun kaufte, erzählte sie einer Kundin in der Metzgerei:

»Ich habe Gerüchte gehört, dass die Agentur nur eine Deckadresse für einen ganz bestimmten Handel ist. Aber sagen Sie es nicht weiter!«, fügte sie leise hinzu.

»Sie kennen mich, ich schweige wie ein Grab«, versicherte ihr die Frau.

Als Pierre Bados eine Zigarettenpackung kaufte, vertraute er einem Kunden im Tabakladen an:

»Mit dieser Agentur stimmt etwas nicht, dahinter verbirgt sich irgendetwas Illegales. Aber behalten Sie es bloß für sich!«

»Seien Sie ganz beruhigt, Herr Bürgermeister, ich kann schon die Klappe halten«, betonte der Mann.

Das Gerücht machte weiter die Runde.

Am nächsten Morgen trafen sich Kate und Bill Emers auf neutralem Boden. Sie saßen beide stocksteif auf dem Sofa in Sarahs Wohnzimmer, das im Laura-Ashley-Stil eingerichtet war.

»Sie haben bestimmt Durst, ich werde Ihnen Tee kochen«, sagte Sarah und ging hinaus.

Bill und Kate sahen sich an wie zwei Porzellanhündchen.

»Ich schwöre bei dem, was mir am teuersten auf dieser Welt ist, dass ich keine Geliebte habe«, sagte Bill und brach als Erster das Schweigen.

»Ich dachte, dass ich das Teuerste auf Erden bin, das du hast«, entgegnete Kate.

»Ich bitte dich, mach die Dinge nicht noch komplizierter. Es gibt keine Frau in meinem Leben. Ich schwöre es dir.«

Kate wollte ihm gerne glauben.

»Warum bist du dann nach Frankreich gezogen?«

»In Chicago hatte ich so viel Stress. Ich brauchte eine Pause.«

»War Amerika nicht groß genug für dich? Musstest du unbedingt nach Europa gehen?«

Kate hielt plötzlich inne und riss entsetzt die Augen auf. John, wie gewöhnlich nackt, war soeben in den Raum getreten.

»*How do you do?*«, fragte er wie immer höflich.

Sarah kam mit dem Tee aus der Küche und überblickte die Szene. Kate war außer sich, Bill staunte, und John stand nackt da und lächelte.

»Darf ich Ihnen meinen Mann vorstellen?«, sagte Sarah gelassen. »Er ist Nudist, aber er vergisst gerne, dass nicht alle sind wie er.«

Die beiden Amerikaner nickten wie betäubt.

»Störe ich?«, fragte eine Stimme.

Sam stand auf der Zimmerschwelle.

»Ich würde sagen Sie kommen genau richtig«, sagte Sarah zu dem jungen Mann.

Er trat näher. Bill sah ihn entsetzt an. Sam ging lächelnd auf ihn zu.

»Die Nazis haben meine Großeltern umgebracht. Ein Kamikaze hat meine Mutter in die Luft gejagt. Ich kann nicht mit Lügen leben«, sagte er. »Und niemand wird unser Glück zerstören.«

Er wandte sich an Kate.

»Ihr Mann betrügt Sie nicht. Er hat nur einen Fehler gemacht.«

»Wer sind Sie?«, kreischte Kate.

Bill antwortete an seiner Stelle:

»Er ist der Mann meines Lebens. Ich habe es ehrlich gemeint, als ich dich geheiratet habe, Kate. Ich hab dich unendlich lieb. Aber ihn liebe ich wirklich.«

Kate war erstarrt. Sie warf einen Blick auf den nackten Engländer. Dann auf den Liebhaber ihres Mannes und dann auf ihren Mann. Dann drehte sie sich abrupt um und lief hinaus.

Wenn Kate in Chicago gewesen wäre, wäre sie sofort zum Gemeindepfarrer gerannt, aber sicher nicht zu ihren Eltern, die Bill schon immer gehasst hatten. Noch weniger zu ihrer besten Freundin, die drei Mal geschieden war und deren vierte Ehe schon wieder flügellahm war. Aber sie war in Frankreich, und deshalb lief sie in die Agentur.

»So«, schloss sie, nachdem sie Juliette alles erzählt hatte. »Diese Geschichte ist völlig verrückt. Bill war mir immer ein guter Ehemann, und jetzt ist er abscheulich.«

Juliette kaute an ihrem Daumen und überlegte.

»Sie haben gesagt, Sie wüssten, warum er Sie verlassen hat?«

»Ich mag keine Kinder. Ich dachte, dass Bill mich für eine Frau verlassen hat, die ihm einen Sohn schenken würde, der sein Ebenbild ist.«

Sie kicherte.

»Jetzt weiß ich wenigstens, dass es damit nichts zu tun hat.«

Plötzlich tat sie so, als sei sie stark.

»Ich bin Bill nicht böse, es ist nicht seine Schuld. Aber ich werde ihn ruinieren. Ich bin eine gute Geschäftsfrau, und man macht sich nicht ungestraft über mich lustig.«

»Werden Sie sein Geheimnis für sich behalten?«, fragte Juliette.

Kate nickte.

»Ich werde niemandem etwas davon sagen, das können Sie ihm ausrichten. Aber ich werde ihn bettelarm machen. Das ist eine Frage der Ehre!«

Juliette richtete Bill aus, dass sein Vater, der Pfarrer, nichts von seiner Homosexualität erfahren würde, aber dass der Kampf ums Geld begonnen hätte. Sam könnte die Schule verlassen und wieder bei ihm einziehen.

Am nächsten Morgen fuhr ein Lastwagen vor der Agentur ›Glück durch Veränderung‹ vor und lieferte zwei erstklassige, nagelneue Powerbook-Laptops mit Laserdrucker in Profiqualität und einem Scanner.

»Das muss ein Irrtum sein«, wehrte Juliette ab. »Wir haben nichts bestellt.«

»Hier, es ist ein Brief dabei«, sagte der Lieferant.

Sarah riss den Umschlag auf, in dem sich eine weiße Karte befand, auf der stand:

»Danke für Ihre Gastfreundschaft. Sam.«

»Das können wir nicht annehmen«, sagte Juliette.

»Ich verstehe nicht, warum wir das nicht sollten«, widersprach Sarah.

»Das ist ein zu großes Geschenk.«

»Überhaupt nicht«, sagte Sarah. »Dieser Typ ist Informatiker, er verschenkt Computer, das ist logisch. Wenn er Florist oder Bäcker wäre, dann hätte er uns Blumen oder Kuchen geschenkt und du hättest das ganz normal gefunden.«

39

Florian wurde von seiner Mutter strengstens bewacht. Sie stoppte sogar die Zeit für den Heimweg von der Schule. Zum Glück konnte er jeden Tag mit Alice zusammen mittagessen, und sie schwänzten die freiwilligen Arbeitsgemeinschaften, um sich in leeren Klassenzimmern zu küssen.

»Warum hasst du bloß die Familie von Alice so, Mama? Du kennst sie doch gar nicht.«

»Der Apfel fällt nicht weit vom Stamm«, sagte Jeanne kryptisch.

Florian zuckte die Achseln und schloss sich oben in seinem Zimmer ein. Abends nahm er sein Jazz-Spiel auf und schickte es Alice per E-Mail. Es machte ihn wahnsinnig, dass er sie nicht mehr sehen konnte, wann er wollte.

Alice versuchte auch herauszufinden, warum Jeanne Bados sie dermaßen hasste.

»Man hasst doch niemanden ohne Grund, Juliette. Was hast du ihnen getan?«

Juliette schüttelte den Kopf.

»Nichts und wieder nichts. Vielleicht mag sie mich nicht, weil ich aus Paris komme? Weil ich Journalistin bin? Weil ich unverheiratet bin? Ich weiß es nicht. Aber ich kann sie gerne besuchen. Sarah meint allerdings, das würde alles nur schlimmer machen. Es tut mir leid, Alice.«

»Was du nicht sagst!«

Eines Morgens stand Alice mit ihrer Vespa an einer roten Ampel. Ein Auto hielt neben ihr, und sie erkannte darin Jeanne Bados. Sie wollte endlich die Wahrheit wissen, schob das Visier ihres Helms hoch und wandte sich der Fahrerin zu.

»Bitte, Madame …«, sagte sie.

Die Fahrerin sah sie an und verzog das Gesicht.

»Madame …«, wiederholte Alice.

Jeanne blickte starr geradeaus und ließ die Fensterscheibe hoch. Alice riss die Geduld, und sie klopfte ans Fenster. Die Ampel wurde grün, und Jeanne gab so heftig Gas, dass Alice fast von ihrer Vespa gefallen wäre.

»Die spinnt ja wohl«, sagte das Mädchen.

Florian war ihre erste Liebe, alle anderen vorher waren nur Flirts gewesen. Ihre Mutter fehlte ihr mehr denn je, sie hätte ihr gerne ihre Hoffnungen und Zweifel anvertraut. Juliette hatte keine Zeit, und Aurélien war ihnen ständig zwischen den Füßen.

Alice aß nicht mehr, lernte kaum noch und machte völlig dicht. Juliette hatte gehofft, dass ihre Schwester, weil sie verliebt war, etwas sanfter werden würde, doch genau das Gegenteil war der Fall.

»Möchtest du wirklich nicht mit mir reden?«

»Ich hab dir nichts zu sagen.«

»Wenn du so weitermachst, wirst du krank. Iss wenigstens etwas Suppe. Es ist doch deine Lieblingssuppe, ich habe sie extra für dich gekocht.«

»Ich habe keinen Hunger.«

Juliette wollte sie auf andere Gedanken bringen.

»Wie wäre es, wenn wir alle drei ins Kino gehen?«

»Ich habe keine Lust. Geht ohne mich.«

Aurélien bestand darauf, dass sie mitging.

»Komm doch mit! Wenn du nicht mit dabei bist, ist es nicht dasselbe.«

»Lass mich in Ruhe!«

»Du bist zurzeit nicht gerade amüsant, sei doch mal ein bisschen nett …«

Er ergriff den Ärmel von Alice' Jacke und tat so, als würde er sie fortzerren. Sie stieß ihn brutal von sich. Aurélien verlor das Gleichgewicht und fiel auf seinen Rucksack. Ein komisches Geräusch war zu hören.

»Oh nein«, wimmerte Aurélien, als er die Tasche öffnete.

Sein Blutzuckermessgerät war zerbrochen.

»Das ist seine Schuld«, schimpfte Alice und wandte sich an ihre große Schwester. »Er hat sich wie ein Blutegel an mich geheftet. Warum lasst ihr mich nicht endlich in Ruhe?«

Aber Juliette war wütend.

»Du hättest ihn verletzen können! Weißt du, was so ein Gerät kostet?«

»Keine Ahnung, und das ist mir auch völlig egal. Ich brauche das Ding ja nicht. Ich bin nicht krank!«, schrie Alice.

Sie war es leid, Florian immer heimlich zu treffen, und fand es unerträglich, dass eine Frau, die sie gar nicht kannte, einen solchen Hass auf sie hatte, ohne jeden Grund. Ihre große Schwester musste schuld daran sein. Alice hatte ihretwegen keine Eltern mehr, und jetzt trennte sie sie auch noch von Florian.

»Ich habe euch beide satt«, rief sie voller Zorn. »Papa und Mama sind deinetwegen gestorben. Mir wäre lieber, sie würden noch leben und du wärest tot!«

Juliette wich erschüttert zurück.

»Du hast sie auf dem Gewissen«, wiederholte Alice.

»Du weißt sehr genau, dass das nicht stimmt.«

»Diane Cortambert hat es mir selbst gesagt.«

Juliette konnte nichts gegen solche Vorwürfe sagen. Diane Cortambert war die beste Freundin ihrer Eltern gewesen, und sie hatten ihr Alice anvertraut, bevor sie ins Flugzeug gestiegen waren. Doch nach der Tragödie war sie sogleich von der Bildfläche verschwunden.

»Diane ist ein Biest«, sagte Juliette, zitternd vor Wut. »Wenn sie Papa und Mama wirklich gemocht hätte, dann hätte sie sich ja wohl um uns gekümmert, glaubst du nicht?«

»Sie hasst dich, die Bados' hassen dich, und ich hasse dich auch«, antwortete Alice rasend. »Du bist unfähig zu lieben. Der Beweis ist, dass kein Mann dich will. Ich schäme mich, deine Schwester zu sein.«

Juliette biss sich auf die Lippen, um nicht zurückzuschlagen. Eine solche Behandlung hatte sie nicht verdient. Zehn Jahre lang hatte sie alles getan, damit Alice ihr verzieh.

»Hör auf, Alice, du weißt nicht mehr, was du sagst.«

»Du hast versprochen, dass ich mich am Ende des Trimesters zwischen Paris und dem Gers entscheiden kann. Ich habe mich entschieden. Ich bleibe hier, aber nicht bei dir! Zu meiner Schule gehört ein Internat. Da melde ich mich jetzt an!«

40

Seit sie verheiratet waren, hatten sich Olivier und Louise noch nie so viel gesehen wie jetzt. In Paris war Olivier frühmorgens zur Arbeit gegangen und erst abends wiedergekommen, dann zog er sich für ein Abendessen bei Freunden um. Oft hatten sie auch selbst Besuch. Wie in Amerika ging er sogar samstags in Jeans und Poloshirt ins Büro. Am Sonntagmorgen spielte er Tennis mit Kollegen. Blieb noch der Sonntagnachmittag, da lag er meistens mit seiner Tochter vor dem Fernseher. Im Gers hingegen sah er seine Frau nun rund um die Uhr.

»Mir ist aufgefallen, dass ich meinen Mann kaum kenne«, vertraute Louise Juliette eines Morgens auf dem Markt an. »Wir haben uns in all den Jahren nur wenig gesehen. Achtung, lauf nicht so weit weg, Pomme.«

Das kleine Mädchen blieb folgsam stehen.

»Ihr kann hier gar nichts passieren.«

»Sie hatte vor ein paar Monaten eine Gehirnerschütterung, als ich sie in die Schule gebracht habe. Wir gingen auf der Straße spazieren, und sie hat meine Hand eine Sekunde lang losgelassen, als ich mir ein Schaufenster angesehen habe.

Sie ist von einem Auto angefahren worden. Nicht besonders schlimm. Sie war die ganze Zeit bei Bewusstsein, der Krankenwagen ist auch gleich gekommen. Der Scanner hat im Gehirn ein winziges Hämatom entdeckt, die Ärzte haben uns aber versichert, dass es sich von selbst auflöst und keine Folgen zurückbleiben. Aber jetzt zittern wir um sie …«

Louise seufzte und fuhr fort.

»Olivier macht sich solche Sorgen. Er glaubt, dass das Hämatom in ihrem Hirn wächst.«

Sie sah besorgt aus.

»Die Kinderärzte haben uns erklärt, dass das Gesichtsfeld eines Kindes unter neun nicht dasselbe ist wie das eines Erwachsenen. Sie haben nur ein Gesichtsfeld von sechzig Grad, bei uns sind es hundertneunzig. Deswegen soll man sie nicht so früh in die Schule schicken. Sie bemerken seitlich auf sie zufahrende Autos nicht und können das Geräusch eines Motors nicht lokalisieren. Und ihre Reaktionen sind langsamer als unsere. Ein Erwachsener braucht eine Viertelsekunde, um ein fahrendes Auto zu sehen, ein Kleinkind braucht vier Sekunden. Ich hätte ihre Hand niemals loslassen dürfen.«

»Sie sieht aber völlig gesund aus«, sagte Juliette, die beobachtete, wie das kleine Mädchen der grünhaarigen Bonbonverkäuferin zulächelte.

Louises' Augen leuchteten voller Hoffnung.

»Wir sind ins Gers gekommen, um hier unsere Ruhe zu haben«, sagte sie.

Juliette verzog das Gesicht, als sie daran dachte, dass das auch ihr Traum gewesen war.

Als er abends nach Hause kam, fand Patrick Lestrade seine Mutter benommen im Sessel. Das Licht im Zimmer war aus, der Tisch war nicht gedeckt, keine Speise köchelte auf dem Herd. Er schubste sie leicht an.

»Mama, hörst du mich? Schläfst du?«

Suzannes Kopf bewegte sich hin und her, ihre Augen starrten ins Leere.

»Tut dir irgendetwas weh? Sag doch was.«

Er fühlte ihren Puls, hörte sie ab, überprüfte ihre Reflexe mit seinem kleinen Hammer und beleuchtete ihre Iris mit seiner Lampe.

»Weißt du, welcher Tag heute ist?«

Sie schüttelte den Kopf.

»Welches Jahr?«

Sie täuschte sich um sechzig Jahre.

»Wer ist der Präsident der Republik?«

»Der General de Gaulle«, hauchte sie.

»Weißt du, wer ich bin?«

Ein Lächeln von unendlicher Zärtlichkeit erschien auf ihrem alten Gesicht.

»Du bist mein kleiner Junge«, sagte sie. »Ich kann alles vergessen, aber das nicht ...«

Er lächelte ihr zu.

»Hab keine Angst, Mama. Du hattest einen leichten Gehirnschlag. Du wirst deine Kraft und dein Gedächtnis bald wiederfinden. Aber ich bringe dich trotzdem ins Krankenhaus.«

Suzanne schüttelte wild den Kopf.

»Ich bleibe zu Hause«, sagte sie in einem Ton, der keine Widerrede zuließ.

Am nächsten Morgen schien Suzanne ihre Orientierung noch nicht wiedergefunden zu haben. Patrick hatte die ganze Nacht über gewacht, aber jetzt musste er seine Hausbesuche machen. So bat er Juliette um Hilfe, die ihm versprach, der alten Dame Gesellschaft zu leisten. Sie benachrichtigte Sarah, dass sie nicht in die Agentur kommen würde.

Sie wollte eigentlich an den Akten arbeiten, aber Suzanne war redelustig. Während ihr Sohn da war, war sie stumm geblieben und hatte ihre Hände wie ein kleines, braves Mädchen auf die Knie gelegt. Kaum war Patricks Auto verschwunden und aus dem Blickfeld geraten, redete sie munter drauflos.

»Ich habe drei Männer gehabt«, erklärte sie Juliette. »Der erste war Seemann, der zweite hat Gänseleberpastete hergestellt, der dritte war Landwirt. Ich habe alle drei geliebt. Und alle drei sind tot.«

Sie sah Juliette fest in die Augen:

»Mein Sohn ist in Sie verliebt. Wissen Sie das?«

»Wir sind einfach nur gute Freunde«, widersprach Juliette betreten.

»Nein, Mütter spüren solche Dinge. Wenn ich eines Tages nicht mehr da bin, helfen Sie ihm dann?«

»Patrick hat mir gesagt, dass Sie sehr bald wieder gesund sind.«

»Versprechen Sie es mir!«, drängte Suzanne.

»Wenn es Sie beruhigt …«

Suzanne sah sie traurig an.

»Werden Sie ihm helfen?«

»Ich schwöre es Ihnen«, sagte Juliette.

In der folgenden Woche überschlugen sich die Ereignisse. Man fand zwei alte Engländer tot in ihrem Haus auf. Es war das erste Mal, dass sich in der Gegend ein solches Drama ereignete. Alle sprachen von nichts anderem mehr.

Jeanne Bados war überglücklich:

»Das waren natürlich Ausländer.«

»Denken Sie daran. Wenn die sich untereinander umbringen, dann haben wir nichts mehr zu befürchten«, sagte die Metzgerin.

»Es kann auch mal der Falsche erschossen werden.«

Die Leute wurden ängstlich, schlossen ihre Türen ab und verstanden keinen Spaß mehr.

»Sie sollen mit einem Jagdgewehr erschossen worden sein.«

»Vielleicht war es ja ein Unfall.«

»Nein, die Frau hat versucht zu fliehen. Ihre Leiche wurde im Garten gefunden.«

»Manche sagen, dass es die Mafia war.«

»Vielleicht ein terroristischer Akt?«

»Was könnten denn Terroristen schon bei uns wollen? *Gänse* umlegen?«

Juliette entfaltete die *Dépêche du Midi*, schob ihren Stuhl zurück und legte ihre Knie auf die Schreibtischkante. Die Agentur war leer, das Telefon blieb stumm.

»Diese Mordgeschichte ist verrückt«, sagte Sarah.

»Ich lese das auch gerade.«

Juliette lehnte sich schwungvoll nach vorne und wippte mit dem Stuhl hin und her. Sie fing sich in letzter Sekunde am Schreibtisch auf und faltete die Zeitung aufgeregt zusammen.

»Hast du die erste Seite gelesen?«

»Nein.«

»Die ermordeten Engländer heißen Ken und Emma Peter! Erinnerst du dich noch an diesen Typen, der behauptet hat, dass seine Freunde sich an die Agentur gewandt haben? Das war derselbe Name. Ich würde meine Hand dafür ins Feuer legen. Du hast um eine Gänseleberpastete gewettet, dass er nicht mehr wiederkommt.«

»Und ich habe gewonnen. Ich werde sie mit weißem Knoblauch servieren.«

»Vergiss die Wette und denk doch mal nach. Vielleicht ist er ja der Mörder?«

Sarah wurde blass.

»Meinst du?«

»Wir müssen Maxime um Rat fragen«, sagte Juliette.

Maxime sah nur einen Ausweg. Sie mussten alles der Polizei erzählen.

Juliette und Sarah gingen daraufhin mit Maxime zum Polizeirevier. Der für die Ermittlung zuständige Inspektor war an Handtaschendiebstähle und Autounfälle am Samstagabend gewöhnt. Er warnte Maxime, ja nicht in seine Gefilde einzudringen.

»Wir sind hier nicht in Paris, und Sie sind hier nicht in Ihrem Territorium«, murrte er. »Hier ist eine ruhige Gegend, in der nie etwas geschieht.«

»Allerdings«, sagte Maxime lachend. »Es werden nur Ausländer ermordet, das ist beruhigend.«

»Haben Sie diesen Mann gesehen? Nein? Dann will ich Sie nicht länger aufhalten.«

Maxime zuckte die Achseln und verschwand. Der Inspektor befragte die beiden jungen Frauen ausführlich. Er bat sie, den Mann zu beschreiben und ihm dessen Worte genau wiederzugeben. Ihre Zeugenaussagen stimmten weitgehend überein, aber jede hatte ihre eigene Art, die Dinge zu sehen. Juliette erinnerte sich an einen großen, braunen, bärtigen Mann um die sechzig mit schwarzen Haaren. Sarah hingegen beschrieb einen Mann, der ungefähr fünfzig Jahre alt war, einen Bart, Locken und helle Augen hatte.

Der Fahrer der Bäckerei wartete auf den Inspektor, um den Diebstahl seines Motorrads zu melden. Er sah, wie die beiden Frauen getrennt auf die Wache gingen, dann gemeinsam herauskamen und über den Mord sprachen.

Er erzählte es später seiner Mutter, die es seiner Schwester weitererzählte, die dann einer Kundin der Metzgerei davon Mitteilung machte. Eines ergab sich aus dem anderen, die Geschichte machte die Runde und kehrte völlig entstellt an ihren Ausgangspunkt zurück.

»Ich habe ja gesagt, dass mit dieser Agentur etwas nicht stimmt. Die Engländerin und die Pariserin werden verhört!«, sagte Jeanne Bados erfreut.

Juliette und Sarah hatten nur mit Maxime und dem Inspektor gesprochen. Allerdings titelte die Zeitung am nächsten Tag: »Der Tatverdächtige wollte sein Leben verändern. Die beiden Inhaberinnen der Agentur wurden als verdächtig bezeichnet.«

Juliette kam als Erste in die Agentur. Die Tür war mit großen schwarzen Buchstaben vollgesprüht. »Mit ›Glück durch Veränderung‹ kommen auch die Mörder zu uns.«

Entsetzt rief sie Pascal Castera an.

»Wie kann man so bescheuert sein«, schimpfte sie.

»Die Leute vergessen schnell. Heute konzentrieren sich alle auf diesen Mord, am Sonntag interessieren sie sich nur noch für das Rugbyspiel.«

»Und das finden Sie gut?«

»Nein, aber ich spiele am Sonntag mit, und ich hoffe sehr, dass wir gewinnen.«

Er zeigte auf die Tür.

»Das kriege ich schon wieder hin.«

Er machte sich gemeinsam mit Julien an die Arbeit. Der Junge hatte sich in einen Vorzeigelehrling verwandelt und ließ Pascal nicht mehr aus den Augen.

»Müsstest du nicht in der Schule sein?«, fragte Juliette verwundert.

»Hier lerne ich mehr. Aber sagen Sie meinen Eltern nichts davon.«

41

Du konzentrierst dich nicht genug. Fang noch einmal an, mein Schatz«, drängte Olivier. »Das ist doch nur eine Seite! Danach machen wir weiter … in Ordnung?«

Pomme seufzte und nickte, um es ihm recht zu machen.

»Wir machen weiter mit ›Sesam öffne dich‹«, sagte er und zeigte auf das Buch.

»Mit dem roten S?«, fragte sie.

Er schüttelte verzweifelt den Kopf.

»Was für ein rotes S, Pomette? Was erzählst du da ständig? Es ist schwarz wie alle S!«

Sie schüttelte den Kopf.

»Ein S ist immer rot, Papa«, sagte sie freundlich.

Olivier atmete tief durch, um sich zu beruhigen, und sah Pomme wieder an.

»Und dieser Buchstabe? Welche Farbe hat er?«

Pomme untersuchte das E.

»Gelb.«

Ihr Vater sah entsetzt aus.

»Sieh mal, es gibt zwei M in meinem Vornamen, Pomme. Siehst du, ich kann ihn schreiben«, fügte sie ganz schnell hinzu.

Olivier lächelte. Vielleicht war doch nicht alles verloren.

»Zwei grüne M«, sagte sie.

Das Gesicht von Olivier wurde länger. Als er sah, dass ein Auto vor dem Haus parkte, drehte er sich zum Fenster. Es waren Louise und Juliette.

»Lass uns Mama begrüßen«, sagte er. Er nahm sein Mädchen an die Hand und ging den beiden Frauen entgegen.

»Wir müssen sie wieder ins Krankenhaus bringen, sie hat Halluzinationen, das Hämatom wächst bestimmt«, flüsterte er Louise zu, während Pomme Juliette umarmte.

»Warum?«

»Ich wollte mit ihr lesen. Weißt du, was sie gesagt hat? Dass die S rot sind.«

Louise runzelte die Stirn.

»Ich verstehe, dass du dir Sorgen machst.«

Sie gingen ins Haus. Juliette schob Pomme in ihr Zimmer, damit sie nichts hören konnte.

»Sie braucht vielleicht nur eine Brille«, warf Louise ein.

»Sie sieht die M grün. Sie ist nicht richtig im Kopf.«

»Das kann man nun wirklich nicht sagen.«

Louise schüttelte den Kopf und sagte:

»Jeder weiß, dass ein S blau ist und das M orange!«

Juliette glaubte, nicht richtig gehört zu haben. Olivier meinte, verrückt zu werden.

»Was ist das denn für ein Blödsinn?«, fragte er.

»Wieso denn Blödsinn?«

Er nahm *Ali Baba und die vierzig Räuber* und öffnete es.

»Was steht hier?«

Sie gehorchte.

»Sesam, öffne dich ...«

»Welche Farbe hat das S?«

»Fehlt dir etwas, mein Lieber?«

»Antworte mir!«

Sie lächelte und wollte ihn beruhigen.

»Das S ist blau, wie immer. Und natürlich ist das E rot.«

Louise verstummte, als sie den erstaunten Gesichtsausdruck von Juliette und Olivier bemerkte.

»Was ist denn mit euch los? Was habe ich denn gesagt?«

Olivier sah seine Frau entsetzt an. Juliette zog die Werbebroschüre von ›Glück durch Veränderung‹ hervor.

»Was sehen Sie?«, fragte sie Louise.

Die junge Frau las:

»Wir begleiten Sie auf Ihrem Weg. Ein in Frankreich einmaliges Konzept, persönliche Beratung …«

Juliette unterbrach sie.

»In welcher Farbe ist der Text gedruckt?«

»Das kommt darauf an«, sagte Louise. »›Wir‹ ist vorwiegend rosa, ›wir begleiten Sie‹ ist eher blau und ›mit‹ ist eher grün. Worauf wollen Sie hinaus?«

Olivier stieß einen leichten Seufzer aus.

»Ich sehe nur schwarz auf weiß«, sagte Juliette. »Und Ihr Mann auch.«

Louise runzelte wieder die Stirn.

»Stimmt das?«, fragte sie Olivier.

Er nickte. Louise zeigte wahllos auf eine andere Zeile.

»Hier, ihr wollt mir doch wohl nicht weismachen, dass diese Buchstaben schwarz sind?«

»Doch«, sagte Juliette.

Louise zuckte genervt die Achseln.

»Das C ist orange. Das H ist gelb wie eine geschälte Zitrone, das A ist türkis. Eure Späße finde ich gar nicht komisch.«

Juliette nahm einen Roman zur Hand und schlug ihn auf.

»Alle Buchstaben in allen Büchern sind schwarz, Louise.«

Die junge Frau blinzelte. Olivier sagte in einem anderen Ton:

»Neulich hat Pomme behauptet, 5 plus 3 sei gelb. Was hättest du denn darauf geantwortet?«

»5 plus 3 ist blau.«

»Aber Louise«, sagte Olivier und sprach mit seiner Frau wie mit einer hoffnungslos Kranken. »5 plus 3 ist 8, nicht wahr?«

Louise lächelte.

»Natürlich, aber die Acht ist blau. Sag mir nicht, dass die Ziffern auch schwarz für dich sind.«

Juliette und Olivier nickten im selben Moment.

Louise riss die Augen auf.

»Ihr lebt in einer finsteren Welt!«

»Du hast genau solche Halluzinationen wie Pomme«, sagte Olivier streng. »Vielleicht kommt das vom Wasser oder von falscher Ernährung. Auf jeden Fall ist es schlimm. Ihr müsst in Behandlung!«

42

Bruno und Armelle hatten kein Bücherregal, und deshalb standen ihre vielen Bücherkisten immer noch unausgepackt herum.

»Warum fragt ihr nicht Pascal Castera?«, schlug Julien vor, als er sah, dass sein Vater in den Kartons herumsuchte.

Sie fanden seine Idee ausgezeichnet und riefen den Schreiner an. Er bewunderte das Gebälk des alten Lebensmittelladens und wies auf die große Deckenhöhe hin. Anstatt ein Bücherregal zu bauen, das eine ganze Wand einnehmen würde, schlug er vor, die waagerecht verlaufenden, hervorstehenden Balken zu benutzen. Er wollte darauf Kunststoffplatten befestigen, die als Regale für die Bücher fungieren sollten, und sie so anstreichen, dass sie wie Eichenbretter aussahen. So könnten die Bücher eingeräumt werden und die Proportionen des Raums gewahrt bleiben.

Bruno und Armelle unterhielten sich am Abend darüber.

»Dieser Typ macht einen sehr fähigen Eindruck, aber was er über die Farbe sagt, finde ich nicht überzeugend«, seufzte Armelle.

»Die Farbe ist das Entscheidende«, pflichtete Bruno ihr bei. »Wenn es einmal fertig ist, können wir nicht mehr zurück.«

»Er wird Zichorie benutzen«, sagte Julien dazwischen. »Die Balken und die Bretter werden sich zum Verwechseln ähnlich sehen, und niemand wird den Unterschied bemerken.«

Seine Eltern sahen ihn erstaunt an.

»Du hast doch keine Ahnung«, sagte seine Mutter. »Hast du keine Hausaufgaben auf?«

Als sie am nächsten Tag gegenüber Pascal ihre Bedenken zur Sprache brachten, erschien auf seinen Lippen ein breites Lächeln.

»Ich werde eine Zichorie-Färbung benutzen, dann sehen sich Bretter und Balken zum Verwechseln ähnlich. Sie werden den Unterschied nicht einmal bemerken.«

Bruno drehte sich zu seinem Sohn um.

»Woher wusstest du das?«

»Er hat es bestimmt irgendwo gelesen. Stimmt's, Julien?«, sagte Armelle.

»Schreinergeselle zu werden bedeutet nicht nur, dass man ein guter Handwerker ist«, erklärte Pascal Julien. »Es bedeutet, möglichst perfekt zu werden. Man muss sich Wissen und Können aneignen, sich um eine technische und philosophische Ausbildung bemühen und Werte wie Leistung, Großzügigkeit und Solidarität hochhalten.« Julien nickte. Er wollte unbedingt Schreinerlehrling werden und dann wie einst Pascal durch Frankreich ziehen. Er träumte nachts davon und dachte den ganzen Tag lang an nichts anderes. Er surfte stundenlang im Internet, um alles darüber zu erfahren, und machte seinen Computer schnell aus, wenn einer seiner Eltern im Zimmer erschien. Vier Berufe hatten mit Holz zu tun: Schreiner, Zimmermann, Tischler oder Böttcher. Er erkundigte sich nach den Ausbildungszentren in der Region Midi-Pyrénées, in den Städten Albi, Colmiers, Eauze, Rodez und Toulouse. Man schickte ihm ein Formular, das er ausfüllen musste. Er bat Pascal, ihm bei seiner Bewerbung zu helfen.

»Findest du nicht, dass das eher dein Vater machen sollte?«

»Er hat den Kopf in den Wolken …«

»Und ich habe die Hände in den Holzspänen, stimmt's?«

Julien sah Pascal so traurig an, dass dieser das Holzstück, das er gerade zurechtschnitt, liegen ließ und sich über die Formulare beugte.

»Zeig her.«

Er las aufmerksam noch einmal Juliens Schreiben, machte ein paar Korrekturen und legte einen Empfehlungsbrief hinzu, in dem er schrieb, dass der Jugendliche ein Praktikum bei ihm gemacht habe und sehr begabt sei.

»Ist dein Vater nicht enttäuscht, dass du nicht in seine Fußstapfen trittst?«

»Er ist begeistert. Für ihn ist nur wichtig, dass ich glücklich bin«, behauptete Julien, ohne zu zögern.

Die Zustimmung seiner Eltern war für die Bewerbung unerlässlich, weil er noch nicht volljährig war. Deshalb machte er abends in seinem Zimmer heimlich eine ganze Reihe von Proben und ahmte dann die Unterschrift seines Vaters nach.

Weil das Ende des Trimesters nahte, rief jemand aus der Schule bei Armelle an.

»Die wollen wahrscheinlich, dass Julien eine Klasse überspringt«, sagte sie zu Bruno.

Aber als sie dem Lehrer begegnete, fand sie, dass der Klassenlehrer ziemlich hämisch war.

»Es freut mich sehr, Sie kennen zu lernen«, sagte sie lächelnd. »Wir konnten nicht zum Elternabend kommen. Mein Sohn mag Ihren Unterricht sehr.«

»Er ist ein netter Junge, aber ich möchte Ihnen nicht verhehlen, dass er ein ernsthaftes Problem für uns darstellt.«

»Weil er zu gut ist?«

»Ich sehe, dass Sie die Dinge mit Humor nehmen«, sagte der Lehrer. »Es scheint ihm nichts auszumachen, dass er der Letzte in der Klasse ist. Aber dass er sich überhaupt nicht für die Schulfächer interessiert, gefällt mir nicht. Und dass er so häufig fehlt, ist auch nicht sehr hilfreich.«

Armelle traute ihren Ohren nicht.

»Das muss ein Irrtum sein«, sagte sie. »Sie verwechseln ihn wahrscheinlich. Ich bin die Mutter von Julien.«

»Ich weiß. Ihr Mann ist ein bekannter Professor, und Sie sind eine anerkannte Historikerin. Ich hatte erwartet, dass Ihr Sohn in der Schule keine Probleme haben würde …«

»Er war immer in allem der Beste in der Klasse«, sagte Armelle verblüfft. »Er hat immer nur gute Noten mit nach Hause gebracht.«

»Weil er pfuscht«, sagte der Lehrer trocken. »Ich wollte mit Ihnen darüber nicht reden, aber da Sie so erstaunt sind, muss ich es wohl sagen. Er schreibt alles bei seiner Nachbarin ab. Schriftlich kann er sich durchmogeln, aber mündlich kommt gar nichts.«

Armelle stand auf.

Am selben Abend erzählte sie Bruno, was der Lehrer ihr vorgehalten hatte.

»Julien ist viel zu gut für diese Landschule«, schloss sie. »Hochbegabte werden häufig für Faulpelze gehalten. Ich frage mich, ob es eine gute Idee war, hierherzukommen.«

Bruno beruhigte sie.

»Julien ist ein kultivierter und schlauer Junge. Er hat wahrscheinlich Probleme, sich einzuleben.«

»Der Lehrer hat mir gesagt, dass er häufig fehlt.«
»Hast du nie geschwänzt?«
»Natürlich nicht!«, sagte Armelle schockiert.

43

Grincheux wachte früh auf, als er hörte, dass seine Hündin an der Tür kratzte. Er lief wie ein Schlafwandler zu ihr, ließ sie in den Garten und legte sich wieder hin. Als er gut eine Stunde später aufstand, kratzte er sich im Schritt, stellte die Kaffeemaschine an und drückte die Tür weit auf.

»Schlaaampe!«

Dann trank er einen Schluck Kaffee, schnalzte zufrieden mit der Zunge und wartete gespannt auf die vier Tatzen, die bald über die Eingangsfliesen tapsen würden.

»Schlaaaaampe!«, rief er noch einmal, als er Butter auf sein Brot schmierte.

Er biss hinein und spitzte die Ohren. Kein Geräusch, das die Ankunft seines Hundes ankündigte. Er ging hinaus in die grelle Morgensonne, hielt sich schützend die Hand vor die Augen und suchte die Umgebung ab.

»Oh! Verdammt, Schlampe, bei Fuß, sofort!«

Grincheux liebte seinen Hund über alles. Schlampe und er beschützten sich gegenseitig. Der eine war der beste Freund des anderen, sie waren ganz aufeinander angewiesen.

»Schlampe, du Miststück, ich habe gesagt, bei Fuß!«

Nichts als Stille. Schlampe war verschwunden. Noch nie in seinem Leben war Grincheux so niedergeschlagen gewesen. Er wischte seine Nase mit dem Ärmel ab, runzelte die Stirn und glaubte zu wissen, was geschehen war. In seinem unförmigen Flanellpyjama ging er auf das Nachbarhaus zu. Maxime trank in Polizeiuniform einen Espresso und sah durchs Fenster.

»Wo ist sie?«, brüllte Grincheux.

Maxime seufzte.

»Gehen Sie woanders meckern, Sie nerven mich!«

Sein Gegenüber ließ sich nicht aus der Fassung bringen.

»Sie haben gewonnen, ich werde Ihnen keine Streiche mehr spielen, geben Sie sie mir wieder.«

»Wen denn?«

»Meine Hündin!«

Maxime stellte seine Tasse hin.

»Sie ist nicht bei mir«, sagte er.

Grincheux verzog das Gesicht, und Maxime schien es, als würde er gleich anfangen zu weinen.

»Ich helfe Ihnen, sie zu finden.«

Sie suchten die ganze Umgebung ab. Dann rief Grincheux alle zu Hilfe, die bei der letzten Suche mit dabei gewesen waren.

»Zwei Hunde verschwinden in so kurzer Zeit, das ist ja merkwürdig«, murrte Pascal Castera.

Barnabé Fontani, Patrick Lestrade, John, Maxime und Grincheux trugen Stiefel und hatten Stöcke bei sich. Sie verteilten sich alle in verschiedene Richtungen. Nach zwei Stunden trafen sie sich verdreckt am selben Ort wieder.

»Ich verstehe das nicht, sie läuft sonst nie fort«, sagte Grincheux verzweifelt immer wieder.

Es war das erste Mal, dass Barnabé Patrick Lestrade wiedersah, nachdem Nicolas operiert worden war.

»Bei meinem Sohn hast du richtiggelegen«, murmelte er als Dank.

44

Juliette wollte an etwas anderes denken als an die schrecklichen Worte, mit denen ihre Schwester sie so tief getroffen hatte, und verbrachte deshalb mehrere Abende damit, im Internet zu surfen. Sie benutzte alle französischen und englischen Suchmaschinen, die sie kannte. Sie konzentrierte sich auf mehrere Wörter oder Wortgruppen: Farben, Farbwahrnehmung, gestörtes Sehen, bunte Buchstaben, bunte Zahlen. Sie erforschte alle infrage kommenden Seiten und ärgerte sich, wenn die Links zu sinnlosen Ergebnissen führten. Bis zu dem Augenblick, als sie auf eine Seite mit »Bezügen« stieß. Dort fand sie ein Gedicht von Baudelaire aus dem Gedichtband *Die Blumen des Bösen:* Die Natur ist ein Tempel, in dem lebende Pfeiler / manchmal wirre Worte von sich geben. / Der Mensch geht wie durch einen Wald von Symbolen, / die ihn mit vertrauten Blicken beobachten. / Wie lang anhaltende Echos, die sich in der Ferne vermischen / zu einer düsteren und tiefen Einheit / weit wie die Nacht und wie die Helligkeit / entsprechen einander Düfte, Farben und Klänge.

Der Verfasser der Internet-Seite, der das Gedicht analysierte, behauptete, Baudelaire sei »Synästhet« gewesen.

Juliette klopfte an die Haustür von Olivier und Louise. Sie baten sie herein. Pomme sah sich gerade *Bambi* an. Olivier und Louise stritten sich.

»Du musst in Behandlung«, schrie Olivier. »Du bist ja total verrückt!«

»Er behauptet, dass Worte keinen Geruch haben«, wehrte sich Louise. »Er ist der Verrückte.«

Juliette lächelte ihnen zu.

»Mögt ihr Baudelaire?«

Sie nickten erstaunt.

»Louise ist nicht verrückt, und das, was Pomme erzählt, hat nichts mit ihrem Unfall zu tun. Es ist faszinierend und sehr einfach zugleich. Ihr beide seid Synästheten«, verkündete sie.

Sie sahen sie an, als ob sie geisteskrank wäre.

»Ein Synästhet assoziiert jeden Buchstaben oder jede Zahl mit einem Geruch, einer Farbe, einem Ton oder allen dreien. Er kann eine Farbe hören oder eine Zahl riechen. ›Düfte, Farben und Klänge entsprechen einander‹, wie Baudelaire es ausgedrückt hat.«

»Ist das eine schlimme Krankheit?«, fragte Olivier besorgt.

»Das ist keine Krankheit, sondern eine Begabung.«

Sie hatte Tausende Hinweise im Internet gefunden. Man hat früher gedacht, dass einer von fünfundzwanzigtausend als Synästhet geboren würde. Aber wie eine neue Studie ergeben hatte, war es etwa einer von zweitausend Menschen.

»Es gibt sehr viele berühmte Synästheten«, fuhr Juliette fort. »Rimbaud, Rimsky-Korsakow, Skriabin, Kandinsky. Manche Bezüge scheinen logisch für alle: Rot bedeutet Wärme, Grün zum Beispiel Rasen. Aber ein Synästhet spürt wirklich die Hitze des Rots und riecht den Duft des Grüns.«

»Aber das ist doch unmöglich!«, rief Olivier.

»Unmöglich ist, dass Rot für dich kalt ist und Grün keinen Geruch hat«, antwortete Louise.

Juliette fuhr mit ihren Erklärungen fort. »Es gibt Synästhesien, die durch eine Krankheit oder Drogen wie Haschisch oder Meskalin hervorgerufen werden. Im Fall von Pomme ist es genetisch, weil Louise es ihrer Tochter vererbt hat. Und sie wird es vielleicht ihren Kindern vererben. Ihre Welt ist reicher als unsere.«

Olivier wandte sich an Louise.

»Wir leben seit acht Jahren zusammen, und ich habe nie etwas bemerkt?«

»Ich stecke schon fünfundvierzig Jahre in meiner Haut und dachte, dass alle so sind wie ich«, sagte sie verblüfft.

»Synästheten sind normale Leute, sie sind geistig ausgeglichen und meist hochintelligent«, fuhr Juliette fort. »Die meisten haben Probleme mit Mathematik und können rechts und links nur schwer auseinanderhalten. Aber sie haben ein hervorragendes Gedächtnis, weil sie so vieles Verschiedene assoziieren.«

»Ich brauche nur einmal einen Text zu lesen, um ihn zu behalten«, sagte Louise nachdenklich. »Je mehr Buchstaben, desto mehr Farben und Musik. Ich erinnere mich an die Farbe oder den Geruch eines Vornamens, bevor ich mich an den Namen selbst erinnere. Pomme hat uns gesagt, dass ein kleiner Junge in ihrer Klasse sie an Aurélien erinnert, weil er grün ist. Könnt ihr euch daran erinnern? Manche Worte haben einen sympathischen Geruch, andere einen angenehmen Klang«, sagte sie lächelnd.

»Du wolltest unsere Tochter Clementine nennen, aber ich habe es abgelehnt, weil mich dieser Name an geschmorten Salat erinnert, und den hasse ich. Ich habe es dir doch damals gesagt …«

»Ich dachte, dass du Spaß machst«, entgegnete Olivier.

»Die Synästhesie ist am Ende des achtzehnten Jahrhunderts zum ersten Mal beschrieben worden«, sagte Juliette. »Sie ist von Fall zu Fall anders. Selbst Synästheten sind sich nicht über die Farbe einer Note oder den Geschmack eines Wortes einig.«

»Und deswegen sieht das S für Pomme rot und für mich blau aus«, murmelte Louise.

Olivier nahm sie in den Arm und drückte sie an sich.

»Das ist toll. Ich war außer mir, entschuldige, meine Liebe …«

»Es muss furchtbar sein, das Leben schwarz-weiß zu sehen«, sagte Louise. »Wenn du meinen Namen sagst, dann erklingt keine Musik in deinem Kopf? Und ein Konzert hat keine Farben? Und eine Rechnung keinen Geruch?«

Er schüttelte verdutzt den Kopf. Danach hatte er plötzlich eine Idee und drehte sich mit schelmischem Blick zu seiner Frau:

»Wenn wir miteinander schlafen, dann muss das für dich ein unglaublich reiches Gefühl sein. Sag mir, was du dann fühlst.«

»Ich gehe dann mal«, sagte Juliette lächelnd.

Als sie nach Hause kam, lag Aurélien auf dem Sofa und las *Die Möwe Jonathan Livingstone.*

»Hattest du einen schönen Tag?«

»Ich habe die Geschichte von der Möwe gelesen, die niemandem ähnlich sein möchte.«

»Und welche Farbe haben die Buchstaben auf deinem Buch?«, fragte sie ihn.

»Was? Schwarz natürlich.«

»Und 5 plus 3, wie viel ist das?«

»Acht.«

Sie raufte sich die Haare.

»Ich wollte nur sicher sein.«

Er sah sie mit dem Gesichtsausdruck an, den er hatte, wenn ihn etwas störte.

»Mama, ich habe gehört, wie Alice mit Florian gesprochen hat. Will sie uns wirklich verlassen, um ins Internat zu gehen?«

»Sie will mich verlassen, nicht dich.«

»Ist es meinetwegen, weil ich Diabetiker bin?«

Juliette schüttelte den Kopf.

»Nein, natürlich nicht. Du kannst gar nichts dafür«, rief sie. Es trat ihr unendlich leid, dass er so etwas denken konnte.

45

Maxime hatte seine Beziehungen spielen lassen, um die Ermittlungen über den Peter-Mord nachzuverfolgen. Er erhielt einen Anruf aus einer Schule. Die Polizisten hatten die Spuren von Grimwood, dem bärtigen Engländer, der in der Agentur aufgetaucht war, wiedergefunden. Der Mann wurde von Interpol gesucht, weil er seinen jüngsten Sohn gekidnappt hatte. Er hatte ihn aus einem bei London gelegenen Internat entführt, ohne das Einverständnis der Mutter einzuholen, die das alleinige Sorgerecht besaß. Dann war er mit ihm in die Natur geflohen. Ken Peter, das Opfer, war der Anwalt von Grimwoods Ex-Frau. Also hatte Grimwood ein perfektes Mordmotiv.

Maxime erzählte es Juliette auf einem Spaziergang durch die Felder. Sie sahen sich nur noch unter der Woche, denn die Wochenenden gehörten seiner neuen Freundin, über die er nicht sprechen wollte.

»Versteckst du sie oder uns?«, hänselte ihn Juliette.

»Ich behalte meine Gefühle für mich«, sagte er abwehrend.

»Ist sie verheiratet? Spionin? Als Großverbrecherin registriert? Ist es Jeanne Bados?«

Maxime schüttelte den Kopf.

»Wir brauchen noch etwas Zeit, um uns aneinander zu gewöhnen. Ich stelle sie dir vor, wenn ich mir sicher bin, dass es etwas Ernstes ist. Und wie steht es mit dir und Alice?«

Juliette fühlte sich unwohl, wenn sie an ihre Schwester dachte. Seit ihrem Streit gingen sie sich geschickt und diplomatisch aus dem Weg. Aber beide litten darunter.

»Sie schämt sich für mich und hätte es lieber gesehen, wenn

ich anstatt meiner Eltern gestorben wäre. Was soll ich dazu noch sagen?«

»Sie meint das nicht so.«

»Da bin ich mir nicht so sicher.«

Schweigend gingen sie weiter.

»Sie möchte nächstes Trimester ins Internat gehen.«

»Das hat sie nur gesagt, um dich zu ärgern.«

»Dann ist ihr das gelungen«, sagte Juliette.

Maxime zuckte die Achseln.

»Ich habe Neuigkeiten von meinen Vorgesetzten. Sie werden in vier Wochen über mein Los entscheiden. Offiziell bin ich aus medizinischen Gründen immer noch beurlaubt. Aber in Wirklichkeit zögern sie noch, ob sie mich rausschmeißen oder ob sie mich befördern sollen.«

»Und wenn du weiterbeschäftigt wirst, verschwindest du dann wieder?« Sie beschloss, ihm auf der Stelle zu sagen, dass er Auréliens Vater war, wenn er Nein sagte. Aber er zögerte.

»Alles ist möglich …«

Juliette unterbrach ihn durch eine Handbewegung, es schien ihr, als habe sie ein Wimmern gehört.

»Hörst du?«

Maxime spitzte die Ohren.

»Da weint jemand.«

»Es kommt von dahinten«, flüsterte Juliette.

Sie gingen querfeldein und versanken dabei tief in der weichen Erde.

»Sieh mal, da ist ein Wohnwagen.«

»Da ist jemand eingeschlossen. Ein Kind oder eine Katze.«

Je näher sie kamen, umso lauter wurde das Jammern. Jemand kratzte von innen an der Tür.

»Ist dort jemand?«, fragte Maxime laut. »Wer sind Sie?«

Ein elendes, erbärmliches, ohne Zweifel hündisches Gekläffe antwortete.

»Das ist Buckingham«, rief Juliette.

»Nein, das ist Schlampe.«

Der Wohnwagen war abgeschlossen. Maxime sah sich um, aber es war nichts da, um die Tür aufzubrechen. Er bat Juliette, einen Schritt zurückzugehen, und trat fest gegen die Tür. Sie zerbarst. Zwei abgemagerte und verschreckte Hunde erschienen und bellten vor Freude.

»Buckingham!«

»Schlampe!«

Die beiden armen Tiere hatten wenig zu trinken und zu essen bekommen, ihr Fell war matt, und die Rippen von Buckingham standen hervor. Ihre Augen strahlten vor Dankbarkeit, sie leckten die Hände ihrer Retter und wedelten mit den Schwänzen.

Maxime hielt sich die Nase zu und ging in den Wohnwagen, der nach Urin und Kot stank. Anstatt auf Streu hatten die Hunde auf prallen Postsäcken mit nicht zugestellten Briefen geschlafen.

Poupon trug die Jacke mit den Farben der Post und drehte seine Runde. Er zwängte sich aus seinem gelben Lastwagen und ächzte unter seiner von vielen Briefgenerationen deformierten Tasche.

»Barrault, Barrault …«, brummte er und mischte die Briefe wie Spielkarten. »Villeneuve, Villeneuve. Sieh einer an, sie haben für ihren Victor eine neue Illustrierte abonniert … Duchemin, Duchemin … Yann Basset …«

Er ging mit gesenktem Kopf weiter und konzentrierte sich ganz auf seine Post.

»Den hier behalte ich für mich, der hat eine schöne Briefmarke.«

Er stopfte ihn schnell in seine Tasche.

»Das sieht ja ganz nach Veruntreuung aus«, sagte da eine Stimme.

Poupon hob den Kopf und erkannte Maxime. Auf seinem runden und naiven Gesicht erschien ein breites Lächeln.

»Sie haben mir aber Angst gemacht!«

»Weil Sie ein schlechtes Gewissen haben«, sagte Maxime schlagfertig.

Poupon runzelte die Stirn.

»Das ist aber gar nicht nett von Ihnen. Ich habe keine Zeit, mit Ihnen zu quatschen. Ich muss Briefe zustellen.«

»Und Ihre Hunde füttern?«

Poupons Gesicht zeigte keinerlei Regung. Er war entweder unschuldig oder ein glänzender Schauspieler.

»Ich habe keine. Ich habe Angst vor Hunden. Die Köter hassen Uniformen. Ich bin öfter gebissen worden, als ich es verdient habe.«

»Und Sie hatten die Nase voll?«

Poupon steckte die Post der Barraults in deren Briefkasten.

»Ich weiß nicht, wovon Sie sprechen«, sagte er.

Juliette stieg aus dem Mercedes und kam näher.

»Wir haben sie in dem Wohnwagen gefunden«, sagte sie vorwurfsvoll.

Poupon sah stumm vor sich hin und stellte seine Tasche ab.

»Ich wusste, dass jemand sie irgendwann befreien würde. Aber soll die Sache so enden? Ich verliere meine Arbeit, und diese dreckigen Tölen kehren zu ihren Herrchen zurück? Ich soll vor Hunger sterben, während die Geldsäcke hier ihre Pasteten verzehren?«

Er zeigte ein seltsames Lächeln.

»Diese Köter haben nichts anderes im Sinn als zu beißen. Und ihren Besitzern ist das völlig egal. Für die bin ich weniger wert als ihr Hund. Aber ich habe mich wenigstens gerächt.«

»Ich verstehe Sie nicht. Alle hier mögen Sie«, sagte Juliette. »Und diese ganze Post, die Sie nie zugestellt haben …«

Poupon zeigte mit vornehmer Geste auf seine Tasche.

»Ich habe in meinem ganzen Leben keinen einzigen Brief gekriegt. Rechnungen, Steuern, Werbung, das schon. Aber niemand hat sich je fünf Minuten Zeit genommen, um mir zu schreiben. Ich habe keine Familie mehr, keine Frau, keine Kinder und keine Freunde. Warum kriegen die anderen Briefe und ich nicht?«

Sie brachten die Hunde in die Schule. Buckingham begrüßte die Kinder stürmisch. Dann badeten sie ihn mithilfe von Alice und Aurélien. Nicolas sah zu, weil er seine Operationsnarbe schonen musste. Sie trockneten die Hunde ab, gaben ihnen zu fressen und streichelten sie. Die beiden Tiere lagen auf dem Teppich vor dem Kamin, atmeten tief und sahen verschreckt um sich.

»Ich hole Grincheux«, sagte Maxime. »Juliette, du kümmerst dich um John und Sarah.«

Maxime öffnete die Tür seines Nachbarn. Die Angel drehte sich quietschend, und das Haus war dunkel. Grincheux saß traurig vor dem leeren Korb von Schlampe, sogar seine Ratte interessierte ihn nicht mehr.

»Ich möchte Sie um einen Gefallen bitten«, sagte Maxime. »Fahren Sie mit mir zu Juliette Forestier.«

»Wie bitte? Verdammt, vergessen Sie's.«

»Nur fünf Minuten …«

»Hauen Sie ab!«

»Nicht ohne Sie«, drängte Maxime. »Ich bin stur, Sie kennen mich.«

»Und wenn ich mitkomme, lassen Sie mich in Ruhe?«

Maxime nickte, und Grincheux folgte ihm murrend.

Maxime parkte seinen Mercedes vor der Schule, als der Range Rover ankam. John hatte Ringe unter den Augen und trug eine Trauermiene zur Schau, seit Buckingham verschwunden war. Grincheux hatte abgenommen, seit Schlampe nicht mehr da war.

Juliette und die drei Kinder liefen sofort zur Tür. Sarah fragte sich, warum sie so grinsten.

»Dir gebührt die Ehre, Juliette«, sagte Maxime.

Sie klatschte in die Hände. Man hörte ein Traben, die beiden Hunde erschienen im Licht, witterten ihre Herrchen, ohne sie zu sehen, und liefen auf sie zu.

John, Sarah und Grincheux fielen im selben Augenblick auf die Knie und waren außer sich vor Freude. John und Sarah sprachen Englisch mit Buckingham, der sich mit dem Rücken auf dem Boden rollte und seine Pfoten in die Luft streckte. Grincheux drückte Schlampe an sich, hielt seine Nase gegen ihre Schnauze und sah ihr in die Augen. Nach einiger Zeit drehte er sich zu Maxime um.

»Mein richtiger Name ist Paul«, sagte er als Dank. »Und Sie kriegen auch keine Biber zu essen, dabei hatte ich sie extra vorbereitet.«

»Was wollten Sie für mich kochen?«

»Biber. Das ist mein Lieblingsstreich. Ich erzähle den Parisern, dass es ein Wild der Gegend ist. Sie essen es, und ich habe meinen Spaß. Oh Gott, jetzt werfe ich sie in den Mülleimer. Nicht wahr, meine Schlampe?«

46

Als Juliette in die Agentur kam, wartete Bill Emers dort auf sie.

»Ich wollte Ihnen nur Bescheid sagen. Kate ist nicht untätig geblieben.«

Bill hatte in einem Staat mit drakonischen Scheidungsgesetzen geheiratet. Er musste die Hälfte seines Informatikunternehmens an seine ehemalige Frau abtreten. Er war mit einem Schlag in der Minderheit in seinem eigenen Verwaltungsrat, der logischerweise alles ablehnen würde, was er vorschlug.

»Was meine Eltern anbelangt, hat sie ihr Wort gehalten. Mein Vater glaubt immer noch, dass ich französische Enkelkinder für ihn fabrizieren werde ...«

»Wir müssen irgendwann über eine Trennung nachdenken.«

»Sie kommen Ostern wieder. Stört es Sie, wenn wir solange noch zusammenbleiben?«

»Wenn es Ihnen nichts ausmacht, eine Fleischfresserin zu lieben.«

Bill lächelte trotz seiner Sorgen.

»Sam ist glücklich, er hat im Internet eine Adresse gefunden, bei der man Tofu, Quinoa und Seitan bestellen kann. Sie liefern innerhalb von achtundvierzig Stunden.«

»Was ist das denn?«

Bill erklärte es ihr. »Tofu wird aus Milch und gelbem Soja hergestellt. In Asien isst man ihn schon seit zweitausend Jahren wie frische Dickmilch. Man kann ihn mariniert mit Salat essen, grillen oder in der Pfanne mit Knoblauch und Petersilie braten. Quinoa kommt ursprünglich aus Peru und wird auch Reis der Inkas genannt. Lange galt sie als eine der nahrhaftesten Pflanzen der Welt. Seitan ist ein bekannter Fleischersatz; er besteht aus Weizenproteinen und enthält viel Gluten. In einer gut gewürzten Brühe erinnert er an Fleisch.«

»Heute Mittag werden wir Schweinerippchen mit Honig essen. Sie wissen gar nicht, was Ihnen entgeht«, sagte Juliette voller Überzeugung.

Maxime tauchte bei Juliette auf, als sie gerade ihr letztes Stück knusprige Rippe mit Soße aufaß.

»Euer geheimnisvoller, bärtiger Engländer hielt sich im Winter in einem unbewohnten Haus versteckt. Die Polizei hat ihn gerade verhört.«

»Sehr gut. Die Leute werden sich wieder einkriegen, und alles wird wie früher«, sagte Juliette.

»Ganz und gar nicht. Man hat am Tatort Fingerabdrücke gefunden, die nicht von den Opfern stammen. Man glaubte, damit Grimwood überführen zu können. Aber es sind nicht seine, und die Waffe wurde auch nicht gefunden. Die ganze Untersuchung muss wieder neu aufgenommen werden! Die Polizisten haben die Vergangenheit des Ehepaars Peter unter die Lupe genommen. Als er noch als Richter arbeitete, hat Ken eine Menge Leute ins Gefängnis gebracht. Es gibt Unzählige, die ihm an den Kragen wollten.«

Als Juliette am folgenden Freitag mit ihrem rosa Korb durch die Marktreihen schlenderte, rief Barnabé ihr zu:

»Stimmt es, dass Alice ins Internat gehen will?«

Juliette zuckte zusammen.

»Ach, wissen das schon wieder alle?«

»Die Gegend hier ist überschaubar«, sagte Barnabé.

»Was sich in meiner Familie abspielt, geht nur uns etwas an«, schimpfte Juliette.

Barnabé lächelte belustigt.

»Sonst sage ich das immer.«

47

Ein heftiger Hustenanfall plagte Jacques Barrier, danach konnte er keinen Ton mehr hervorbringen. Er beugte sich nach vorne und brauchte einige Zeit, um sich zu erholen. Es wurde jeden Tag schlimmer.

»Florian darf abends nicht mehr aus dem Haus gehen, er hat nicht die richtigen Freunde«, sagte Jeanne trocken. »Ich werde einen Arzt rufen, du brauchst Antibiotika.«

»Ich brauche meinen Neffen an den Musikmontagen«, sagte Jacques mit Mühe. »Du kannst es akzeptieren oder nicht. Kein Florian, keine Behandlung. Ohne ihn ist mir langweilig.«

»Danke, das höre ich gerne.«

Jacques bekam wieder besser Luft und lenkte seinen Rollstuhl zu ihr hin.

»Du hast einen Mann, deinen Beruf, einen Sohn. Ich habe nur den Jazz. Florian ist kein gewöhnlicher Junge, Jeanne. Er ist talentiert, und alles, was er im Alltag nicht ausdrücken kann, übersetzt er in seine Musik. Irgendwann geht er fort, er ist nicht dafür geschaffen, hier zu bleiben. Er muss reisen, um sich entwickeln zu können.«

Jeanne zuckte die Achseln.

»Wenn ich ihn weglasse, dann geht er zu diesem Mädchen. Es tut mir leid, aber das ist unmöglich.«

Jacques ballte die Fäuste.

»Kein Florian, keine Behandlung!«

»Es ist unerhört«, sagte Pierre Bados zu seiner Frau. »Er lehnt eine Behandlung ab? Sehr gut. Also können wir davon ausgehen, dass er sich selbst gefährdet, und ihn in eine Anstalt bringen.«

»So weit ist er noch nicht«, widersprach Jeanne.

»Und wenn sich sein Zustand verschlimmert, was machen wir dann? Wer bezahlt die Krankenpfleger?«

»Er hat Geld, und ich werde ihm helfen.«

Pierre spielte eine andere Karte aus.

»Was ich da sage, ist nur zu seinem Besten. Mit meinen Beziehungen kann ich ihm einen Platz in einem Luxusheim beschaffen.«

»Dem wird er nie zustimmen«, warf Jeanne ein. »Du weißt, wie stur er ist.«

Pierre zuckte die Achseln.

»Wir lassen ihm keine Wahl. Sein Haus ist zu groß für einen Mann. Würdest du nicht gern dort leben?«

»Es gehört ihm und nicht uns.«

»Aber wir sind seine einzigen Verwandten. Hör zu, es ist ganz einfach: Wenn er eine Behandlung annimmt, dann lassen wir alles beim Alten. Wenn er ablehnt, dann bringen wir ihn woandershin.«

»Wenn er wieder bei Kräften ist, kann er dann wieder nach Hause?«, fragte Jeanne.

»Das werden wir sehen«, sagte Pierre. »Wir könnten ihm das Erdgeschoss überlassen, und Florian könnte die ganze erste Etage kriegen.«

»Meinst du?«, fragte Jeanne widerwillig.

»Er braucht doch nicht dreihundert Quadratmeter, um im Rollstuhl herumzufahren.«

Florian saß zusammengekauert hinter der Tür und hörte seinen Eltern erschrocken zu.

»Es ist Zeit, deinen Bruder aus seinen Erinnerungen zu reißen. Das ist nur gut für ihn«, bestimmte sein Vater.

»Er hat dieses Haus gekauft, weil es der Mutter dieser Hure Juliette Forestier gehörte …«

Florian runzelte die Stirn.

»Wenn ich bedenke, dass Jacques sterben wollte, weil er sich so in diese idiotische Hélène verliebt hatte … Und dass er seit 1967 ihretwegen an den Rollstuhl gefesselt ist. Und jetzt ist unser Sohn auch noch in ihre Tochter verknallt!«, empörte sich seine Mutter.

Florian riss die Augen weit auf. Er machte vorsichtig ein paar Schritte rückwärts, damit das Parkett nicht knarrte, und ging nach oben in sein Zimmer. Er öffnete das Fenster, stieg auf das Fensterbrett, ließ sich fallen und landete auf dem weichen Boden. Er hatte sich dabei nicht wehgetan, und so stand er auf und rannte zu seinem Mofa.

Alice brachte gerade den Mülleimer nach draußen und erschrak heftig, als sie Florian in der Dunkelheit auftauchen sah.

»Du hast mir vielleicht Angst eingejagt«, rief sie und legte sich die Hand an die Brust.

»Tut mir leid«, sagte Florian. »Ich bin aus dem Fenster gesprungen, um herzukommen. Mein Vater will sich die Hütte von meinem Onkel unter den Nagel reißen. Und meine Mutter ist so feige, dass sie mitmacht. Ich schäme mich ihretwegen. Du hast Glück, deine große Schwester ist wirklich in Ordnung.«

»Aber sie ist nicht meine Mutter und wird sie mir nie ersetzen«, murmelte Alice.

»Aber sie ist der Mensch, der für dich da ist und dich liebt, oder?«

Alice zuckte die Achseln. Florian wollte nicht, dass Alice im nächsten Trimester ins Internat ging, und versuchte, das Verhältnis der beiden Schwestern zu flicken, so gut er konnte. Doch seit dem letzten Streit konnte Alice Juliette nicht mehr ertragen.

»Ich weiß jetzt, warum meine Eltern euch hassen«, sagte er. »Deine Mutter hieß Hélène, stimmt's?«

Alice' Gesicht verfinsterte sich.

»Ich verstehe den Zusammenhang nicht.«

»Ja, es ist ihretwegen!«

»Du redest Unsinn«, murrte Alice.

»Ganz und gar nicht. Sie war die große Liebe von meinem Onkel. Das ist eine traurige Geschichte, es ist wie im Roman. Ist deine Schwester da?«

Sie gingen zu Juliette ins Wohnzimmer, und Florian erzählte ihnen, was er gehört hatte. Als sie alles zusammensetzten, was sie wussten, wurde ihnen die Situation klar.

»Also ist dein Onkel wegen unserer Mutter gelähmt?«

»Ja, und er liebt sie immer noch.«

»Aber sie ist seit zehn Jahren tot.«

»Das weiß er nicht«, bemerkte Florian. »Ich dachte immer, er sei von der Brücke gestürzt, als er einen Spaß machen wollte …«

Alice sah Juliette an.

»Und ich habe dich beschuldigt.«

»Ich habe dir doch gesagt, dass ich nichts dafür kann. Aber du wolltest ja nicht auf mich hören«, sagte Juliette leise.

Alice wurde rot.

»Er ist aus Liebe zum Krüppel geworden. Das ist ja Wahnsinn«, sagte Florian.

Alice und Juliette sahen sich an.

»Weißt du noch, was ich dir neulich gesagt habe? Dass es mir lieber wäre, wenn unsere Eltern noch leben würden und du …«, sagte Alice trübe.

»So etwas vergisst man nicht.«

Alice blickte zu Boden.

»Ich habe das nicht so gemeint«, murmelte sie.

»Aber du glaubst immer noch, dass ich sie getötet habe?«

Alice biss sich auf die Lippen. Juliette sagte sich, dass nun der Augenblick gekommen sei, um das Eis zu brechen.

»Du glaubst schon all die Jahre, dass ich für ihren Tod verantwortlich bin? Komm schon, Alice, das war ein Unfall …«

Ihre kleine Schwester sah sie an. Ihre Augen waren voller Tränen.

»Ich hätte mein Leben für sie hergegeben«, sagte Juliette. »Ich bin nicht an dem Flugzeugabsturz schuld.«

»Ich weiß«, flüsterte Alice. »Ich habe es immer gewusst. Aber ich fühlte mich so schuldig …«

Juliette runzelte die Stirn.

»Du fühltest dich schuldig? Aber warum denn?«

»Weil ich am Leben war und sie tot waren!«

Juliette hielt den Atem an. Florian wurde blass.

»Ich hätte mit ihnen im Flugzeug sitzen sollen, dann wäre ich auch gestorben. Dann hättest du mich nicht wie eine Sträflingskugel mit dir herumschleppen müssen«, fuhr Alice mit erstickter Stimme fort. »Ich war immer so traurig, und deswegen habe ich dich angegriffen. Aber davon wurde es auch nicht besser …«

Sie schüttelte aus Wut auf sich selbst den Kopf.

»Ich war immer gemein zu dir, dabei hast du dich für mich in Stücke gerissen. Ich bin nichts wert, ich bin so undankbar. Ich gehe ins Internat, wenn du mich hier nicht mehr haben willst.«

Juliette breitete die Arme aus. Alice warf sich weinend hinein.

»Entschuldige«, rief Alice. »Florian hat recht, du bist der Mensch, der mich liebt und für mich da ist. Du warst die beste Mutter und der beste Vater zugleich. Ich war abscheulich.«

Juliette drückte sie an sich.

»Ich bitte dich, vergib mir.« Alice schluchzte.

Auch Juliette hatte feuchte Augen.

»Das ist schon lange geschehen …« Sie verharrten eine Zeit lang in ihrer Umarmung. »Ich fahre nach Hause, bevor meine Eltern darauf kommen, dass ich nicht zu Hause bin«, murmelte Florian. Sie merkten nicht mal, wie er losfuhr.

48

Am nächsten Morgen erzählte Juliette Sarah, was am Vorabend geschehen war. Plötzlich öffnete sich die Tür der Agentur. Ein Paar stand vor ihnen, und sie trauten ihren Augen nicht: Joëlle, ihre Kundin Nr. 4, hatte einen neuen, ihren dritten Look. Die Frau vom Land mit den unscheinbaren Klamotten, die sich zunächst in eine Jugendliche in Jeans verwandelt hatte, war zu einer Dame geworden, deren Haar mit einem Netz zu einem Dutt frisiert war. Sie trug eine rosa Bluse und einen grauen Faltenrock. Ihr Begleiter war ein braunhaariger, rundlicher Mann mit sanften Augen. Er trug einen grauen Anzug und eine Fliege und sah Joëlle verliebt an.

»Darf ich Ihnen meinen Verlobten Arnaud vorstellen?«, sagte sie stolz. »Wir sind gekommen, um uns zu bedanken, denn Ihnen habe ich es zu verdanken, dass ich ihn kennen gelernt habe.«

Sie lachte scheu wie eine Klosterschülerin. Juliette fragte sich, wie diese Verwandlung möglich war. Vielleicht war Joëlle ja in einem früheren Leben ein Chamäleon gewesen.

»Wir werden heiraten«, verkündete Arnaud mit ernster Stimme. »Mein Onkel ist Jesuitenpater und wird uns trauen.«

Er schwieg und nahm Joëlles Hand. Juliette bemerkte das Wappen auf seinem Siegelring und den Diamanten, der an der Hand seiner Verlobten blitzte.

»Sie sind unsere Schutzengel«, sagte die neue Joëlle. »Ihnen verdanken wir unser Glück.«

Als Arnaud sich mit Sarah unterhielt, nutzte Joëlle die Gelegenheit und flüsterte Juliette zu:

»Ich weiß nicht, was er an mir findet, aber er liebt mich. Ist das nicht unglaublich?«

Als das Paar gegangen war, sahen sich die beiden Partnerinnen verdutzt an.

»Wir haben doch das Gleiche gesehen, oder habe ich geträumt?«, fragte Juliette.

»Ich habe mich nicht getraut zu fragen, ob sie immer noch bei dem Cousin meiner Bekannten arbeitet«, sagte Sarah. »Wir werden die Honorarfrage überdenken müssen. Wie viel sollen wir jetzt von ihr verlangen?«

Joëlle hatte innerhalb eines Monats eine Verwandlung durchgemacht, die eigentlich zehn Jahre hätte dauern müssen. Sie war umgezogen, und die Dinge hatten ihren Lauf genommen. Juliette war auch umgezogen, aber bei ihr waren die Folgen nicht so radikal gewesen.

»Sie verkleidet sich«, sagte sie zu Sarah. »Als sie klein war, konnte sie bei ihrer Mutter weder Schminke noch Klamotten ausleihen. Sie holt ein Kleinmädchenspiel nach.«

»Ich kann nicht mehr«, schimpfte Bill Emers.

Sam zeigte auf die ruhige, schöne Landschaft.

»Sieh doch mal, wie gut es uns geht. Freu dich lieber darüber, als uns den Nachmittag zu verderben.«

Bill schüttelte dickköpfig den Kopf. In seinem Alter musste man, wollte man dem amerikanischen Traum entsprechen, die Früchte seiner Arbeit ernten. Stattdessen war er die ganze Leiter heruntergepurzelt.

»Ich habe meine Firma gleich nach dem Studium aufgebaut. Ich habe geschuftet wie ein Wahnsinniger. Ich habe Opfer gebracht, die du dir gar nicht vorstellen kannst … Und jetzt soll ich bettelarm sein? Das ertrage ich einfach nicht.« Er schlug mit der Faust auf den Tisch, und sein Glas kippte um. »Du kannst das nicht verstehen, du bist mit einem Silberlöffel im Mund geboren.«

»Wenn meine Mutter noch leben würde, dann wäre ich nicht so reich, aber glücklicher. Ich hatte keine Wahl«, sagte Sam und stellte das Glas wieder hin.

Bill zuckte die Achseln.

»Ich will unabhängig sein, dir Geschenke machen, dich auf Reisen mitnehmen, dich überraschen.«

»Du hast mich schon überrascht, als du mich nach Frankreich mitgenommen hast. Ich liebe dich, und ich liebe dieses Land, also hör schon auf mit diesem Zirkus.«

»Ich kann nicht mehr glücklich sein«, gab Bill zu. »Ich habe keine Arbeit und kein Geld mehr. Ein Mann ist das wert, was er leistet.«

»Langsam gehst du mir wirklich auf den Geist.«

Bill biss sich auf die Lippen.

»Ich bin alt und idiotisch. Und solltest du noch Zweifel haben: Sie glauben, dass du mein Sohn bist.«

49

Die ersten kalten Tage brachen an. Die Landschaft hatte sich verändert, die Felder waren alle von demselben Braun, und die Weinreben reckten sich zum bleigrauen Himmel. Juliette hatte vorgesorgt, die Kinder hatten schöne, warme Decken und wasserdichte Schuhe. Aber sie hatte das Holz vergessen. Also verbrannten sie im Kamin Obstkisten und die Kartons, die noch von ihrem Umzug übrig waren.

»Kannst du dich noch an die Bonsais von Mama erinnern?«, fragte Juliette Alice. »Sie mochte ein No-Theaterstück besonders gern. Darin ging es um einen sehr armen Mann, dessen einziger Schatz drei Bonsais waren. Eines Abends war Schneesturm, und ein Unbekannter bat ihn um Einlass, um sich aufzuwärmen. Ohne Zögern verbrannte der Mann seine Bonsais, also seinen gesamten Besitz, um für ihn zu heizen. Der Unbekannte war in Wirklichkeit ein großer Samurai und hat ihn für jeden verbrannten Bonsai hundertfach belohnt.«

Als sie am nächsten Tag aus der Agentur kam, sah Juliette wie durch ein Wunder einen großen Haufen Holz vor ihrer Tür liegen.

»Ist hier jemand?«, fragte sie und sah sich um. »Hallo, Holzhacker-Gespenst, sind Sie da irgendwo?«

Niemand antwortete. Sie stapelte die Holzscheite im Wohnzimmer. Das Feuer knisterte im Kamin, als die Kinder nach Hause kamen.

»Habt ihr jemandem erzählt, dass wir kein Holz haben?«, fragte Juliette.

»Nicolas, Maxime und Dr. Lestrade«, sagte Aurélien.

»Florian und Julien. Grillen wir Marshmallows?«, sagte Alice.

Aurélien machte ein finsteres Gesicht. Er liebte die Zuckermasse mit der Kaugummikonsistenz, die man auf Spieße steckte und ins Feuer hielt. Er hatte sich mit Alice im letzten Winter damit vollgestopft, bevor sein Diabetes entdeckt wurde.

»Ich habe auf dem Markt Kastanien gekauft«, sagte Juliette.

Ihr Sohn warf ihr einen dankbaren Blick zu. Und doch war Juliette traurig. Sie konnte ihn so sehr beschützen und lieben, wie sie nur wollte, er würde sein ganzes Leben lang immer auf etwas verzichten müssen.

»Nicolas hat vorgeschlagen, morgen zu McDonald's zu gehen«, sagte er glücklich. »Letztes Mal war ich im September dort, und ich weiß noch genau, was der Arzt gesagt hat. Hamburger ohne Bacon, Fritten, Salat und Mineralwasser. Darf ich, Mama?«

Juliette freute sich. Er würde schon zurechtkommen, weil er das Leben so liebte. Alice und ihr gelang es ja auch, mit den Gespenstern ihrer Eltern klarzukommen. Das Feuer hatte magische Kräfte, und an diesem Abend überließen sie sich ihnen.

50

Patrick Lestrade beschloss, am achtzigsten Geburtstag seiner Mutter ein Fest zu geben. Er runzelte die Stirn, als Suzanne ihn bat, Barnabé Fontani einzuladen.

»Das ist doch Quatsch«, sagte er.

»Er hat es dir übelgenommen, dass du seine Frau nicht gerettet hast, aber dann hast du seinen Sohn geheilt. Ich bestehe darauf, dass er dabei ist. Es ist mein Geburtstag, nicht deiner!«

»Er wird absagen«, sagte Patrick voraus.

Es war eine Feier für Erwachsene, die Kinder waren nicht eingeladen. Am Tag der Einladung kamen Juliette, John und Sarah, Maxime, Pascal Castera, Bill und Sam, Olivier und Louise auf den Bauernhof. Barnabé kam als Letzter. Er ging an Patrick vorbei, als wäre er unsichtbar, und lächelte dann Suzanne zu.

»Sie sind teuflisch«, sagte er zu ihr, und seine Augen lachten.

Das Feuer knisterte im Kamin.

»Ein unbekannter Holzfäller hat mir Holz vor die Tür gelegt«, erzählte Juliette. »Wenn es einer von euch ist, dann vielen Dank!«

Niemand reagierte. Barnabé wandte sich an Pascal:

»Weißt du noch, welchen Streich wir dem arroganten Pariser gespielt haben, der alles besser wusste?«

»Das werde ich nie vergessen. Sein Kamin war verstopft. Du hast ihm gesagt, dass man seinen Kamin höher bauen müsse, damit sein Feuer besser aufsteigt. Der Typ hat es geglaubt, er hat mich kommen lassen, und ich habe seinen Kamin höher gebaut.«

Alle lachten.

Es war das erste Mal, dass die Amerikaner Maxime trafen, und so hatten sie Gelegenheit, sich über Informatik zu unterhalten. Die Firma von Bill hatte das Programm entwickelt, das Maxime bei seiner Arbeit benutzte.

»Die Welt ist klein«, sagte der Franzose. »Sind Sie immer noch im Geschäft?«

Die Amerikaner sahen sich an.

»Wir sehen uns gerade die Konjunkturdaten an«, antwortete Sam.

Der Wein floss reichlich, und die Flaschen wurden schnell geleert. Patrick musste in den Keller gehen, um Nachschub zu holen. Maxime saß neben ihm und schlug vor, ihn zu begleiten.

»Passen Sie auf die Stufen auf, sie sind nicht alle gleich breit, und man macht schnell einen falschen Schritt«, warnte ihn Patrick und ging voraus. »Mein Großvater hat diese Treppe gebaut. Er hat dabei wohl seine Brille vergessen.«

»Mich haut so schnell nichts um«, versicherte Maxime und wäre fast hinuntergestürzt.

Patrick lachte. Die Treppe führte ins Herz des Bauernhofs. Das Untergeschoss war Keller und Rumpelkammer zugleich. Maxime stützte sich beim Hinuntergehen gegen die Wand, um das Gleichgewicht zu halten. Doch plötzlich war da keine Wand mehr, sondern nur noch ein Vorhang, hinter dem eine Abstellkammer lag. Maximes Hand griff ins Leere, er stürzte und riss die Flaschen und Gegenstände, die hinter der Gardine lagen, mit sich. Patrick lief schnell wieder hoch, um ihm beim Aufstehen zu helfen.

»Sind Sie noch heil? Haben Sie sich wehgetan?«

»Alkohol wirkt schmerzstillend«, murrte Maxime und richtete sich auf. »Morgen habe ich ein paar blaue Flecke, nicht mehr.«

»Wir gehen wieder hoch, und ich werde Sie untersuchen.«

»Heute Abend sind Sie nicht Arzt, sondern Hausherr. Ich warte hier auf Sie. Holen Sie den Wein!«

Patrick verschwand im dunklen Keller. Maxime hörte, wie er ein paar Flaschen bewegte. Er schüttelte den Staub von seinen Kleidern, rieb seinen Arm, den er sich gestoßen hatte, und untersuchte die Gegenstände, auf die er gefallen war. Er sah sich die Schäden an, schob das zerbrochene Glas mit dem Fuß beiseite, entdeckte unter einer Plane einen auffälligen Gegenstand und beugte sich vor.

Patrick wählte fünf Flaschen aus, legte sie in einen Korb und machte kehrt. Als er zu Maxime kam, fand er, dass der merkwürdig aussah.

»Sie sehen nicht gut aus. Sind Sie sicher, dass Ihnen nichts fehlt?«

Maxime war plötzlich nüchtern und nickte. Der Arzt hatte ihn allein gelassen, um den Wein zu holen. Er war also unschuldig. Der Polizist ging langsam die Stufen hoch, und es tat ihm in der Seele weh, dass er nicht oben geblieben war und mit den anderen weitergetrunken hatte.

Um Mitternacht verabschiedeten sich die Gäste. Nur Juliette, Maxime und Barnabé saßen noch am Feuer. Patrick bat seine Mutter, schlafen zu gehen, und versprach ihr, alles aufzuräumen. Zu seiner Überraschung sagte Maxime jedoch streng zu Suzanne: »Warten Sie!«

Der Ton, in dem er sprach, löste bei allen Unbehagen aus.

»Es ist spät, wir sollten nach Hause gehen«, sagte Juliette.

»Noch nicht«, unterbrach sie Maxime.

Suzannes verschwommener Blick und sein Blick trafen sich. In ihren Augen spiegelte sich das tanzende Licht des Feuers.

»Ich bin vorhin im Keller die Treppe hinuntergefallen. Dort war eine Vertiefung in der Wand, hinter dem Vorhang«, sagte Maxime.

»Ich hatte vollkommen vergessen, dass es diese Abstellkammer noch gibt«, sagte Patrick mit einem gezwungenen Lächeln.

»Ich habe einen Gegenstand gefunden, der sorgfältig unter einer Plane versteckt war«, fuhr Maxime fort, ohne die alte Dame aus den Augen zu lassen. »Ein Kolbengewehr voller Blut. Mit so einem Jagdgewehr wurde das Ehepaar Peter ermordet.«

Niemand sagte mehr etwas.

»Ich gehe auf die Jagd«, sagte Patrick leise.

»Jäger verstecken ihre Waffen nicht. Der Besitzer dieser Waffe hat sich die Mühe gemacht, sie zu verbergen. Das macht mich stutzig. Wenn es Sie nicht stört, nehme ich sie mit und lasse sie auf Fingerabdrücke untersuchen.«

»Das ist doch lächerlich«, widersprach Patrick und stand auf, um Maxime einzuschüchtern. »Wollen Sie uns etwa beschuldigen?«

»Ich wusste, welches Risiko ich eingehen würde«, unterbrach ihn Suzanne. »Ich habe gespielt. Ich habe verloren. Mach dir nichts daraus, mein Sohn. Es ist zehn nach zwölf. Mein Geburtstag ist vorbei, es hat keine Bedeutung mehr.«

Entsetzt drehten sich alle zu ihr um.

»Was redest du da, Mama?«, rief Patrick, der ganz blass geworden war.

»Ich habe sie getötet. Und ich hatte meine Gründe dafür.«

»Das ist nicht wahr!«

Er wandte sich den verdutzten Gästen zu.

»Hören Sie nicht auf sie. Sie redet Unsinn …«

Suzanne musterte ihn.

»Du bist erwachsen, und Arzt bist du auch, aber du schuldest mir Respekt! Ich bin deine Mutter. Und ich bin nicht verblödet!«

Sie setzte ihnen alles auseinander, als ob sie ihren Enkelkindern eine Geschichte erzählte. Sie hatte immer gehofft, dass sie welche haben würde. Ihr erster Mann, ein Seemann, hatte sich auf ein kleines Schmugglergeschäft mit Alkohol eingelassen, weil er seiner jungen, schwangeren Frau alle Bequemlichkeiten bieten wollte, die ihr Zustand verlangte. Und er war dabei erwischt worden. Da er unter britischer Flagge segelte und die Sache sich in britischen Gewässern ereignet hatte, wurde er von der dortigen Justiz vor Gericht gestellt.

Der damalige Richter, Ken Peter, hatte politische Ambitionen und wollte ein Exempel statuieren. Der junge Seemann wurde zu einer viel zu hohen und unangemessenen Strafe verurteilt. Suzanne war so schockiert, dass sie ein totes Kind gebar. Ein kleines Mädchen. Als der Seemann es erfuhr, erhängte er sich in seiner Zelle.

»Niemand hat je davon erfahren«, fügte Suzanne hinzu. »Ich habe behauptet, dass er auf See während eines Sturms gestorben ist. Er hatte keine Familie mehr, ich habe ihn in England beerdigt. Ich war zwanzig Jahre alt. Das Leben ist weitergegangen, aber ich habe das nie vergessen können.«

Sie wandte sich an Juliette.

»Als Sie hier in die Gegend kamen, habe ich gedacht, dass meine totgeborene Tochter eine Frau wie Sie geworden wäre, verletzlich und kämpferisch zugleich …«

Patrick war erschüttert und unterbrach sie:

»Und dann hast du sechzig Jahre später diesen Mann einfach getötet? Aber seine Frau konnte doch nichts dafür!«

Die alte Frau mit dem sanften Gesicht nickte.

»Es tut mir leid, aber sie ist im falschen Moment dazugekommen. Ich habe sie eines Morgens auf dem Markt getroffen. Sie haben einem Händler erklärt, wo sie wohnen. Ihn habe ich sofort erkannt, weil ich beim Prozess dabei war. Es hat mich furchtbar geschockt. Das war an dem Tag, als ich meinen Schlaganfall hatte, weißt du noch? Als ich mich besser fühlte, habe ich das Gewehr in die Angelhülle von deinem Vater gesteckt und den Bus genommen. Sie wohnten nicht weit von der Haltestelle. Das war bequem.«

Sie zeigte auf ihren Sohn.

»Vor allem vergiss nicht, das Gewehr zurückzuholen, wenn die Polizei es untersucht hat. Es stammt von meinem Großvater, und sein Kolben ist aus dem Holz von dem großen Nussbaum beim Weinberg. Diese Waffe ist Teil unserer Familiengeschichte. Im Ersten Weltkrieg wurden alle französischen Nussbäume gefällt, um daraus Gewehre zu machen.«

Dann wandte sie sich mit erstaunlicher Natürlichkeit an Maxime.

»Wollen Sie mich noch heute Nacht ins Gefängnis stecken?«

Er schüttelte den Kopf.

»Ich werde Sie morgen Früh auf die Wache begleiten.«

Suzanne schlief dank eines Schlafmittels, das ihr Sohn ihr in den Tee gekippt hatte, schließlich ein. Aber für Patrick, Maxime, Barnabé und Juliette war an Schlaf nicht zu denken.

Maxime sah die Sache kategorisch. Ein Verbrechen war geschehen. Man musste verhindern, dass ein anderer unschuldig angeklagt wurde. Suzanne musste sich stellen.

»Das Gefängnis wird sie umbringen«, sagte Patrick voraus. »Ich bringe sie weit weg von hier, Sie geben ihnen die Waffe, die Sache wird eingestellt, und niemand wird an ihrer Stelle angeklagt.«

»Man verschwindet nicht einfach so wie in einem Roman«, erwiderte Maxime. »Wohin wollen Sie denn gehen? Wovon werden Sie leben? Ihre Mutter ist alt und krank …«

Patrick ballte die Fäuste.

»Ich kann sie nicht im Stich lassen.«

»Sie werden als Komplize gelten. Sie hat zwei Menschen getötet. Die Justiz wird ihr Alter berücksichtigen, man wird ihr mildernde Umstände gewähren.«

»Sind Sie sicher?«, fragte Patrick mit erstickter Stimme.

»Gar nichts ist sicher«, fuhr Barnabé dazwischen.

Er konnte dem Arzt immer noch nicht verzeihen, dass er seine Frau hatte sterben lassen, aber er hatte seinen Sohn gerettet. Und als guter Gerser stellte sich Barnabé auf Suzannes Seite. Er kannte sie seit seiner Kindheit. Die Opfer waren tot, ihnen konnte man nicht mehr helfen. Suzanne hatte eine furchtbare Tat begangen, aber sie war achtzig Jahre alt und hatte sich aus Liebe gerächt. Barnabé hätte für Viviane auch jemanden töten können. Er verurteilte es, aber er verstand es. Doch jetzt, wo Maxime und Juliette es wussten, würden sie alles der Polizei erzählen, und Suzanne war verloren.

»Wir sollten die Dinge nicht überstürzen«, sagte Juliette.

»Sie hat sie mit einem Jagdgewehr abgeknallt«, antwortete Maxime kalt.

»Ken Peter hat auch zwei Personen durch sein Urteil getötet, den Seemann und das Baby«, warf Juliette ein.

Barnabé war überrascht, dass sie Suzanne verteidigte, und fuhr fort:

»Das war ein Verbrechen aus Leidenschaft.«

»Sie ist meine Mutter«, murmelte Patrick.

»Sagen Sie das den Verwandten von Ken und Emma Peter«, entgegnete Maxime.

Er war außer sich. Ein Mörder musste bezahlen, auch wenn er eine alte Frau war, die aus Leidenschaft gehandelt hatte. Sie hatte noch nicht mal gezittert, als sie auf die Peters geschossen hatte. Sie hatte kein Mitleid mit ihnen gehabt.

»Sie ist eine Mörderin«, sagte er trocken. »Wenn Alice, Aurélien oder Nicolas zufällig dort gewesen wären, hätte sie sie vielleicht auch abgeknallt.«

Patrick kochte vor Wut und ging auf Maxime los.

»Ich erlaube Ihnen nicht …«, sagte er blass vor Wut.

Maxime hielt seinem Blick stand.

»Sie sind Arzt. Ihr Beruf besteht darin, Leuten das Leben zu retten. Rache, Abrechnung, nennen Sie es, wie Sie wollen. Aber dieser Mann und diese Frau atmen nicht mehr. Man hat ihre Körper nach England überführt. Sie hatten eine schöne Beerdigung, ihre Namen wurden in teuren Stein eingeritzt, die Freunde haben im Pub an der Ecke ein Glas zu ihrem Gedenken getrunken und lobende Worte gesprochen. Und dann ist das Leben weitergegangen. Für alle, nur nicht für sie. Und das dank Ihrer Mutter.«

Patrick erstarrte.

»Ich komme morgen Früh wieder!«, sagte Maxime. »Das Gewehr nehme ich mit.«

Er ging hinaus. Sie hörten, wie sein Auto losfuhr und in der Nacht verschwand.

»Es ist spät«, sagte Patrick.

Ohne sich anzusehen, schüttelten Juliette und Barnabé den Kopf.

»Wir bleiben.«

Die Nacht dauerte eine Ewigkeit. Ab und zu stand einer auf, um ein Holzscheit in den Kamin zu legen, das Feuer zu schüren, Kaffee zu kochen oder sich einfach die Beine zu vertreten. Die alte Wanduhr schlug jede Stunde, die Holzreserven nahmen ab, sie hörten Suzanne durch die Wand schnarchen. Sie ließen ihre Gedanken schweifen. Patrick dachte an den Verrat seiner früheren Frau. Liebe war genauso tragisch und sonnig wie der Tango. Barnabé dachte an die Nacht, als er zum letzten Mal mit Viviane geschlafen hatte. Liebe war genauso unbändig wie der Zyklus der Jahreszeiten. Juliette dachte an den eigenartigen und wunderbaren Tag, als ihr Sohn geboren worden war. Liebe war so erhaben wie der Flug des Adlers, den Sarah als Schatten auf die Wand der Agentur projizierte.

Das Holz brannte, die Flammen tanzten, sie hielten gemeinsam Wache, um auf eine alte Bäuerin aufzupassen, die gemordet hatte, weil sie liebte.

Eine seltsame Alchemie verband sie. Seit Vivianes Tod hasste Barnabé Patrick. Barnabé und Juliette stritten sich, seit sie sich kannten. Juliette war für die beiden nur eine Fremde. Aber in dieser Nacht entstand ein unzerreißbares Band zwischen ihnen.

Patrick brach zuerst das Schweigen.

»Es ist schrecklich, so machtlos zu sein«, murmelte er. »Ich habe so oft unbekannten Patienten das Leben gerettet. Aber für meine eigene Mutter kann ich nichts tun.«

Er erzählte ihnen von seinem Vater und wie er um seinen Bauernhof gekämpft hatte. Nachdem er gestorben war, hatte Suzanne den Hof verpachtet, damit Patrick ihn später zurückbekam. Sie hätte ihrem Sohn verbieten können, Arzt zu werden, aber sie liebte ihn zu sehr. Als er geheiratet hatte, wollte sie ihm Platz machen. Patrick hatte darauf bestanden, dass sie im Haus blieb. Er hatte das Haus geteilt, damit beide Parteien ihre Unabhängigkeit wahren konnten. Suzanne war nie eine Last für ihn gewesen. Sie hatte nichts gesagt, als seine Frau ihn im Stich gelassen hatte, und hatte ihm jegliches »Ich wusste es« und »Sie war nichts für dich« erspart.

»Ich liebe sie«, schloss er. »Schließlich ist sie meine Mutter.«

Barnabé und Juliette wussten, was er damit sagen wollte. Sie hatten das alles selbst erlebt. Barnabés Mutter war an einer Meningitis gestorben, als er drei Jahre alt war. Er konnte sich noch an ihr Parfüm, ihre Hände und ihr Lachen erinnern. Juliette dachte oft an die Musik und die Bonsais ihrer Mutter, an ihre Stimme, ihre Zärtlichkeit und ihren Humor.

»Wenn ich glücklich über einen Sonnenaufgang, das Lächeln eines Patienten, einen guten Wein oder eine schöne Landschaft sein kann, dann habe ich das ihr zu verdanken«, sagte Patrick. »Ohne sie gäbe es mich nicht. Ich kann sie nicht im Stich lassen.«

»Und wenn sie so täte, als sei sie wahnsinnig geworden?«

»Dann sperren sie sie in die Psychiatrie.«

»Das Problem ist, dass sie es vorsätzlich getan hat«, murmelte Juliette. »Man fährt nicht tagtäglich im Bus mit einem Gewehr durch die Gegend.«

»Soll ich mich an ihrer Stelle den Behörden stellen?«, schlug Patrick vor.

»Das macht Maxime nicht mit. Sein Wort gegen das Ihre. Er ist Polizist, und sie werden ihm glauben. Außerdem gibt es die Fingerabdrücke.«

»Ich habe hier zu Hause ein bisschen Geld, wir fahren noch heute Nacht über die Grenze«, entschied Patrick plötzlich. »Meine Mutter ist alt, und ich werde sie pflegen, wir gehen irgendwo in den Süden, die Sonne wird ihr guttun.«

»Sie werden dann auch nach dir suchen«, gab Barnabé zu bedenken.

»Die Welt ist groß.«

»Du wirst nie mehr deinen Beruf ausüben können, sonst finden sie deine Spur. Du wirst Miete zahlen müssen, Essen und Medikamente für sie kaufen müssen. Wie willst du das machen?«

»Ich werde schon zurechtkommen«, behauptete Patrick.

Juliette und Barnabé dachten nach. Suzanne war schuldig, aber wenn sie eingesperrt würde, würden die Opfer deswegen nicht wieder auferstehen. Wenn sie den Rest ihres Lebens auf der Flucht verbrachte, wäre sie ausreichend gestraft. Sie war alt. Die Peters auch. Es ging um eine persönliche Abrechnung zwischen alten Leuten. An Patricks Stelle hätten sie auch so reagiert wie er. Er brauchte Hilfe.

»Ich habe auch Geld«, sagten sie wie aus einem Munde.

Sie sahen sich erstaunt an, weil sie im selben Moment dieselben Worte gesagt hatten. Patrick schüttelte den Kopf.

»Ich will euch da nicht mit hineinziehen.«

»Das ist schon geschehen«, betonte Juliette. »Vielleicht ist Maxime extra gegangen, damit Sie freie Bahn haben.«

Maxime hatte bestimmte moralische Vorstellungen. Es verstand sich von selbst, dass er Suzanne an die Justiz ausliefern würde. Er hätte sofort das Kommissariat anrufen können, aber er hatte es vorgezogen, bis zum nächsten Morgen zu warten. Warum?

»Ich fahre schnell zur Agentur«, sagte Juliette tatkräftig. »Wir haben dort bestimmt dreitausend Euro. Das ist nicht viel, aber es wird Ihnen helfen.«

»Ich habe um die zweitausend Euro zu Hause liegen«, fügte Barnabé hinzu. »Ich fahre schnell hin und bin gleich wieder da.«

Patrick sah sie gerührt und dankbar an. Es schien selbstverständlich für sie, für ihn ein Risiko einzugehen.

»Ich weiß nicht, wie ich euch danken soll. Seht es als Leihgabe an, ich werde es euch zurückgeben, so schnell ich kann …«

Ein Geräusch über ihnen ließ ihn hochschrecken. Ein Gegenstand rollte auf den Boden. Patrick lief die Treppe hoch, um nachzusehen, was hingefallen war.

»Ich bin Ihnen sehr dankbar«, sagte Barnabé zu Juliette. »Warum tun Sie das?«

Juliette lächelte.

»Er will seine Mutter retten. Meine fehlt mir jeden Tag. Und Sie, warum setzen Sie sich so ein, wo Sie ihn doch so hassen?«

»Er hat meinen Sohn gerettet«, sagte Barnabé, als wäre es selbstverständlich.

»Wie weit ist es von hier bis zur Grenze?«

Als Barnabé noch überlegte, kam Patrick mit trauriger Miene zurück.

»Alles ist hin«, sagte er niedergeschlagen. »Wir können nicht fliehen. Mama hat schon wieder einen Schlaganfall gehabt. Wenn ich sie mitnehme, kann sie sterben. Wenn ich sie nicht mitnehme, dann kommt sie ins Gefängnis!«

Das Schicksal hatte an ihrer Stelle entschieden. Suzanne, die seit Jahren wegen zu hohen Blutdrucks von ihrem Sohn behandelt wurde, war nun auf der rechten Seite gelähmt und konnte nicht mehr sprechen. Sie formte die Worte im Kopf, aber sie kamen ihr nicht über die Lippen. Sie waren irgendwo zwischen ihrem Hirn und ihrem Mund eingeklemmt, für immer verloren. Einfache Sätze wie »Ich habe Angst« oder »Ich liebe dich«, banale Fragen wie »Was ist mit mir los?« oder »Wird das noch lange so gehen?« oder »Werde ich sterben?« konnte sie nicht mehr aussprechen.

»Keine Sorge, Mama«, sagte Patrick und nahm ihre Hand. »Es ist nur ein neuer kleiner Schlaganfall. Aber dieses Mal bringe ich dich ins Krankenhaus.«

Sie lächelte ihm sanft zu. Die Panik, die sie in den Augen dieses Gauners von Richter gesehen hatte, hatte sie für alles entschädigt. Ihr tat es aufrichtig leid, dass sie auch die Frau getötet hatte.

Der Krankenwagen kam, als gerade die Sonne aufging. Alle waren aschfahl vor Müdigkeit. Barnabé verstreute die Glut im Kamin.

»Ich begleite sie ins Krankenhaus. Fahrt jetzt nach Hause. Eure Kinder werden aufwachen und sich Sorgen machen. Vielen Dank für alles«, sagte Patrick.

Juliette und Barnabé traten in die Kälte hinaus und gingen auf ihre Autos zu.

Am nächsten Tag fand Juliette vor ihrer Haustür einen Korb mit Zucchini. Es war kein Brief dabei. Weil sie nicht wusste, von wem sie waren, bedankte sie sich zunächst bei ihren Nachbarn.

»Wir waren es nicht«, sagte Armelle peinlich berührt.

»Wir sind gerade mit unserer Arbeit beschäftigt«, entschuldigte sich Louise.

Juliette hörte auf, weiter nachzuforschen. Am Abend kochte sie einen großen Zucchiniauflauf und gab Nicolas, der mit Aurélien gespielt hatte, die Hälfte mit.

»Das ist zu viel für uns. Es wäre schade, wenn es schlecht würde«, sagte sie.

Am nächsten Morgen zierte ein neuer Korb mit Gemüse ihre Schwelle. Dieses Mal fand sie einen Zettel: »Es war zu wenig Salz dran.«

Juliette kochte einen Auflauf mit Rosenkohl, den sie wieder mit Nicolas teilte.

Die Danksagung »Zu viel Pfeffer« kam zwei Tage später, und der Zettel steckte in einer Salatschüssel voller Porree.

51

Ein neuer Briefträger trat an die Stelle von Poupon, der vorzeitig in Rente geschickt worden war. Julien erhielt endlich die Antwort, auf die er so lange gewartet hatte. Eine Sekunde bevor seine Mutter auftauchte, steckte er den Umschlag in seine Tasche.

»Zeig mal die Post her«, sagte Armelle und hielt die Hand hin.

»Rechnungen, Werbung, nichts Interessantes!«

Julien fuhr mit dem Fahrrad zur Schule, den Umschlag sicher in seiner Jacke. Er war berauscht von dem Gedanken, dass darin seine Zukunft steckte. Mehrmals blieb er stehen, nur um sich die Freude zu gönnen, das Papier anzufassen.

Aber er hielt sich zurück, so wie er es im letzten Sommer gemacht hatte, als er zum ersten Mal mit einem Mädchen geschlafen hatte. Er wollte das Vergnügen noch größer machen. Nicht alles überstürzen, nicht alles verderben. Das Mädchen war einverstanden gewesen, sie hatten zusammen einen Segelkurs besucht. Er würde sie nie mehr wiedersehen, aber das war ihm ganz egal gewesen. Er war ein Mann geworden.

Er kam an der Schule an, bremste und dachte an gar nichts mehr. Dann öffnete er den Umschlag und las den Brief. Er hatte eine Stelle als Schreinerlehrling bekommen. Wenn alles gut ging, würde er danach Geselle werden. Er rannte zu Pascal.

»Es ist so weit, sie haben mich angenommen!«, rief er und stürmte durch die frischen Holzspäne.

Pascal las den Brief und umarmte ihn.

»Ich bin stolz auf dich. Das ist wunderbar. Was sagen deine Eltern denn dazu?«

Julien ließ sich nichts anmerken.

»Sie sind begeistert«, behauptete er.

Er verbrachte den Tag in der Werkstatt und tat nichts anderes als zu essen und dumm zu kichern. Am Abend fuhr er mit klopfendem Herzen nach Hause. Sein Vater war noch nicht da, und er entschied sich zu warten, bis er die Bombe hochgehen ließ. Er ging nach oben in sein Zimmer und hörte Musik. Endlich hörte er den Motor des Wagens und sprang die Treppe hinunter.

»Ich habe eine große Neuigkeit für euch«, sagte er lächelnd. »Papa, Mama, ich werde meine Träume verwirklichen.«

Er hielt ihnen den Brief hin. Sie lasen ihn, sahen sich entsetzt an, dann starrten sie auf ihn, als sei er von Sinnen. Der Himmel des Gers fiel ihnen auf den Kopf.

»Mein Sohn, ein Handwerker? Das kommt überhaupt nicht infrage«, sagte Bruno.

»Wer hat dir denn solche Dummheiten in den Kopf gesetzt?«, fragte Armelle eisig.

Julien war verzweifelt.

»Niemand. Pascal hat mir von seiner Frankreichwanderung erzählt.«

»Castera, der Schreiner? Julien, du kommst aus einer Familie von Hochbegabten. Du hast eine große Zukunft vor dir«, sagte Bruno aufgeregt. »Du kannst Arzt, Anwalt, Ingenieur, Professor, Minister werden, alles, was du willst.«

»Ich will mit Holz arbeiten«, sagte Julien entschlossen.

Bill und Sam saßen vor ihrem Haus und tranken einen Gemüsecocktail.

»Man muss das Glück beim Schopf packen«, sagte Sam. »Wenn du mehr Geld hättest als ich, würde man dir vorwerfen, dass ich dein Gigolo bin. Aber weil ich reich bin, kommst du dir blöd vor und fühlst dich mies.«

»Ich fühle mich beschissen. Mit achtunddreißig bin ich alt und arm«, murrte Bill.

Sam lächelte.

»In Chicago warst du Firmenchef, und ich habe mich um meine Zeitung gekümmert. Das eine diente dem anderen. Wie wäre es, wenn wir eine Monatszeitschrift zu ›Glück durch Veränderung‹ aufbauen würden? Das wäre doch spannend. Zwei so geniale Manager wie wir können nur durchschlagenden Erfolg haben!«

»Juliette und Sarah müssten einverstanden sein.«

»Ich werde sie schon überzeugen!«

»Wir werden Geld brauchen, um etwas aufzubauen.«

»Brauchst du dir nur zu leihen.«

»Glaubst du, dass die Banken mir vertrauen, wenn ich ihnen erzähle, das ich der Beste war und alles verloren habe?«, sagte Bill bitter.

»Sie nicht, aber ich schon. Ich werde ein Startkapital aufnehmen, und mit deinen ersten Gewinnen tilgen wir den Kredit. Unter Freunden sollte man in Geldsachen genau sein. Wir brauchen allerdings einen französischen Partner.«

Die Idee war verlockend, Bill dachte nach.

»Warum denn nicht der Polizist?«

»Deine Frage enthält die Antwort bereits. Er hat schon einen Beruf.«

»Er muss ja keine Artikel schreiben. Aber er ist ein sehr begabter Informatiker, er ist clever und hat ein gutes Auftreten. Ein ehrlicher Bulle ist eine gute Visitenkarte. Und er ist mit Juliette befreundet. Er hat genau das passende Profil.«

»Wie geht es Ihrer Mutter?«, fragte Maxime.

Patrick Lestrade seufzte. Er hatte abgenommen, seine Augen lagen tief in den Höhlen, er hielt seine leicht zitternden Hände auf den Knien und sah ins Kaminfeuer.

»Ihre Lähmung hat leicht nachgelassen, sie kann meine Hand drücken. Aber sie kann immer noch nicht sprechen, sie sieht mich an und lächelt nur mit einer Seite. Sie ist so sanft …«

»Das war Emma Peter vielleicht auch«, sagte Maxime.

Patrick ballte die Fäuste.

»Juliette und Barnabé haben mir versprochen, es für sich zu behalten«, sagte er und nahm sich zusammen. »Ich bitte Sie, sagen Sie der Polizei nichts, solange sie in diesem Zustand ist. Sie wird ja nicht davonfliegen. Sie kann noch nicht einmal gehen.«

Maxime schüttelte den Kopf.

»Unmöglich. Die Ermittlungen gehen weiter, Verdächtige werden verhört, mehrere Polizisten arbeiten an diesem Fall und vernachlässigen dafür andere, die gelöst werden könnten. Ich kann nicht länger schweigen.«

»Ich bitte Sie, gönnen Sie ihr noch ein paar Tage Ruhe. Es tut ihr um die Frau wirklich leid. Wissen Sie, was es bedeutet, wenn einem etwas leidtut?«

Das Bild des toten Mädchens, das während der Verfolgungsjagd durch seine Schuld gestorben war, kam Maxime in den Sinn. Er legte ein Holzscheit in den Kamin und ging auf die Tür zu.

»Achtundvierzig Stunden«, rief er streng. »Keine Minute mehr.«

Patrick wollte lächeln, aber er hatte vergessen, wie das geht.

Jeanne Bados' Kopf war in der Trockenhaube des Friseurs gefangen. Neben ihr saß eine heitere Frau mit platinblonden Locken. Sie waren zusammen zur Schule gegangen. Ihre Schulkameradin war immer eine Tratsche gewesen. Sie hatte den Polizeiinspektor geheiratet, der die Untersuchung im Fall Peter leitete.

»Und, machen die Ermittlungen Fortschritte?«, fragte Jeanne.

»Du weißt doch genau, dass ich dir das nicht sagen kann, mein Mann wäre außer sich.«

»Gib mir nur einen kleinen Hinweis. Ich werde schweigen wie ein Grab.«

Die Frau begann zu flüstern.

»Sie haben den Verdächtigen gefunden«, flüsterte sie. »Aber er ist nicht der Mörder.«

»Was?«

»Die Fingerabdrücke, die am Tatort gefunden wurden, sind nicht seine. Sie haben nichts in der Hand und können ihn nicht anklagen. Sie suchen noch nach dem Mörder. Das Komischste ist, dass nichts gestohlen worden ist. Vielleicht war es ein Mord aus Leidenschaft.«

Jeanne nahm die Haube ab, in ihrem Kopf brodelte es. Sie hatte plötzlich eine großartige Idee, um die kleine Forestier loszuwerden, die sie so hasste. Sie konnte sie in das Ganze hineinziehen. Das würde ihre Glaubwürdigkeit zerstören, und sie würde gezwungen wegzugehen.

Am selben Nachmittag erhielt der mit den Ermittlungen beauftragte Inspektor einen anonymen Brief. Jemand hatte in Großbuchstaben mit Bleistift einen kurzen Text verfasst:

»Ken Peter war der Liebhaber von Juliette Forestier.«

Er rief Juliette und Sarah an und verhörte sie lange. Wie beim letzten Mal waren Sarahs Antworten klar und logisch, sie sagte die Wahrheit, er hätte seine Hand dafür ins Feuer gelegt. Aber er merkte sofort, dass Juliette ihm etwas verbarg. Sie kam durcheinander, stotterte, wich seinem Blick aus und machte einen höchst verdächtigen Eindruck. Er beschloss, sie im Auge zu behalten, und dachte darüber nach, offiziell gegen sie zu ermitteln.

52

Armelle zählte ihrem Sohn tausend Argumente auf, um ihn dazu zu bewegen, weiter zur Schule zu gehen. Aber Julien ließ sich nicht beeindrucken und gab nicht nach. Er hüllte sich in Schweigen und wiederholte verbissen, dass er seinen Weg gefunden habe.

»Jetzt hilf mir doch endlich, Bruno«, rief Armelle wütend. Die Passivität ihres Mannes ging ihr auf den Geist.

Bruno schüttelte den Kopf. Er konnte mit seinen Studenten reden, aber weder mit seinem Sohn noch mit seiner Frau.

Er war an neugierige Köpfe gewöhnt, die eifrig lernten, die Professoren von morgen. Dieser Junge jedoch wollte etwas Praktisches tun und hatte nichts mit ihm gemein. Brunos wahre Familie war die Universität.

»Du bist sein Vater, jetzt zeig doch einmal Autorität!«, sagte Armelle hart.

»Im Leben ist eines wirklich wunderbar«, sagte Bruno laut, »nämlich, dass man unter tausend Möglichkeiten auswählen kann. Die Universität ist der Schmelztiegel der Erkenntnis.«

»Das ist mir völlig egal«, sagte Julien stur. »Ihr habt immer von Berufung geredet, und jetzt habe ich sie gefunden. Darüber solltet ihr euch freuen.«

»Eine geistige Berufung, nicht eine Marotte!«

»Es tut mir leid, dass ich dir widersprechen muss, aber mir bedeutet die Arbeit mit Holz einfach alles.«

Bruno und Armelle hörten nicht auf, sich zu streiten, während Julien sich in sein Zimmer zurückzog.

Ihr Traum, ihr Leben zu verändern, war zu einem Albtraum geworden. Alles, was die Eltern sagten, ging ins Leere. Ihr Sohn war ihnen fremd geworden.

Juliette traf Julien in der Stadt und bemerkte, dass er sich verändert hatte, in gewisser Weise reif geworden war.

»Die Stimmung zu Hause ist unerträglich. Meine Eltern streiten sich meinetwegen nur noch. Gibt es in Ihrer Agentur nicht auch einen Service für hinterher?«

Juliette schüttelte den Kopf.

»Wenn Leute ihre Träume verwirklichen, muss das nicht immer heißen, dass sie glücklicher werden«, sagte sie. »Kennst du das Märchen, in dem eine arme Bettlerin bei einem Goldfisch drei Wünsche frei hat? Sie wünscht sich erst ein Haus. Dann einen Palast. Aber damit ist sie immer noch nicht zufrieden, deswegen bittet sie darum, Gott zu werden. Am Ende gelangt sie wieder an den Ausgangspunkt und sitzt in Lumpen am Straßenrand.«

»Sie haben meinen Wunsch verwirklicht, aber nicht den meiner Eltern«, folgerte Julien. »Vielleicht hatten sie einen falschen Traum.«

Jeden Tag wurde die Stimmung zu Hause schlechter. Er entschloss sich zu handeln. Eines Morgens, als sein Vater sich in seinem Arbeitszimmer eingeschlossen hatte und seine Mutter in der Gemeindebibliothek Recherchen anstellte, schrieb er ihnen einen ehrlichen Brief. »Ich bin nicht so wie ihr. Ich kann nichts dafür. Ich liebe euch sehr, aber ich fahre schon früher zu meiner Lehrstelle. Ich rufe an, wenn ich da bin. Julien.«

Er ließ den Umschlag gut sichtbar in der Küche liegen. Dann packte er ein paar Sachen in seinen Rucksack, nahm die in der Diele liegenden Euros und stieg auf sein Fahrrad.

Er konnte nicht weggehen, ohne sich von Pascal zu verabschieden, und machte einen Umweg über die Werkstatt. Als er ankam, brachte er kein Wort heraus.

»Du siehst aus, als hättest du einen Hobel verschluckt«, sagte der Schreiner lachend. »Essen wir nachher zusammen zu Mittag?«

Julien nickte. Es war wahrscheinlich besser. Abschiede waren nie seine Stärke gewesen. Als er am Bahnhof ankam, fragte er nach dem nächsten Zug.

»Das kommt darauf an, wo Sie hinwollen«, sagte der Mann am Schalter.

»Das ist nicht wichtig.«

Bruno überkam plötzlich Heißhunger, er schob seinen Stuhl zurück und ging in die Küche hinunter. Er sah den Umschlag nicht gleich. Er aß zwei Kekse mit Feigenmarmelade, goss sich ein Glas Milch ein, und dann endlich entdeckte er den Brief.

Er las ihn, nahm seine Autoschlüssel und rannte nach draußen, ohne die Tür abzuschließen. Er raste über die Straße, wäre beinahe in den Twingo von Juliette gefahren, die ihm entgegenkam, kratzte in der Kurve nur ganz knapp am Motorroller von Alice vorbei und gab wieder Vollgas.

Die Türen gingen zu. Der Zug fuhr los und entfernte sich. Julien schloss die Augen und schlug sie wieder auf. Er stand immer noch auf dem Bahnsteig. Dieser Zug war nichts für ihn. Der nächste, der in die andere Richtung fuhr, kam in zehn Minuten. Als er eingefahren war, holte Julien tief Luft und stieg auf das Trittbrett.

»Julien!«

Der Junge erkannte die Stimme seines Vaters und wurde steif wie eine Statue. Bruno lief auf ihn zu.

»Warte!«

Eine Frau wollte in den Wagen einsteigen. Julien trat zur Seite, um sie durchzulassen, und stieg dann wieder auf das Trittbrett, um einzusteigen, sobald der Zug losfuhr.

»Hast du meinen Brief gefunden?«

»Ja«, sagte Bruno außer Atem.

»Und, was ist?«

Bruno sah ihn eindringlich an.

»Ich habe meine Zeit vergeudet, ich habe mein ganzes Leben damit verbracht, Semiologie und Semantik zu studieren, aber ich kenne nicht die magischen Worte, mit denen ich meinem Sohn sagen kann, wie wichtig er mir ist.«

Julien versuchte, sich der Umarmung seines Vaters zu entziehen.

»Hör zu, Papa. Deine ganzen Sachen, deine Semiologie und deine Semantik oder wie das heißt, das ist nichts für mich. Holzbeile, Kreissägen, Hobel, Werkzeuge mit abgenutzten und polierten Griffen, das ist meine Welt. Das kannst du nicht verstehen!«

»Ich kann alles verstehen, weil du das Kostbarste bist, was

ich habe. Mein Lehrstuhl, meine Studenten, das Institut, das alles hat keine Bedeutung mehr für mich, wenn du heute wegfährst. Steig nicht in diesen Zug. Deine Mutter wird nie erfahren, dass du diesen Brief geschrieben hast. Ich werde sie überzeugen, dass sie dir erlaubt, deine Wünsche zu verwirklichen. Du wirst fortgehen, aber bitte nicht so.«

Brunos Augen waren feucht.

»Ich bitte dich …«, sagte er mit erstickter Stimme.

Er streckte die Hand nach dem Rucksack seines Sohnes aus. Julien ließ ihn von seinen Schultern gleiten. Bruno nahm die Tasche, als ob sie der teuerste aller Schätze wäre.

53

Jetzt ist bald Weihnachten«, sagte Aurélien zu Nicolas, als die Glocke in der Kantine läutete. »Heute muss ich mich um das Geschenk für meine Mutter kümmern. Es soll eine Überraschung werden.«

»Was denn?«

»Das kann ich dir nicht sagen. Es ist ein Geheimnis. Ich gehe«, sagte Aurélien und zog seine Jacke über.

»Isst du denn nicht zu Mittag?«, wunderte sich Nicolas.

»Doch, aber danach. Nimmst du Fleisch, Gemüse und Obst für mich mit? Hier, ich habe einen Plastikbehälter mitgebracht.«

»Du hast ja alles perfekt vorbereitet«, sagte Nicolas und

nahm den Behälter. »Möchtest du wirklich nicht, dass ich mitkomme?«

Aurélien schüttelte den Kopf.

»Ich muss auf eine Mauer klettern, das kannst du mit deiner Narbe noch nicht. Und außerdem ist es mein Geschenk. Wenn du mir hilfst, hat es nicht den gleichen Wert. Ich bin in einer halben Stunde zurück. Kann ich mich auf dich verlassen? Dass du auch nichts verrätst?«

Nicolas legte seine rechte Hand aufs Herz.

»Die Macht sei mit dir, Luke Skywalker«, sagte er und dachte an *Krieg der Sterne*.

»Darth Vader ist nicht mein Vater«, erwiderte Aurélien, der ein großer Fan der Jedi-Ritter-Saga war.

Jacques Barrier spielte Saxophon in dem Haus mit den roten Fensterläden. Aurélien legte sein Fahrrad in den Wegeingang. Er schlich sich an und hörte die Musik. Er war sicher, dass er sein Vorhaben im Handumdrehen erledigt haben würde. Eine halbe Stunde später würde er zurück in der Schule zum Mittagessen sein.

Das ist ja gar nicht so hoch, dachte er bei sich.

Er kletterte geschickt an der Mauer hoch und legte dabei Hände und Füße in die Mauerritzen. Er kam oben an, richtete sich auf und sah nach unten. Der Garten war nichts als ein undurchdringliches Sträucherdickicht. Am anderen Ende des Tors baumelte die Glocke, mit der Clémence Juliette in ihrer Kindheit zum Essen gerufen hatte. Es war ganz einfach.

Aurélien lächelte bei dem Gedanken, welche Freude er seiner Mutter machen würde.

Er zog seine Jacke aus und beugte sich über die Mauer, um die Glocke zu erwischen, die im Leeren baumelte. Er schlug mit der Hand dagegen, um sie loszumachen, doch es gelang ihm nicht sofort. Er beugte sich weiter nach vorn und verlor das Gleichgewicht, weil er die Glocke nicht loslassen wollte. Er stürzte kopfüber in den Garten hinunter.

Glücklicherweise war die Erde weich. Er setzte sich auf und war ein wenig benommen, aber froh, dass er so gut davongekommen war. Er presste die Glocke an sich. Er hob die Augen und sah auf seine Jacke, die oben an der Mauer hängen geblieben war. Er wollte wieder aufstehen. Erschrocken blickte er auf seinen rechten Arm, der plötzlich zwei dicke Beulen hatte. Er schluckte. Als er den Arm bewegte, schmerzte er wie von tausend Nadeln gestochen.

»O nein«, hauchte er.

Ihm wurde übel, und er musste sich setzen. Instinktiv hielt er seinen Unterarm mit der anderen Hand fest, um den Schmerz zu lindern. Wenn er sich nicht bewegte, kaum atmete und in dieser Position ewig sitzen bliebe, dann würde vielleicht alles in Ordnung kommen.

Oben in der Tasche seiner Jacke auf der Mauer waren ein Müsliriegel und ein Stück Zucker. Aber mit nur einem Arm konnte er unmöglich nach oben klettern.

»Fall herunter«, befahl er seiner Jacke. »Ich brauche dich. Komm schon!«

Aber die Jacke gehorchte nicht. Aurélien hatte nicht zu Mittag gegessen, er hatte sich beim Klettern stark verausgabt. Plötzlich kriegte er Angst, dass der Besitzer käme und ihn für einen Räuber hielte. All dies kam zusammen, und sein Blutzuckerspiegel sank. Ihm trat Schweiß auf die Stirn, er begann zu zittern und konnte nur noch verschwommen sehen. Er wusste, was ihn erwartete, und beschloss, um Hilfe zu rufen.

»Ist dort jemand?«, schrie er.

Aber Jacques spielte immer noch Saxophon, und die Musik übertönte die angstvollen Rufe des Jungen, der nicht auf die Idee kam, mit der Glocke zu läuten.

Nicolas sah ängstlich auf die Uhr: Jetzt war schon eine Stunde vergangen. Er hatte für Aurélien eine Scheibe Braten mit Bohnen und eine Mandarine eingesteckt. Gleich würde der Unterricht wieder anfangen. Aurélien war noch nicht von seiner geheimen Expedition zurückgekehrt.

»Was macht er bloß?«

Niemand hatte bemerkt, dass sein Freund nicht im Speisesaal aufgetaucht war. Als die Aufsicht Aurélien suchte, hatte Nicolas behauptet, er sei auf der Toilette. Als die Aufsicht am Ende des Essens wiederkam, war Auréliens Teller leer und Nicolas hatte behauptet, sein Freund spiele auf dem Hof. Erwachsene hinter das Licht zu führen war ein Kinderspiel.

Nicolas fragte sich, auf welche Mauer sein Freund geklettert sein konnte. Er wollte ihn nicht verraten und entschied, vorerst nicht Alarm zu schlagen. Aurélien würde sicher bald zurückkehren und wäre bestimmt wütend, wenn er ihn verriete.

Als die Lehrerin erstaunt fragte, warum er allein in die Klasse zurückkam, sagte Nicolas das Erste, was ihm in den Sinn kam.

»Seine Mutter hat ihn zum Einkaufen mitgenommen.«

Die Lehrerin war überrascht und nahm sich vor, mit Juliette darüber zu sprechen.

Eine Stunde war vergangen. Aurélien rief immer noch, aber sein Blutzuckerspiegel sank, und seine Stimme wurde schwächer. Er hatte seit zehn Uhr morgens nichts gegessen.

Er dachte daran, wie wütend seine Mutter sein würde. Sie würde ihm nicht mehr vertrauen. Wenn sie jetzt bloß zu ihm käme. Am liebsten hätte er sich in ihre Arme geworfen, dann wäre alles gut geworden. Aber jetzt saß er da mit gebrochenem Arm und schwach wie ein Baby.

Er fragte sich, ob so der Tod war. Einmal hatte er gesehen, wie ein alter Mann auf der Straße zusammengebrochen war und Leute sich um ihn geschart hatten. Ein vorbeikommender Arzt hatte sich hingekniet, das Hemd des alten Mannes aufgerissen und eine Herzmassage versucht, wie im Film. Aber es war ihm nicht gelungen, den Toten zum Leben zu erwecken.

Aurélien hatte alles beobachtet, während er auf den Bus wartete. Der Mann hatte ausgesehen, als würde er schlafen. So war es wahrscheinlich, wie ein ganz langer, sehr langer Schlaf. Aurélien mochte weder Mittagsschlaf noch Schlafengehen, weil man dabei so viel Zeit verlor. Sterben, das würde heißen, sich ewig zu langweilen, die ganze Zeit schlafen zu müssen und Albträume zu haben.

»Hört mich jemand?«, schrie er panisch.

Nichts, nur Stille. Tote redeten auch nicht mehr. Keine Worte, weder Lachen noch Zärtlichkeit, keine Spiele, keine Freunde, kein Fernsehen, kein Kino und keine Musik, kein McDonald's, alle Geräusche, Farben, Gerüche, Wärme verschwanden.

»Bitte!«, wimmerte er.

Er konnte keinen klaren Gedanken mehr fassen, er wusste nur, dass er in Gefahr war. Seine Beine und Arme waren schwach. Sein Kopf war schwer. Wenn er starb, dann konnte seine Mutter wenigstens an einem echten Grab trauern. Dieser Gedanke gab ihm wieder Kraft. Seine Mutter und Alice brauchten ihn, er war der einzige Mann in der Familie, er musste überleben. Freitagskinder lieben das Leben. Nicolas würde sicher Alarm schlagen, man würde ihn suchen. Aber wer würde schon darauf kommen, wo er sich befand?

Das letzte Mal rief er mit all seiner Kraft:

»Hilfe!«

Dann gab er auf und überließ sich seinem Schicksal. Er riss noch einmal die Augen auf, presste die alte Glocke fest an sich und entschwand dann ins Nichts. Dabei bedauerte er, dass er eine bestimmte Frage mit einer bestimmten Person nicht geklärt hatte …

54

Jacques hatte gerade sein Instrument hingelegt, als er den Schrei hörte. Er näherte sich dem Fenster und sah das Polohemd des Jungen. Er rief der kleinen, liegenden Gestalt etwas zu, aber sie reagierte nicht.

Er geriet in Panik. Er hatte kein Telefon, und es war Jahre her, dass er das Haus verlassen hatte. Wie sollte er bloß zu dem Kind gelangen?

Er rollte aus dem Zimmer, fuhr durch die Diele und versuchte, die Eingangstür zu erreichen. Es gelang ihm, sie zu öffnen. Mit dem Mut der Verzweiflung schaffte er es bis auf den Gartenweg, und dann erreichte er Aurélien, der die Glocke mit seinem verletzten Arm an sich drückte.

Jacques beugte sich so weit vor, wie er konnte, und schüttelte den Jungen. Aurélian fühlte sich ganz weich an.

Mit Mühe fuhr Jacques mit dem Rollstuhl bis zum Tor. Er schob es auf und gelangte auf den Weg.

Sein Magen war vor Angst zugeschnürt. Der Weg war abschüssig, ihm brach der Schweiß aus, sein Herz klopfte heftig. Endlich erreichte er den Straßenrand, hielt auf dem Bürgersteig und fuchtelte mit den Armen.

Das erste Auto fuhr zu schnell vorbei, die Insassen antworteten auf Jacques' Hilferufe mit einem fröhlichen Gruß.

Jacques atmete tief durch und rollte mitten auf die Straße. Das nächste Auto kam hupend näher. Jacques schloss die Augen und wartete auf den Zusammenprall. Das Auto fuhr zu schnell. Es würde nicht anhalten können, noch drei Sekunden, zwei Sekunden, eine Sekunde …

Der Fahrer bremste mit einem heftigen Quietschen. Jacques zitterte und wartete darauf, in die Luft geschleudert zu werden.

»Was machen Sie da, sind Sie lebensmüde?«, rief eine Stimme.

Jacques öffnete die Augen. Der Fahrer sprang aus seinem Auto, kochend vor Wut.

»Sie können sich gerne umbringen, aber nicht mit meinem Auto, verdammt!«

Jacques sprach mit heiserer Stimme und zeigte auf sein Haus:

»Helfen Sie mir, da oben liegt ein Junge im Koma!«

Der Mann schob den Rollstuhl zum Haus hinauf. Dann kniete er sich neben Aurélian, nahm ihm die Glocke ab, schüttelte ihn, doch er regte sich nicht.

»Ist das Ihr Sohn?«

Jacques verneinte.

»Ich habe den Jungen noch nie gesehen. Er ist wohl von der Mauer gesprungen.«

Der Mann hob den Kopf und sah die Jacke. Er nahm sie herunter, wühlte in den Taschen, fand den Müsliriegel, den Zucker und den Diabetikerausweis mit der Telefonnummer seines Arztes und seiner Mutter für den Notfall.

»Natürlich muss das an dem Tag passieren, an dem mein Handy keinen Akku mehr hat. Wo ist bei Ihnen das Telefon?«

»Ich habe keins«, bedauerte Jacques.

»Ich hole Hilfe«, sagte der Mann und eilte davon.

Patrick Lestrade bremste vor der Agentur. Er war noch schmaler geworden und schlecht rasiert, aber der Notfall stimulierte ihn. Sein Blick war klar, sein Geist hellwach. Juliette war außer sich. Sie sprang zu ihm in den Wagen, und sie fuhren los.

»Ein Mann hat angerufen und mir gesagt, dass Aurélien im Koma liegt«, sagte sie tonlos.

»Ich habe alles, was nötig ist«, beruhigte sie der Arzt.

Juliette war angespannt und zitterte bei jedem Atemzug. Sie hatte schon einmal erlebt, was für ein Wunder eine Injektion mit Zuckerlösung bei einem Koma bewirken kann. Aber was, wenn es dieses Mal schlimmer war?

»Wo ist er?«, fragte sie.

Der Mann hatte es ihr bestimmt gesagt, aber sie hatte nur die ersten Worte gehört. »Ihr Sohn ist in Ohnmacht gefallen.«

»Bei Jacques Barrier, dem Bruder von Jeanne Bados«, sagte Patrick. Juliette hatte das Gefühl, dass ihr der Boden unter den Füßen wegrutschte.

Patrick beugte sich über den bewusstlosen Jungen. Er merkte sofort, dass sein Arm verletzt war, aber es gab Eiligeres zu tun.

»Sein Blutzuckerspiegel ist im Keller«, sagte er, nachdem er ihn getestet hatte. »Ich gebe ihm G30.«

Er nahm ein Röhrchen aus einer Plastikverpackung und stach das Ende des Röhrchens in eine durchsichtige Flasche mit dreißigprozentiger Glukose. Er füllte es auf und reichte Juliette die Flasche, die sie zitternd entgegennahm.

»Halten Sie das so lange, bis ich die Vene finde.«

Er band Auréliens Arm ab, fand eine Vene und stach hinein. Juliette hielt den Atem an. Sie fühlte sich von allen Kräften verlassen.

»Ich bin sehr gut im Spritzengeben, der Beste in der ganzen Gegend«, sagte Patrick zufrieden.

Juliette war das Abbild ihrer Mutter. Jacques hatte sie nur einmal gesehen, als sie den kurzen Brief in seinen Briefkasten steckte. Nun sah er sie zum ersten Mal aus der Nähe. Er war erschöpft von der körperlichen Anstrengung, er hatte sich verausgabt, um auf die Straße zu gelangen, und war übermannt von der Ähnlichkeit der beiden Frauen. Ihm war, als sei er in seine Jugend zurückversetzt worden.

»Warum hast du mich verlassen?«, sagte er vorwurfsvoll zu ihr. Juliette war bleich und sah ihn an, ohne zu verstehen, was er wollte.

»Ich bin so froh, dass du zurückgekehrt bist«, sagte Jacques.

»Ich wusste nicht, dass ihr euch kennt«, sagte Patrick erstaunt.

»Weil Sie noch nicht geboren waren, Herr Doktor!«, sagte Jacques mit müdem Lächeln. »Hélène ist eine Jugendfreundin.«

Die Szene war surrealistisch. Ein Mann im Rollstuhl wollte mit einer Frau abrechnen, doch sie war nicht die richtige. Eine Mutter musste mit den Tränen kämpfen und hielt eine Flasche in der Hand. Ein Arzt nahm den Puls eines bewusstlosen Jungen, dessen Arm gebrochen war.

Aurélien bewegte sich ein wenig, sein Gesicht verzog sich, er streckte die Beine aus und trat gegen die alte, verrostete Glocke, die ein Geräusch aus uralten Zeiten hervorbrachte.

»Mama«, hauchte er verschlafen.

Juliette beugte sich über ihn.

»Hörst du mich, Aurélien?«

»Er wacht auf, alles wird gut«, sagte Patrick.

Juliette konnte endlich weinen.

Eine Stunde später, nachdem er Aurélien im Krankenhaus einem Facharzt überlassen hatte, fuhr Patrick nach Hause und entschloss sich, etwas zu essen. Er streckte die Hände nach dem Topf aus, in dem sein Cassoulet köchelte, als das Telefon läutete. Er drehte das Gas herunter und nahm ab.

»Hallo?«

»Doktor Lestrade, der Zustand Ihrer Mutter hat sich verschlimmert, Sie sollten schnell kommen.«

»Ich bin schon da.«

Er drehte das Gas aus, legte den Deckel auf den Topf und zog seine Jacke an. Er wusste nicht, ob er Suzanne lieber tot vorfinden oder sterben sehen wollte.

Als er aus der Schule kam, fuhr Nicolas beunruhigt bei der Agentur vorbei. Sarah war allein dort.

»Ist Aurélien nicht da?«

»Juliette hat gerade angerufen: Er ist im Krankenhaus. Er hat sich den Arm gebrochen und war im Koma.«

Nicolas lief schnell los, um seinen Vater zu holen.

Barnabé Fontani parkte seinen Kangoo im Krankenhaushof. Vater und Sohn rannten in die Notaufnahme und blieben entsetzt stehen. Patrick Lestrade saß auf einem Plastikstuhl und weinte, das Gesicht in den Händen verborgen.

»Ist es so schlimm?«, fragte Barnabé.

Der Arzt hob den Kopf. In seinen Augen standen Tränen.

»Es ist aus.«

Nicolas wurde blass. Sein Freund Aurélien war gestorben, genauso wie seine Mutter. Die Menschen, die ihm am wichtigsten waren, verschwanden. Einer nach dem anderen.

»Alles ist meine Schuld«, murmelte er. »Er wollte seiner Mutter eine Überraschung zu Weihnachten machen, ich hätte ihn niemals allein gehen lassen dürfen!«

Barnabés Kehle war wie zugeschnürt. Patrick hörte ihn nicht, er war ganz mit seiner Trauer beschäftigt.

»Was ist geschehen?«, murmelte Barnabé.

Er musste die Frage mehrmals wiederholen, bevor Patrick reagierte.

»Sie haben angerufen, um mir Bescheid zu sagen, aber ich bin zu spät gekommen.« Der Arzt wischte sich die Augen, um klarer zu sehen.

»Sie hatte wieder einen Anfall ...«

Nicolas schöpfte Hoffnung.

»Wer ist gestorben, Patrick? Suzanne?«, fragte Barnabé.

Patrick nickte verwirrt.

Juliette und Alice saßen im Wartezimmer in der Nähe des Operationssaals und beobachteten die Tür, durch die sie mit Aurélien gegangen waren. Barnabé kam mit Nicolas auf sie zu.

»Sarah hat es uns eben gesagt. Wie geht es ihm?«

»Er ist aufgewacht, sobald sein Zuckerspiegel angestiegen ist. Er hat eine komplizierte, doppelte Fraktur des rechten Unterarms. Sie operieren ihn gerade ...«

Zu Juliettes Erstaunen fiel Alice Barnabé um den Hals.

»Ich habe dein Bat-Sign am Himmel gesehen«, flüsterte sie ihm zu.

»Es sollte eine Überraschung werden, er wollte Ihnen eine Überraschung bereiten«, eröffnete Nicolas Juliette. »Ich hätte ihn daran hindern müssen ...«

Juliette seufzte. Das Schlimmste war schon vorbei, Aurélien war aus dem Koma aufgewacht. Aber eine Operation barg immer Risiken. Sie war außer sich. Doch Nicolas sah so elend aus, dass sie ihn trösten wollte.

»Du kannst nichts dafür«, murmelte sie. »Komm her, wir warten zusammen.«

Nicolas setzte sich neben sie. Barnabé zeigte auf die Tür.

»Ist es derselbe Chirurg wie neulich?«

»Nein, derselbe Anästhesist. Anscheinend ist eine Narkose bei einem Diabetiker schwieriger.«

Barnabé hätte gerne etwas Intelligentes und Einfühlsames gesagt, aber er fand nicht die richtigen Worte. Immer waren sie zusammen, wenn es um einen Dritten ging: Sie hatten gemeinsam gewartet, als Nicolas operiert wurde, gemeinsam bei Patrick gewacht, und jetzt waren sie wegen Aurélien hier.

Die Tür ging auf, und der schlanke, grün gekleidete Chirurg erschien.

»Ah, da ist ja der Vater«, sagte er und wandte sich an Barnabé. »Der Eingriff ist gelungen, Ihr Sohn bekommt einen schönen Gips. Ist er Links- oder Rechtshänder?«

»Rechtshänder«, antwortete Nicolas.

Der Arzt lächelte.

»Dein Bruder wird bald wieder gesund sein«, versprach er dem Kind.

Juliette umfasste ihr Gesicht mit beiden Händen, während der Chirurg sich entfernte.

»Danke, lieber Gott«, hauchte sie. »Ich hatte solche Angst …«

Sie drückte Alice und Nicolas an sich und lachte vor Erleichterung.

»So gefallen Sie mir schon besser«, sagte Barnabé. »Haben Sie schon mittaggegessen? Oder möchten Sie, dass ich etwas hole?«

Juliette schüttelte den Kopf.

»Ich würde bestimmt keinen Bissen hinunterkriegen.«

»Was kann ich dann für Sie tun?«, fragte Barnabé noch einmal.

Sie sah ihn aufmerksam an.

»Könnten Sie Alice nach Hause bringen? Ich werde im

Krankenhaus schlafen. Du hast doch keine Angst allein?«, fragte sie ihre Schwester.

Alice beruhigte sie.

»Unsere Söhne und das Krankenhaus! Ich hoffe, das ist das letzte Mal«, sagte Barnabé.

»Dass wir uns treffen?«

Juliette war so erleichtert, dass sie zu schweben glaubte. Jetzt, wo Aurélien außer Gefahr war, hätte sie sich gerne in Barnabés Arme geworfen.

Barnabé drückte ihr die Hand. Sie sah so erschöpft aus, dass auch er sie gern in die Arme genommen hätte.

Barnabé und Alice gingen. Aurélien schlief ein. Juliette verbrachte die nächsten Stunden damit, seinem Atem zu lauschen. Sie hatte Kopfschmerzen, ihr Herz klopfte zu stark, und sie versuchte, langsam zu atmen, um sich zu beruhigen. Sie musste gesund bleiben. Was würde aus Aurélien, wenn ihr ein Unglück zustieß? Alice war zu jung, um sich um einen Jungen in diesem Alter zu kümmern, vor allem wo er Diabetiker war. Noémie hatte keine Ahnung von Kindern. Maxime war verantwortungslos, an Sarah und John war gar nicht zu denken. Juliette bemerkte mit Erstaunen, dass sie Barnabé, den sie kaum kannte, mehr vertraute als allen anderen.

Um neun Uhr hätte sie beinahe Maxime angerufen, um ihm zu sagen, dass er Auréliens Vater war. Um zehn Uhr wollte sie es nicht mehr. Um elf Uhr änderte sie erneut ihre Meinung. Um Mitternacht zögerte sie immer noch. Als es ein Uhr wurde, war sie entschlossen. Maxime ging mit verschlafener Stimme ans Telefon.

»Hier ist Juliette«, sagte sie. »Ich bin im Krankenhaus.«

»Alice hat mir Bescheid gesagt. Geht's ihm gut?«

»Ja. Er schläft.«

Maxime atmete tief durch.

»Warum rufst du mich an?«

»Ich möchte, dass du kommst.«

»Ins Krankenhaus? Jetzt? Mitten in der Nacht?«

Juliette legte auf, ohne zu antworten.

Maxime stand einen Moment lang da und starrte auf den Apparat. Juliette würde bestimmt gleich zurückrufen, es war eine Störung in der Leitung, oder ihr Akku war leer. Aber die Minuten vergingen und das Telefon blieb stumm. Er wählte die Nummer ihres Handys, aber die Mailbox war dran. Irgendetwas stimmte nicht. Warum sollte er kommen, wenn Aurélian schlief? Brauchte sie ihn, damit er die Wache übernahm?

Er stand auf und zog sich an. Vielleicht ging es dem Jungen doch nicht so gut, oder Juliette fühlte sich nicht wohl. Eines war klar: Er hatte sie vor zehn Jahren im Stich gelassen, und das würde er nicht noch einmal tun.

Maxime öffnete vorsichtig die Zimmertür. Juliette wurde im Halbdunkel sichtbar.

»Nicht hier«, flüsterte sie.

Sie folgte ihm auf den Flur und reckte sich.

»Mir tut der Rücken weh …«

»Es ist nett von dir, dass du einfach den Hörer aufgelegt hast«, sagte er.

Sie war todmüde.

»Das ist doch ganz unwichtig.«

»Wie?«, widersprach er lachend. »Ich bin hier, Juliette. Du kannst dich auf mich verlassen. Möchtest du dich hinlegen, während ich bei Aurélien bleibe?«

Sie schüttelte erschöpft den Kopf.

»Du bist hier, weil es deine Pflicht ist.«

Er runzelte die Stirn.

»Du bist mit den Nerven fertig, Juliette. Ich bitte dich, leg dich kurz hin.«

»Ich lege mich hin, wenn Aurélien wieder zu Hause ist. Ich habe eine Menge Energie. Glaub mir. Ich bin die ganzen zehn Jahre allein zurechtgekommen. Ich hätte dich niemals um etwas gebeten. Aber jetzt ist es an der Zeit, dass du dich auch ein bisschen kümmerst.«

Er schluckte mit Mühe. Was hatte sie da gesagt?

»Das ich mich … kümmere?«

Sie nickte und lächelte eigenartig.

»Bisher hast du Aurélien nur dein Y-Chromosom vererbt. Du kannst ihm sicher noch etwas Besseres schenken.«

Maxime war, als habe man ihn von einem Brückengeländer gestürzt.

»Was?«

»Du hast richtig gehört.«

Ihr war heiß, als habe sie Fieber. Ihm war eiskalt.

»Juliette … Als wir uns wiedergesehen haben, habe ich doch sofort gefragt, ob ich der Vater bin. Weißt du noch?«

»Glaubst du, dass man so etwas vergessen kann?«

Er war vor Freude und Wut so hin und her gerissen, dass er nicht mehr wusste, woran er war.

»Ich habe dich gefragt, und du hast mir mit Nein geantwortet!«

Sie sah ihn an.

»Ein Vater, der diesen Namen verdient, löst sich nicht einfach in Luft auf. Er ist da, wenn sein Kind ihn braucht, es sei denn, er hat eine passende Entschuldigung, oder er ist tot.«

»Aber ich wusste es doch nicht«, widersprach er.

»Wie hätte ich dich auch verständigen sollen? Du warst ja verschwunden!«, erwiderte sie.

Sie stritten sich flüsternd in dem halbdunklen Flur der Kinderabteilung.

»Ich glaube, ich träume«, sagte Maxime. »Ich habe einen Sohn. Das kann nicht wahr sein!«

»Als ich behauptet habe, dass du es nicht bist, hast du mir geantwortet, das sei auch besser so. Und du hast so einen erleichterten Eindruck gemacht …«

»Weil ich es mir zu Tode verübelt hätte, zehn Jahre seines Lebens verpasst zu haben!«

Juliette zuckte die Achseln.

»Ich musste mit allem auf einmal zurechtkommen, mit dem Tod meiner Eltern, der Trauer meiner kleinen Schwester, der Geburt von Aurélien. Ich war allein. Ich habe dich monatelang gesucht. Und dann habe ich irgendwann aufgegeben.«

»Es tut mir furchtbar leid«, sagte Maxime aufrichtig. »Wenn ich es gewusst hätte, hätte ich die Verantwortung übernommen. Aber es nutzt jetzt wohl nichts mehr, wenn ich das sage …«

»Möchtest du jetzt zu etwas gut sein? Dann hol mir Schokolade aus dem Automaten in der Eingangshalle. Wir reden morgen Früh mit Aurélien. Einverstanden? Er wird ganz schön geschockt sein.«

»Ich kann dir genau beschreiben, wie das ist«, murmelte Maxime.

Juliette legte den Kopf nach hinten und massierte sich den Nacken. Ihr war ein Stein vom Herzen gefallen.

»Such mir einen leckeren Schokoladenriegel aus. Ich glaube, ich bin auch schon unterzuckert.«

»Bin schon unterwegs«, sagte Maxime.

Er machte einige Schritte, drehte sich vorsichtig um, sah auf seine Uhr und dann auf Juliette.

»Es ist zehn vor zwei. Ich bin erst seit fünf Minuten Vater. Und schon habe ich Angst.«

Juliette lächelte müde.

»Du wirst sehen«, sagte sie. »Man gewöhnt sich nie daran.«

Am nächsten Morgen lag Aurélien in seinem weißen Bett, und sein Gesicht war so kreideweiß wie sein Gips.

»Ich habe meine Weihnachtsüberraschung versaut, Mama. Ich hatte ein super Geschenk für dich. Und jetzt war alles umsonst.«

»Mach mir nie mehr solche Überraschungen …«

»Darf ich hereinkommen?«, fragte eine Stimme. Der Mann, der Juliette über Auréliens Unfall informiert hatte, kam auf sie zu. Er trug einen in Zeitung eingewickelten Gegenstand.

»Der Mann im Rollstuhl hat mir das für Sie mitgegeben.«

Aurélien entfernte mit seiner gesunden Hand die Zeitung. Es war die berühmte Glocke. Juliette hatte Tränen in den Augen.

»Frohe Weihnachten im Voraus, Mama!«

Sie drückte ihn behutsam an sich.

»Ich habe auch ein Geschenk für dich«, murmelte sie.

Aurélien suchte nach einem verschnürten Paket.

»Wo denn?«

»Hier«, sagte Maxime heiser und ging auf sein Bett zu.

Aurélien wartete.

»Ich weiß nicht, wie ich es dir sagen soll«, sagte Maxime unsicher. Juliette kam ihm zu Hilfe.

»Es ist ganz einfach: Maxime ist dein Vater.«

Aurélien sperrte die Augen weit auf und begann wider Erwarten vor Freude zu lachen.

»Das wusste ich. Oder besser gesagt, ich war mir ziemlich sicher!«

»Und du hast mir nichts gesagt?«, fragte Juliette erstaunt.

»Nein, ich habe es genauso gemacht wie du. Ich habe das Geheimnis für mich behalten.«

Juliette war tief gerührt.

»Weißt du, Mama«, sagte er mit ernster Stimme. »Als ich ohnmächtig wurde, dachte ich, dass ich sterbe.«

Sie zitterte.

»Ich habe mir Vorwürfe gemacht, dass ich Alice und dich

im Stich lasse«, fuhr er fort. »Und es tat mir leid, nicht mehr mit Maxime gesprochen zu haben. Ich dachte, dass er mein Vater ist, aber weil ihr nichts gesagt habt, hatte ich dann doch Zweifel.« Juliette traten Tränen in die Augen.

»Nicht weinen, Mama! Ich bin doch nicht tot, nicht mal ein ganz kleines bisschen!«

Juliette lachte durch ihre Tränen. Aurélien wandte sich seinem Vater zu, den er so wenig kannte.

»Ich habe nie zu jemandem Papa gesagt, also weiß ich nicht, ob ich das kann. Darf ich dich Max nennen?«

»Einverstanden«, sagte Maxime.

Aurélien war froh. Endlich würde er nicht mehr dumm dastehen, wenn bei Schulanfang nach Namen und Beruf des Vaters gefragt wurde. Er war endlich so wie die anderen.

55

Zur Beerdigung von Suzanne Lestrade kam alles, was Rang und Namen hatte. Eine Lobrede folgte auf die andere. Die Verstorbene war eine lokale Berühmtheit, ihr Sohn war Arzt und Mitglied des Gemeinderats. Maxime hatte Wort gehalten und der Polizei nichts verraten.

Barnabé Fontani stand auf dem kleinen Friedhof neben Juliette und beugte sich zu ihr.

»Darf ich Ihnen eine Frage stellen? Wessen Grab haben Sie an Allerheiligen geschmückt?«

Die Leichenbestatter legten Suzanne zu ihren beiden Männern. Der Sarg glitt mühelos nach unten. Juliette war erleichtert, sie hatte immer Angst, dass die Leinen rissen.

»Das Wasserflugzeug meiner Eltern ist im Meer versunken. Man hat ihre Leichen nie gefunden«, murmelte sie. »Es ist wichtig, einen Ort zu haben, an dem man sich sammeln kann. An meinem Geburtstag und am ersten November suche ich mir irgendein verlassenes Grab aus und stelle mir vor, dass es ihr Grab ist.«

»Eine gute Idee«, sagte Barnabé.

Die Trauergäste gingen an dem Grab vorbei und dann auf den Ausgang des Friedhofs zu. Barnabé blieb auf halbem Weg stehen.

»Kommen Sie …«

Er führte sie zu einem Grab, das mit Früchten und Gemüse verziert war.

»Juliette Forestier, Viviane Fontani«, sagte er, als ob er sie einander vorstellen wollte.

Er drehte sich zu Juliette.

»Nicolas behauptet, dass sie mich nicht mehr hören kann. Was meinen Sie?«

»Wollen Sie eine ehrliche Antwort?«

»Legen Sie los.«

»Ich glaube, dass man sich nicht wie eine Klette an die Verstorbenen heften sollte«, sagte Juliette. »Man kann die Menschen lieben, solange sie unter uns sind. Aber danach muss man sie in Frieden ruhen lassen. Sie sind woandershin entschwunden, wir belasten sie nur. Sie haben etwas Besseres zu tun, als sich um uns zu kümmern.«

Der Bauernhof Lestrade lag im Dunkeln. Nur im ersten Stock brannte Licht. Juliette lief die Treppe hinauf.

»Hallo. Sind Sie zu Hause?«

Patrick Lestrade erschien auf der Treppe.

»Kommen Sie hoch. Achten Sie nicht auf die Unordnung!«

Sein Zimmer war bescheiden möbliert. Ein Bett, ein Tisch und ein Schrank. Ein offener, mit Kleidern vollgestopfter Koffer stand auf dem Bett.

»Ich habe Ihrer Mutter versprochen, Ihnen zu helfen«, murmelte Juliette.

»Sehr gut. Dann helfen Sie mir beim Koffer packen.«

»Machen Sie eine Reise?«, fragte sie, nahm einen zerknitterten Pullover und breitete ihn aus, um ihn zusammenzulegen.

Patrick nickte.

»Sie hatte eine schöne Beerdigung. Alle haben ihrer ehrenvoll gedacht. Das hätte ihr gefallen.«

Juliette zog einen gestreiften Pyjama hervor.

»Ihr Maxime erzählt morgen alles den Bullen«, fuhr Patrick fort.

»Er ist nicht mein Maxime, aber die Ermittlungen müssen nun mal zum Ende kommen.«

Er biss die Zähne zusammen.

»Ich habe Medizin studiert, um die Leute hier zu behandeln. Ich könnte ihr Gerede nicht ertragen. Ich gehe fort von hier.«

»Sie sollten nichts überstürzen. Denken Sie noch einmal darüber nach …«

»Ich habe mir alles gut überlegt. Ich habe meine Praxis verkauft. Mein Nachfolger kommt heute Abend, bringt mir den Scheck und unterschreibt noch ein paar Papiere.«

Ein Auto hielt vor dem Haus.

»Das ist er bestimmt. Macht es Ihnen etwas aus, meinen Koffer fertig zu packen?«

Juliette schüttelte den Kopf.

»Auf Wiedersehen, mein Junge, komm schnell wieder«, rief ihm die alte Zeitungsverkäuferin zu.

Patrick ging mit seinem Koffer in der Hand in Richtung Bahnsteig.

»Ich habe ihr erzählt, dass ich Freunde besuche. Diese Frau ist mit meiner Mutter zur Schule gegangen. In der Stadt duzt sie mich und nennt mich mein Junge. In der Praxis siezt sie mich und redet mich mit Herr Doktor an. Ich bin nicht sicher, ob sie weiß, dass ich derselbe bin.«

Der Zug fuhr ein.

»Werden Sie uns schreiben?«, fragte Juliette.

»Ich glaube nicht.«

Er stieg in den Wagen, legte den Koffer ins Abteil und kehrte auf den Bahnsteig zurück.

»Danke für alles.«

»Sie werden mir fehlen«, sagte Juliette.

»Sie werden mich schnell vergessen.«

Der Lautsprecher kündigte die Abfahrt des Zuges an.

»Ich werde Sie nie vergessen«, sagte sie.

Als der Zug losfuhr, hielt er Juliette seine Wange hin, und sie tat es ihm nach. Doch im letzten Augenblick küsste er sie auf den Mund und sprang dann schnell in den Waggon.

56

Am Morgen betrat eine junge Frau auf Plateausohlen unsicheren Schrittes die Agentur. Sie war angezogen wie Loana aus *Loft Story*, trug eine schwarze Seidenhose und ein kurzes Oberteil mit Silberfäden. Ihre Brust war bedeckt, doch ihr Bauchnabel gut sichtbar. Sie sah jung und sexy aus. Es ging eine frische Sinnlichkeit von ihr aus, die Männer anzog und Frauen auf den Geist ging.

»Was kann ich für Sie tun?«, sagte Juliette und überlegte, wie schwierig es sein würde, so eine Frau im Gers einzugliedern.

Die junge Frau stieß ein lautes, herzliches Lachen aus.

»Dass Sie mich nicht wiedererkennen!«

Juliette sah sie aufmerksam an. Das war doch nicht etwa …?

»Ich bin gekommen, um Ihnen zu sagen, dass ich schwanger bin«, sagte Joëlle. »Vierzig Jahre, das ist die Altersgrenze, ich weiß, aber Arnaud und ich sind verrückt vor Freude. Wenn es ein Mädchen wird, dann nenne ich es Juliette und Sie werden Patentante. Sie sind doch einverstanden, oder?«

Juliette nickte verstört. Die junge Frau flüsterte ihr etwas zu und sah jetzt wieder der alten Joëlle ähnlich.

»Das kommt Ihnen vielleicht komisch vor, aber bevor ich nach Paris gegangen bin, habe ich nie mit jemandem geschlafen«, sagte sie. »Ich wusste ja gar nicht, was mir da entgangen ist.«

Nachdem Joëlle gegangen war, sahen sich Sarah und Juliette sprachlos an.

»Sie kann sich doch nicht dermaßen verändert haben«, rief Sarah.

»Das nächste Mal, wenn eine unbekannte Frau in die Agentur kommt, begrüßen wir sie einfach mit ›Guten Tag, Joëlle!‹.«

Bruno hatte die ganze Nacht nachgedacht, aber er war erst im Morgengrauen auf die Lösung gekommen.

»Ich habe einen Entschluss gefasst«, sagte er, als er seine Zeitschrift zusammenfaltete und zwischen Kaffeekanne und Butter legte.

»Du siehst ja nicht gerade fit aus«, sagte Armelle. »Hast du schlecht geschlafen?«

Seit einiger Zeit lag er nicht mehr im Bett, wenn sie morgens aufstand. Sie fand ihn dann mit aufgestützten Ellbogen und zerstreutem Blick im Speisezimmer.

»So kann es nicht weitergehen«, sagte er. »Der Gers hat uns kein Glück gebracht. Julien zieht in den Osten. Wir sind dann zu weit weg von ihm. Vielleicht sollten wir nach Paris zurückgehen.«

Armelle las im *National Geografic*, wollte gerade von ihrem Brot abbeißen und stutzte.

»Wie bitte?«

»Wir haben uns geirrt, meine Liebe. Ich hatte mir etwas anderes erhofft.«

Bruno wartete ab, was seine Frau entgegnen würde. Aber Armelle schwieg.

»Du sagst nichts dazu?«, wunderte er sich.

»Ich bin schockiert.«

Ihre Stimme war aggressiv. Glaubte er etwa, er brauchte nur zu sagen: »Wir gehen nach Paris zurück«, und schon würde sie ihm folgen wie ein kleines Hündchen?

»Ich mag dieses Haus und diese Gegend, Bruno.«

Er nickte, um sie zu beruhigen.

»Ich doch auch. Wir müssen das Haus ja nicht verkaufen, wir kommen in den Ferien wieder.«

Er lächelte zufrieden. Er sah aus wie ein kleiner Junge.

»Geh nach Paris zurück, wenn du willst, Bruno. Ich bleibe hier«, sagte sie.

Sie schien verärgert. Doch er wollte sie von seinen Plänen überzeugen.

»Du wirst schon sehen. Du kommst auch schon noch drauf.«

»Schluss jetzt. Ich bin hier glücklich. Und ich dachte, du wärst es auch.«

Sie biss sich auf die Lippen. Das war falsch, vollkommen falsch. Sie hatten schon seit Monaten nicht mehr miteinander geschlafen. Armelle hatte es nicht einmal bemerkt. Das berühmte Paarbarometer stand auf Sturm.

»Die Uni fehlt mir, meine Studenten fehlen mir, und mein Sohn wird mir auch fehlen«, erklärte er.

»Geh alleine nach Paris zurück, dann werde ich dir wenigstens auch mal fehlen«, sagte sie.

Sie sprachen im lockeren Ton miteinander, aber sie wussten, dass die Situation ernst war. Sie waren seit achtzehn Jahren verheiratet und eng miteinander verbunden gewesen. Doch an diesem Morgen brach alles auseinander. Der Auslöser war Juliens Abfahrt gewesen, aber es wäre auch so geschehen, und sie waren sich dessen bewusst.

Bruno fragte sich, seit wann er sie nicht mehr begehrte. Sie war zu seiner Kameradin und seiner Köchin geworden. Er hatte auch deshalb so große Angst davor gehabt, Julien auf dem dunklen Bahnsteig zu verlieren, weil er sich fürchtete, mit Armelle allein zu bleiben. Er liebte seinen Sohn, seinen Beruf, den Unterricht, und er gab gern sein Wissen an andere weiter. Er mochte seine Frau sehr, aber er liebte sie nicht mehr. Der eine konnte die Sätze des anderen ergänzen, sie waren Komplizen und Kollegen. Aber sie waren keine Geliebten mehr und auch nicht mehr ineinander verliebt.

»Ich habe niemand anders, ich schwöre es dir. Ich glaube, ich bin auf dem Umzug verloren gegangen. Ich bin wohl in einem Karton in Paris geblieben.«

»Dann finde dich wieder«, schlug sie vor. »Und wenn du dich gefunden hast, dann sag mir Bescheid.«

Er lächelte. Sie war immer sehr nüchtern gewesen. Sie war eine Forscherin und zeichnete die Geschichte bis ins kleinste Detail nach. Sie war nicht romantisch, sondern logisch. Er wollte nach Paris, sie wollte bleiben, die Lösung drängte sich von selbst auf.

»Was ist denn in euch gefahren?«, rief Julien.

Sein Vater hatte sein Versprechen gehalten und seine Mutter davon überzeugt, dass er seinen Traum verwirklichen konnte. Somit hatte alles seine Ordnung. Warum stritten sie sich dann?

»Ihr werdet euch doch jetzt nicht trennen?«, rief er mit panischer Stimme.

»Nein«, sagte sein Vater und zwang sich zu lächeln. »Wir werden nur nicht mehr am selben Ort leben. Stimmt's, Armelle?«

Sie sah ihm fest in die Augen.

»Ich bin hier glücklich, Bruno. Ich möchte dich nicht verlassen. Wenn du weggehst, dann bist du es, der mich verlässt.«

57

Ich habe etwas für Sie«, rief Maxime dem Inspektor zu, der mit dem Mordfall Peter betraut war, und hielt ihm das Gewehr hin, das er sorgfältig in Plastik eingehüllt hatte, um die Spuren nicht zu verwischen.

»Was ist das?«, fragte der Inspektor barsch.

»Die Mordwaffe mit dem Blut der Peters und den Fingerabdrücken des Mörders. Es war Suzanne Lestrade. Sie hat sich mit sechzig Jahren Verspätung gerächt.«

Dem Inspektor blieb vor lauter Staunen der Mund offen, und seine Zigarette fiel erst auf seine Jeans und dann auf den Boden.

»Was ist das denn für eine Geschichte?«, schimpfte er, hob die Zigarette auf und klopfte die Asche von seiner Hose.

Maxime erzählte ihm alles und verteidigte Patricks Anliegen. Er sagte ihm, er habe Angst, dass die Erinnerung an seine Mutter getrübt würde.

»Er ist fortgegangen. Er wusste nichts. Das Verfahren kann eingestellt werden. Ende der Geschichte. Niemand zwingt Sie, öffentlich bekannt zu geben, wer der Mörder war. Die Entscheidung liegt bei Ihnen.«

Der Inspektor seufzte. Er verdankte Dr. Lestrade alles, weil dieser bei seiner Frau rechtzeitig eine Bauchhöhlenschwangerschaft entdeckt und ihr das Leben gerettet hatte. Juliette Forestier hätte ihm als Verdächtige mehr gelegen.

»Ich habe einen anonymen Brief erhalten, der Ihre Freundin Juliette Forestier betrifft«, sagte er mit Bedauern. »Ich habe sofort Nachforschungen über sie anstellen lassen. Sie führt ein merkwürdiges Leben. Ihre Tochter ist nicht ihre Tochter, sondern ihre Schwester, und der Vater ihres Sohnes ist unbekannt …«

»Ich bin sein Vater«, sagte Maxime jubelnd. »Ihre Ermittler taugen wirklich nicht viel.«

Er verließ das Kommissariat. Das Gewehr war er los. Alles hing jetzt von der Entscheidung des Inspektors ab. Draußen war der Himmel weißlich trüb. Eine große Wolke in Form eines Hundes zog vorbei.

»Du bist nur ein Trugbild«, sagte Maxime zu der Wolke. »Märchenprinzen und -prinzessinnen sind nichts als Lüge. In Wahrheit wird man geboren und stirbt, und in der Zwischenzeit muss man sich so gut zurechtfinden, wie es geht.«

Maxime fuhr Aurélien jeden Tag zur Schule, solange der Junge seinen Arm in Gips hatte. Dann kaufte er mit Juliette auf dem Markt ein, und die Gerüchteküche wurde angeheizt. Er aß auch mit ihnen zu Abend, bevor er wieder nach Hause fuhr. Es war, als wollte er die Jahre nachholen, die er ohne seinen Sohn verbracht hatte. Er verschwand nur am Wochenende, um sich der Frau zu widmen, die Aurélien »die geheimnisvolle Besucherin« nannte.

Eines Abends kam Barnabé mit einem Korb leuchtend roter Äpfel vorbei.

»Sei vorsichtig, Juliette, du weißt ja, was Schneewittchen passiert ist!«, sagte Maxime lachend. »Wie viel sind wir Ihnen schuldig?«

Barnabé hätte ihn am liebsten verprügelt.

»Ein Abendessen mit der Hausherrin«, antwortete er ruhig.

Maxime erwartete, dass Juliette die Einladung ausschlug.

»Wann?«, fragte sie.

Barnabé ließ sich nicht beirren.

»Heute Abend um zwanzig Uhr.«

»Gut«, sagte Juliette.

Barnabé warf die Papiere weg, die auf dem Boden seines Kangoos lagen, und ging einmal mit dem Staubsauger durch. Er zog sich ein weißes Hemd, eine saubere Jeans und einen Pullover an. Dann setzte er sich vor sein Haus und hob die Augen zum Himmel voller Sterne. Er bereute, dass er sie eingeladen hatte, was für eine verrückte Idee.

»Wir werden uns im Restaurant stumm wie die Fische gegenübersitzen …«

Er ging zum Kühlschrank und sah nach, was noch darin war. Es war noch etwas Gemüseterrine übrig, kaltes Hühnchen und Obstsalat. Sein Gesicht strahlte. Er nahm das Telefon und wählte eine Nummer.

Nachdem er Juliette gebührend verspottet hatte, schlug Maxime vor, sich um Alice, Aurélien und Nicolas zu kümmern, und ging mit ihnen ins Kino. Juliette nahm ein Bad mit Minze-Extrakt, schminkte sich, tat sich zwei Tropfen Parfüm hinter die Ohren und lächelte ihrem Spiegelbild zu. Barnabé würde den Unterschied gar nicht bemerken. Nachdem sie so miteinander gerungen hatten, konnten sie vielleicht Freunde werden. Sie zog ein Kleid an und setzte sich ins Wohnzimmer. Es war zwanzig Uhr.

Es wurde Viertel nach acht, halb neun, schließlich Viertel vor neun. Während sie wartete, hörte sie Musik von Ismail Lo. Juliette glaubte, dass Barnabé nicht kommen würde und es ein Fehler gewesen war, seine Einladung ernst zu nehmen. In dem Augenblick, als sie aufstand, um sich umzuziehen, fuhr der Kangoo im Hof ein.

»Ich dachte, dass Sie mich versetzen«, sagte sie.

»Haben Sie noch nie von der gascognischen Viertelstunde gehört? Zuspätkommen liegt bei uns in den Genen.«

»Sie sind eine gascognische Dreiviertelstunde zu spät«, betonte sie.

Sie hatte angenommen, dass er sie in ein Restaurant in die Stadt einladen wollte, aber der Kangoo fuhr in Richtung Auch.

»Wo fahren wir hin?«

»Das werden Sie schon sehen.«

Er hielt auf einem Hügel. Sie las den Ortsnamen auf einem Schild: Peyrusse-Massas.

»Wir sind da.«

Sie gingen an einem Gelände entlang, das aussah wie eine Baumschule. Barnabé nahm einen Korb aus dem Wagen.

»Am besten gehe ich vor, ich kenne mich hier aus.«

Er hatte ein Picknick in einem tropischen Gewächshaus vorgesehen, dessen Besitzer ein Freund von ihm war. Er führte sie zu einem gläsernen Gewächshaus, in dem Pflanzen in Töpfen wucherten.

»Das sind fleischfressende Pflanzen. Sie sind vom Aussterben bedroht. Mein Freund hat mehr als fünfundvierzigtausend Stück davon, er verkauft sie weiter.«

Juliette sah sich misstrauisch um.

»Sie fressen keine schönen Frauen«, versicherte ihr Barnabé. »Sie sind Fleischfresser geworden, weil sie auf unfruchtbaren Böden wuchsen. Sie sind intelligent genug, um sich anzupassen. Das haben sie den Menschen voraus.«

Juliette lächelte. Barnabé nahm eine Pflanze mit weißen und roten Blättern von einem Regal.

»Das ist ein Geschenk von meinem Freund. Es ist eine Schlauchpflanze, ein weißer Trompetenbaum. Im Frühling kriegt er rote Blüten, Sie können ihn diesen Sommer nach draußen stellen.«

Er wühlte in seinem Korb, zog eine Tischdecke heraus, und Juliette half ihm dabei, sie auf dem Tisch auszubreiten. Sie stellten zwei Teller, Messer und Gläser darauf.

»Mögen Sie Weißwein?«

»Liebend gern.«

Er hatte einen unbekannten Bio-Wein aus dem Südwesten ausgesucht, der gut zu der Gemüseterrine passte.

Seit Vivianes Tod hatte Barnabé außer mit seinem Sohn und seinem Vater nur mit Juliette und Alice gesprochen. Sie waren zufällig Schwestern, und Juliette war eine Frau.

Bevor die Forestiers angekommen waren, war Barnabé so verloren gewesen wie ein Kind. Vivianes Tod hatte eine Leere ausgelöst, die jeden Tag schlimmer wurde. Es war ihm zur Gewohnheit geworden, sich mit Juliette zu streiten. Sie ging ihm auf den Geist, aber er nahm es in Kauf, dass sie da war. Bis zu der Nacht, in der sie zusammen bei Suzanne Lestrade gewacht hatten. Da hatte Juliette ihn verblüfft, gerührt und verwirrt.

Danach hatte er sich Vorwürfe wegen seines Benehmens gemacht und sich vorgenommen, sie wie eine jüngere Schwester zu behandeln. Sie zu beschützen und ihr zu helfen, wenn sie es brauchte. Er hatte sich geschworen, Viviane niemals zu betrügen. Juliette gefiel ihm, aber er war nicht mehr frei.

»Haben Sie Hunger?«

Juliette nickte. Sie fragte sich, warum sie eigentlich gekommen war. Es war rührend, wie er seine Trauer wie eine Standarte vor sich hertrug. Ihr gefielen seine braunen Augen, das Grübchen in seinem Kinn, seine Stimme, seine Hände und seine Art, sich zu bewegen. Sie schätzte seine Stärke und seine Verletzlichkeit, seine Art, Nicolas aufzuziehen und sich nicht darum zu scheren, was andere Leute sagten. Er war immer er selbst, er verstellte sich niemals.

»Warum sind Sie Journalistin geworden?«

Sie zögerte.

»Um für die Wahrheit zu kämpfen und bestimmt auch aus Neugierde. Ich interessiere mich für die Welt und die Gesellschaft. Ich hatte Lust auf einen Beruf, in dem etwas geschieht und bei dem man mit Menschen zu tun hat, die begeisterungsfähig und aufgeschlossen sind. Und Sie, warum sind Sie Biolandwirt geworden?«

»Ich ziehe gerne Lebewesen auf, egal, ob das jetzt Kinder sind oder Gemüse. Ich hasse alles, was chemisch oder künstlich ist.«

»Dieser Bio-Wein ist ausgezeichnet«, sagte Juliette anerkennend.

»Es heißt ja, dass man in der Spiegelung vom Glas die Zukunft vorhersehen kann …«

»Und können Sie mir meine vorhersagen?«

Barnabé hob sein Glas gegen das Licht. Sie beide spiegelten sich darin verzerrt wider. Er verjagte das Bild und sagte, um sie zu necken:

»Ich sehe … Gänseleberpastete und Entenbrust.«

»Also werde ich hier bleiben und bin nicht mehr die Pariserin, die Bäuerin spielt?«

Er lachte.

»Haben Sie noch Durst?«

Sie nickte, er füllte die Gläser, und sie stießen an.

»Worauf trinken wir?«

Sie zögerte nicht.

»Auf das Leben mit allen Freuden und allem Mist.«

Er nickte. Sie tranken schweigend und sahen sich an. Barnabé beugte sich zu Juliette und entdeckte den Geschmack ihrer Lippen. Sie wehrte sich nicht. Ganz im Gegenteil.

Sie küssten sich lange, und bald landete Juliettes Kleid ebenso auf dem Boden des Gewächshauses wie Barnabés Hemd und Pullover. Mit nacktem Oberkörper betrachtete er Juliettes Körper im fahlen Licht und hielt voller Lust den Atem an. Sie zog ihn aus. Sie breiteten eine Plane aus und ließen sich darauf nieder.

Ihre Umarmung war zunächst sanft und wurde dann immer stürmischer. Juliette und Barnabé entdeckten vergessen geglaubte Bewegungen und Freuden wieder. Und doch war diese Liebe ganz anders als das, was sie vorher erlebt hatten.

Später lagen sie erschöpft und glücklich aneinandergeschmiegt da. Barnabé streichelte mit dem Finger Juliettes Nase, folgte dem Verlauf ihrer Wimpern bis zur Wange und dann bis zum Hals. Sie ließ es geschehen und lächelte. Sie war von einer Angst befreit, die sie lange Zeit gefangen gehalten hatte. Er hatte den Eindruck, dass er nach langem Schlaf endlich erwachte.

Er stützte sich auf einen Ellbogen und duzte sie zum ersten Mal.

»Ich müsste dir eigentlich sagen, dass es mir leidtut, aber so ist es nicht.«

Sie lächelte.

»Ich habe Durst …«

Er machte eine Bewegung, um sein Glas zu angeln, und blieb dabei am Flaschenhals hängen. Die Flasche schwankte.

»Achtung, Viviane!«

Alles erstarrte im Gewächshaus, während die Flasche zitterte, bevor sie zum Stillstand kam.

»Entschuldige«, sagte Barnabé.

»Das macht doch nichts.«

»Mit ihr bin ich niemals hier gewesen«, murmelte er. »Man sagt, dass man Gascogner nicht beim Wort nehmen soll und dass ein Versprechen eines Gascogners nichts wert ist. Und ich schwöre dir, dass es wahr ist.«

Juliette nickte.

»Man vergisst nicht so einfach, was gewesen ist, und baut dann etwas Neues auf«, sagte sie, um ihn zu beruhigen.

Barnabé verstand ihre Worte falsch. Nicolas hatte ihm gesagt, dass Maxime der Vater von Aurélien war. Er glaubte deshalb, Juliette spräche von sich und Maxime.

»Was machst du dann eigentlich hier?«, sagte er mit veränderter Stimme und rückte von ihr ab.

Sie sah ihn erstaunt an.

»Wir spüren beide unsere Wunden«, erklärte sie. »Sich an die Vergangenheit zu erinnern bedeutet, den anderen zu respektieren.«

Sie spielte auf Viviane an. Aber er verstand es andersherum und war davon überzeugt, dass der Satz sich auf Maxime bezog.

»Ich bringe dich nach Hause«, sagte er kalt.

Er zog sich an und begann, das Geschirr in den Korb zu räumen. Juliette war traurig und verletzt, sie zuckte die Achseln und zog sich ihre Sachen an.

58

Auf der Rückfahrt schwiegen sie bedrückt. Als Barnabé vor der alten Schule parkte, stand Maximes Mercedes im Hof, und im Wohnzimmer brannte Licht.

»Warum hast du meine Einladung angenommen?«, fragte er.

Sie zögerte.

»Um mich für das Gemüse und das Holz zu bedanken. Warum hast du mich eingeladen?«

»Um mich dafür zu bedanken, dass du mich von Nicolas' Blinddarmoperation überzeugt hast.«

Er stieg aus dem Kangoo und öffnete ihr die Tür.

»Danke für den Abend«, sagte er, ohne sie anzusehen.

»Denkst du das wirklich?«

Er zeigte auf das helle Wohnzimmer.

»Deine Familie wartet auf dich.«

Sie ging ins Haus und hielt den weißen Trompetenbaum in der Hand. Maxime lief neugierig auf sie zu.

»Erzähl schon! Wie war er, der Gemüsemann? Hat er dir etwas über Salat erzählt?«

»Fahr nach Hause« sagte Juliette und ging in ihr Zimmer. »Bereite dich auf dein Wochenende mit der geheimnisvollen Besucherin vor.«

Die Kinder schliefen. Alice lag auf der Seite und nahm wie immer nur ein Drittel des Betts ein, während Aurélien sternförmig den ganzen Platz beanspruchte. Juliette zog sich aus und legte sich hin, konnte jedoch lange nicht einschlafen. Sie führte sich noch einmal den gesamten Abend bis zu dem Moment vor Augen, als alles aus dem Ruder gelaufen war. Es war wie in dem Märchen über den Goldfisch und die zu gierige Bettlerin. Juliette hatte sich ein Zuhause gewünscht, Frieden mit Alice und einen Vater für ihren Sohn. Alle drei Wünsche waren in Erfüllung gegangen. Mehr stand ihr nicht zu.

Sie hatte den Eindruck, in zwei Teile gespalten zu sein. Ihr Körper war zufrieden von der Lust und den Liebkosungen, aber ihre Seele war verwirrt und voller Zweifel. Sie hatte seit langer Zeit mit niemandem geschlafen, es war wie eine Wiedergeburt. Sie spürte endlich wieder, dass sie lebendig und leidenschaftlich war. Und doch fühlte sie sich zugleich frustriert. Nachdem sie sich jahrelang verboten hatte, etwas zu empfinden, hatte sie sich Hals über Kopf in einen Mann verliebt, der wunderschöne Augen und einen attraktiven Körper hatte. Aber sein Herz war nicht zu vergeben.

Als Barnabé nach Hause kam, schlief Nicolas wie immer auf dem Bauch und hielt sein Kissen fest. Barnabé setzte sich in die Küche. Seine Augen schweiften in die Ferne. Er hatte Viviane nicht betrügen und Juliette nicht lieben wollen, und jetzt hatte er beides getan. Er stützte sein Kinn auf den Tisch, schloss die Augen und schlief ein.

Im Traum sah er ein Sonnenblumenfeld im Sonnenuntergang. Viviane war da. Sie hatte nicht mehr das ausgemergelte Gesicht der letzten Tage, sie war wieder wunderschön. In seinem Traum erinnerte sich Barnabé, dass sie tot war. Er lief strahlend auf sie zu.

»Meine Fee, du bist wieder da!«

»Nein«, sagte sie lächelnd.

Er hatte das Gefühl, dass man ihm die Brust mit einem glühenden Eisen verbrannte.

»Was sagst du?«

Er wollte sie an sich drücken und dann zu Nicolas laufen, um ihm Bescheid zu sagen.

»Ich bin gekommen, um mich von dir zu verabschieden«, sagte sie. »Man braucht die Liebe so, wie dein Gemüse Wasser braucht. Frag sie, ob sie mit den Ohren wackeln kann. Jetzt wirst du diesen Traum vergessen, mich vergessen und dir endlich erlauben, glücklich zu sein.«

Barnabé streckte ihr die Arme entgegen, aber seine Hände griffen ins Leere.

Das Läuten des Weckers ließ ihn hochschrecken. Es war sieben Uhr. Er hob den Kopf, bemerkte, dass er in der Küche saß, döste einen Augenblick und versuchte, die Fetzen seines Traumes zusammenzuflicken. Er erinnerte sich nicht mehr genau daran, doch er fühlte sich eigenartig befreit. Nicolas erschien auf nackten Füßen und mit zerzausten Haaren.

»Hallo, Papa. Hast du hier geschlafen?«

Barnabé räkelte sich und versuchte sich zu erinnern. Bilder gingen ihm durch den Kopf, ein Sonnenblumenfeld, Juliettes Lachen, die Spiegelung ihrer beiden Gestalten im Weinglas und der Mercedes von Maxime, diesem Arschloch.

»Ich glaube schon«, sagte er.

59

Der Tag des Abschieds war gekommen. Bruno kehrte allein nach Paris zurück. Armelle hatte ihm geholfen, seine Koffer zu packen. Sie hatten die Bücher aufgeteilt. Bruno hatte sich die französischen Schriftsteller, Armelle die ausländischen ausgesucht.

»Ich helfe dir beim Einladen«, sagte Julien und machte sich sogleich an die Arbeit.

Drei Koffer mit Kleidern, fünf Bücherkisten, zwölf Weinflaschen und ein paar Schuhe. Bruno würde sein Leben mit dem Inhalt eines Autos neu beginnen.

»Das erinnert mich an die Zeit, als ich noch Student war. Es war nicht dasselbe Auto und auch nicht derselbe Wein …«

Armelle kam näher.

»Du willst, dass wir uns küssen?«, fragte sie verlegen.

Sie stellten sich recht ungeschickt an.

»Geht's vielleicht auch ein bisschen gefühlvoller?«, rief Julien. »Ihr lasst euch nicht scheiden, niemand hat niemanden betrogen. Wir werden bloß an drei verschiedenen Orten leben. Wir schicken uns E-Mails, vielleicht können wir ja sogar mehr und besser miteinander reden. Ich habe etwas für dich, Papa.«

Er zog einen Gegenstand aus seiner Tasche. Bruno sah eine elegante Pfeife, die sein Sohn für ihn geschnitzt hatte.

»Sie ist wunderschön«, murmelte er und meinte es ehrlich.

Er steckte die Hand in seine Jacke, dort, wo seine Lieblingspfeife steckte, die er zwanzig Jahre lang beim Nachdenken geraucht hatte, und hielt sie Julien hin.

»Die brauche ich nicht mehr. Jetzt hab ich ja deine.«

Juliette blieb auf dem Weg zur Agentur stehen, um sich die Lokalzeitung zu kaufen. Auf der ersten Seite stand eine große Schlagzeile: *»Der Mordfall Peters endlich aufgeklärt«*. Sie las den Artikel mitten auf der Straße und hielt dabei den Atem an. Die Fingerabdrücke auf dem Gewehr stimmten mit denen am Tatort überein. Die Bewohner konnten ruhig schlafen, der Mörder war überführt worden, aber er war gestorben, bevor man ihn hatte belangen können. Seine Identität wurde nicht preisgegeben. Der Journalist konnte noch so verrückte Vermutungen anstellen. Der Inspektor hatte dichtgehalten.

Juliette atmete tief durch und verordnete sich eine Pause in der Bar an der Ecke. Anne ließ für sie extra schnell eine Cola light kommen. Sie las den Rest der Zeitung durch, erfuhr die Namen der Preisträger aus dem Petanque-Club, die sich für den Ligawettbewerb qualifiziert hatten.

Die jungen Kajakfahrer des Sportvereins lernten im Kreisschwimmbad die Eskimorolle. Die Kreiskapelle gab ein Straßenkonzert. Die monatliche Sitzung der archäologischen Gesellschaft des Gers traf sich im Tourismusbüro. Der Gemeinderat der Kinder trat im Rathaus zusammen.

Juliette faltete die Zeitung wieder zusammen. Als sie in der Agentur eintraf, unterhielten sich Bill und Sam gerade mit Sarah.

»Wir haben auf Sie gewartet. Wir sind gekommen, um mit Ihnen über ein Geschäft zu sprechen«, erklärte ihr Bill.

»Wir möchten Ihnen vorschlagen, ein Begleitmagazin zu Ihrer Agentur zu machen«, fuhr Sam fort. *»Glück durch Veränderung*, das Magazin, das Ihre Träume erfüllt.«

»Das wird der Agentur zusätzliche Kunden verschaffen und Aufmerksamkeit auf sie ziehen … und auf uns«, fuhr Bill fort.

Sarah war begeistert von der Idee, doch Juliette war misstrauisch.

»Wie hoch wäre unsere finanzielle Beteiligung?«

»Sie haben nichts zu verlieren, Sie riskieren nichts, Sie sind uns nichts schuldig, Sie werden nur von den Folgen profitieren. Sie brauchen uns nur eine Genehmigung zu erteilen, dass wir Ihren Namen benutzen dürfen. Und Sie werden zur Redaktion gehören. Sie schreiben das Editorial, die Früchte gehören Ihnen«, sagte Bill.

Er hatte seine frühere Dynamik wiedererlangt.

»Ich muss mich mit Sarah allein darüber unterhalten«, sagte Juliette, um Zeit zu gewinnen.

»Natürlich. Lassen Sie sich Zeit. Wenn Sie einverstanden sind, kann auch Maxime für uns arbeiten.«

»Wir warten auf Ihre Antwort«, rief Sam fröhlich.

Als sie gegangen waren, sahen sich Juliette und Sarah an.

»Ich mache uns erst einmal einen Tee«, sagte Sarah.

Gleich darauf tauchte Maxime bei ihnen auf. Er schien leicht verwirrt.

»Ich habe heute Neuigkeiten von meinen Vorgesetzten erhalten, Juliette. Ich bin rehabilitiert, sie warten auf mich.«

»Herzlichen Glückwunsch!«

»Aber die Amerikaner haben mir gerade vorgeschlagen, bei ihrem Magazin mitzumachen.«

»Herzlichen Glückwunsch!«, wiederholte Juliette.

Er schüttelte genervt den Kopf.

»Ich bin mir nicht sicher. Wenn ich das Angebot annehme, bedeutet es das Ende meiner Polizeikarriere. Dann kann ich nicht mehr zurück.«

Juliette nickte.

»Was meinst du?«

»Das musst du selbst wissen.«

Er sah überrascht aus.

»Du willst mich doch jetzt nicht mit unserem Sohn erpressen? Du wirst mir doch jetzt nicht sagen, dass ich nicht fortgehen darf, wenn wir uns gerade wiedergefunden haben?«

Sie sah ihm tief in die Augen.

»Du bist der Vater, nicht ich.«

Als Juliette nach Hause kam, sprach sie mit Aurélien.

»Ist Maxime eigentlich ein Vater, wie du ihn dir vorgestellt hast?«

»Ich hab mir gar nichts vorgestellt, weil ich keinen Vater hatte«, antwortete Aurélien.

Juliette musste zugeben, dass es ein gutes Argument war.

»Wir haben uns kennen gelernt«, fuhr Aurélien fort. »Er ist nicht an Kinder gewöhnt, und deswegen ist er manchmal vielleicht ein bisschen ungeschickt, aber ich mag ihn.«

Juliette wurde wohler.

»Bitte sei mir nicht böse«, fügte Aurélien hinzu. »Ich weiß, dass er mein Vater ist, aber es kann nicht so sein wie zwischen uns beiden: Wir beide brauchen keine Worte, um uns zu verstehen. Bei ihm ist das anders. Wenn wir uns verständigen wollen, müssen wir reden.«

Julien fuhr Richtung Osten. Er würde in einer Herberge wohnen, die eine Gesellenmutter unterhielt. Er aß das letzte Mal mit seiner Mutter zu Mittag. Dann wusch er das Geschirr ab, und sie trocknete ab.

»Ich glaube, dass ich nach achtzehn Jahren Ehe noch nie alleine mittaggegessen habe. Ich werde es nutzen, um eine Diät zu machen«, entschied sie.

»Hast du heute mit Papa telefoniert?«

»Wie jeden Morgen. Er hat sich eine Wohnung neben der Uni gemietet und isst in der Mensa. Er ist jünger geworden.«

»Und wie geht es dir?«

Armelle lächelte.

»Gut. Ich habe endlich Zeit nachzudenken. In Paris habe ich die Geschichte erforscht. Hier lebe ich mittendrin.«

»Ich hab dich lieb, Mama«, sagte Julien.

»Ich dich auch. Und ich bin stolz auf dich.«

Juliette hatte Pascal angekündigt, dass Julien vorbeikommen würde, um sich zu verabschieden.

»Ich bin's«, sagte er, als er die Tür zur Werkstatt öffnete.

Der Raum war leer. Pascal konnte Abschiede nicht ausstehen. Ein Spatel lag gut sichtbar auf der Werkbank. Pascal hatte die Initialen von Julien hineingeschnitzt. Das war seine Art, ihm Glück zu wünschen. Er hatte auch einen feinen Holzrahmen hergestellt und einen kleinen Karton hineingesteckt, auf den er einen Text geschrieben hatte.

»Ein Passant ging auf der Baustelle einer Kathedrale spazieren und sah drei Handwerker, die alle dieselbe Arbeit verrichteten. ›Was macht ihr da?‹ fragte er. ›Ich schleife einen Stein‹, antwortete der Erste. ›Ich verdiene Geld‹, sagte der Zweite. ›Ich baue eine Kathedrale‹, sagte der Dritte, denn er war Geselle.«

60

Juliette hatte zwei gute Gründe, Jacques Barrier dankbar zu sein. Er hatte Aurélien das Leben gerettet, und er hatte ihr die Glocke geschenkt. Weil er immer noch kein Telefon hatte, rief sie ihren Namen, um anzukündigen, dass sie da war. Jacques erschien am Fenster und erkannte sie.

»Das Tor ist offen, Sie brauchen es nur aufzudrücken.«

Juliette gehorchte und ging schweren Herzens in den Garten ihrer Kindheit. Ohne Clémence' Kletterrosen kamen ihr die Hauswände nackt vor. Die Katze schlief ihren ewigen Schlaf unter den Lorbeersträuchern. Juliette blieb unter dem Weihnachtsbaum stehen, der gepflanzt worden war, als sie zehn war. Sie spürte den weichen Boden unter ihren Füßen, den vertrauten Kontakt mit dem Holz der Tür. Sie erkannte die Steinplatten der Diele wieder. Dann trat sie in Clémence' Wohnzimmer.

»Es ist unglaublich, wie ähnlich Sie Ihrer Mutter sehen«, sagte Jacques und rollte auf sie zu. »Ich habe Sie letztes Mal mit ihr verwechselt. Das war absurd, ich hoffe, Sie nehmen es mir nicht übel.«

»Ich habe das als Kompliment aufgefasst«, sagte Juliette.

»Wie geht es ihr?«, fragte er ängstlich.

Juliette verbarg die Hände mit den abgekauten Fingernägeln hinter ihrem Rücken. Sie war gekommen, um sich bei einem Mann zu bedanken, der ihre Mutter seit dreißig Jahren liebte und keine Gegenliebe erfahren hatte. Sie hatte nicht den Mut, ihm zu sagen, dass er eine Tote verehrte.

»Gut.«

Jacques schien froh zu sein.

»Das freut mich. In diesem Sumpf ist es eine Erleichterung für mich, an sie denken zu können.«

Juliette beglückwünschte sich, dass sie ihn angelogen hatte.

»Sie kommen heute nicht sehr gelegen«, fuhr er fort. »Ich packe meine Sachen.«

»Fahren Sie in den Urlaub?«

»Nein, ins Exil.«

Pierre Bados hatte ihm soeben verkündet, dass er umziehen müsse.

Juliette war empört.

»Niemand hat das Recht, Sie aus Ihrem Zuhause zu vertreiben.«

Jacques erklärte ihr, dass er von Jeanne abhängig sei. »Sie kauft für mich ein, sie füllt meinen Kühlschrank, besorgt mir Medikamente. Sie ist zugleich Verwalterin, meine Krankenschwester und meine Buchhalterin. Wir haben uns gestritten. Sie erlaubt ihrem Sohn nicht, sich mit einem Mädchen zu treffen, das er liebt.«

»Ich weiß alles darüber: Sie ist meine Schwester.«

Jacques fiel aus allen Wolken, als er herausfand, dass Alice Hélènes Tochter war.

»Der Ring schließt sich«, sagte er. »Mein Neffe hat geschafft, was mir nicht gelungen ist. Das Schicksal ist wirklich launisch.«

Er zeigte auf sein Saxophon.

»Mögen Sie Jazz?«

Sie nickte.

»Ich habe damals für Ihre Mutter ein Stück komponiert.«

Er setzte sein Instrument an und fing an zu spielen. Die Musik breitete sich im Zimmer aus. Sie handelte von Liebe, Schicksal, Leidenschaft und Vergessen. Diese Noten hatten eine teuflische Macht, und Juliette ließ sich von ihnen mitreißen und verführen. Sie brauchte eine Zeit lang, um zu bemerken, dass das Saxophon plötzlich verstummt war.

»Sie hat nie etwas von Ihrem Unfall erfahren«, murmelte sie.

Jacques runzelte die Stirn.

»Was sagen Sie da?«

Juliette war sich sicher: Wenn ihre Mutter etwas gewusst hätte, hätte sie Jacques bestimmt besucht. Clémence hatte geschwiegen, um sie nicht zu beunruhigen.

»Wir wussten es nicht«, sagte sie. »Florian hat es mir erst vor kurzem erzählt.«

Jacques war geschockt. Er war immer davon ausgegangen, dass Hélène sich absichtlich zurückgezogen hatte. Es war ihm gar nicht in den Sinn gekommen, dass sie keine Ahnung davon hatte, was ihm zugestoßen war. Wenn er ihr damals Bescheid gesagt hätte, anstatt sich zu verkriechen, wäre sie dann wiedergekommen? War er der Schmied seines eigenen Unglücks?

»Sie dürfen sich Pierre Bados nicht beugen«, mahnte ihn Juliette. »Ich kann Ihre Schwester ersetzen und Ihr Alltagsleben organisieren. Das bin ich Ihnen doch schuldig, oder?«

Jacques nickte schweren Herzens.

»Werden Sie Hélène jetzt alles erzählen?«

Juliette fragte sich, wie sie aus dieser verfahrenen Situation herauskommen konnte.

»Sagen Sie ihr jetzt bitte noch nichts«, bat Jacques. »Ich brauche Zeit, um mich daran zu gewöhnen. Kommen Sie heute um neunzehn Uhr wieder. Hier ist die Einkaufsliste mit den Lebensmitteln, die ich brauche. Sind Sie sicher, dass Sie sich das antun wollen?«

Juliette streckte die Hand nach der Liste aus.

Jeanne erschien um achtzehn Uhr bei ihrem Bruder.

»Sind deine Koffer gepackt?«

»Ich gehe nirgendwohin.«

Sie runzelte die Stirn. Pierre hatte geglaubt, dass es einfach sein würde. Doch er kannte Jacques schlecht.

»Wir machen das nur, weil es das Beste für dich ist. Du kannst hier nicht mehr allein bleiben.«

»Warum nicht? Ich bin daran gewöhnt.«

»Du wirst älter.«

»Ich bin erst dreiundfünfzig.«

»Ich habe keine Lust mehr, mich um zwei Haushalte zu kümmern«, sagte Jeanne.

Das Argument sprach nicht für ihre Geschwisterliebe, aber es war unschlagbar.

»Hast du keine Lust mehr, oder hat Pierre dir verboten, weiterzumachen?«

»Er ist mein Mann, ich kann nicht komplett gegen seinen Willen handeln. Er war sehr verständnisvoll.«

»Das stimmt, er hätte mich ja auch aus dem Fenster schubsen können. Dieser Gedanke ist ihm bestimmt durch den Kopf gegangen. Ich nehme es dir nicht übel, meine liebe Jeanette. Ruh dich aus, du hast es verdient.«

Sie dachte, dass sie gewonnen hatte.

»Ich wusste, dass du vernünftig sein würdest. Das Zimmer, das du dort kriegst, ist groß und hell und es liegt an einem Park …«

»Ich ziehe nicht um.«

Jeanne wurde übel. Sie liebte ihren Bruder, aber sie hatte Angst vor ihrem Mann, der sehr brutal werden konnte, wenn man ihm nicht gehorchte.

»Du hast keine Wahl, weil ich dich nicht mehr unterstütze.«

»Ich habe schon jemanden gefunden, der dich ersetzt.«

Sie biss die Zähne aufeinander.

»Wen?«

»Ich habe es schon fest verabredet«, sagte er. »Wird Florian immer noch bestraft? Wenn du ihn davon abhältst, sich mit Hélènes Tochter zu treffen, wird ihre Liebe nur größer. Ist dir das nicht klar?«

Jeanne versteckte sich hinter einem Baum, um herauszufinden, wer ihn nun betreuen würde. Ihr Bruder war ein Gewohnheitsmensch, ihre Nachfolgerin würde bestimmt um neunzehn Uhr kommen.

Sie brauchte nicht lange zu warten. Ein schwarzer Twingo kam den Weg hochgefahren und hielt genau vor dem Tor.

Juliette Forestier stieg aus dem Auto. Sie hatte die Arme voller Lebensmittel. Eine ungeheure Eifersucht überkam Jeanne.

Als Juliette gegangen war, konnte Jeanne nicht widerstehen und ging in das Haus hinein.

»Haben Sie etwas vergessen?«, fragte Jacques, als er hörte, dass die Tür aufging.

»Du hast vergessen, was die Familie dieser Nutte uns angetan hat«, rief Jeanne wütend.

Jacques zitterte.

»Sie sieht ihrer Mutter ähnlich«, sagte er ganz erschüttert. »Sie hat mir etwas Unglaubliches gesagt: Hélène hat nie von meinem Unfall erfahren.«

Jeanne zuckte die Achseln.

»Warum soll man in der Vergangenheit herumwühlen?«

»Aber verstehst du denn nicht? Das ändert doch alles. Vielleicht wird sie zu mir zurückkehren«, rief Jacques, von tiefer Hoffnung erfüllt.

Jeanne sah ihn mitleidig an.

»Deine Hélène ist seit zehn Jahren tot«, sagte sie erbarmungslos.

61

Seit seine Schwester ihm die Wahrheit gesagt hatte, hatte Jacques aufgehört zu essen. Juliette konnte ihn drängen, wie sie wollte, es half alles nichts. Er hatte sich in sich zurückgezogen, und man konnte nur mit ansehen, wie er immer dünner wurde.

»Sie werden sterben, wenn Sie so weitermachen.«

»Ich habe keinen Hunger.«

»Dann wird man Sie zwangsernähren.«

»Nicht, wenn ich es ablehne. Ich kann meine Beine zwar nicht mehr bewegen, aber ich bin Herr meines Körpers.«

Juliette rief Patricks Nachfolger zu Hilfe. Der junge Arzt, ein dynamischer Einheimischer, diagnostizierte Lebensüberdruss.

Florian und Alice schwänzten den Unterricht, um Jacques zu besuchen. Der Onkel und der Neffe spielten wie in alten guten Zeiten zusammen Saxophon, und dann legte Jacques sein Instrument weg.

»Spiel weiter, Florian. Du bist jetzt schon besser als ich. Ich höre dir lieber zu.«

Er schloss die Augen, warf seinen Kopf zurück und ließ sich von der Musik mitreißen. Er bereute unendlich, dass er Hélène nicht geschrieben hatte, als er aus dem Krankenhaus gekommen war. Der Gedanke an all die verlorenen Jahre nahm ihm den Atem.

Juliette musste sich überwinden, Jeanne zu benachrichtigen, die in Panik geriet, als sie erfuhr, in welchem Zustand ihr Bruder war. Aber Jacques lehnte es kategorisch ab, ins Krankenhaus zu gehen. Er wollte zu Hause sterben. Florian versuchte, ihn zu überzeugen.

»Ich liebe dich und Alice am allermeisten auf der Welt. Du kannst mich nicht im Stich lassen!«

»Ich werde immer da sein, wenn du spielst«, sagte Jacques mit müder Stimme. »Ihr habt das Leben vor euch. Lasst es euch von niemandem verderben.«

»Aber du kannst doch kämpfen«, sagte der Junge flehend.

Jacques lächelte ihn zärtlich an.

»In einer Partitur gibt es Allegro, Allegretto, Moderato, Sostenuto oder Crescendo. Es gibt auch Andante und Finale. Ich habe gut gespielt, ich bereue nichts. Ich komme jetzt beim Finale an.«

Jacques fiel in der Nacht ins Koma. Juliette und Jeanne wachten bei ihm, ohne miteinander zu sprechen.

Am Morgen kam er einen kurzen Augenblick lang zu Bewusstsein, sah Juliette und stotterte:

»Hélène … Ich dachte, du seist tot? Hat deine Tochter dir Bescheid gesagt? Bist du extra zu mir zurückgekehrt?«

Die beiden Frauen sahen einander an. Juliette näherte sich dem Sterbenden, nahm seine ausgemergelte Hand und nickte.

»Ich bin zu dir zurückgekehrt«, sagte sie sanft.

Jacques lächelte friedlich:

»Ich habe dich erwartet.«

Sein Kopf rollte auf das Kissen. Er lächelte immer noch.

62

Es waren nicht so viele Leute auf der Beerdigung von Jacques Barrier wie bei Suzanne Lestrade, aber die Trauer war größer.

Jeanne, Florian und Pierre Bados saßen in der ersten Reihe neben dem Sarg. Juliette, Alice und Aurélien setzten sich rechts hinten in die Kirche. Barnabé saß auf der linken Seite und nickte Juliette kurz zu. Er wunderte sich, warum Maxime nicht dabei war. Florian weinte und hatte seine Haare so gut gekämmt, dass man ihn kaum wiedererkannte. Er ging zum Lesepult und spielte *Yesterday* auf dem Saxophon. Es war das Lieblingslied seines Onkels gewesen. Danach kehrte er nicht zu seinen Eltern zurück, sondern setzte sich demonstrativ zu Alice.

»Dieses kleine Arschloch kriegt etwas von mir zu hören«, schimpfte Pierre.

»Sei still, hab wenigstens Respekt vor den Toten«, zischte Jeanne.

Nach der Messe wollte Pierre sich neben sie stellen, um die Beileidsbekundungen anzunehmen, aber sie stieß ihn von sich und zog Florian an sich.

Die Familiengruft der Barriers befand sich auf dem Friedhof in der letzten Reihe gleich neben dem verlassenen Grab, auf dem noch immer Juliettes Thymianstrauß von Allerheiligen lag. Das Schicksal hatte entschieden, dass Hélènes imaginäres Grab an Jacques' letzte Ruhestätte angrenzte.

Juliette schrieb eine Annonce, die sie im *Figaro* und in *Libération* veröffentlichte:

»Jacques Barriers Freunde geben mit Bedauern seinen Tod bekannt. Er ist sein Leben lang der Liebe und dem Jazz treu geblieben. Von nun an liebt und spielt er von anderswo Saxophon.«

Eine schöne Frau öffnete die Tür der Agentur. Juliette hob den Kopf.

»Mein Mann ist nach Rom versetzt worden. Wir fahren nächste Woche«, sagte die Unbekannte. »Ich komme nur noch einmal zurück, um im amerikanischen Krankenhaus von Neuilly mein Kind zu bekommen.«

Sie war elegant gekleidet, trug ein beigefarbenes italienisches Kostüm und einen langen, dazu passenden Mantel. Ihre Füße steckten in feinen, spitzen Pumps. Ihre Haare lockten sich an ihrem kurz geschnittenen Hinterkopf. Sie hatte den singenden Akzent der Schauspielerinnen, die in den Studios von Cinecittà Filme drehen.

Juliette und Sarah sahen sich an.

»Guten Tag, Joëlle«, riefen sie gleichzeitig.

»Es freut mich, dass Sie mich erkennen«, sagte die Chamäleonfrau.

Ihr linker Ringfinger war mit einem prächtigen Ring geschmückt.

»Wir fahren über Venedig«, verkündete sie und setzte sich mit einer graziösen Bewegung hin.

Die Bäuerin, die Studentin, die junge Frau und die sexy Loana waren einer empfindsamen, leicht affektierten Schauspielerin gewichen, die vielleicht sogar Visconti gefallen hätte.

»Ich wollte mich noch bei Ihnen bedanken. Sie haben mein Leben verändert. *Grazie tante!*«

Sie zog das Scheckheft einer berühmten Bank hervor und schrieb eine Zahl drauf.

»Sie schulden uns nicht so viel«, sagte Juliette. Sie war fasziniert von Joëlles bis zur Perfektion getriebenen Verstellungskunst.

»Im Gegenteil, ich schulde Ihnen alles.«

Sie ging hinaus und hinterließ einen zarten Parfumduft. Juliette und Sarah sahen sie in einen schwarzen Ferrari steigen.

»Ich glaube nicht, dass sie jetzt noch Lust hat, sich zu verkleiden. Sie ist jetzt erwachsen«, sagte Sarah.

»Eine Postkarte für Sie«, verkündete Poupons Nachfolger, als er die Agentur betrat. »Sie kommt von weit her. Könnten Sie die Briefmarke für mich aufheben? Mein Sohn sammelt welche.«

Die Karte kam aus Argentinien und zeigte einen Tänzer

mit pomadisierten Haaren und einer strengen Haltung in einer schwarzen Jacke. Der Text war kurz: »Es geht mir gut. Ich lerne Tango. Patrick.«

63

Herr Fabre hatte Juliette zu sich gerufen, um bei der Eröffnung von Jacques Barriers Testament dabei zu sein. Sie kam zur gleichen Zeit beim Notar an wie Florian, der seine übliche Frisur trug.

»Mein Vater ist fuchsteufelswild, dass meine Mutter nicht zum Notar bestellt worden ist«, erzählte ihr der Junge.

Sie setzten sich auf zwei Stühle mit hoher Lehne und hörten zu, wie der Notar Jacques' letzten Willen verlas.

Florian sollte bei Volljährigkeit das Haus seines Onkels erben, bis dahin sollte Juliette es nutzen. Das war eine elegante Art, um Pierre Bados daran zu hindern, seine gierigen Pfoten danach auszustrecken, solange sein Sohn noch minderjährig war.

»Wir werden dieses verdammte Testament anfechten, und du wirst gewinnen, Jeanne!«, schrie Pierre, als er davon erfuhr.

»Merkst du eigentlich, dass du auf deinen eigenen Sohn neidisch bist?«, fragte ihn seine Frau.

Wie bei den Abenteuern von Asterix dem Gallier wurde ein großes Essen organisiert, um alle Helden in Jacques' Haus zu vereinen und Alice' Geburtstag zu feiern. Maxime war nicht dabei, es war Samstag, und den widmete er der geheimnisvollen Besucherin. Alle trugen etwas zum Menü bei. Armelle brachte Wein mit, Olivier und Louise Gänseleberpastete, Sarah ein Entenconfit, Barnabé Gemüse und Obst, Bill und Sam kochten ein veganes Gericht. Buckingham und Schlampe wurden offiziell mit ihren Herrchen eingeladen und hatten besonders schöne Halsbänder an. Grincheux war so glücklich über die Einladung, dass er vergaß, sich schlecht zu benehmen. Seit Maxime Schlampe wiedergefunden hatte, waren sie Freunde geworden.

»Was ist das?«, fragte er und zeigte auf das Gericht, das die Amerikaner gekocht hatten.

»Tofu, Quinoa und Seitan. Das wird Ihnen ganz bestimmt schmecken«, versicherte Bill.

Grincheux sah ihn zweifelnd an.

Barnabé suchte nach Maxime und wunderte sich wieder, dass er nicht da war. Er wäre der Einladung beinahe nicht gefolgt, aber er hatte sich schließlich überwunden, um Alice nicht zu kränken.

Juliette hatte den Tisch mit Aurélien, Nicolas und Florian im Garten aufgestellt. John hatte ihn mit Blättern und Zweigen geschmückt. Pascal Castera kam mit einem Blumenstrauß für Alice. John küsste ihr feierlich die Hand, bevor sie auf ihren Ehrenplatz geführt wurde.

Juliette hatte zwei Kuchen zubereitet, einen großen mit Schokolade und sechzehn Kerzen und einen kleinen Diätkuchen für Aurélien. Als sie hereingetragen wurden, kam das Fest richtig in Gang. Florian spielte auf seinem Saxophon *Happy birthday to you*, danach *Only You*, und dann hob er sein Glas.

»Auf meinen Onkel«, sagte er mit zitternder Stimme.

»Auf Jacques und Clémence«, sagte Juliette gerührt.

Alle hoben ihre Gläser, als ein Wind aus fernen Zeiten den Tannenbaum auf dem Hof schüttelte.

»Meine Mutter hat mir ein Geschenk für dich gegeben«, sagte Florian zu Alice.

Erstaunt riss das Mädchen das braune Papier auf, in dem sich ein flacher Gegenstand befand. Es war eine 45er Jazz-Platte mit einer verblichenen Widmung. »Für Jacques, meinen Bruder und meinen Freund, mit all meiner Zärtlichkeit, Hélène, August 1967.«

Barnabé drehte sich zu Juliette:

»Kannst du dich noch an unser Gespräch über die Leute erinnern, die wie Kletten sind? Ich habe Viviane in Ruhe gelassen, ich bedränge sie nicht mehr. Und sie hat sofort aufgehört, mir zu antworten. Sie hat sich da oben vielleicht ein neues Leben mit einem Engel aufgebaut, der mit ihr schläft wie ein Gott.«

»Ist schon möglich.«

»Stört es dich nicht, dass ich hier bin?«

»Gut, dass du gekommen bist.«

Sie hatte sich vorgenommen, ihm nicht zu helfen. Er hatte alles verdorben, und dabei wusste er doch, was sie für ihn empfand. Er schwieg jedoch, überzeugt davon, dass er ihr deutlich genug gezeigt hatte, was sie ihm bedeutete. Um sie herum unterhielten sich die Gäste, die Gerichte wurden herumgereicht. Juliette und Barnabé warteten darauf, dass der jeweils andere den nächsten Schritt machte.

»Maxime will mit euch zusammenarbeiten«, sagte Grincheux zu den Amerikanern. »Seid bloß nett zu ihm.«

»Wir freuen uns schon darauf«, sagte Bill. »Wir müssen nur noch prüfen, ob Juliette und Sarah einverstanden sind.«

»Für alle, die es noch nicht wissen: Bill, Sam und Maxime gründen ein Magazin mit dem Titel *Glück durch Veränderung*«, verkündete Juliette. »Sarah und ich schreiben das Editorial.«

Sie nahm einen Zettel aus ihrer Tasche und räusperte sich:

»Wir haben nicht alle dieselben Träume, haben nicht alle dieselbe Vorstellung vom Paradies. Aber eines steht fest: Irgendwelche Träume haben wir alle. Jeder Mensch, wie alt er auch sein mag, hat das Recht, die Würfel neu zu werfen. Heute will man sein Leben meistern und nicht nur ab und zu erfolgreich sein«, las sie vor.

Alle klatschten.

»Pomme hat ein Geschenk für Sie«, sagte Louise.

Juliette drehte sich um. Das Mädchen hielt ihr ein Bild hin, auf dem sie das Logo der Agentur nachgebildet hatte. Sie hatte es so gemalt, wie sie es sah. Jeder Buchstabe hatte eine andere Farbe. Das S war rot, das E war grün, und das A war gelb …

»Vielen Dank, Pomme, das ist ja wunderschön!«, rief Juliette und gab ihr einen Kuss.

»Ich habe mir auch einen Spaß daraus gemacht und es ihr nachgemacht«, fügte Louise hinzu und hielt ihr ein zweites Bild hin.

»Bei mir ist das S blau, das E gelb und das A türkis.«

Alle anderen sahen einfach nur schwarze Buchstaben auf gelbem Grund.

Alice hatte eine geblümte Unterhose und ein pastellblaues T-Shirt an, als sie sich vor dem Schlafengehen die Zähne putzte. Da kam Juliette herein.

»Störe ich dich?«

Alice hatte den Mund voller Zahnpasta und schüttelte den Kopf. Juliette setzte sich auf den unebenen Boden des Badezimmers, lehnte den Rücken gegen die Wand und zog die Knie an, einen Meter von Agrippine II. entfernt.

»Du siehst Mama unglaublich ähnlich, aber du hast Papas Lächeln«, sagte sie zu ihrer kleinen Schwester. »Er hat die Welt immer ohne Hast beobachtet, wie jemand, der ein langes Leben vor sich hat. Und Mama hat sie mit Liebe und Humor betrachtet. Ich weiß nicht, wo sie sind, aber wenn sie dort zusammen sind, dann läuft alles gut für sie.«

»Das ist so wie mit uns«, sagte Alice. »Weil wir zusammen sind, geht alles gut.«

64

Maxime kam frühmorgens vorbei.

»Ich will euch abholen, zieht eure Jacken an.«

»Stellst du uns nun endlich deine geheimnisvolle Besucherin vor, Max?«, fragte Aurélien.

Sein Vater nickte. Sie quetschten sich alle in den Mercedes.

»Wo fahren wir hin?«

»Zu mir.«

Er hupte und fuhr vor seinem Haus vor. Die Tür ging auf. Noémie stand mit rotem Kopf auf der Schwelle. Juliette, die sie schon so lange kannte, sah sie zum ersten Mal in ihrem Leben erröten.

»Ich muss dir Agrippine II. vorstellen«, sagte sie liebevoll. »Du bist also die geheimnisvolle Besucherin!«

Noémie trat zur Seite, um sie alle hereinzulassen.

»Ich habe ein Zimmer für dich eingerichtet, Aurélien«, verkündete Maxime. »Ich hoffe, dass du ab und zu mal bei mir übernachten wirst?«

Der Junge nickte mit strahlenden Augen.

»Und für dich gibt es auch eins, Alice. Die Tapete und die Stoffe suchst du dir am besten selbst aus.«

Alice nickte freudig.

»Sei mir nicht böse«, sagte Maxime zu Juliette, »aber für dich habe ich leider kein Zimmer eingerichtet.«

»Welch ein Glück«, sagte Noémie.

Die anderen lachten.

»Das Landleben ist immer noch nicht mein Ding«, erklärte Noémie. »Ich hasse Gemüse, und ich mag lieber Plastikblumen, weil man sie nicht gießen muss. Die Woche über arbeite ich in Paris, und Maxime baut mir eine Sauna, damit ich mich, wenn ich Freitagabend völlig fertig ankomme, erholen kann. Das ist für mich das Leben: Liebe, Luxus und Gänseleberpastete.«

65

Das Wasser plätscherte gegen die Wände des Ruderboots, das auf dem See schaukelte. Barnabé Fontani lag dösend am Bug und hörte mit halbem Ohr zu, was die beiden Jungen redeten.

»Max baut bei sich eine Sauna ein«, erzählte Aurélien.

»Bleib ruhig sitzen, sonst kentern wir«, warnte ihn Nicolas.

Barnabé richtete sich auf.

»Dein Vater sollte mit mir Gemüse ernten, dann würde er schwitzen, ohne dass es etwas kostet«, maulte er.

»Die Sauna ist doch nicht für ihn, sondern für sie«, sagte

Aurélien lachend. »Das Landleben ist nicht so ihr Ding, und deshalb arbeitet sie die Woche über in Paris und geht in die Sauna, wenn sie freitagabends ankommt. Das ist für sie das Leben: Liebe, Luxus und Gänseleberpastete.«

Barnabé biss die Zähne zusammen. Er hatte sich an der Nase herumführen lassen. Er hatte Juliette geglaubt, als sie gesagt hatte, sie sei glücklich im Gers, in Wahrheit konnte sie ohne Staus und Berufsverkehr nicht leben. Er liebte die Gascogne und verstand nicht, wie die Leute zusammengepfercht wie ein Bund Spargel in riesigen Häusern leben konnten. Wie sie sich in Büros nebeneinander setzten wie Tomaten in einer Kiste, ohne zu merken, welche Jahreszeit gerade war.

»Ich hoffe, dass er ihr viel Gemüse zu essen gibt«, schimpfte er.

Aurélien sah ihn überrascht an.

»Sie hasst Gemüse«, sagte er. »Sie mag auch lieber Plastikblumen als echte, weil man sie nicht gießen muss.«

Barnabé legte sich wieder hin und schloss die Augen. Er hatte genug gehört. Juliette hatte in kurzer Zeit einen riesigen Platz in seinem Leben eingenommen. Doch das musste ihm gleichgültig sein, und er musste sie aus seinen Gedanken auslöschen.

Er hatte die Neuigkeiten noch nicht ganz verdaut, als der schwarze Twingo auf der Böschung erschien. Juliette stieg aus dem Auto und winkte ihnen.

»Ahoi, Schiff.«

Barnabé reagierte nicht. Die Jungen manövrierten geschickt, um an Land zu kommen.

»Wir haben Besuch«, sagte Nicolas zu seinem Vater.

Barnabé warf ihm einen bösen Blick zu und sah Juliette trübsinnig an.

»Das nenne ich einen herzlichen Empfang«, sagte sie lachend.

»Wir tun, was wir können. Du hättest Schauspielerin werden sollen, du hast deine Berufung verfehlt.«

»Warum?«

»Du hast mich ganz schön an der Nase herumgeführt. Du bist nicht von hier, ich hätte misstrauisch sein sollen.«

Juliette sah ihn ratlos an.

»Was ich auch tue, ich werde immer eine Fremde bleiben, ist es das? An Alice' Geburtstag hast du eigentlich ganz menschenfreundlich gewirkt. Und ich habe gedacht, der Augenblick sei gekommen …«

»Was für ein Augenblick?«

Juliette sah ihm tief in die Augen.

»Der Augenblick zu leben.«

»Du kannst mit deinem Maxime in der Sauna schmoren«, sagte er trocken.

Juliette runzelte fassungslos die Stirn.

»Habe ich irgendetwas verpasst?«

Barnabé wandte sich an Aurélien.

»Du hast mir doch gesagt, dass dein Vater eine Sauna für deine Mutter einbaut. Dass sie am Wochenende kommt, Liebe, Luxus und Gänseleberpastete mag, das Landleben, Gemüse und Blumen hasst.«

Aurélien prustete vor Lachen.

»Nicht meine Mutter. Noémie!«

»Das ist ja ein saftiger Irrtum«, sagte Juliette. »Noémie, Maximes Freundin, hasst das Land. Ich lebe hier. Es kommt gar nicht infrage, dass ich weggehe. Es gibt hier nämlich Leute, die mir am Herzen liegen.«

Barnabé schluckte.

»Heißt das, dass du nicht mit Maxime zusammen bist?«

»Schon seit zehn Jahren nicht mehr.«

»Was bin ich nur für ein Idiot«, murmelte er.

»In diesem Fall bin ich mit dir einer Meinung!«

Sie standen sich gegenüber und ließen die Arme hängen.

Nicolas gab Aurélien einen Stoß mit dem Ellbogen.

»Räumen wir das Boot weg?«, sagte er. »Hilfst du mir?«

Die Jungen verschwanden.

»Dein Sohn ist sehr feinfühlig«, bemerkte Juliette.

»Ist doch klar, er hat ja auch einen außergewöhnlichen Vater. Also magst du das Landleben, Gemüse und Blumen?«

»Allerdings.«

Sie gingen beide einen Schritt nach vorn. Der Abstand zwischen ihnen bestand nur noch aus wenigen Zentimetern.

»Kannst du mit den Ohren wackeln?«, fragte Barnabé. »Ich weiß gar nicht, warum ich dich danach frage, das ist bekloppt ...«

Er wusste tatsächlich nicht mehr, warum er diese Frage gestellt hatte. Juliette lachte und beantwortete seine Frage, ihre Ohren wackelten fröhlich.

»Du wirst immer eine Fremde bleiben, das stimmt«, sagte Barnabé heiser. »Aber die Leute hier haben von jeher schöne Ausländerinnen geliebt. Als ich neulich Abend die Zukunft im Spiegel des Glases gelesen habe, habe ich uns gesehen.«

»Ist das auch kein gascognisches Versprechen?«

Er schüttelte den Kopf, nahm sie in seine Arme und küsste sie von ganzem Herzen. Juliette dachte an die Unbekannte, die im Radio gesagt hatte: »Man wird geboren, man stirbt, man lernt die Liebe kennen, und man entscheidet sich in einer Sekunde, sein Leben zu verändern.«

Ein verlassenes Theater an der Küste Sardiniens und ein lange gehütetes Geheimnis

Rosanna Ley
DAS KLEINE THEATER AM MEER
Roman
Aus dem Englischen von Barbara Röhl
496 Seiten
ISBN 978-3-404-17763-9

Einen Sommer auf Sardinien zu verbringen, in einem kleinen Ort am Meer – wer träumt nicht davon? Auch Faye kommt die Bitte ihrer Freundin Charlotte, sich um ihr Hotel zu kümmern, sehr gelegen. Für sie ist gerade eine Welt zusammengebrochen, steht sie nach Abschluss ihres Studiums doch plötzlich ohne Job und Freund da. Erst auf Sardinien verrät Charlotte, was noch hinter dem Angebot steht: Freunde von ihr wollen das kleine Theater in der Altstadt von Deriu wiederherrichten und brauchen dafür die Hilfe einer Innenarchitektin. Faye ist begeistert. Sie ahnt nicht, worauf sie sich einlässt ...

»Ein großartiger Pageturner« LUCINDA RILEY

Bastei Lübbe